Ave verum corpus

Samuel Hurtrel

Ave verum corpus

Roman

LE LYS BLEU
ÉDITIONS

ISBN : 979-10-377-8340-0

À toi,
À bonhomme,
À ce fils retrouvé,
À ces enfants orphelins,
À ce frère disparu,
À ta patience,
À ton sourire,
À notre Amour.

Quiconque accueille un petit enfant tel que lui à cause de mon nom, c'est moi qu'il accueille. Mais si quelqu'un doit scandaliser l'un de ces petits qui croient en moi, il serait préférable pour lui de se voir suspendre autour du cou une de ces meules que tournent les ânes et d'être englouti en pleine mer. Malheur au monde à cause des scandales ! Il est fatal, certes, qu'il arrive des scandales, mais malheur à l'homme par qui le scandale arrive !

Évangile de Matthieu, chapitre dix-huit, versets 5 à 7

Ordo ab chao
(L'ordre issu du chaos)

Canes ululare ad mortem
(Les chiens hurlent à la mort)

Pas elle.

Et pourtant.

La justice le demande. La justice du Ciel. La justice Divine.

Mais que sais-tu toi de la justice de Dieu ?

Tu crois savoir.

Mais comme tous tes pairs, tu ne connais rien, si ce n'est ce que tu crois avoir compris.

Tu t'approches dans la nuit. Quelques marches craquent, ces vieux escaliers qui souffrent encore du pas des hommes, vieillis par l'usure et le temps. Tu t'accroches à la rampe, parce qu'il t'est difficile aujourd'hui de monter ces deux étages sans t'essouffler, sans ahaner.

Tu sais que ces bruits ne la réveilleront pas, grâce à ces petites pilules qu'elle prend pour dormir, ces somnifères que son médecin lui a prescrits depuis déjà deux ans, et dont elle ne peut plus se priver sans risquer l'insomnie et la fatigue qui l'abrutiraient en la laissant sans forces, vidée d'elle-même, amorphe.

Il le faut, oui.

Tu te répètes ces quelques mots : « Il le faut ». Comme une obligation, comme une exigence, comme une condamnation, comme une évidence.

Tu es l'exécuteur du Mal.

Et le Mal : c'est aussi elle, cette femme que tout le monde adore, que tout le monde louange, elle, qui sait à ce point se rendre utile, qui sait à ce point être à l'écoute des autres, qui sait à ce point assurer toutes ces petites choses qui rendent la vie des autres plus facile.

Tu arrives sur le palier et tu regardes par la fenêtre. C'est une nuit de pleine lune, une de celles qui appellent les lycanthropes au rituel du sang.

Elle est ta victime ce soir. Rien ne pourra l'en empêcher parce que tu dois accomplir la vengeance du Tout-Puissant.

Sur cet étage, il y a trois chambres. L'une occupée par Louis, cet homme de passage, ce voyageur qui la loue à l'année, pour avoir un point de chute, permettant que d'autres puissent profiter de l'hospitalité du lieu quand il n'y est pas. Le brave homme. Oui, Louis, tu l'as toujours apprécié. C'est un passager. Un pèlerin. Une autre, la plus grande, sert à l'hébergement de ces gamins, jeunes de corps et de cœurs, un peu paumés, en déshérence, qui recherchent, venant ici, un chez-soi, un foyer pour se retrouver et se reconstruire en essayant de faire l'oubli de leurs souffrances et de leurs meurtrissures, acceptant en retour du gîte et du couvert de participer aux travaux collectifs, l'entretien du jardin, un peu de ménage et l'embellissement de ce lieu dont la vocation première, affichée comme telle en tout cas, est l'accueil des laissés pour compte.

Mais ce soir, tu sais qu'il n'y a qu'elle. Louis est parti pour un long voyage, désireux de se laisser à nouveau interpeller par l'Asie et la spiritualité bouddhiste. Même si tu te dis tolérant, tu n'as jamais rien compris à cette philosophie, avec ses mantras, son Nirvana, ses réincarnations multiples. Louis, lui, a voulu comprendre et il est parti pour quelques mois, voire un an, peut-être même qu'il y restera. Les dernières nouvelles que tu as eues de lui datent de neuf mois, il te disait qu'il se sentait bien là-bas, que la vie était douce, que les habitants étaient infiniment gentils, accueillants, et que s'il fallait donner un nom à l'antichambre du paradis c'était celui de la terre du Siam. Louis, ce brave homme. Tu es content qu'il ne soit pas là ce soir, sinon tu aurais dû t'assurer de son silence.

Les jeunes, eux, sont partis pour un séjour à La Rochelle, à l'invitation d'un passionné pour les vieilles pierres, désireux de *ressusciter la gloire passée d'un fort construit sous Napoléon 1er, l'un des chaînons de la ceinture de feu, pour empêcher les Anglais, ennemis de toujours de l'empereur, de pouvoir faire une percée, par l'estuaire de la Gironde. Tu les aimes, ces six gamins qui ne mâchent pas leurs mots et qui, marqués au fer rouge par les vilenies de leur enfance, peuvent aussi bien te serrer sur le cœur que te griffer comme des bêtes sauvages. S'ils avaient été là, tu n'aurais pas pu être ici ce soir. Mais ce soir : il n'y a qu'elle.*

Tu entends son souffle inspirer l'air et le rejeter par la gorge, dans ce grognement exécrable pour une femme qu'est celui du ronflement. Tu lui avais souvent dit de prendre soin d'elle, d'essayer de perdre un peu de poids pour réduire cette apnée et lui rendre ainsi des nuits plus sereines. Si elle t'avait écouté, tu n'aurais pas pu être ici ce soir, sans danger. Mais comme d'habitude, elle n'en a fait qu'à sa tête n'arrivant à s'endormir qu'avec l'aide de ces insupportables cachets.

Elle ronfle.

Et toi, bientôt, tu vas mettre fin à sa vie, cette vie que d'aucuns considèrent comme celle d'une sainte, alors qu'il n'en est rien, tu le sais, toi tu le sais, cette femme n'est qu'une salope.

Tu ouvres sa porte qui grince sur ses gonds.

C'est à peine si, dans son sommeil, ce bruit de fer contre le fer la perturbe. Elle bouge, juste un peu, et reprend une position en chien de fusil, cette posture qui respecte les trois courbures du dos, celle des cervicales, des dorsales et des lombaires. On dirait une jeune fille et tu la regardes dormir, sous la clarté argentée de la lune. Elle est presque belle, attendrissante. C'est étrange de pénétrer comme ça dans la chambre d'un dormeur, à son insu, n'entendant que le râle de son souffle, ne ressentant que ta propre respiration.

Comme à son habitude, elle a rangé soigneusement ses affaires sur le dossier d'une chaise. Tu vois là, son soutien-gorge, sa jupe plissée, ses chaussures de bonne sœur. Elle dort oui, paisiblement, étreignant un coin de son oreiller, rêvant tu ne sais de quoi. Tu t'es toujours demandé de quoi elle pouvait rêver. D'un homme, elle qui n'en a jamais eu ? Ou plutôt qui n'en a jamais voulu ? En tout cas, c'est ce que tu crois. D'un enfant peut-être ? De voyages ? Probablement n'a-t-elle jamais rêvé. Non, c'est impossible, tous les hommes et toutes les femmes rêvent même s'ils ne s'en souviennent pas. C'est ainsi qu'ils sont faits : il faut qu'ils rêvent, au risque, sinon, de devenir fous.

Une de ses jambes est en dehors de la couette et tu vois qu'elle est nue sous sa chemise de nuit. C'est étrange. Cela ne te fait rien. Il faut dire qu'elle n'est plus trop attirante, bien que... Non, l'excitation est ailleurs, dans le fait d'entrer ainsi dans l'intimité d'un être, de le sentir vulnérable, à ta merci. Mais aussi la perspective du danger, si elle se réveillait, si les jeunes finalement rentraient ce soir à l'improviste, si Louis décidait d'un retour incongru. Non, ce n'est pas possible. Si elle se réveillait, oui, et si elle criait en te reconnaissant, hurlant ton nom dans la nuit, se débattant, te frappant avec le premier objet venu : que ferais-tu ? Tu ne le sais pas, mais qu'importe. Tu sais que les cachets qu'elle prend sont puissants, d'ailleurs tu vois, sur son chevet, un verre d'eau à moitié vidé, la boîte de benzodiazépine ouverte, le livre, qu'elle lit, tombé à côté du lit et ses lunettes négligemment posées, comme si elle n'avait pas eu le temps de tout ranger convenablement avant de s'endormir. Et tu te dis qu'elle a eu tort de ne pas t'écouter, de ne pas chercher à retrouver le sommeil naturel.

Alors tu t'approches. Tu vois un de ses seins, sorti comme une mamelle. C'est beau. Ce téton. Cette chair qui doit être infiniment douce. Alors tu t'avances. Il faut que tu la tues, oui il le faut. Il le faut pour la justice, cette justice parfaite, celle de Dieu. Tu n'es qu'un soldat du Tout-Puissant qui, lui, s'octroie le droit de faire naître ou de faire mourir. Et tu ne fais que lui obéir. Alors tu t'avances de quelques pas encore. Tu es au bord de son lit. Elle dort si paisiblement, la salope. Oui, c'est une salope. Toi, tu le sais. Et ce mot, « salope », lui va à merveille, étymologiquement « très sale », cette « répugnante », cette « immorale » !

Et là, dans très peu de temps, juste quelques secondes, tu vas mettre fin à ses jours et délivrer son petit monde de sa mainmise.

Grâce à toi des choses vont changer. Et grâce à toi, justice va être rendue. Pas celle des hommes, non : celle de Dieu.

Alors tu ouvres son armoire, regardant avec mépris ses fringues, comme si tu avais besoin de tout savoir d'elle avant de l'occire. Tu t'étonnes, sur un côté de l'armoire il y a ces habits que tu connais, quelconques, falots, neutres, ses chaussures de none. Mais de l'autre côté, il y a de la lingerie fine, des escarpins, des petites culottes affriolantes. La connais-tu si bien que ça ? Qu'importe, il est trop tard. Alors tu prends cet oreiller qu'elle ne prend jamais, de peur d'être trop en hauteur. Pourtant tu lui avais dit que cela améliorerait sa respiration et son sommeil. Mais elle n'a pas voulu t'écouter, la conne. Et tu le serres contre toi, ce polochon, et tu t'approches, là, tout près d'elle. Voilà, tu es à cinquante centimètres, et puis à trente, et puis à dix, et puis à un, rien qu'un petit centimètre ! Elle ne bouge pas.

Alors tu pèses de tout ton poids sur le coussin en l'étouffant. Elle essaye de se débattre, mais elle n'y arrive pas. Tu ne comprends pas, elle devrait dormir avec les cachetons qu'elle prend. En aurait-elle pris moins que d'habitude ? Ou est-ce une réaction instinctive de survie ? Tu entends son râle, elle cherche l'air, ses mains s'agitent et toi tu forces encore plus ton étreinte, l'étreinte de la mort.

Un ami médecin t'avait un soir décrit le processus par lequel une personne s'étouffe, c'était une drôle de conversation, suite au fait divers d'un homme ayant étouffé sa femme qui le trompait, à quelques maisons de chez toi. Tu l'avais écouté sans trop savoir pourquoi, par curiosité malsaine peut-être. Tu ne savais pas encore qu'un jour tu serais cet homme. Il t'avait dit qu'à un moment donné les membres ne bougent plus, juste avant l'asphyxie cérébrale, la phase d'obnubilation, cette étape irréversible si ce n'est celle de laisser sa victime comme un légume.

Elle se débat, de toutes ses forces ! Tu n'arrives pas à la contenir. Et tu desserres ta pression. Tu ne vas pas y arriver. Un premier meurtre c'est une épreuve que d'aucuns imaginent facile, à voir les films qui passent à la télé, mais qui est, en réalité, la chose la plus difficile à faire au monde.

Alors elle tousse, elle tousse, et elle tousse. Et elle se retourne dans son lit pour t'échapper, tombant à terre comme un gros sac de viande. Et toi tu es là comme un idiot, hébété, tenant cet oreiller à la main. Alors elle se lève, titubante, te jetant un livre à la tête, te sautant à la gorge en criant :

— Non : pas vous !

Ce n'est pas ça que tu avais imaginé. Tu t'étais répété ce geste maintes et maintes fois, allant jusqu'à le rêver, un peu comme pour un grand soir, un premier soir de haine. Tu avais lu qu'il fallait trois minutes, trois longues minutes, pour l'achever et que passé ce point irréversible, il fallait continuer ne serait-ce que par humanité. Tu l'avais même visualisée, dans un drôle de songe, inerte, morte, ne bougeant plus, presque belle, lui fermant la bouche et les yeux, par respect, lui couvrant ses jambes avec la couette, la bordant comme si tu lui disais « bonne nuit ». Alors tu rangeais l'oreiller et tu la regardais une dernière fois, comme pour lui dire « au revoir ».

Tu essayes de reprendre le dessus, mais elle te pousse dans son armoire, à faire tomber ses fringues et ses dessous sexy. Que pouvait-elle faire de tout ça ? Cette frivolité, ces choses à défroquer le premier curé venu. Une pensée te vient qu'elle était garce, et que derrière ses airs de sainte nitouche elle s'envoyait en l'air avec des hommes de passage. Tous ces hommes qui frappaient à ta porte pour demander le gîte d'un soir, l'asile pour quelques nuits…

Mais en réalité, c'était pire que ça. Et tu le sais.

En désespoir de cause, tu lui jettes ses atours à la figure. Elle est saisie. Tu te débats et tu arrives à la repousser sur le lit. Elle s'affale les jambes en l'air. Alors tu te sauves en dévalant quatre à quatre les escaliers tandis qu'elle hurle par la fenêtre : « Au secours, au secours ! ».

Une fenêtre s'allume, la tête d'un homme en sort, vomissant quelques jurons et puis :

— C'est quoi ce bordel ?

Toi, tu te sauves. Étonnamment, tu cours, comme si tu avais réussi à mobiliser toute l'énergie qui est en toi pour préserver ta peau. Quelques chiens, dans la nuit, font le loup, hurlant à la mort.

Tu t'arrêtes quelques centaines de mètres plus loin, sur la grand-place, et tu marches, te noyant dans les gens qui sont là, qui déambulent.

Tu as raté ton entrée dans le royaume des assassins.

C'était ici chez toi.

Volabunt quasi corporibus
(Les mouches aiment les corps froids)

Eva Saint Louis arriva sur les lieux à treize heures.

Elle n'avait pas eu le temps de déjeuner, prise entre deux affaires, et puis ce coup de fil :

— Commissaire, venez vite…

Vite, vite, c'était toujours vite. Il fallait toujours aller vite. Depuis quelques années, les banlieues étaient devenues des no man's land. Tout un tas de jeunes, désœuvrés, n'ayant pour seule espérance que celle d'échapper au chômage de leurs pères et mères, n'avaient pas trouvé d'autres occupations que celles de se murger jusqu'à vomir, sniffer des rails de coke, de flamber des bagnoles, de s'abandonner à la fainéantise, de faire des casses de-ci, de-là en torturant leurs victimes à coup d'acide, en écrasant leur cigarette sur leur peau, en imitant les scarifications de leurs vampires jusqu'à les vider de leur sang.

Ce monde était devenu dégueulasse et Eva s'était revêtue d'une armure d'insensibilité. Après être passée par plusieurs phases : celle de la novice pleine d'espoir, puis celle de la femme convaincue de la haute valeur de la justice, ensuite celle de la renégate ayant envie de tout plaquer, ainsi que celle de la dépressive flinguant dans ses rêves tous les salauds du monde, elle était enfin arrivée au stade de l'indifférence, seule planche de salut lui permettant de survivre sur cette terre hantée par les fils du Diable. L'abandon des pouvoirs publics, quels que soient les gouvernements élus qui, au-delà de la période électorale remplie d'une liste de mille promesses oubliaient, au premier soubresaut budgétaire – dépendant de l'indice des prix, de la hausse du pétrole, des exportations, de la réalité de la situation, des élections américaines, de la consommation des ménages, de la couleur du ciel, de l'indice Insee –, leur engagement pour renforcer et moderniser les forces de l'ordre n'avait fait que bénir cette situation.

— Où ça ?

— Au vingt-sept rue François Bonin.

— OK on arrive.

Sirène hurlante, elle était montée dans une Volkswagen flambant neuve, tout électrique, nouvelle lubie d'un fonctionnaire planqué de la préfecture, une patache, un veau, aux performances à faire mourir de rire les délinquants se pavanant en BMW série 5 G30, n'hésitant pas de faire un doigt d'honneur aux flics aux feux rouges en leur mettant sept secondes dans la vue au démarrage.

Elle arriva sur le lieu ceinturé de rubalises pour éloigner les badauds avides de flirter avec la peur d'avoir peur.

— C'est quoi ?

— Une femme, et ce n'est pas beau à voir.

— Quel âge ?

— Difficile à dire.

— Qui l'a trouvée ?

— C'est nous commissaire. En réalité, ce sont ces gamins, rentrés d'un stage d'archéologie qui se sont inquiétés (l'agent montrait du doigt un groupe de jeunes, assis sur un banc), au bout de quelques jours, d'une odeur de pourriture persistante et de l'arrivée d'un grand nombre de mouches à merde.

Les gosses, des ados, avaient été pris en charge par une brigadière, qui avait été psy dans une autre vie avant de s'engager sur le terrain de l'action.

— On les a interrogés ?

— Ils ont du mal à répondre, ils disent n'importe quoi, ils sont choqués.

Eva s'approcha du banc. Le plus grand de la fratrie pleurnichait. Elle l'imagina jouer les durs devant les filles et les copains, braver ses collègues en les caillassant, oui vu le look ça devait être ça, même si les préjugés ont souvent tort, et là, il était comme une loque, effondré. La vision de la mort vache avait eu raison de sa superbe.

— Qui l'a vue en premier ? demanda-t-elle.

— C'est moi m'dame.

— C'était quand ?

— On est rentrés hier soir, m'dame. On était parti faire un stage à La Rochelle. Et puis nous on n'savait pas. On est rentrés dans notre chambre.

— Et alors ?

— Alors rien m'dame, sauf que ça sentait la mort.

— Ça puait grave, dit un autre.

— C'était dégueulasse, dit encore un autre.

— Alors on a frappé à la porte de madame Gisèle.

— Oui, elle n'ouvrait pas.

— La porte était vach'ment fermée.

— C'est vrai c'qu'il dit m'dame.

— Alors on l'a défoncée…

— Faut dire aussi qu'tout était grand ouvert quand on est rentrés.

— Comment ça ?

— Oui, la fenêtre du palier.

— Quand êtes-vous revenus ?

— Hier soir m'dame. On n'savait pas. On s'est couché. On supposait qu'elle dormait la Gisèle.

— Et vous n'avez rien senti ?

Les gosses parurent embarrassés.

— Euh, non m'dame.

Adam, son adjoint, lui glissa à l'oreille qu'ils avaient fait la fête hier soir, qu'ils étaient complètement bourrés, et qu'en plus ils avaient pris du shit.

Eva soupira, les jeunes d'aujourd'hui ne savaient plus s'amuser autrement qu'en se mettant à l'envers, n'ayant eu de leurs aînés que des soirées télé, des abandons parentaux, des divorces à tout va et des engueulades dramatiques. Elle passa le seuil et entra. Il y avait d'abord un couloir qui s'ouvrait, à droite, sur une cuisine commune, mal rangée, dans laquelle des assiettes finissaient de s'encrasser à attendre la bonne volonté d'un service, aujourd'hui disparu. Sur le mur, une dizaine de patères servaient de penderie, sur lesquelles étaient suspendus un duffle-coat, une veste, deux anoraks, et cinq écharpes, toutes aussi excentriques les unes que les autres, des vêtements que les gosses avaient certainement accrochés. Au fond du couloir, il y avait une porte dont l'imposte, en verre granité, laissait passer la lumière venant du jardin. Eva prit l'escalier qui montait par la gauche. Une reproduction élimée de la vierge à l'enfant, de Léonard de Vinci, trônait sur le mur d'échiffre, au niveau du premier palier intermédiaire. L'enfant Jésus, potelé et grassouillet, semblait dire à sa mère : « donne-moi ton sein ». Eva continua sa montée, elle n'avait jamais eu d'enfant, pas le temps, trop de boulot, et surtout pas d'amour avec lequel concevoir un enfant aurait eu un sens. Et puis c'était trop tard. À quarante ans passés, avoir un gosse c'était prendre le risque qu'il soit de travers et ça, elle ne l'imaginait même pas. Alors l'envie de maternité qui l'avait tancée vers la trentaine, avait laissé la place aujourd'hui à une sorte de fatum nourrissant l'oubli de soi. Son job était devenu sa vie. Et cette cause ultime avait réclamé sa pensée, sa force, son âme et son devenir. Et la femme qu'elle était, dans ce milieu ô combien machiste, avait réussi à forcer le respect en réussissant l'affaire des frères Zatov : trois malades échappés des geôles d'Ukraine, qui n'avaient rien trouvé de mieux, pour occuper leur temps libre, que d'étrangler les nourrissons des femmes qu'ils employaient sur les trottoirs de Paris, en jetant leurs tendres dépouilles dans une cage remplie de chiens devenus fous.

Au premier étage il y avait un bureau, étonnamment rangé, comme si personne n'était venu là depuis des mois, voire des années. Seule la poussière que transporte l'air que nous respirons, constituée de fibres textiles, de résidus alimentaires, de poils de bestioles, d'acariens, de polluants, de moisissures, de pollens, et de tout un panel de saletés produites par la vie moderne, avait fini par avoir raison de la sérénité apparente de ce lieu, en recouvrant le dessus de la table d'une fine pellicule blanchâtre. Le drap du lit était ouvert et soigneusement plié, comme si un dormeur y était venu la veille.

Dans un coin de la pièce, il y avait une Madone qui semblait, dans une douceur infiniment maternelle, incliner la tête comme pour oublier la rosserie et la barbarie des hommes.

Sur cet étage, l'autre pièce avait été manifestement dévolue au recueillement. Il y avait une bibliothèque recouvrant les deux murs sans porte et sans fenêtre. Et deux fauteuils invitaient le curieux à venir s'y asseoir pour lire un des ouvrages ou méditer sur les leçons de la vie. Eva regarda, elle avait toujours aimé la lecture, depuis son plus jeune âge, ses parents lui ayant transmis le plaisir d'imaginer, dans les pages d'une histoire, lorsqu'elle était encore enfant, des fées et des princes charmants, qui l'emmenaient faire de beaux rêves dans ses nuits de gamine. Et puis, grandissant, la seule constante dans ses années d'adolescente et de jeune femme avait été le plaisir des mots, seule échappatoire aux vicissitudes d'un quotidien pourri par la réalité d'un monde en déshérence.

La lumière passait par la fenêtre de cette pièce en faisant voler des myriades de particules, qu'Eva déplaçait au moindre de ses mouvements, tout un univers insaisissable de vétilles, qui se révélait dans ces quelques rais.

Elle décida de monter au deuxième étage. Le limon craquait et, sur la ligne de foulée, on pouvait deviner les milliers de pas qui avaient laissé leur empreinte, usant fibre après fibre le nez de toutes les marches.

L'odeur de pourriture en effet, cette odeur caractéristique des chairs en décomposition, augmentait avec l'élévation en préparant, incidemment, le visiteur à la rencontre avec l'horreur de la mort.

Eva poussa la porte et entra, Gisèle, tout au moins ce qu'il en restait, finissait de se faire dévorer par des escouades d'insectes.

La mort était là, dans toute sa vilenie, dans toute son incompréhension, dans toute sa violence.

Étonnamment, la position de son corps transpirait une impression de sérénité, comme si le sommeil avait eu raison d'elle, de son souffle, de son corps, de sa vie. Eva l'imagina s'être endormie, il n'y avait pas de traces de violences apparentes, la chambre était celle d'une femme, soigneusement rangée, chaque chose était à sa place. Sur la commode, il y avait ce petit cadre dans lequel une photo de jeunesse semblait regarder son double, dévoré par les diptères. Il y avait aussi un petit vase dans lequel finissaient de sécher des fleurs qu'elle avait dû cueillir dans le jardin attenant à l'immeuble. Eva essayait de percevoir quelque chose, de repérer un détail, de se laisser surprendre par une image subreptice. L'odeur de putréfaction était insupportable, Eva, la bouche couverte par un mouchoir, ouvrit la fenêtre contemplant ce visage noirci et vidé de sa substance par le travail des insectes. Sur son chevet, il y avait un verre, n'ayant du liquide qu'il contenait que la trace de calcaire. Eva vit le somnifère et se souvint de ce produit qu'elle avait elle-même pris durant quelques jours, sur les conseils d'un ami médecin, après avoir perdu son frère aîné, parti trop tôt vers le ciel de tous les dieux. Il y avait aussi les lunettes et le livre, un drôle de livre d'ailleurs, intitulé « Prières à Sainte Rita, pour les situations désespérées ». Pourquoi lisait-elle ce livre ? Certes, la vierge posée sur la commode démontrait peut-être une ferveur religieuse. Mais il y a tant de personnes qui accrochent un crucifix sur le mur de leur chambre sans conviction, si ce n'est celle d'éloigner les foudres d'un mal dont ils ne connaissent même pas le nom. Cette femme devait avoir la foi pour lire ce livre. Eva ouvrit la penderie et vit sa lingerie affriandante. Il y avait là une dissonance. Sur une étagère, elle vit un fouet, des menottes de policier, une bande de cuir avec des pointes de fer. C'était très étrange d'imaginer cette femme lire des prières et être adepte de ce genre de pratiques. Décidément, l'être humain était une bestiole surprenante.

— Eva, tout va bien ?

C'était Adam, le fidèle Adam, qui l'avait toujours suivie et avec lequel elle avait résolu les affaires les plus scabreuses.

— Oui tout va bien…

— Ce n'est pas beau à voir hein ?

— On peut dire ça oui.

— Le légiste est arrivé.

— Henri ?

— Oui.

— Descendons alors.

Dehors il faisait froid, sans pour autant que cela soit insupportable, c'était un de ces beaux jours d'hiver, un ciel bleu, pas de vent, et un froid sec. Les gosses étaient debout, en groupe, l'un fumant une cigarette, l'autre parlant pour ne rien dire, un autre encore soufflant dans ses mains pour les réchauffer. On sentait cette union de tribu, la fratrie des faubourgs, que d'aucuns ne pouvaient tromper sans risquer la correction de sa vie. Ces gamins faisaient corps et ensemble ils étaient capables du meilleur comme du pire.

Eva s'approcha d'eux et leur demanda :

— Elle voyait quelqu'un ?

— Dame Gisèle ? Oh non m'dame, elle n'voyait personne.

— C'est vrai ça, c'était comme une none !

Ils pouffèrent entre eux. Sûr qu'un jour ils avaient dû fouiller dans son armoire et imaginer ses frasques en la mimant. Peut-être même qu'ils en savaient plus qu'ils ne le laissaient paraître.

— Et de la famille ?

— Elle n'avait pas d'famille, m'dame. Sa famille c'était nous !

— Elle sortait peut-être ?

— Non plus m'dame. La Gisèle ce qu'elle aimait c'était nous faire la cuisine et le ménage.

— Oui m'dame. Elle faisait des ménages, ici à la pension, mais aussi chez d'autres.

— Vous savez qui ?

— Oh non m'dame, nous on s'mêlait pas de ses affaires.

— Et vous n'avez vu rentrer personne d'autre que vous ?

— Si y'avait Louis, mais Louis, ça fait longtemps qu'il est parti.

— Louis ?

— Oui m'dame.

— Il est parti en Chine…

— Mais non c'est au Japon…

— Vous êtes tous relou, c'est n'importe quoi, il est parti en Birmanie…

C'était le plus grand qui parlait. Une sorte de colosse devenu trop vite adulte. De grands yeux clairs, baraqué comme un déménageur, des cheveux mi-longs et un tatouage en forme de cœur dans lequel était inscrit : « Fuck for ever ».

Eva le regarda et pensa : « vaste programme ».

Adam s'approcha d'elle et lui demanda presque en murmurant :

— On les embarque ?

— Non, ça ne sert à rien, ce n'est pas eux.

— Qu'est-ce qui te fait dire ça ?

— Comme ça, je ne sais pas, je le sens c'est tout. Et puis ils ne diront rien de plus.

Eva se laissa imprégner par l'instant. C'était étrange ce beau jour. Au loin, un couple de joggers tournait autour du parc. Ils avaient l'air heureux, l'homme, manifestement plus rapide, jouait à courir à l'envers en souriant à sa belle. Eva soupira. L'Amour… Il y a tellement longtemps qu'elle l'avait connu. Et puis perdu bêtement, à force de contraintes et d'absences. Il y avait aussi une mère avec deux enfants qui jouaient au ballon. Elle sentit son esprit s'évader un instant, ayant besoin de respirer cet air vivifiant, de laisser sa peau frissonner, de fermer ses yeux pour faire le vide, rien qu'un instant. Adam la vit et lui demanda, l'imaginant dérangée par ce qu'elle venait de voir, comme si…

— Tout va bien ?

Elle ouvrit ses paupières.

— Oui, oui, ça va bien.

Ce beau jour, oui. Et cette impression de se noyer dans la merde du monde – ce corps pourri, ces insectes dévorant ce visage décharné – fermer les yeux et respirer, et remonter de ce sous-sol profond, pour apercevoir la lumière, au loin, avant d'être frappée par son éclat.

— Tu es sûre ?

— Oui, oui, ne t'en fais pas…

Adam « le fidèle », cet attribut lui allait à merveille. À un moment de leur histoire, elle avait senti qu'il avait quelques vues sur elle, lui qui n'avait pas su garder sa belle, lassée de l'éloignement maladif dont ont besoin ceux et celles qui naviguent dans l'obscur. Tous les soirs, c'était la même rengaine : un visage contrit, des pensées sombres, des rêves torturés. Adam le savait, sa chère Hélène, il l'avait perdue parce qu'il n'avait pas pris soin d'elle. Il aurait dû prendre ce temps d'un bol d'air avant de rentrer le soir chez lui, la mine déconfite. Il aurait dû lui parler de voyages aux Seychelles et la faire rêver ! Il aurait dû s'intéresser à ses passions au lieu de lui faire supporter les visages des morts qui le tourmentaient. Eva, comme lui, à chasser le démon, était devenue maudite, solitaire. Personne ne pouvant flirter avec le Mal sans risquer d'y perdre sa vie. Eux, pour survivre, ils avaient dû renoncer à l'Amour.

Uulnerum putredine amittitur
(Mes plaies sont puanteur et pourriture)

— Ce n'est pas beau…

— En effet…

— Vous voyez, ma chère Eva, dans mon métier, je trouve un certain plaisir à convoler avec la mort. Je vidange des yeux hématiques, je découpe des thorax sanguinolents, je scie des membres brisés, je scalpe des cuirs chevelus calcinés…

Eva ne disait rien, elle avait l'habitude des digressions sur lesquelles Henri prenait plaisir à s'égarer. Le cynisme était devenu son compagnon de scène, seule échappatoire pour expurger la hargne face à la mort, salope saisissant dans le mystère d'un soir, un homme, une femme, un gosse, pris dans les griffes d'un prédateur, déchirant l'avenir d'une vie en lui volant son ombre, son rire, son nom.

— Regardez cette belle plaie, ma chère Eva, cette belle pourriture ! Le corps, quel que soit son état, porte la trace de ses meurtrissures.

— Qu'avez-vous trouvé ?

— Malheureusement, rien qui ne puisse vous conduire sur la raison du décès. Simplement des fractures relatives au passé. Très étonnantes d'ailleurs…

— C'est-à-dire ?

— Son nez, regardez-là, l'os propre a été cassé, et le septum est dévié.

— Et alors ?

— Rien, si ce n'est qu'elle a dû recevoir un coup il y a… attendez, non, en réalité je pense que l'os a été sectionné…

— C'est-à-dire ?

— Eh bien, qu'on lui a coupé le nez.

Henri charcutait, méticuleusement, en praticien maniaque et consciencieux, essayant de retrouver un quelque chose d'humain dans ce visage dévoré par une kyrielle d'insectes.

— Tiens donc, encore quelque chose d'intéressant.

— Quoi donc ?

— Attendez très chère, ne soyez pas si pressée. Vous savez dans mon job l'attention prime sur l'approximation, et la patience l'emporte sur la vitesse.

Henri dégageait de sa pourriture le lobe d'une oreille.

— Voilà, regardez très chère…

Eva s'approcha. Elle n'aimait pas se trouver confrontée à la réalité d'un « après » qu'elle avait espéré, comme tant d'autres, imputrescible. Ce n'était pas la mort qui la dérangeait, étant habituée à côtoyer les victimes de la haine et de la folie. Non, la raison profonde de son mal à l'aise n'était pas dans la mort, mais dans la flagrance de la corruption de la chair. Cette chair que d'aucuns soignaient tous les matins, entretenue pour faire le fort, pommadée contre les flétrissures et qui, là, tôt ou tard, pourrirait nourrissant la terre de ses sucs.

— Vous voyez ? Elle a aussi eu l'oreille coupée…

— Et ça voudrait dire quoi ?

— Je ne sais pas. Si elle avait eu vingt ans de plus j'aurais dit qu'elle avait servi de modèle pour la statue Arumbaya…

— Aru quoi ?

— Vous ne lisez pas Tintin ?

— Pas vraiment non…

— Certes, j'imagine que vous lisiez plutôt Martine…

— C'est un peu sexiste comme préjugé…

— Que voulez-vous, je ne suis qu'un homme…

— Et les garçons lisent Tintin pendant que les filles lisent Martine à la mer, Martine en voyage, Martine à la ferme, c'est ça ? Fort dommage qu'il n'y ait pas eu un album « Martine à la cuisine » !

Henri sourit et dit :

— Ne vous fâchez pas ma chère Eva, mais regardez plutôt ce que je viens de découvrir.

L'intérêt du sujet reprit le dessus sur cette conversation sans autre objet que celui de meubler l'espace morbide de cette pièce aux murs sales et verdâtres sur lesquels la lumière blafarde des lampes suspendues n'arrivait plus à accrocher l'étincelle d'une coruscation.

— Voilà, regardez, ça, c'est intéressant.

— Son autre oreille aussi a été coupée ?

— C'est cela, oui.

— Et alors ?

Henri se releva. Il trônait comme un chercheur ayant trouvé le Graal dans sa blouse blanche, éclatante de propreté et repassée avec soin. Il enleva ses gants, posa sa lampe frontale sur la table, et dit, à la manière d'un mentor :

— Ma très chère Eva. Ces blessures m'inspirent le sort que l'on réservait, au dix-septième siècle, aux femmes de mœurs légères.

— Comment cela ?

— Eh bien, à cette belle époque ; celle de notre Roi-Soleil et celle des latrines que l'on versait par les fenêtres, engraissant le peuple des rats qui s'en repaissait en nous inséminant la peste ; l'homme dominant n'avait rien trouvé de mieux que de mutiler la dame, prise en flagrant délit de prostitution avec un soldat, en lui coupant le nez et les oreilles, afin de lui ravir à jamais sa beauté.

— C'est horrible…

— Certes. Mais que voulez-vous, les mœurs de cette belle époque étaient des plus raffinées !

— Et vous pensez qu'un taré lui aurait fait ça ?

— Ma chère Eva, je ne sais pas. Je ne fais que constater. Il vous appartient d'interpréter.

Eva Saint Louis éprouvait tout à coup le besoin de marcher un peu, de prendre l'air, même si l'horreur l'avait habituée au pire depuis déjà fort longtemps, l'odeur de pourriture l'incommodait. Elle avait de plus en plus de mal à supporter cette puanteur de la chair putréfiée, ensemencée de larves d'insectes.

— Je vais prendre un peu l'air, dit-elle.

Le square Albert Tournaire avait des allures de printemps qui se cherche, les bourgeons essayant d'ouvrir leurs écailles et les crocus ayant crevé leur bulbe avec des éclats jaunes, blancs et violets. Le temps depuis quelques années s'était réchauffé, n'en déplaise aux politiques qui se refusaient à l'évidence, à cause de tout un tas de raisons comme le trou de la couche d'ozone, les gaz à effet de serre, la concentration des particules fines, la rumination et le pet des vaches, le dégazage des volcans comme l'Etna qui venait de faire une énième crise.

Eva s'était retrouvée près de la Seine, qui coulait sans force, matière visqueuse et flasque qu'animait une péniche, de temps en temps, laissant une mousse d'écume dans son sillage et des vaguelettes qui caressaient la pierre millénaire des quais.

Elle avait allumé une cigarette et pensait à cette femme dévorée par les mouches. Il était étrange que la mort puisse avoir une telle présence. Elle se souvenait de cette grand-mère qu'elle aimait, jaunie par la maladie et dévorée par le cancer, partie trop tôt comme toutes les grands-mères que l'on aime, la veille de son anniversaire. La mort ne pouvait pas avoir un beau visage. Et celle de cette femme n'avait plus de visage, les os seuls avaient subsisté dans leur nature. La chair, elle, avait été pillée, habitée par ces bestioles qui l'avaient ruinée.

Henri l'avait rejoint.

— Je viens aussi souvent ici, comme vous, fumer une cigarette.

Elle lui sourit. Elle savait que cet homme, ce spécialiste de la mort, était, malgré son cynisme apparent, doté d'un grand cœur. Elle l'avait vu, une fois, pleurer sur le corps d'un enfant qu'un salopard avait brutalisé. La gamine avait été séquestrée, violée, torturée. Alors Henri n'avait eu de cesse, comme elle, d'identifier, de retrouver et de piéger le monstre qui avait ça. Le monde, au-delà des apparences, avec ses plaines sereines et ses soleils levants, était, la nuit, alors que les âmes des bonnes gens voyagent dans leurs rêves, hanté par des êtres perdus, des vagabonds déjà morts, des barbares à l'affût de leurs proies.

Elle lui avait proposé le bout incandescent de sa cigarette pour qu'il allume la sienne.

L'air était bon. Frais et léger. Étonnamment, Paris en ce jour n'était pas asphyxié par le souffre et le plomb, molécules tueuses recrachées par tous ces véhicules se niflant le cul sur le périphérique, responsables, pour la capitale, de 2500 décès par an.

Eva se disait qu'elle courait après les monstres, à qui l'on pouvait attribuer les 100 meurtres annuels parisiens, alors que ces atomes en suspension en tuaient vingt-cinq fois plus.

— Vous pensez à quoi ma chère Eva ?

— Au monde qui fout le camp, mon cher Henri.

— Vaste sujet…

— Oui… Nous avons un drôle de job, ne croyez-vous pas ? À courir le meurtrier qui affole les beaux quartiers alors, qu'en toute impunité, nous gazons la planète.

— Je vous trouve bien philosophe ce matin…

— J'ai simplement lu la une d'un magazine chez mon dentiste.

— Ah les dentistes…

Un bateau-mouche venait de passer, avec une troupe de touristes qui n'arrêtaient pas de shooter tout et n'importe quoi, enregistrant dans leurs boîtiers numériques des bribes de souvenirs.

— Au fait, dit Henri, je n'ai pas eu le temps de vous donner plus de détails sur votre morte.

Eva sourit.

— Je savais que vous alliez me les donner très cher Henri…

— Vous me connaissez bien quand même…

— Depuis toutes ces années…

— Et depuis tous ces morts…

— La mort rapprocherait-elle les vivants ?

— Personnellement, je le pense, les vivants pensent à la vie lorsqu'ils sont confrontés à la mort…

— Et nous que poursuivons-nous ? Le Mal ?

— À le penser, nous risquons le péché d'orgueil, vous le savez bien… Non, peut-être la folie d'imaginer de l'empêcher d'agir, comme si nous le pouvions…

— Quelle gageure…

La péniche avait disparu, seule restait sa houache, bouillonnante de merde et de vase, de bactéries et de pisse de rats. Eva se souvenait, l'été dernier, ces gosses du voyage qui plongeaient dans le canal de l'Ourcq, elle leur avait dit de sortir, que l'eau était dangereuse, ils lui avaient fait un bras d'honneur et avaient nagé jusqu'à l'autre rive, en la traitant de « grosse pute ».

— Alors que vouliez-vous me dire, mon cher Henri ?

— Je pense que votre morte aurait pu être étouffée…

— Comment ça ?

— J'ai analysé l'oreiller qui était dans l'armoire, il y avait des traces compatibles avec du maquillage, du mascara et du fond de teint. Par ailleurs, en filtrant la pourriture j'ai retrouvé 14 fibres de polyester de cette taie sur le visage de cette dame, ce qui indique la probabilité d'un transfert croisé.

— Et donc ?

— Ces résultats soutiennent qu'avant sa mort, la victime a eu un contact intense avec l'oreiller, c'est-à-dire une pression plus forte qu'une tête posée, même si l'on ne peut pas affirmer qu'il y a eu étouffement.

Eva se souvenait d'avoir ressenti une présence dans cette chambre, d'avoir perçu des cris. Les murs, le plafond et le plancher étaient comme la bande magnétique d'un enregistreur, comme la pellicule d'un boîtier photographique sur laquelle s'était imprégnée la scène. Eux seuls désormais en gardaient l'exclusivité et le secret. Eva s'était allumé une deuxième cigarette et pensait, laissant son esprit virevolter avec les images et les sons qu'elle avait saisis. Les gamins chamboulés par la vue de la mort. Le petit cadre et cette photo de jeunesse. Le vase avec les fleurs séchées. Le somnifère. La vierge et son visage débonnaire. Et ce livre de prières pour les causes perdues. Il y avait un détail qui l'obsédait. Son esprit la tançait pour le lui faire réapparaître.

Il fallait qu'elle oublie ce visage dévoré, ces os apparents. L'essentiel n'était pas dans l'horreur, mais se cachait ailleurs. Le choc de la pourriture occultait ce détail qui cherchait par tous les moyens à surgir, elle le sentait. Elle soupira.

— Elle est quand même belle cette putain de ville… dit Henri.

— C'est vrai, et même si j'adore la mer, j'avoue que j'aurais du mal à m'en défaire.

— Paris est comme une femme. Attachante et dévorante à la fois.

— Ah, les femmes, mon cher Henri. Qui peut les comprendre ?

— Si ce n'est une femme…

— Et encore…

Il avait fallu qu'elle prenne ce bol d'air, cette respiration. La fraîcheur la stimulait. Henri regardait au loin.

— Vous avez l'air bien pensif mon cher Henri.

— Oui, en effet. Je pensais qu'en définitive je ne sais rien de vous. Nous aliénons nos heures les plus intimes devant des cadavres nus, dont j'ausculte, avec la foi d'un haruspice, les entrailles, explorant jusqu'à leurs orifices les plus secrets et je me dis, que cette liaison singulière ne nous a finalement rien appris l'un de l'autre.

Eva sourit. Henri avait toujours aimé jouer avec les effets de l'antiphrase et de l'hyperbole. C'était sa façon à lui de contrecarrer la décompensation et la spirale du sentiment d'impuissance.

— Gamine, je rêvais d'être styliste.

— Styliste ?

— Cela vous étonne ?

— Un peu je j'avoue, je n'aurais pas imaginé la femme flic que je connais être la reine du dé à coudre et de la roulette à patron ! Et comment de la robe de princesse en êtes-vous passé au gilet pare-balles ?

— Ah, c'est une longue histoire… Il va nous falloir encore quelques cadavres pour que j'accepte de vous la livrer !

Un instant passa, long comme un temps qui ne compte pas.

— Ça y est !

— Quoi ?

— Je me souviens.

— De quoi ?

— Dans la chambre… Cette photo dans le cadre…

— Et alors ?

— L'image de cette jeune femme, certainement elle, tenant la main d'un prêtre et celle d'un jeune garçon.

— Étrange comme photo…

— Oui…

— Elle avait un frère ?

— Je ne sais pas…

— Ou une photo de colonie de vacances.

— Pourquoi pensez-vous à ça ?

— Je ne sais pas, peut-être des réminiscences de ma propre histoire.

— Vous avez été en colonie ?

— De nombreuses fois oui. Et mes parents étant des chrétiens pratiquants c'étaient des colonies où il fallait prier !

— Eh bien dites…

— Vous n'auriez pas imaginé que je puisse prier ?

Elle lui sourit.

— Quel âge avait-elle sur cette photo ?

— La vingtaine, je pense…

Les cigarettes étaient consumées. Ils jetèrent leurs mégots dans un coin de caniveau. La pluie emporterait tôt ou tard ces résidus de leur conversation dans les égouts.

— Je vais rentrer, dit Henri.

— Moi aussi, la journée a été longue.

— Je vous ramène ?

— Merci, mais je préfère rentrer à pied, ça me fera du bien.

— Comme vous voulez.

C'était drôle cet air. Elle se souvenait, gamine à cette époque de l'année, lorsqu'elle marchait à pleines bottes dans la neige fraîchement tombée sur la ville. En ce temps-là, l'hiver, il faisait froid. Le ciel se chargeait d'embus et de flocons, les gens sortaient leurs anoraks et leurs écharpes, les mômes faisaient des bonhommes de neige en plantant une carotte en guise de nez. Elle y pensait, c'était il n'y a pas si longtemps que ça, à peine vingt ans, une paille. Le temps changeait. Tout changeait. Comme ces ados qui, maintenant, bravaient les flics en leur jetant des pierres sur la bagnole. Comme ces dealers qui sans vergogne faisaient le pied de grue au vu et au su de tous. Comme ces manifestants qui, dans leur rage, brûlaient toutes les voitures sur leur passage. Comme ces fous qui au nom d'un dieu canardaient des salles de classe à la kalachnikov. La terre ne cessait pas de tourner, et le monde créait ses propres drames. Et dans ce monde, Eva poursuivait des tueurs de femmes, des assassins de vieux et des violeurs d'enfants.

Elle se rappelait sa jeunesse. C'était étrange ce souvenir. Pourquoi ? Peut-être cette photo, cette femme, ce gamin avec ce cureton. Elle qui répondait, petite fille, lorsque des adultes, avec un grand sourire, lui demandaient ce qu'elle voulait faire : styliste. Oui, une grande styliste ! Comme Jeanne Lanvin, comme Edith Head, comme Coco Chanel. Entre ses mains, c'était comme un miracle lorsqu'elle assemblait des bouts de tissus, des plumes, des bouts de fils, des petits boutons. Elle venait d'avoir dix-huit ans et sur ces belles années la vie lui semblait merveilleuse, prometteuse. Dix-huit ans c'est un âge pour imaginer, pour espérer, pour rêver, jusqu'au jour où son frère, son aîné de deux ans, parti avec un homme en Thaïlande, avait été retrouvé tabassé, sodomisé et égorgé dans une impasse crasseuse. Aucune enquête n'avait permis de retrouver le, ou les coupables, pas plus que l'accompagnateur, un « homme de bien », dixit son frère, dont ils n'avaient pas le nom. Ses parents ce jour-là avaient perdu un bout de leur âme, et les étés, autrefois baignés de soleils, s'étaient ternis. Alors dans les yeux d'Eva, si clairs et si bleus, s'était allumée une étrange lueur : ce jour-là, elle était devenue flic.

Præstat cautela quam medela
(Prévenir vaut mieux que guérir)

— Allo ?

— Allo oui ?

Cette voix, si lointaine et pourtant si familière : elle l'avait reconnue.

— Eva, ça fait plaisir de t'entendre.

Elle ne répondit rien. Cet homme à l'autre bout du fil : c'était Xavier Laplanche, ce salopard.

— Allo, tu m'entends Eva ?

— Oui je t'entends Xavier.

— À la bonne heure, je croyais que la communication était coupée.

Elle ne disait rien.

— Ça fait un bail…

— On peut dire ça…

Depuis tout ce temps. Étonnamment, elle avait cru le voir il y a quelques jours à la Concorde, en manquant de bousculer un scooter imprudent qui l'avait d'abord insultée et puis qui s'était excusé, penaud, ayant compris qu'il avait brûlé la priorité à une voiture de flics.

Xavier Laplanche. Cela faisait des années qu'elle n'y pensait plus, ou plutôt qu'elle s'empêchait d'y penser. Xavier, un amour cruel, sauvage et violent, qui l'avait brisée, déchirée, cocufiée, avant de la laisser seule avec son désarroi, sans crier gare, en la traitant de tous les noms. Elle avait mis plus de six mois pour s'en remettre, se régénérer, se restructurer, se recréer.

— Comment vas-tu ?

— Tu m'appelles pour me demander des nouvelles ?

— Allons donc, Eva, il y a tellement longtemps…

— Cinq ans…

— Ah oui, cinq ans…

Eva laissa passer un silence, cet appel, de toute évidence, était porté par un intérêt qu'elle voulait découvrir, Xavier Laplanche ne faisait jamais rien pour rien. Tous ses gestes et toutes ses décisions avaient toujours été motivés par l'appât du gain, que ce soit celui d'une position ou bien celui d'une rémunération – argument plus vénal que le premier certes – le moindre de ses mouvements trouvait sa raison première dans le profit qu'il pouvait en tirer.

— Tu sais que j'ai été nommé directeur général de la police ?

— Comment ne pas le savoir, vu la publicité que tu en as faite…

Xavier Laplanche eut un ricanement.

— Que veux-tu, il faut soigner son image, sinon qui le fera pour nous si nous ne le faisons pas nous-mêmes ?

— Je sais bien que tu es un expert en la matière…

— Bon, je vois que tu n'as rien perdu de ta verve légendaire…

C'était étrange d'entendre cette voix, rauque, symptomatique des grands fumeurs et de ces gens stressés, obligés de trouver un exutoire au mal qui les gangrène. Celui de Xavier Laplanche oscillait entre deux états, l'impatience et la peur. L'impatience de l'arriviste, prêt à tout pour obtenir une place plus en vue, se considérant comme légitime de tous les honneurs compte tenu de sa naissance et de son parcours. Et puis la peur, la peur de l'autre, d'un autre plus vorace et plus amoral que lui, n'ayant aucun scrupule à dévorer quiconque lui gênant le passage.

— Bon, en effet je ne t'appelle pas pour te demander des nouvelles puisque tu ne m'en donneras pas…

— Abrège s'il te plaît, « monsieur le chef de cabinet », la douleur n'en sera que moins intense et le plaisir n'en sera que plus grand…

— Ah, ah… Certes…

Xavier Laplanche, aîné d'une triade nourrie à la sève d'une bourgeoise fossile d'un quartier du seizième, enfant gâté dès sa naissance avait développé, de façon ostensible, ce sentiment de supériorité dont il se servait, à son insu, pour se protéger des autres et de ses propres faiblesses qu'il était incapable de maîtriser sous peine de chuter, comme l'ange du Mal, à jamais précipité dans les bas-fonds de la déshumanité. Il y a dix ans, cette assurance avait séduit Eva, comme grand nombre d'autres femmes, qui avaient appris à leurs dépens, la souffrance de la proie piégée dans les griffes du prédateur avide de les saigner jusqu'à se nourrir de leur âme.

« Directeur général... ». Xavier Laplanche affichait une carrière irréprochable au regard des critères d'élévation sociétale. Parti à Fort-de-France pour diriger la police urbaine, avant d'être bombardé commissaire général et puis, non sans quelques appuis et quelques jeux de coudes, promu sous-préfet, il avait enfin pris le poste de chef de cabinet de la préfecture de police de la capitale.

— Et ta mère ?

— Ma mère ? Eva éclata de rire. Arrête Xavier, tu es pitoyable. Ma mère, comme si tu t'en inquiétais ! Accouche, dis-moi ce que tu veux et vis ta journée de merde pendant que j'irai vivre la mienne.

Xavier se racla le fond de la gorge. Il avait cette fâcheuse manie de déglutir ses glaires lorsqu'il se sentait embarrassé d'une situation délicate. Il ne maîtrisait plus Eva, qui s'était émancipée de son joug pouvant désormais, et sans aucune émotion, lui tenir tête.

— Bon, je vais aller droit au but...

— À la bonne heure...

— J'étais, vois-tu, hier, dans une soirée avec le préfet...

— Ah ? Comme c'est intéressant...

L'ironie avec laquelle Eva venait de le couper le déstabilisa. Il ravala sa pituite et dit :

— Tu es sur l'affaire Roland, je crois ?

— Tu es bien renseigné...

— Bon, tu n'es pas sans savoir que ce monsieur est ministrable ?

— Et alors ?

— Et alors ? Ma pauvre Eva te rends tu comptes des risques que tu encoures ?

Elle rit.

— Toi ? Me parler de risque ! Avec ton job de gestion du protocole, bien au chaud dans tes bureaux cossus !

— C'est ça, fais-moi le couplet du flic de terrain…

— Pourquoi le ferais-je ? Tu ne sais pas ce que c'est.

Il y eut un silence et elle reprit :

— Tu sais que l'on soupçonne ce monsieur d'avoir fricoté avec Laura Fressange, cette mannequin retrouvée morte dans sa voiture ?

— Et alors ? C'était une fille de joie.

— Ah bon ? Mais il est vrai que tu peux en parler, puisque tu l'as aussi sautée.

— Écoute-moi bien Eva, tu ne trouveras rien, en ce qui me concerne, qui me rapproche de près ou de loin avec la mort regrettable de cette femme. Et il serait même bon que cette vilaine affaire soit classée.

Eva prit une voix tranchante.

— Écoute-moi bien Xavier. Le sperme que l'on a retrouvé dans sa chatte devrait nous dire qui s'est amusé avec elle le soir de sa mort.

— Elle était shootée.

— Certes, mais rien ne dit qu'on ne l'a pas aidée.

— Tu auras du mal à le prouver.

— Dans la voiture il y avait aussi des poils de bite, j'espère que ce ne sont pas les tiens.

Xavier Laplanche reprit sa respiration.

— Tu ne sais pas tout, le soir de sa mort, cette conne s'était envoyée en l'air…

Elle l'interrompit. Xavier n'avait jamais eu de respect pour la gent féminine, considérant, comme son père, que l'idéal d'une femme était de rester à la maison et de s'occuper de ses enfants. Pour lui, la femme se devait d'être belle, d'accueillir avec joie son mari le soir et se soumettre à tous ses caprices, furent-ils les plus vils.

— Je vais te dire ce qu'il lui est arrivé à cette pauvre fille. Le soir de sa mort, elle avait été conviée, avec les autres filles de son agence, à un défilé de lingerie dans le cadre d'une réception privée se tenant dans un appartement près de l'Étoile. Cette soirée, où avaient été invités une trentaine d'hommes de la haute, s'est terminée en partouze, les filles ayant été poussées à boire, mais aussi à sniffer des rails de coke généreusement offerts par l'organisateur de la nouba. Et non seulement il y avait le député Roland, ce fumier, mais aussi quelques notables, dont le directeur général de la Police, autrement dit : toi.

Xavier Laplanche eut un moment d'hésitation. Il ne sut quoi répondre. Eva enchaîna.

— Et pour mieux la baiser, vous l'avez dopée, mais, et vous lui êtes tous passés dessus, bande de gros dégueulasses.

— Comment tu sais tout ça ?

— Tu me prends pour une débutante ? C'est mon job de découvrir ce que font les fils de pute comme toi.

Elle se reprit.

— Non, pardon. Pas un fils de pute, mais une pute de fils.

Xavier Laplanche manquait de mots, il les cherchait, mais ils restaient coincés au fond de sa gorge, se mélangeant avec ses glaires, sorte de boule hirsute, nauséabonde et maladive. Depuis quelques mois, il avait de plus en plus de mal pour avaler correctement. Et il s'inquiétait en refusant l'évidence du mal qui guette tous les fumeurs tels que lui. Le mal était là, tout près de lui, cherchant le bon moment pour le frapper, l'atterrer, et le prendre, pour le faire tournoyer avec les esprits obscurs, les esprits sourds, et l'emmener au royaume des spectres. Il savait que le cigare, ce plaisir dont il ne voulait pas se défaire, et la clope à tout va, pouvaient, quand ils le voulaient, lui demander leur dû.

— Écoute, arriva-t-il à dire, pour la première fois depuis qu'elle le connaissait, avec un ton teinté d'amabilité, je te téléphonais simplement pour te prévenir et te dire de faire attention à toi. Roland est certes un saligaud, comme moi je l'avoue, et il n'hésitera pas à utiliser des moyens contre lesquels, même moi, je ne pourrai rien.

Cet homme, ce député, était dangereux. Eva le savait. Xavier fricotait avec des monstres, étant lui-même un de ceux-là.

— Je vais te faire une confidence, et tu en feras ce que tu veux. À ta place je chercherai du côté du programme immobilier…

— Celui de la grande couronne ?

— C'est ça, oui.

— Je subodorai depuis quelque temps qu'il était impliqué.

— C'est plus que ça…

— Comment ça ?

— Je ne peux pas t'en dire beaucoup plus, mais sache que tu n'obtiendras rien de la mort de cette Laura. C'était une pauvre fille, qui vivait seule et connue pour son addiction à la coke…

— Comme beaucoup de mannequins…

— Oui. Personne ne l'a tuée. Si ce n'est celui qui lui a vendu sa dose d'héroïne, avec laquelle elle a fait une overdose.

— Comment tu sais ça ?

— Le soir de notre party, nous l'avons retrouvée dans un réduit, complètement sonnée. Nous avons essayé de la réveiller, mais il n'y avait plus rien à faire. La coke et l'héro avaient eu raison d'elle. Alors nous l'avons déplacée dans sa voiture.

— Pour que personne ne vienne fouiller dans vos affaires…

— C'est ça, oui…

Eva se retint et soupira. Dire qu'elle avait vécu avec cet homme durant des années. Elle s'en voulait d'être ainsi tombée dans ses rets, même si, à cet instant, elle sentait une once de sincérité dans ses confidences.

— Je te le dis, cherche du côté du programme immobilier.

— Les Berges de Seine ?

— C'est ça, oui.

— Je sais qu'il y a eu une enquête…

— Oui, mais qui a avorté. Roland ayant usé de ses relations pour faire comprendre aux journalistes et aux flics concernés qu'il valait mieux pour eux, pour leur famille, et pour leur avenir, fricoter sur un autre terrain…

— Tu déconnes ?

— Non. Tu ne sais pas de quoi il est capable. Certes, tu peux dire de moi que je suis un fumier, un pourri, un dégueulasse. Mais pour lui, ces mots-là sont presque des compliments. Dans le monde des requins, tu sais, je ne suis qu'un petit. Lui, il fait partie de la caste des tigres et n'hésitera pas à éliminer, retiens bien ce mot « ÉLIMINER », tous ceux et celles qui essayeront de s'opposer à ses desseins.

— Et c'est ce genre de type que nous allons avoir comme ministre ?

— Eh oui… Compte tenu des dernières élections, le gouvernement va remanier sa copie. Quelques nouvelles têtes vont sortir du bois. Notamment deux femmes, écolos pour la forme, afin de donner l'impression d'une touche plus équilibrée dans ce monde de gredins.

— Et Roland ?

— Il devrait devenir ministre de la ville et de la Cohésion sociale.

— De la ville ? Donc ayant tous les pouvoirs pour faire passer tel ou tel dossier !

— Eh oui… Que veux-tu… Ceux qui le soutiennent sont encore plus salopards que lui. Et les intérêts qui sont en jeu dépassent largement ceux des Berges de Seine.

— Comment ça ?

— Tu serais en danger si tu savais tout.

— Et pourquoi tu me dis tout ça ?

— Pour te préserver.

Eva l'écoutait. Elle ressentait comme une chaleur, comme une caresse à l'intérieur d'elle-même. Xavier lui faisait peut-être le cadeau qu'il ne lui avait jamais : celui d'être vrai et ne pas lui mentir. Pourquoi toutes ces années perdues à se déchirer ? Pourquoi tous ces soirs à regarder la ville, respirant le bleu de la nuit, à le savoir avec d'autres, à l'attendre comme une imbécile, à espérer qu'il comprenne et qu'il lui dise un jour un mot, un seul mot, ce mot impossible pour lui, un mot d'amour.

— Et toi, dit-elle, que vas-tu devenir dans tout ça ?

— Oh moi ?

Il rit.

— Tu sais, ils ne peuvent rien me faire sans risquer qu'éclatent au grand jour certaines affaires dont j'ai pris soin de garder précieusement les dossiers.

Il laissa passer un instant et reprit :

— Et puis je prends bien garde à rester dans mon cercle. Le premier cercle brûle toujours les ailes de ceux qui s'en approchent, sauf à être de leur engeance. Certains fauves ne se reconnaissent qu'entre eux, moi je ne suis qu'un petit, qui ne leur fait pas peur. Je ne suis qu'un rémora qui s'accroche aux squales et qui profite des miettes délaissées par les monstres.

Eva l'imaginait dans ce bureau aux moulures chatoyantes. Xavier avait voué sa vie à l'ambition personnelle et à la reconnaissance sociale. Elle pensa qu'il devait se sentir bien seul, malgré les invitations aux pince-fesses, malgré l'importance que certains pouvaient lui prêter. Elle se rappelait la folie qui s'était emparée de son esprit, de son âme et de son corps, lorsqu'elle s'était sentie dépossédée de tout, sous l'emprise de cet homme qui prenait plaisir à la frapper, à la torturer et à l'abuser. Et pourtant en ces instants, dans le lointain des voix qui se caressent, elle ressentait ce quelque chose de lui qui l'avait émue. En tout homme résidait un autre homme. Celui qu'elle avait fini par détester lui avait voilé le visage de celui qu'elle avait aimé.

— Il va falloir que je te quitte, je me dois à quelques obligations du jour, certes sans autre consistance que celle de faire le beau au milieu d'un cercle de flagorneurs. Mais que veux-tu, on ne change pas, d'un simple coup de baguette, la vie que l'on a désirée.

— Et Roland ?

— Je le vois ce soir, et je lui serrerai la main. Nous échangerons quelques sourires, quelques civilités, rien de plus. Il sait que je sais comme je sais qu'il sait. Dans cette soirée il y aura ce que d'aucuns appellent du « beau monde ».

Xavier se mit à rire.

— Du « beau monde ». Surtout de beaux salauds, oui. Mais que veux-tu ? Il est difficile, tu sais, de sortir du clan qui t'a enfanté et qui t'a permis de grandir, voire d'exister. Ceux-là tiennent ta vie en gage et tu ne peux pas les quitter sans prendre le risque de la perdre.

— C'est étrange comment tu parles.

— Que veux-tu…

— Te reverrais-je ?

Elle avait dit ça sans s'en rendre compte. L'homme qui lui parlait là était le Xavier aimable, attirant.

— Non, je ne pense pas.

— Pourquoi ?

— Pour te préserver…

Elle ne dit rien.

Il raccrocha en lui disant :

— Prends soin de toi.

Eva ressentit le silence. La nuit s'était posée sur les toits de Paris, jouant à l'infini avec les reflets d'argent de la lune. De son bureau, elle voyait quelques silhouettes passer aux regards des fenêtres d'en face, s'agitant comme dans un film sans paroles. C'était étrange, ce silence, cette obscurité, ces personnages.

Xavier venait de terminer de viser les documents que sa secrétaire lui avait mis dans son parapheur, des notes de service, des autorisations spéciales, des demandes de budget, et des articles de presse à lire. Il aimait traiter ces sujets dans le calme de la fin de journée, sans être dérangé par le bruit des talons de ses assistantes, sans être interrompu par les coups de fil du ministère, sans être obligé de répondre aux sollicitations du préfet. Des papiers, il y en avait partout. L'administration ne fonctionnait qu'avec des papiers, ayant le plus grand mal à promouvoir l'immatériel au point de renforcer, procédure après procédure, l'existence de ces éléments tangibles sans lesquels le commun des mortels ne savait pas s'affirmer. Il finissait d'écrire un livre, dont il n'avait parlé à personne, ses mémoires, et souriait à la pensée d'écrire sa vie, à cinquante-cinq ans, comme si ses jours étaient comptés. Cette gorge, qui le faisait de plus en plus souffrir, ne lui laisserait pas de répit. Aussi avait-il décidé, il y a quelques semaines de consacrer le temps qui lui restait à vivre, à tenir sa fonction, à poser ses affaires, et à écrire.

Ce coup de téléphone à Eva, il l'avait pensé depuis longtemps. Il savait que l'accueil serait des plus froids, mais il lui fallait l'appeler, faire quelque chose pour elle, ce qu'il n'avait jamais fait lorsqu'il était avec elle, et qu'il avait fait là, en la prévenant. Et, en écrivant ce qu'il était en train d'écrire, et qui ferait grand bruit, il la protégeait, lui qui la savait capable de franchir quelquefois les limites en provoquant la chance ou la malchance. Ces quelques lignes, ces quelques pages feraient éclater au grand jour la vérité qu'il n'avait jamais voulu affronter, qu'il avait toujours cachée et qu'aujourd'hui enfin, il avait décidé de révéler.

Calor enim est in utero et mater
(La chaleur est dans le sein de la mère)

Les jours de cette semaine avaient été chargés d'émotions. D'abord cette femme, engluée dans sa pourriture. Et puis ce môme, quinze ans à peine, ayant tiré sur son beau-père en train de violer sa sœur. Une sale histoire de famille, une mère dépouillée de sa force et de son âme, se laissant abrutir d'antidépresseurs pour laisser faire cet homme, ce monstre, de peur de le voir s'en aller, la laisser seule, se déclarant l'aimer jusqu'à le soutenir lors de l'interrogatoire.

Et puis bien sûr, il y avait eu les affaires courantes, ce type brûlant trois feux après avoir insulté les forces de police, ayant plus de deux grammes dans le sang et jurant de ne boire que de l'eau, renversant au passage une vieille qui avait du mal à traverser dans le time out programmé par les feux tricolores. Et ce vieux, un gâteux, pissant dans le rayon lingerie des Galeries Lafayette en exhibant son chibre devant des dizaines de bourgeoises horrifiées. Et cette femme, terrorisée chaque nuit par les loups-garous en s'arrachant les cheveux et en dansant nue au beau milieu de la place de la Concorde. Il y avait eu aussi l'arrestation de ces manifestants pour la paix, le climat et la justice, essayant d'empêcher l'entrée d'officiels au Palais Bourbon. Les nantis n'aimant pas que l'on vienne les perturber sur le seuil de leurs manoirs. Bref : une semaine somme toute, normale.

Bon sang, les gens devenaient fous. Le monde devenait fou.

Et il y avait eu ce coup de téléphone de Xavier, résonnant comme un coup de grâce dans le soir d'un hiver où les rues, brillantes de crachins, reflétaient les lumières blafardes des réverbères, les feux stop des voitures, les spectres jouissant derrière le flou des fenêtres allumées.

Alors ce week-end, elle l'avait vu venir avec bonheur, ayant décidé de quelques jours de vacances pour prendre une cure de jouvence sur la côte normande, partager quelques sourires avec son père et sa mère, et les gamines de son frère et de sa belle-sœur.

Elle avait pris l'A13, à cette heure encombrée de bahuts qui transitaient vers le Havre, ce port de toutes les destinations et de toutes les aventures. Ses parents habitaient sur les flancs de Sainte-Adresse, une petite ville du bord de mer, trop à côté du grand port et délaissée par les estivants, plus attirés par les falaises d'Étretat ou les soirées à Deauville. Eva aimait se retrouver seule en promenant Nestor, le grand labrador chocolat qui aimait courir le long des plages de galets du Bout du Monde jusqu'au cap de la Hève en essayant d'attraper les mouettes occupées par les ophiures.

La radio d'autoroute diffusait une chanson des Red Hot Chili Peppers : « By the Way ». Eva s'était laissée emportée par les accents mélancoliques de la voix d'Anthony Kiedis.

Standing in line
To see the show tonight
And there's a light on
Heavy glow
By the way I tried to say
I'd be there, waiting for
Dani the girl
Is singing songs to me
Beneath the marquee, overload

Elle venait de passer à la hauteur d'Elbeuf, décidant de traverser la Seine par le pont de Tancarville. Son enfance et sa jeunesse approchaient, ses racines s'éveillaient, piquant la peau de son visage par le sel et l'iode, en devinant au loin de l'horizon les cotes de l'Angleterre.

Lorsqu'elle arriva : il l'attendait. Son père l'avait toujours attendue, même lorsqu'elle sortait jusqu'à des heures indues, consommant ses années de jeune fille à se perdre un peu, à s'émanciper.

— Comment vas-tu ma fille ?

Il l'avait serrée dans ses bras d'ancien pêcheur et cette étreinte, qu'Eva aurait reconnue entre mille, la reconnectait au blanc de l'écume, au rire des mouettes, aux bourrasques du vent, à l'odeur du varech.

— Ça va bien papa, ça va bien surtout depuis que je suis ici.

Il lui sourit :

— Ça fait du bien de te voir. Attends, je vais t'aider à décharger.

Ce n'était pas la peine de lui dire de la laisser faire, son père, cet homme solide avait déjà ouvert le coffre de sa voiture en s'emparant de sa valise et de son sac de voyage, qui ne la quittait jamais, dans ce souci d'être toujours prête pour servir un ordre, un appel, une urgence.

La voix d'un autre homme l'interpella :

— Eva, comment vas-tu ?

C'était Hervé, son frère cadet, avec lequel elle avait passé toutes ces années à réparer les douleurs de l'absence, après le meurtre de Pierre, leur frère aîné. Elle l'embrassa et sentit aussi cette chaleur reconstituante, ce sang à sang, ce corps à corps, ce cœur à cœur.

— Ça fait du bien de te voir grande sœur.

Et puis sa mère, sa chère mère, cette femme qui avait su les élever, même quand le père partait pour une campagne de pêche, durant des mois quelquefois, et qui les avait soutenus, inébranlable d'Amour, à la mort de leur frère.

— Maman, tu es toujours aussi belle.

— Et toi toujours aussi flatteuse.

— Que nous as-tu fait de bon ?

— Un plat que tu aimes, une sole fraîche de ce jour, avec des épinards et des pommes de terre au beurre blanc.

Elle retrouvait ces odeurs, ces lumières, ces impressions qui l'avaient nourrie, dorlotée et vu grandir durant vingt ans.

Elisa venait de descendre de la salle de bains, avec les deux enfants, deux adorables petites trognes, une gamine de dix ans et une autre de sept ans. Elles lui sautèrent au cou.

— Tatie Eva !

Là : elle était chez elle. C'est ici, dans le lieu de ses origines, qu'elle puiserait à jamais ses forces. Cela faisait six mois qu'elle n'y était pas revenue. Les obligations, ce leurre nourrissant le temps d'inanité et de vanité. Et pourtant, comme ses alter ego, elle courrait après l'insaisissable Mal qui, d'un être à l'autre, se propageait, survivant à l'instar d'un virus mutant.

Elle n'avait pas envie de parler de son job. Ici c'était la joie, la sérénité et la vie. Certes, la photo de Pierre trônait toujours au milieu de la pièce, non pas comme une relique, mais comme s'il était présent tout simplement, comme s'il était à table. Les deux petiotes étaient venues près d'elle pour lui montrer des coloriages qu'elles avaient faits. Elle lui avait demandé :

— Tatie, dessine-moi un chat.

Et l'autre :

— Tatie, dessine-moi un poisson.

Eva se sentait tellement bien ici. Plusieurs fois, elle s'était posé la question de tout arrêter, de revenir aux sources, de changer de job, peut-être même d'accomplir son rêve de gamine : devenir cette créatrice. Mais à chaque fois elle avait été rappelée par le rictus du Mal qui sévissait et l'entraînait à sa poursuite, comme dans un jeu. Le Mal semait la mort depuis qu'il avait meurtri son frère. Elle regardait ces gamines qui jouaient, elles étaient tellement belles. Un enfant ? Comme toute femme, elle avait eu ce désir irrépressible. Et puis le temps s'était écoulé. C'était trop tard. Elle n'aurait pas d'enfants, poursuivant son objectif de trouver le responsable de la mort de Pierre et d'ici là : d'enrayer les œuvres du Mal.

Le soir venu, les deux petits anges lui avaient demandé une histoire. Alors elle avait ouvert un livre avec de grandes images.

— Il était une fois, un poisson lune, qui avait des écailles de toutes les couleurs…

Les deux sœurs s'étaient endormies. Eva les avait regardées encore un peu. Puis elle était descendue, s'asseyant sur l'un des deux rocking-chairs à bascule, pièces maîtresses du salon de jardin meublant la terrasse. Au loin, il y avait des bateaux, leur présence perçait la nuit de lucioles. Elle les suivait du regard, imaginant ces aventuriers lointains allant d'un continent à l'autre. Son père l'avait rejointe en lui disant :

— J'ai toujours adoré ce paysage, vois-tu.

— La mer te manque ?

— La mer, tu sais : c'est ma terre à moi.

— Tu vas toujours pêcher ?

— Oui, bien sûr, très souvent, avec ton frère.

— J'ai toujours aimé aussi, quand tu m'y emmenais.

— Tu restes quelques jours ?

— Oui, jusqu'à lundi. Mon adjoint assure la permanence.

— Si tu veux demain, et si le temps le permet, nous pourrons aller barboter près de l'île aux oiseaux jusqu'à Étretat.

— Avec plaisir, oui.

Ils se balançaient et le craquement du bois jouait avec le chant de la houle.

— Je t'ai souvent imaginé dans ces bateaux, tu sais, quand tu partais au large sur ces grands chalutiers qui t'emmenaient pour quelques jours, voire des semaines, quelquefois pour des mois.

— C'est long, tu sais le temps sur un bateau. On travaille comme des fous pour oublier, aller contre vents et marées, espérant charger les filets au maxi. Et puis le soir, sur sa paillasse, on retrouve les photos de ceux et celles que l'on a laissés au port.

— Je m'use, tu sais, là-bas dans la capitale, à dropper le malfrat.

— Ce sont de drôles de poissons que tu pêches, il est vrai.

— Des poissons sans foi ni loi.

— Pires que les monstres que l'on trouve en mer.

— Je continue ton aventure…

— Peut-être devrais-tu te poser, ne crois-tu pas ?

— Comment le pourrais-je ? Tu sais bien que le jour de la mort de Pierre j'ai fait le vœu de retrouver celui ou ceux qui l'ont…

Sa voix s'était émue et elle n'arrivait plus à continuer sa phrase. Son père s'approcha d'elle et la prit dans ses bras.

— Je le sais, ma fille, je le sais…

Nestor venait de sortir de la salle à manger, ayant ouvert la porte avec une de ses pattes, comme s'il ressentait quelque chose, la peine de sa chère maîtresse avec laquelle il avait joué bien des fois à sauter dans les vagues frémissantes pour lui ramener le bout de bois qu'elle avait lancé. Il s'était posé sur son séant et gémissait en les regardant. Eva lui prit la tête entre ses mains et dit :

— Mon brave Nestor, tu ressens tout toi, si seulement tu pouvais parler…

Cette nuit-là elle retrouva sa chambre, celle qui l'avait vue grandir, cet antre qui l'avait entendue prier, ce cocon qui l'avait protégée les nuits où, jeune fille, elle se laissait gagner d'inquiétude. La photo d'elle où ses deux frères l'embrassaient sur chaque joue trônait toujours entre un poster d'Elvis et celui de Lady Di. Ce cliché c'était la joie de vivre, ils étaient heureux. Elle ouvrit l'album de leurs escapades et ces pages où ils étaient partis pour quelques jours sur l'île de Jersey, se baladant à vélo de Mont Orgueil à la pointe de la Corbière. C'était le bonheur. Et puis l'horreur, quelques semaines plus tard, lorsqu'ils avaient appris la mort de Pierre. Elle revit aussi ces articles de presse, découpés dans les pages du journal local. On y parlait d'un meurtre, mais personne ne savait vraiment, l'Asie c'était trop loin pour cette petite ville tranquille. On y parlait de la jeunesse qui filait du mauvais coton, qui se droguait, qui allait là-bas, en Turquie, au Népal, en Asie vivre autre chose que le trip d'une vie moderne leur demandant de s'étourdir sur les bancs de l'école avant de s'oublier durant trente-cinq ans dans les mâchoires d'une entreprise jusqu'au jour où l'État, régissant leurs encaissements, leur redistribuerait une retraite bien méritée. Pierre rêvait d'autre chose et il était parti là-bas. Eva se rappelait le retour de son corps. L'autopsie avait révélé que son sang était chargé d'une mauvaise dope, celle qui fait mal, et qu'il avait été violé. Pierre ne se droguait pas, elle le savait, ce corps imbibé de came était une imposture. Il n'avait jamais touché une cigarette de sa vie, il n'avait jamais bu et il n'avait jamais essayé ce genre de saloperies. À cette époque, les élections municipales allaient bon train et les prétendants au trône s'étaient épris du thème de la jeunesse, touchée par le chômage et la drogue. Et dans une cacophonie d'avis éclairés, aucun article n'avait parlé du viol, la police finissant par classer l'affaire dans la rubrique des suicides et des faits divers en oubliant cet homme, cet inconnu, qui l'avait accompagné. L'Asie c'était trop loin pour ce village de pêcheurs. Son frère était mort pour rien.

Cette nuit-là, elle mit du temps à s'endormir. Tout lui revenait. Alors, elle ressortit avec Nestor dans le frais du soir et marcha vers la mer. Le chant des vagues l'apaisait. Il y avait une brise légère et quelques tardifs, agités d'insomnies, étreignant leurs ombres par leurs fenêtres allumées. Vers l'horizon, la lumière d'une bouée attirait par intermittence le regard qui percevait alors le scintillement de quelques étoiles dans le lointain : les appels à la vie de ces grands voyageurs traversant l'océan.

Elle se dit qu'un jour elle trouverait, il le fallait.

Et puis elle rentra. Il était deux heures du matin. Sa mère l'accueillit.

— Tu ne dors pas ?

Elle lui sourit.

— Ma fille, je n'ai jamais pu dormir quand tu ne dormais pas.

Elles se serrèrent dans les bras.

— Je t'aime maman.

— Tu es la meilleure fille qu'une mère puisse rêver.

Et elle monta se coucher.

La nuit l'attendait.

Ventum seminabunt et turbinem metent (Qui sème le vent récolte la tempête)

— Alors tu as trouvé quelque chose ?

— Un peu oui…

Eva venait d'entrer dans son antre, elle avait jeté son manteau sur le dossier d'une chaise et son sac sur son bureau, chargé d'un foutoir inexprimable. Elle n'aimait pas ranger. Ranger c'était comme « se ranger », « mettre tout dans une case », « avoir tout défini ». Et à ceux qui osaient lui faire l'ombre d'une réflexion, quel que soit leur rang social, elle répondait que ce bureau était comme sa tête, un grand bordel, fait d'indices, de supputations, de pressentiments, de soupçons, de conjectures, et d'intuitions. Et que tout ce fatras ne pouvait pas se mettre en boîte, n'en déplaise aux défenseurs du bon ordre, son job étant l'art, comme celui de l'archéologue, de rassembler les petits fragments d'une histoire, éparpillés par le temps.

Ce lieu était étrange, imprégné de colère et de hargne. Celle des fripouilles qui s'étaient fait serrer. Celle des flics aussi, qui étaient passés par ici, confrontés à la crasse et à la laideur, dont les photos, épinglées comme un respect, couvraient le mur du fond, écaillé sur la moitié de sa surface. Sur un autre mur, griffé par l'usure, trônait le portrait du Président en exercice, posé sur le haut d'un classeur, qui essayait tant bien que mal de garder sa place entre les piles de dossiers que d'aucuns déposaient à sa gauche et à sa droite, et quelquefois même devant son effigie. Le plafond, lui, portait le souvenir d'un plafonnier, remplacé depuis une dizaine d'années par une climatisation qui, semble-t-il, s'était figée sur dix-neuf degrés, quelle que soit la consigne que l'on demandait au thermostat. L'accueil était peut-être l'endroit le plus vivant, mais aussi le plus esseulé, tant il est vrai que s'y présentaient, tous les jours, toutes les nuits, des âmes en peine, certaines en détresse, des roublards aussi, des paumés, des gens voulant retrouver leur voiture, d'autres leur femme, des adolescents casseurs ramassés lors d'une rixe, des filles de joie tabassées par leur mac.

Adam s'était trouvé une passion pour l'informatique lorsqu'ils avaient été choisis, par un technocrate du ministère, comme site pilote d'un projet de digitalisation de l'administration. C'était la nouvelle mode en vogue : il fallait tout digitaliser. Et certains, voulant sortir de la mêlée, avaient lancé l'idée d'un déploiement massif qui s'était, au fur et à mesure des coupes budgétaires, réduit au dixième de l'ambition initiale. C'est ainsi qu'au lieu des dix machines prévues ils n'en avaient reçu qu'une, qu'Adam s'était attribué n'ayant rien d'autre à faire le soir, depuis le départ de sa femme, que de surfer ou de perdre son temps devant la télé. Ses collègues y avaient trouvé leur compte, flics comme lui, vieux routards du terrain, récalcitrants dans l'âme, inventant toutes les excuses du monde pour bouder les formations aux NTIC, le laissant devenir l'expert incontesté des braconnages sur les réseaux obscurs.

Eva le regardait, et l'admirait. Il ouvrait tout un tas de fenêtres, créant son avatar virtuel avec lequel il conversait lui demandant de lancer des requêtes, d'hacker un serveur, de sniffer le flux d'un réseau, d'analyser le contenu d'un échange.

— Bon sang tu es doué…

Il la regarda par-dessus ses lunettes, avec un air espiègle.

— Tout ça n'est qu'un jeu, tu sais…

Eva s'assit à côté de lui.

— Bon, montre-moi ce que tu as trouvé.

— Voilà. Là, ce sont les Berges sur Seine, un big programme immobilier.

— Je sais oui…

— Tu n'as encore rien vu, attends…

Il lui montrait un site qui vantait les jardins, les balcons, la vue sur la Seine, les échoppes intégrées au complexe, les parkings, l'entrée directe par la voie rapide, les aides de l'État, l'espace de jeux pour les enfants, la pelouse réservée aux animaux de compagnie, le gardiennage vingt-quatre heures sur vingt-quatre, la proximité du métro et du RER, la piscine et le jardin intérieurs. Il cliqua sur deux ou trois champs et grossit quelques détails.

— Là, ce sont les caméras de surveillance, en tout il y en a vingt-cinq !

— Eh bien…

— Il y a aussi une supérette et un pressing intégrés dans l'enceinte…

— Bon sang ils n'ont pas lésiné sur la qualité des services !

— Oui, et pourtant le prix au mètre carré n'est pas si excessif que ça… Il est même dans la moyenne…

— Étonnant…

— Je trouve aussi…

— Et quoi d'autre ?

— Là, regarde.

Il ouvrit une autre page web.

C'était un article qui parlait de collusion, de financement de parti, de compérage, de paradis fiscaux.

— Eh bien ça sent les subventions occultes tout ça !

— Eh oui, voire le blanchiment d'argent…

— Attends un peu…

Eva paginait la description du projet qui retraçait l'histoire de la décision d'octroi du terrain et de l'appel d'offres qui avait vu la société Alcazar l'emporter.

— C'est quoi cette société ?

— Je ne sais pas…

— Il faut chercher dans cette direction…

En quelques clics, le moteur de recherches leur proposa l'arborescence d'un montage tentaculaire, connectant entre elles une cinquantaine de sociétés, sœurs ou filles d'Alcazar.

— Tiens, regarde celle-là, c'est une société d'architectes…

Eva continua :

— Et celle-là, une société de fourniture de matériaux…

— Tout à l'air lié…

— Manifestement, oui. Il faut étudier chaque boîte et savoir qui se cache derrière quel groupe, quel actionnaire, quel individu.

— Ça m'a l'air bien compliqué tout ça, dit Adam.

— Ça l'est oui…

— Mais pourquoi tu regardes tout ça ?

— Une intuition…

Eva se leva, se prit un café.

— Et sur dame Giselle tu as trouvé quelque chose ?

— Rien. Elle n'avait pas de Facebook, pas d'Instagram, pas de Snapchat, et pas plus de Copains d'Avant que de WhatsApp ou de Twitter…

— Ouah dis-donc, tu es à la page !

Adam esquissa une moue comme pour dire :

« Tu te moques de moi ? »

— Et tu as cherché sur les sites de rencontres ?

— Qu'est-ce que j'irai foutre là-dessus ?

— Rappelle-toi l'attirail que dame Gisèle avait dans sa penderie, les menottes, le fouet, les dessous sexy…

— Je ne vais quand même pas passer mes journées sur des sites de cul !

Elle réfléchit un peu, tout en buvant son café et lui dit :

— La clef c'est le pseudo que l'on a trouvé dans ses lettres.

— Freyja ?

— Oui…

— Pour moi c'est du temps perdu…

— Ce n'est pas qu'un simple prénom, tu sais, c'est celui d'une Valkyrie.

— Une quoi ?

— Une déesse nordique, maîtresse de la terre et de la fertilité, très belle, qui offrait ses charmes aux hommes comme aux dieux…

— Comment sais-tu tout ça ?

— Parce que je vais de temps en temps dans les musées mon cher Adam. La dernière fois c'était pour voir une exposition sur Klimt, qui a notamment peint cette femme mythique.

— Eh bien…

— Et son nom peut être traduit par « Dame, maîtresse femme »…

— OK je vais chercher.

— Et s'il le faut, va questionner les proprios des clubs, là où les bonnes âmes d'un soir, après être allées se confesser, se libèrent de la chair !

— Je ne vais quand même pas devoir partouzer !

— Mais non, il y a souvent un accueil…

Eva sourit. Adam, ce produit de la génération X, avait muté Y ou Z qu'importe, de toutes les façons ça changeait tous les vingt ans. Elle le trouvait rajeuni depuis le temps qu'il s'était fait trois mille amis sur les réseaux sociaux, qu'il n'avait jamais vu certes, mais avec le dixième desquels il conversait, sans oublier toutes les nuits qu'il passait à jouer en réseau. Il lui était précieux, non seulement par son esprit et sa loyauté, mais aussi par sa rapidité d'esprit et son aisance dans ce monde virtuel où, désormais, opéraient bon nombre de malfrats.

— Oh putain !

C'était Bernard, le factotum de service, qui venait de prendre un appel, criant cette injure et la laissant traverser tout le bureau comme le ferait une balle de fusil.

— Commissaire !

— Oui.

— Venez vite !

— Qu'est-ce qui se passe ?

— Il faut que vous alliez tout de suite à la station Auber.

— Pourquoi ?

— Un député s'est fait écrabouiller…

Eva entraîna Adam et démarra en trombe. Longeant les Tuileries, ils arrivèrent sur l'Opéra, perdant plus de quinze minutes, boulevard des Capucines, à slalomer entre les bagnoles, les bus, les taxis et les vélos, pris dans la nasse des heures de pointe.

Les collègues avaient fait du bon boulot, faisant descendre les passagers et vidant la station des anonymes du jour. Ils avaient scotché des rubalises sur toutes les entrées du quai pour empêcher les badauds de s'émoustiller sur le sang et la chair répandus, certains ayant sorti leurs portables pour tenter de prendre une image, on ne sait pour quel usage, si ce n'est, ne connaissant pas au demeurant l'importance du personnage, partager l'obscénité de la scène sur un média quelconque.

Deux journalistes, un homme et une femme, appareil photo et micro d'interview en main, étaient déjà sur place, certainement prévenus par un informateur de la police de connivence avec les champions de l'information.

Eva connaissait la puissance d'un scoop, de ces articles en première page qui peuvent faire mal et, plutôt que de s'y opposer, comme certains de ses pairs, elle préférait s'arroger les bonnes grâces de la presse, leur donnant le change sur certaines affaires en contrepartie de leur discrétion sur d'autres ou, au contraire, de leur aide tactique pour débusquer le scélérat tapi au fond de sa cambuse. Elle ne rechignait pas non plus sur les fruits du travail que pouvaient faire des gazetiers de la nouvelle, sachant parfois remonter des filières, mais aussi mettre en exergue des excès qu'elle-même ne pouvait pas dénoncer sans courir le risque d'une mutation punitive.

— Alors commissaire, il paraît que c'est le député Roland ?

— Il paraît oui…

— Mais qu'est-ce qu'il fichait dans le métro ?

— Ça, l'enquête nous le dira…

Eva descendit. C'était étrange de voir cette station de RER, habituellement chargée aux heures de pointe, complètement vide, sans aucun voyageur. Le temps s'était arrêté sur le quai, suspendant la course de la rame, l'immobilisant dans son élan. Elle s'approcha. Un bras dépassait d'un bogie et une traînée de sang marquait l'accident sur une dizaine de mètres. Le type était manifestement tombé à l'arrivée de la motrice, écrasé comme un cloporte. Eva, sans marquer l'émoi, ressentit encore le malaise de la vie meurtrie, écrasée, traitée comme une merde, comme elle l'avait éprouvé en voyant le corps décomposé de Gisèle. C'était un sentiment nouveau, qu'elle connaissait depuis presque une année, cette insulte à la vie, cet outrage, ce sacrilège, cette profanation. La vie méritait mieux que de finir ainsi.

Elle aperçut Henri avec trois techniciens

— Eh bien mon cher Henri, vous êtes toujours sur les bons coups !

Il lui sourit.

— La belle Eva Saint Louis ! Faut-il que je me mette à croire que le triste sort des autres cherche à nous rapprocher ?

Elle sourit. Il savait flatter sans excès.

— Alors, dites-moi…

— Oh, rien de plus simple. Ce monsieur que l'on disait plein d'avenir (il montrait le bras sortant du bogie) se trouve désormais réduit à l'état gadoue corporelle !

— Est-on certain que ce soit le député Roland ?

— Élémentaire ma chère Eva : voici son portefeuille, exhumé du magma charnel.

Eva Saint Louis ouvrit le maroquin pour en sortir une carte d'identité, un permis de conduire, plusieurs cartes de paiement, une facilité de circulation SNCF, un badge d'accès au Palais Bourbon, et quelques billets de cinquante euros.

— Eh bien, dit-elle, voilà une affaire qui nous promet bien du plaisir…

Des hommes étaient arrivés avec des colonnes à bec, qu'ils avaient disposées autour de la motrice afin de la lever, l'ayant désolidarisée des voitures.

Eva Saint Louis attendait, discutant avec Henri.

— C'est drôle, il y a quelques jours, je recevais un coup de téléphone à propos de ce monsieur.

— Le député ?

— Oui.

— Étrange.

— En effet.

— Je me demande pourquoi il est venu ici. Un député, ça ne prend pas le métro – sauf pour raison démagogique – ça se déplace en voiture !

— Cela m'étonne en effet.

Par la force des vérins, la masse lourde de vingt-cinq tonnes était en train de s'élever, semblant flotter, comme en lévitation. Henri, Eva et les techniciens s'étaient approchés du bord du quai. L'homme avait été déchiqueté. Sa tête n'était plus qu'un reste immonde mélangé à la graisse de l'entre rails. Le corps, ou tout au moins ce qu'il en restait, était broyé, déformé, ne ressemblant plus à un homme, mais à une chose étrange, un alien venu de nulle part.

— Eh bien, ça va être une partie de plaisir, dit Henri.

Un jeune policier, récemment intégré, venait de vomir près de l'entrée du tunnel au bout duquel on voyait au loin, à cinq cents mètres, les lumières de la station la plus proche.

— Ça donne quoi sur les vidéos ? demanda Eva.

— La RATP est en train d'essayer de trouver quelque chose, répondit l'un des techniciens.

— Pourquoi il y a eu un problème ?

— À cette heure-ci, les caméras étaient en rade.

— Tiens donc…

— Oui, de 17 h 13 à 17 h 21, ils ont eu un problème informatique…

— Eh bien…

— Je l'ai toujours pensé, dit Henri, l'informatique, à vouloir connecter le monde entier, finira par le paralyser !

Eva Saint Louis s'éloigna, elle en avait assez vu. La chair meurtrie mélangée au sang souillé par le gras et la saleté centenaires, compost immonde et viral accumulé au cours des décennies, lui avait donné une sensation d'écœurement, non pas celle que l'on ressent lorsque l'intestin n'en peut plus de digérer, mais celle inhérente à un trop-plein d'obscénités, injuriant en final l'expression de la vie. Il lui fallait sortir de ce lieu confiné, dans lequel, chaque jour, quatre millions d'anonymes, passants d'un soir et habitués de tous les jours, s'engouffraient pour aller d'un point à un autre, déambulant de couloir en couloir, tirant leur révérence comme des obligés perdus dans un trip réclamant son dû de temps gaspillé dans les obligations d'un jour, dans la frénésie d'une ambition, dans le caprice d'un rendez-vous d'amour.

Elle rentra chez elle et vit son chat, touffe de poils mollassonne, venir se frotter sur ses jambes en quémandant une caresse et quelques croquettes.

Elle lui dit, en s'accroupissant :

— Et toi, qu'est-ce que tu vis ?

Le chat ronronnait, heureux des faveurs de sa maîtresse n'imaginant même pas qu'une vie de chat puisse être autre que la sienne, à savoir dormir sur un canapé douillet, rejoindre le soir la femme de sa vie en se lovant dans un pli de la couette.

— Tu es un bon chat.

Elle se releva et se prépara un thé. Il lui fallait quelque chose à la fois de rafraîchissant et de chaud.

Le matou était monté près de l'évier et la regardait préparer la bouilloire, y verser de l'eau, et la programmer sur 80 degrés.

— Qu'est-ce que tu veux, toi ?

L'animal miaulait. Il savait bien qu'elle ne lui résisterait pas et qu'avec ses yeux doux et ses simagrées, il obtiendrait les croquettes et les bonbons qu'il affectionnait.

Il y a cinq ans, elle avait eu la chance de pouvoir acquérir cet appartement, une belle occasion, offerte par le malheur des autres, un divorce, la guerre à la place de l'amour et puis une vie bradée aux enchères des vautours. À cette époque, dans le dixième arrondissement, les prix n'étaient pas encore hors sujet, laissant à tous l'espoir de pouvoir acheter quelque chose. Pour 4800 euros le mètre, avec un peu de négociation et l'argument de travaux à faire, elle avait eu ce trois-pièces donnant sur la rue Bossuet, un coin à part, fréquenté le soir par des amoureux et des zonards. Elle se savait chanceuse d'avoir ce luxe d'habiter Paris intra-muros. Une de ses collègues, pour le même prix, s'était retrouvée dans une banlieue sordide. Paris était devenu un produit de luxe, inaccessible au commun des mortels, perdant d'année en année l'âme de ses quartiers. De riches investisseurs achetaient des logements pour y venir deux ou trois fois par an. Des sociétés d'assurances immobilisaient la pierre pour couvrir leurs intérêts d'assurance vie. L'offre et la demande reléguaient les gens ordinaires au-delà du périphérique, les obligeant à des heures de transport en commun. Rue Bossuet elle était bien, c'était près de tout et loin de tout, près de la Gare du Nord et de l'opéra Garnier, loin du brouhaha et de la pollution de la rue Lafayette. Elle était là avec son chat, ce confident ronronnant, qu'elle avait appelé « Copain », un chat de gouttière qui, un soir de froid, avait pointé ses moustaches par une des fenêtres, et qui avait vite compris qu'ici il y avait du lait, des croquettes, une couette et des câlins.

Eva s'était assise sur son canapé, elle fumait une cigarette, laissant cette impression de bien-être l'envahir, et regardait la chaîne d'informations qui passait en boucle. Elle affectionnait particulièrement cette pièce, qui avait su se préserver d'une modernité dévastatrice en gardant ses ornements haussmanniens, ses moulures et ses volutes expressions subtiles de l'élégance napoléonienne.

Copain s'était lové contre elle et ronronnait. Elle repensait à cette folle journée, ce député écrabouillé comme une merde. Elle se souvenait du coup de téléphone de Xavier. Que faisait-il à cette heure ? Elle prit la télécommande et zappa. Sur une autre chaîne, une journaliste ne tarissait pas d'éloges sur la robe vert pomme de la reine d'Angleterre qui, dispensant quelques sourires de circonstance dans un centre d'accueil pour sans domiciles fixes, ne s'était pas aventurée à leur serrer des mains, question d'hygiène. La journaliste soulignait, information ô combien importante, que la veille, la souveraine avait porté une robe canari mélanique, quelle facétie, robe conçue par un grand couturier du royaume tout spécialement pour l'inauguration d'un centre d'étude d'évolution du climat, rappelant au passage que ces petits oiseaux, extra sensibles à la qualité de l'air, étaient utilisés autrefois, dans les mines de charbon, pour prévenir les mineurs de l'augmentation de la concentration des gaz tueurs, tels que le dioxyde et le monoxyde de carbone.

Eva zappa sur une autre chaîne, regarder la télévision lui permettait, certains soirs, de faire voyager sa pensée sur autre chose que le souvenir des cadavres. Certes, cette vie télévisuelle n'était que virtuelle, mais les voix, les images et le mouvement, en trompant l'esprit d'une présence factice, avaient la vertu de le vider, de l'apaiser.

Sur la 6 il y avait un reportage sur les escapades sentimentales d'un joueur de foot, acheté à prix d'or par le Real de Madrid, qui plus est, non content d'avoir cocufié sa femme plusieurs fois, se trouvait suspendu pour avoir insulté un arbitre, en le traitant de « pédé » et pour avoir roulé, comme si cela ne suffisait pas, avec sa Ferrari sur le pied d'un motard qui avait osé lui demander de sortir de sa voiture, compte tenu du réactif affichant plus d'un gramme et demi d'alcool dans son sang. Le joueur essayait de faire bon an mal an son mea culpa, dans le cadre d'une interview orchestrée par son coach pour le réhabiliter.

— Quel con, pensa Eva en changeant de chaîne, dégoûtée par l'affichage du lucre au regard des crève-la-faim entassés dans un centre puant la pisse au fin fond de la banlieue londonienne.

Elle revint sur une chaîne d'infos et retomba sur l'information du jour, celle du député Roland Delatour, présupposé ministrable dans le remaniement mi-mandat, écrabouillé par le RER. Le commentateur disait qu'il avait été identifié par ses papiers, fort heureusement tombés de sa poche lors du choc, puisque de sa tête – jolie gueule avec laquelle il paradait dans les meetings – il ne restait plus qu'une olla-podrida de chairs meurtries.

Eva se leva et s'approcha précipitamment de l'écran, bousculant le chat blotti contre ses jambes. Une vidéo amateur avait été postée sur les réseaux sociaux, celle d'un couple de Japonais, de passage à Paris, se filmant pour le plaisir, comme le font tous les Japonais en voyage, enregistrant à leur insu le choc qui avait décapité le ministre.

On y voyait la foule des heures de pointe, se pressant et jouant des coudes pour espérer passer avant les autres, malgré des agents de médiation invitant les entrants à laisser d'abord sortir les sortants. La vidéo, faite en selfie, était d'assez mauvaise qualité et il était difficile de percevoir les détails. Le reportage s'appesantissait sur le trafic qui avait été interrompu durant des heures, de Cergy-le-Haut à Marne-la-Vallée, les écrans d'information titrant : « RER A immobilisé suite à un accident de personne », laissant des centaines de milliers de voyageurs sans autre recours que celui de faire du stop, de prendre un bus, d'appeler un taxi ou simplement de marcher.

Les deux jeunes qui se filmaient avaient vite compris qu'ils tenaient un scoop et avaient continué à filmer, grossissant le visage du conducteur horrifié, un nouvel embauché, sortant de sa cabine en hurlant : « J'ai tué un homme, j'ai tué un homme ».

Et puis la régie avait envoyé la séquence où l'on voyait des hommes en blanc descendre sur les rails avec des sacs plastiques pour récupérer les restes épars du parlementaire. Par là une oreille, plus loin un morceau de bras, ici un œil qui avait giclé de son orbite, là-bas enfin une paire de couilles explosée sous la pression des vingt-cinq tonnes de ferraille. Bien entendu, la chaîne avait pris la précaution de sous-titrer que « certaines images pouvaient choquer de jeunes téléspectateurs » sans pour autant s'autocensurer de les diffuser, afin qu'une chaîne concurrente ne lui vole pas la vedette.

Passé le côté scabreux, s'en était suivie la rétrospective de son parcours hors norme, élève surdoué en primaire, en avance de deux ans sur son baccalauréat et major de sa promo à l'ENA. Sa mort arrivait à point pour les médias qui n'avaient rien d'autre à se mettre sous la dent si ce n'est le salaire exorbitant de la reine d'Angleterre approchant pour cette nouvelle année les 90 millions d'euros. L'occasion était donc trop belle d'épiloguer sur ce personnage promis aux plus hautes fonctions de l'État dont l'ascension fulgurante avait été flinguée en plein vol, comme ces pigeons d'argile que canardent les chasseurs en herbe. Bien sûr, l'affaire des Berges de Seine avait ressurgi, mettant en exergue des financements obscurs, cachés dans une holding factice, abritant des sociétés multiples, dans laquelle se retrouvaient un fonds ayant financé des buildings dans le Golfe, un milliardaire de l'ex-Russie ayant fait fortune dans le gaz et deux hommes d'affaires français, l'un spécialiste des contrats d'armement et l'autre entremetteur des affaires africaines. Le journaliste ne cachait pas – sans pour autant prendre parti, devoir d'information oblige – que des mauvaises langues supputaient qu'une partie de l'argent avait servi à financer la campagne du Président actuel, dont Roland avait été le trésorier. Bref l'affaire puait l'arnaque à cent kilomètres et d'aucuns avaient osé parler d'un suicide, d'autres s'interrogeant, à juste titre de la présence de l'élu sur un quai du RER.

Eva appela Adam :

— Allo ?

— Oui, c'est Eva.

— Eh bien, que vaut le plaisir de ta voix à cette heure indue ?

— Tu as vu les infos ?

— Bien sûr, on ne parle que de ça.

— Oui, mais la vidéo ?

— Celle des Japonais ?

— Oui.

— C'est dingue…

— Les caméras étaient en panne, tu sais ?

— Oui…

— Ça ne te semble pas étrange ?

— C'est ce qu'ils ont dit, mais ce qui est étonnant c'est que le fameux problème informatique n'aurait touché que les caméras de ce quai.

— Tu veux dire quoi ?

— Je ne sais pas, mais c'est un peu trop facile d'invoquer l'informatique, alors qu'en quelques clics le premier hacker venu est capable de paralyser tout leur système…

Eva réfléchissait, sa pensée digressait souvent, pour mieux revenir sur la piste, débusquant toujours ce qu'il fallait dénicher, découvrant toujours ce qu'il fallait trouver.

— Je me demande si c'est vraiment un bug informatique…

— Tu vas loin…

— Je sais…

— Il faudrait qu'on puisse voir la vidéo de près.

— Le problème c'est qu'elle a été postée sur Facebook et que les Japonais sont repartis au pays du soleil levant.

— Ça ne va pas être facile alors…

— Et la définition n'est pas terrible…

Adam réfléchit.

— J'ai vu un truc quand même…

— Quoi donc ?

— Regarde bien quand le train arrive. Il y a la foule. Et Roland tombe…

— Oui…

— Mais bizarrement, il y a comme une vague dans le sens contraire de la chute…

— C'est-à-dire ?

— On dirait que des gens se frayent un chemin en sens inverse…

— Attends, je vais voir…

Eva alluma son ordinateur et ouvrit la page sur laquelle la vidéo avait été postée. On y voyait deux ou trois cents personnes, agglutinées les unes aux autres, attendant le train. À cette heure de la journée, les quais étaient bondés, d'autant que le retard d'une rame avait perturbé l'ensemble du trafic.

— Tu vois ?

— Attends, je regarde là…

Elle avait activé le mode grand écran et faisait défiler le film séquence par séquence. Les visages étaient flous, tout autant que la corpulence des anonymes présents sur le quai, sorte de masse charnelle composée d'hommes et de femmes conglutinés. Et puis les feux de la motrice perçaient l'obscurité du tunnel en percutant le député. Alors oui, on percevait un effet dans la foule, comme celui que produit un tissu que l'on tire entre deux doigts, simple trace d'un mouvement contraire dans cette masse compacte sidérée par la mort, et le spectre subreptice de deux silhouettes s'éloignant d'un pas rapide remontant l'escalier vers la sortie.

— Bon sang tu as raison…

— Tu as vu ?

— Oui… Il y a quelque chose, ces deux gars.

— Il faudrait retrouver cette vidéo et la scanner image par image.

— Ça ne va pas être facile…

— Oui, mais ça vaut le coup.

Pourquoi était-il là ? À cette heure. Avec qui avait-il rendez-vous ? Pour quel objet ?

— On a scanné son téléphone ?

— Celui que l'on a retrouvé oui.

— Le téléphone officiel.

— Oui, il n'y a rien dessus si ce n'est des appels de Matignon, de sa femme et de quelques maires. Rien d'étrange.

— Il en avait un deuxième ?

— Oui, mais qui a disparu.

— Évidemment…

Le chat commençait à trouver le temps long, sa maîtresse étant rentrée et ne s'occupant pas plus que ça de lui, chose étonnante, alors qu'il dodelinait depuis plus d'un quart d'heure en frottant le poil de ses flancs sur ses jambes. Il sentait qu'elle était préoccupée, mais pas plus que d'habitude. Un membre de la police étant de facto tracassé par toutes les énigmes et tous les morts qui déambulent dans ses pensées.

— Écoute, on va voir ça demain, d'ici là, à cette heure, on va laisser la nuit nous porter conseil.

— Oui…

— Passe une bonne nuit alors.

— Toi aussi.

Elle raccrocha et caressa le matou qui, n'ayant pas encore eu sa pitance du soir, commençait à perdre patience, vertu que l'homme leur prête alors que ce mot, dans leur esprit de chat, ne supporte par l'attente du lait, pas plus que l'oubli des croquettes ou l'absence de caresses, à juste titre méritées pour être resté là, à espérer le retour de leurs maîtres.

— Oui, tu es un bon chat…

La chaîne d'information était en train de diffuser des images de madame Delatour venant chercher ses enfants à l'école. Elle avait essayé de repousser les journalistes d'un geste, se cachant le visage avec ses longs cheveux, mais c'était peine perdue. La notoriété de son défunt mari allait la propulser sur le devant de la scène. Elle était hier la coqueluche des soirées les plus en vogue, elle serait demain la pestiférée de toutes les jalousies jusque-là étouffées.

Eva sentait le sommeil la rappeler au bon sens. Il fallait qu'elle dorme maintenant. Ses yeux la piquaient. Elle se laissa aller à regarder la rue. Son chemisier était entrouvert et ses jambes étaient nues. Elle voyait des ombres en face déambuler dans leurs studios et leurs lofts. Le monde était ainsi, mis en boîtes et la liberté n'existait que dans l'espace de ces petits cubes entassés les uns sur les autres. Après être passée dans la salle de bains, elle se laissa tomber sur le lit, laissant ses rideaux ouverts sur la nuit.

Novem menses prius
(Neuf mois avant)

Ecce homo
(Voici l'homme)

Tu ne sais pas pourquoi tu es là et pourtant, tu devrais le savoir, tu devrais t'en douter.

Mais tu ne le sais pas. Il fait froid et tu sens simplement le froid et ce courant d'air qui bouge cette porte qui couine sans arrêt, certainement une porte en fer, lourde et pesante, rouillée sur ses gonds, que tu imagines peinte dans une couleur verdâtre, tu sais bien : ces couleurs d'usines élimées par le temps et l'abandon.

Et puis il y a cette impression d'espace. Tu t'en doutes parce qu'il y a parfois de petits bruits qui font presque un écho, comme ces bruits que l'on peut faire dans des endroits vides, ces anciens lieux de travail désaffectés et vidés de leurs machines, vidés de leur raison d'être, vidés de toute vie humaine. Alors tu l'imagines ce lieu, comme un ancien atelier, avec des murs en pierre attaqués par l'eau qui suinte comme une sueur du temps, par le nitre qui forme des concrétions acides, par des tags aussi, certainement, dessinés dans la rage de ces jeunes désœuvrés pour laisser au monde un message que personne ne lira ici, si ce n'est leurs pairs dans des rassemblements obscurs.

Et puis tu sens cette odeur de bois brûlé trempé par l'eau. Certainement de la pluie ou des gouttes qui doivent tomber d'un toit délabré, dans lequel des trous laissent passer le liquide qui s'accumule lors d'averses ou d'orages, imprégnant le reste d'un feu que des sans-abri auront allumé pour se réchauffer.

Tu sens aussi l'humeur de cette pierre usée, salie, détrempée, ces murs qui pourrissent, ce calcin qui boursoufle et comme une fraîcheur d'herbes folles qui s'emparent de ce lieu, des lierres s'accaparant les murs extérieurs certainement, de hautes herbes que personne ne vient couper, de la mousse et des lichens qui s'installent sur ce sol et sur ces pierres abandonnées au temps.

Tu ne sais pas où tu es. Tu imagines simplement. Ton ouïe et ton odorat sont comme décuplés, suppléant à tes yeux qui ne voient pas, qui ne peuvent pas voir avec ce bandeau serré qui te fait mal et que tu ne peux pas défaire, tes mains étant liées sur les appuis de ce qui te semble être un fauteuil sur lequel tu te trouves.

Tu sens cette douleur aussi, sur ta tempe droite, tu ne sais pas ce qui s'est passé, mais tu as mal et tu as cette impression que ton cerveau a cogné l'autre côté de ta tête. Tu te rappelles un peu, juste avant, alors que tu sortais de ta cuisine. Et puis plus rien. Si ce n'est que tu es ici, sur ce siège, dans ce lieu, que tu as froid et que le moindre bruit te paraît exagéré.

Étonnamment, tu n'as pas vraiment peur. On a souvent peur de ce que l'on appréhende, mais là, comme tu ne sais pas quoi appréhender, tu n'as pas peur. Tu sens les battements de ton cœur dans ta poitrine parce que le vide et le silence apparent de cet endroit amplifient le moindre mouvement, le moindre son, la moindre palpitation.

Ta respiration est normale, tu souffles, tu expires, tu respires, cet air chargé d'humidité et de salpêtre. Et tu te demandes pourquoi tu es là, pourquoi on t'a kidnappé, pourquoi on t'a attaché, pourquoi on t'a amené ici, dans ce lieu loin de tout, parce que tu n'entends pas les bruits de la ville, ces bruits caractéristiques des voitures qui roulent sur le bitume chargé de la gomme des roues ou qui klaxonnent dans l'impatience d'avancer pour ne pas perdre un seul instant, quelle gageure. Les hommes sont vraiment de drôles d'êtres à s'énerver pour une seconde. Comme s'ils pouvaient gagner du temps, alors qu'ils ne font qu'en perdre. Et tu souris à y penser, t'imaginant béat, presque ridicule. Comment pouvoir sourire dans ce lieu et dans cette situation ? Mais tu as confiance. Tu as confiance dans les dieux que tu pries et dans les saints que tu implores. Et tu te dis que c'est certainement une erreur. D'ailleurs, tu le leur diras lorsqu'ils viendront ceux qui t'ont pris pour un autre. Oui, c'est ça. C'est certainement ça. On t'a pris pour un autre. C'est une erreur. C'est certainement une erreur. L'argent ? Ça ne peut pas être pour ça puisque tu n'en as pas. Juste de quoi vivre sachant que rien ne t'appartient. N'est-ce pas là d'ailleurs, aussi une gageure ? Les hommes pensent posséder, se battent pour avoir un bien, pour acquérir un lopin de terre, mais qu'ont-ils réellement ? Rien ne leur appartient. Le jour où le ciel ou l'enfer les appellent, ils laissent tout à d'autres, la famille, les soi-disant amis, les impôts et les ayants droit qui se déchirent sur leur dépouille. Non ce n'est pas pour l'argent, ça ne peut pas être pour ça. Ça ne peut pas non plus être par vengeance, toi que d'aucuns disent si bon, si serviable, si dévoué. Non ça ne peut pas être par haine ni vengeance. Alors c'est une erreur c'est sûr et tu le leur diras lorsqu'ils viendront, à tes ravisseurs. C'est pour cela que tu ne crains pas, même si tes mains sont attachées et que les liens te font mal, même si ce coup à la tête résonne comme un gong, même si tu as un peu froid, même si tu ne peux pas bouger tes jambes qui sont elles aussi attachées à cette chose qui te porte. D'ailleurs, ce n'est certainement pas un siège et sûrement pas une chaise. On ne s'allonge pas sur une chaise et puis c'est trop lourd. Tu sais que c'est lourd parce que tu as essayé de bouger ce sur quoi tu es assis sans y arriver. C'est comme vissé dans le sol. Et bizarrement, c'est plutôt confortable. Ça te rappelle presque un fauteuil de dentiste, sur lequel le chirurgien allonge ses patients pour mieux les soigner, avec cette lampe qui éblouit les yeux et ces bruits insupportables du contre-angle et de la turbine, ces engins qui nous stressent, rien qu'à les entendre.

Alors pourquoi es-tu ici ?

Tu as perdu la notion du temps, tes yeux ne pouvant rien voir, ne voyant même pas si tu es dans un lieu éclairé ou dans l'obscurité. Peut-être est-ce la nuit ? Peut-être est-ce le jour ? Tu ne le sais pas et qu'importe. Tu te souviens simplement que tu sortais de ta cuisine pour aller dans ton garage, les deux communiquant par cette porte avec deux marches pour rattraper la différence de niveau entre ces deux pièces. Tu avais fermé la lumière et tu allais ouvrir celle du garage, construit a posteriori de la première bâtisse, en gagnant un peu sur le terrain jouxtant le cimetière. Et puis tu as reçu un coup puissant à la tempe et ton cerveau s'est balancé entre les parois de ton crâne. Et puis plus rien. C'était vendredi, en fin de journée, tu allais voir les Rivière, cette belle famille qui t'attendait pour dîner. Tu te faisais une joie d'y aller, sachant que la mère, la belle Julie, t'aurait préparé ce plat que tu affectionnes, ces pâtes au saumon et à la crème fraîche, juste épicées comme il le faut et que le père, ce cher Georges, aurait sorti une bonne bouteille de sa cave, certainement un Crozes-Hermitage. Tu n'avais rien ramené parce qu'ils n'aiment pas que tu ramènes quelque chose, ton niveau de vie ne te permettant pas de faire des extra. Et pour eux tu le sais, c'est faire une bonne action que de te recevoir. Et puis tu te faisais une joie de voir leurs beaux enfants, la belle Marie, Jonathan l'aîné, Rebecca et Sarah, les deux jumelles âgées de six ans aujourd'hui. Quelle belle famille ! Arrivée en juillet de cette année dans cette petite ville de banlieue où tu officies, Georges ayant été muté et septembre étant la bonne date pour que les enfants se raccrochent sur de nouvelles écoles. Certainement qu'ils ont dû signaler ton absence. Pour sûr même qu'ils auront essayé de t'appeler, certes en vain, et que Georges sera venu jusque chez toi pour savoir s'il ne t'était rien arrivé. Il aura vu ta voiture qui est restée dans le garage, tout au moins tu le crois même si tu n'en sais rien. Si ça tombe, tes ravisseurs ont pris ta voiture, cette belle DS que tu as héritée de ton père et à laquelle tu tiens tant, seul plaisir profane, à part celui de boire et manger, dans ta vie d'homme solitaire. Nul doute que Georges Rivière aura fait la route qui va de chez toi à chez lui, ces cinq kilomètres de départementale qui partent du bord de la ville vers la campagne proche. Et, ne voyant pas ta voiture, il aura averti la police. Oui c'est certain. Alors il te faut attendre dans le noir sans céder à la panique et à la peur. Soit la police vient, t'ayant cherché, et t'ayant retrouvé ou soit tes ravisseurs viennent, et alors tu pourras leur dire que c'est une erreur et ils te relâcheront découvrant qui tu es. Tu as beau vivre seul, ton absence ne pourra pas passer inaperçue. C'est impossible. Et si cela dure, ne serait-ce que quelques jours, les journaux pousseront l'enquête. Tu vis seul oui, mais tu n'es pas un anonyme dans cette ville. Tu es même un notable et il est impossible que l'on ne s'inquiète pas de ton sort.

Tu as un peu froid là, mais c'est normal. À ne pas pouvoir bouger, le corps s'engourdit, l'inactivité forcée le rendant sensible au moindre souffle d'air frais. Et puis ces liens qui enserrent tes jambes empêchent le sang de circuler normalement, ils sont trop serrés, et tu ne sens presque plus tes pieds. Ce doit être le soir, parce que tu as senti la température baisser durant toutes ces heures. Des heures, oui. Tu ne sais pas finalement si tu es ici depuis des heures ou des jours. Non tu ne le sais pas, le coup que tu as pris a arrêté tout enregistrement dans ta mémoire jusqu'à ton réveil, effaçant les derniers instants de conscience qui ont précédé ton KO et, ligoté sur ce fauteuil, les yeux bandés, tu ne vois certes rien, mais tu entends le moindre bruit et tu perçois la moindre odeur par ton ouïe et ton odorat qui s'éveillent. Au bandeau qu'ils t'ont mis, tu sens que ce sont certainement des pros, sur tes yeux il y a d'abord cette bande de scotch qui fait le tour de ta tête. Et puis, comme si cela ne suffisait pas, il y a ce large bandeau qui passe et repasse sur le scotch et qui est noué, solidement, derrière ta tête. Et puis il y a ce scotch sur ta bouche qui t'empêche d'appeler, de crier, de prier bien que tu puisses prier à l'intérieur de toi-même. Prier est un acte du cœur, pas de la bouche. Et puis tu sens qu'ils ont mis quelque chose dans une des veines de ton bras gauche, un cathéter oui c'est ça, tu l'imagines, comme à l'hôpital et tu te demandes pourquoi ils ont fait ça. Pour t'endormir ? Mais là, tu ne dors plus et tu sens ce goutte-à-goutte se mélanger dans ton sang. Pour te nourrir ? Comme le fait une sonde parentérale, parce qu'il est vrai que tu ne ressens pas la faim. Mais peut-on avoir faim dans ces conditions ? Certes manger est une nécessité, mais c'est aussi un plaisir et là tu ne vois pas comment tu pourrais manger avec plaisir, toi qui aimes ces plats que mijote Gisèle, ta femme à tout faire, cette brave personne, dévouée à ton service depuis toutes ces années, qui officie aussi chez ton maître. Elle doit, elle aussi, s'inquiéter pour toi, en voyant que tu n'es pas rentré. Elle aussi certainement sera allée au commissariat déclarer ton absence.

Tu ne vois pas, et tu ne peux pas bouger n'ayant plus que la peau, tes oreilles et ton nez pour ressentir quelque chose d'extérieur à ta personne et ta pensée, seule chose qu'ils ne peuvent pas encore museler : cherche sa raison.

Tu sens la fatigue te gagner et tu la laisses faire ne sachant pas ce qui arrivera tout à l'heure, demain ou plus tard. Le sommeil est toujours bon à prendre lorsqu'on lui en laisse la liberté. Alors tu te laisses emporter pour une heure, ou deux, ou toute une nuit, tu ne sais pas. Sans repères, comment pourrais-tu savoir ?

Nunc vivo
(Maintenant je vis)

— Où allez-vous donc très cher ?

— Je dois rejoindre Emmerich et Engel à Stuttgart et puis aller au Luxembourg pour faire le point sur la fusion avec Informatis.

— Ah Stuttgart…

Elle se prélassait sur le grand lit à baldaquin, dans sa nuisette en soie noire, femme envoûtante, s'étirant, lascive et impudique n'ayant rien d'autre à faire dans la vie que d'être là pour gérer le manoir et les sept personnes à leur service, que de veiller aux trois setters anglais – auxquels il tenait tant et avec lesquels il partait des journées entières bourlinguer dans les bois – et d'écrire les cinq à six articles annuels qu'elle publiait dans un journal de femmes du monde.

Elle le regardait mettre dans sa valise, avec le plus grand soin, des chemises d'un blanc immaculé, des cravates en soie, des sous-vêtements, un costume de rechange, son sabre de rasage Solingen et son blaireau Mühle qu'il n'oubliait jamais lorsqu'il partait en voyage.

— Et vous partez pour longtemps ?

— Deux ou trois semaines, je pense, le temps de régler tout ce qui doit l'être, d'enterrer mon ami, de passer par le Grand-Duché pour solder les questions financières du rapprochement et puis finaliser quelques accords commerciaux sur Paris avant de rentrer à Genève.

Il laissa passer un temps et dit :

— Je resterai certainement quelques jours à Paris.

Elle se leva, s'en alla vers sa coiffeuse, prit sa brosse Masson Pearson et les peigna langoureusement en se passant une main dans ses longs cheveux.

Il la regardait, elle était belle.

— Vous êtes bien belle Madame.

Elle lui sourit. Elle l'observait dans la glace, ses gestes étaient précieux, mesurés, toutes les choses devant être à leurs places.

— J'ai toujours aimé Paris.

— Nous y retournerons, je vous le promets, dit-il.

— J'aurais pu vous y retrouver…

En réajustant son col de chemise, il lui répondit :

— Ma chère Gunda, pas cette fois, je serai très peu disponible et vous vous ennuieriez à m'attendre.

— Très cher je sais très bien m'occuper sans vous, vous savez…

— Une autre fois, vous dis-je, dit-il d'un ton plus cassant qui n'appelait pas de réponse et qui n'offrait pas d'autre alternative que celle de l'acceptation.

Elle soupira et se leva, en laissant tomber sa nuisette, et ouvrit la salle de bains.

Il la regardait, subjugué par sa démarche de mannequin qui lui donnait un charme fou, et ce désir qu'il avait d'elle, ce désir à l'imaginer lorsqu'il l'attachait et qu'il la fouettait avant de la prendre, de la mordre, de l'insulter, de la fesser, de la pénétrer, en lui faisant mal, jusqu'à ce qu'il jouisse.

Elle laissa la porte ouverte et se fit couler un bain. Son esprit dérivait en pensant qu'il lui cachait quelque chose, qu'à Paris il voyait une autre femme plus inventive et plus joueuse qu'elle ne pouvait l'être et qu'elle n'aimait plus être avec cet homme qui, aujourd'hui, lui inspirait de la froideur et de l'austérité. Certes elle jouait, mais de force, se refusant au plaisir. Au fur et à mesure des jours et des années, le temps les avait habitués au silence et la vie de leur couple, prise au piège de l'habitus, se nourrissait désormais de résignation et de suspicion.

Il continuait à ranger ses affaires, la voyant de loin entrer dans le bain, jouer avec la mousse, fermer les yeux et laisser aller ses mains entre ses cuisses, l'imaginant fantasmer sur quelque éphèbe venant dans ses rêves, dans la splendeur de sa force, lui donner le désir qu'il ne savait plus lui inspirer.

Il se rappelait, c'était il y a plus de trente ans. Elle était là, sur un fauteuil en velours rouge, fumant une cigarette avec l'élégance d'une femme du monde, ses lèvres et ses doigts, éclatants d'un rouge rubis, maniant avec dextérité un porte-cigarette taillé dans l'ambre et l'écume, femme ensorcelante dans cet univers art déco où trônait, à la porte du salon Joséphine de l'hôtel Lutétia, une nubienne en bois polychrome.

Il avait commandé un gin-tonic avec une tranche de citron vert et, par-dessus son journal, s'était pris à croiser deux ou trois fois son regard dans lequel il devinait un questionnement sur sa personne alors que le sien trahissait à coup sûr l'envie de lui demander :

— Puis-je vous offrir un verre ?

Ce qu'il fit et ce qu'elle accepta.

Elle était là pour plusieurs soirs, accompagnant une délégation allemande en tant que traductrice. Lui était à Paris pour affaires, achetant, fusionnant, rationalisant et revendant des sociétés, businessman d'un monde où les frontières n'arrivant plus à contrecarrer les fuites de capitaux permettaient aux plus fortunés de s'absoudre dans les paradis fiscaux.

Le temps était vite passé ce soir-là, à parler de Stuttgart, leur ville natale, du plaisir à flâner le soir, sur les collines environnantes, pour contempler le panorama ou flirter dans les allées du Maurischer Garter en prenant le temps d'un rêve romantique devant l'étang aux nénuphars.

— Très cher ? dit-elle.

Il s'approcha et vit le galbe et les pointes de ses seins dépassant de la mousse :

— Que puis-je pour vous Gunda ?

Elle lui sourit, de ce sourire impudique et lascif dont elle avait le secret. Il la désirait oui, mais elle ne le désirait plus. Il avait beau faire : elle ne se donnait plus à lui. La seule échappatoire était la perversité. La prendre de force lui laisserait un goût amer. Il se réfrénait, se maîtrisant pour ne plus tomber dans le piège.

— Pouvez-vous me donner mon peignoir ?

— Avec plaisir, dit-il, en allant chercher la sortie de bain qu'elle avait jetée nonchalamment sur le lit, comme s'il y avait eu une folle nuit d'amour.

Il la lui apporta et l'ouvrit tandis qu'elle se levait, nue, se laissant offrir les manches, sentant la caresse du cordon qu'il nouait sur son ventre et le frôlement de ses mains sur ses seins.

Elle sourit d'un sourire narquois.

— Eh bien, très cher…

Il la vit dans le miroir et la repoussa en réajustant sa cravate, essayant de cacher l'érection de son sexe qui désirait follement cette femme, qu'il n'arrivait plus à aimer si ce n'est en l'obligeant à souffrir pour qu'il jouisse de sa souffrance et de sa jouissance.

Elle se retourna vers lui, ouvrit son peignoir et se mit à genoux, en lui ouvrant le pantalon.

— Gunda, dit-il en se laissant faire alors qu'elle avalait son membre dans sa bouche, que faites-vous ?

Il était à sa merci. Il y a longtemps, c'est ainsi qu'ils commençaient souvent à faire l'amour. Alors elle continua, encore et encore jusqu'à ce qu'il ne puisse plus l'en empêcher.

Il résistait.

— Laissez-vous faire mon cher Friedrich…

Alors il jouit.

Et il cria.

Elle lui sourit et retourna vers la salle de bain pour se laver le visage.

Il la regardait en reboutonnant son pantalon, s'accroupissant pour retrouver quelques papiers qui étaient tombés en dessous du lit au moment de sa jouissance.

Elle revient, en lui disant :

— N'était-ce pas délicieux, très cher ?

Il s'approcha d'elle et la gifla :

— Vous êtes une salope ma très chère Gunda.

Elle sourit :

— J'ai beaucoup appris de vous, vous savez, mon très cher Friedrich…

Il soupira, ouvrit le dressing et fouilla la penderie en maugréant :

— Mais où est donc mon costume anglais ?

— Qu'en sais-je ?

— Oui c'est vrai, comment pourriez-vous le savoir ?

— Demandez donc à Liselotte, après tout elle est là pour ça n'est-ce pas ?

Il la toisa, d'un air furieux, ouvrit la porte et cria :

— Liselotte ?

Une petite voix se fit entendre d'en bas :

— Oui monsieur ?

— Apportez-moi mon costume anglais !

— Tout de suite, monsieur.

Il referma la porte et Gunda lui dit, en se peignant les cheveux et en le regardant dans le trumeau de sa coiffeuse.

— Eh bien, voilà…

On frappa à la porte. Gunda se coiffait, laissant entrevoir ses seins, son ventre et son pubis.

Il ouvrit et Liselotte entra, jeune femme timide au service de ses maîtres depuis plus de dix ans.

Il ne lui dit pas merci et referma la porte.

Gunda lui dit :

— Vous allez lui manquer très cher durant toutes ces semaines…

Il ne lui répondit pas. Il n'aimait pas répondre à ses assertions provocatrices. Leur contrat moral s'était détourné de son but premier, celui de l'Amour, pour dériver vers ce cynisme et ce détachement mutuel, tolérant les passades de l'un et de l'autre comme l'inexorable fatalité d'un éloignement et d'une mésentente avivés par le temps.

— Mais il lui faut encore apprendre, dit-elle, elle est encore novice et son initiation n'en est qu'à son début…

— J'imagine que vous saurez y faire, répond-il.

Qui était donc aujourd'hui cet homme sur lequel ses yeux s'étaient posés, incidemment, dans ce grand hôtel, et qui lui faisait la cour avec tant de classe ? Faut-il que le temps émousse à ce point l'envie de plaire en la transformant dans un jeu où la perversité n'a d'égal que le regret d'un temps révolu ? Ou ce vice est-il natif, forçant l'expression de sa licence dans un subtil équilibre satisfaisant les cœurs acolytes et complices l'un de l'autre ?

— Et puis, dit-il en rangeant sa brosse à dents, vous ne serez pas seul, Erwin saura vous tenir compagnie…

Elle ne répondit rien, laissant ses pensées flirter avec le souvenir d'un jour où le soleil caressait les courbes de cet homme musclé, fort et pourtant attentionné, plein de vigueur et pourtant si doux. Elle le photographiait avec ce regard et cet abandon, alors que ses mains osaient s'aventurer sur ce corps d'athlète, le caressant doucement, avec cette huile jusqu'au désir.

— D'ailleurs, reprit-il, je vous saurai gré de bien vouloir lui demander d'amener Wolfgang, Wagner et Weber chez le vétérinaire pour qu'il leur fasse leur rappel antirabique.

— Bien sûr, murmura-t-elle.

Friedrich venait de connecter son portable aux enceintes, diffusant avec puissance, les accents romantiques du Konzertstück F-moll de Weber, cette musique qu'il avait toujours adorée pour sa mélancolie teintée de légèreté courant sur le fond d'un questionnement perpétuel.

Gunda se rappela, lorsqu'il s'était installé au piano du Lutétia et qu'il avait joué le premier mouvement de cette musique, c'était à couper le souffle et toute la salle s'était tue en l'applaudissant. Elle avait souri et lui avait dit :

— Que vais-je encore découvrir ?

Il lui avait répondu :

— Tout reste à découvrir Madame.

Et ce soir-là il l'avait raccompagnée jusqu'au seuil de sa chambre et elle l'avait entraîné sur le grand lit, s'abandonnant à cet homme jusqu'à l'extase douloureuse de ses élans féroces et impétueux.

Ils avaient mis six mois pour se revoir, au grand hôtel Kempinski de Genève, le hasard des choses qui pousse deux êtres envers et contre tout à croiser leurs chemins, comme l'attraction de deux astres passant l'un près de l'autre. Alors il lui avait joué un nocturne de Chopin et elle avait pleuré. Et il lui avait dit : « venez -donc chez moi », et ils ne s'étaient plus quittés.

« Pourquoi faut-il que les cœurs se détruisent après s'être aimés », pensa-t-elle en regardant le lac qui, en ce jour de septembre, brillait d'un soleil radieux.

Il vint vers elle et la prit par les épaules, osa un baiser dans son cou et lui dit :

— Vous êtes belle comme au premier jour, madame.

Cet homme étrange, dont elle ne connaissait finalement qu'une facette, qui était-il vraiment ? Ce financier ? Ce romantique ? Cet homme pervers et cruel quelquefois ? Cet amant fou ? Elle ne disait rien et regardait le lac, en sentant les mains de Friedrich sur ses épaules et en voyant leur reflet dans la vitre de la fenêtre qu'elle ouvrait pour faire entrer l'air frais du lac, cet air régénérant, chargé du blanc des neiges éternelles et de cette envie folle de vivre et de ressentir la sensation de vivre.

— Je vais y aller, dit-il, en la laissant devant le reflet des montagnes, j'ai mon vol dans une heure.

Il quitta la chambre et descendit le grand escalier en marbre jusqu'au hall d'entrée et dit à Liselotte :

— Faites-moi descendre ma valise et dites à Erwin de préparer la voiture.

Liselotte s'exécuta et s'affaira pour que tout soit réglé dans les moindres détails. Elle savait que son maître détestait être en retard et qu'il aimait prendre le temps de voir ses chiens qui étaient là, la queue frétillante.

— Ah mes chiens, dit-il en les caressant, ah mes chiens, sans vous que serait ma vie ?

Il s'en alla faire quelques pas dans l'allée du parc, suivi par les trois setters qui reniflaient tout et rien comme s'ils partaient en chasse.

Il vit Gunda à la fenêtre, nue et désirable.

— Tu vois Wolfgang, dit-il en s'accroupissant et en touchant la tête du chien qui semblait comprendre son maître, un jour il faudra que tu prennes soin de tes frères et aussi de cette femme…

Et puis, la Mercedes étant prête, il revint vers le château. Erwin l'attendait pour lui ouvrir la porte arrière.

La route descendait jusqu'au lac, il ne put s'empêcher de se retourner encore une fois, Gunda était toujours là, à la fenêtre. Son regard suivit les coteaux de Vevey et l'étendue d'eau, par la route qui court sur son bord jusqu'à Lausanne.

Erwin ne disait rien, il conduisait. Il avait un bon travail consistant à conduire et à entretenir les sept voitures : la Mercedes Maybach, l'Aston Martin Vanquish, la Porsche 911, le coupé Mercedes de madame, la Chevrolet C10 pour transporter les chiens, la Packard de mille neuf cent trente-six et la Rolls-Royce Phantom de mille neuf cent soixante-deux, à laquelle Monsieur tenait particulièrement, en faisant en sorte qu'elles soient toujours prêtes et astiquées. Il avait aussi comme mission de s'occuper des chiens pour que rien ne leur manque et du cheval de madame sur lequel elle galopait parfois des heures durant.

— Vous n'oublierez pas les chiens, dit-il à Erwin.

— Oui monsieur.

Qu'était-il pour cet homme ? Si ce n'est son employeur, mais aussi ce symbole de réussite sociale qu'il imaginait comme un idéal pour ce trimardeur sorti de l'ombre. Friedrich le regardait. Erwin était encore jeune, plein de force, et il l'enviait alors qu'à l'approche de la soixantaine Friedrich ressentait la nécessité de se préserver, son esprit décomptant parfois le temps.

Tout en regardant le paysage, il se récita ces vers de Virgile :

Nunc vivo neque adhuc homines lucemque relinquo. Sed linquam.

— Que dites-vous, monsieur ?

— Rien Erwin, je me rappelais un texte latin.

Ils approchèrent de Bourg-en-Lavaux et Erwin demanda :

— Voulez-vous de la musique, monsieur ?

— Oui, mettez-moi un nocturne de Chopin.

Les images défilaient, Erwin prit la route de la corniche pour cueillir l'embranchement de l'autoroute à Belmont. Friedrich regardait ce paysage qu'il connaissait depuis plus de trente ans. Ses parents étaient d'abord venus de Paris, avec sa sœur et son frère aîné, s'installant à Évian-les-Bains pour reprendre la direction des eaux minérales afin d'y construire la nouvelle usine d'embouteillage avec l'objectif de produire annuellement cent millions de litres. C'était dix ans après la guerre, son père ayant reçu la Légion d'honneur après avoir eu la croix de guerre et la médaille de la résistance française. C'était à l'époque où cette distinction n'était pas attribuée sans fait de guerre, comme elle peut l'être aujourd'hui pour avoir écrit des livres ou avoir fait des films, voire n'avoir rien fait pour quelques politiques. À la mort de ses parents, suite à un accident de la route, il avait hérité du manoir et de l'usine de composants électroniques alors que son frère aîné prenait l'hôtel particulier à Paris et sa sœur le haras en Normandie.

La voiture approchait de Lausanne. Un Phénom 300 était en train d'atterrir.

Erwin dit :

— Votre avion, certainement monsieur.

Friedrich ne répondit pas. Il pensait à Gunda, cette femme qu'il aimait sans arriver à trouver le regard et les mots pour lui dire tout simplement : « Je vous aime ma Dame ». Il pensait aussi à cet enfant qu'ils avaient tant désiré, il y a vingt ans, avant d'apprendre que Gunda ne pouvait pas en avoir. C'est à partir de ce moment-là que tout avait changé. Gunda était devenue distante et lui n'avait pas su comment la faire revenir. Elle ne voulait pas adopter, voulant « porter sa croix ». Il en avait fait des cauchemars et puis la vie avait laissé passer le temps, transformant le sentiment d'injustice en amertume, et l'amertume en déception.

L'aéroport était là :

— Je confie les chiens à vos bons soins Erwin.

Erwin arrêta la voiture, lui ouvrit la porte et Friedrich lui dit en descendant :

— Et Madame aussi…

Puis il monta dans l'avion et s'envola vers Stuttgart.

A pedibus usque ad caput
(Des pieds à la tête)

Tu le sais, la mort n'est qu'une étape. Certes, personne dans ce monde n'a réussi à l'apprivoiser. Beaucoup en parlent, d'autres en rient, certains même essayent de la mépriser, voire de l'ignorer : les fous. La mort ne rôde pas dans les champs : elle est dans l'homme, dans son génome, dans son dessein.

Et toi tu es là, dans ce lieu, pensant à tout, pensant à rien, sentant le spectre de la mort qui rôde alentour, dansant par devant et par derrière toi, embrassant ton ombre, ricanant dans ton dos de te voir ainsi séquestré, captif.

Combien de fois n'as-tu pas réconforté ceux et celles qui, touchés par la mort d'un proche, avaient du mal à encaisser le coup du sort, avaient du mal à comprendre les dessins du Tout-Puissant ?

Oui : combien de fois ? Cent ? Mille ? Tu ne sais plus. Aider les autres, ça ne se compte pas. Dans ces moments où ton écoute et ton réconfort tentaient d'apaiser la douleur de ces autres, tu disais souvent que l'espoir d'une vie meilleure nous permet d'imaginer un autre monde, un autre ailleurs.

Mais pourquoi donc essayer d'imaginer un autre monde ?

Celui-ci serait-il à ce point méprisable ? Nous faudrait-il à ce point le décrier pour nous sentir libérés de notre joug et savoir rêver, de joie et de paix, de jouissance et de béatitude ?

Ici, dans ce lieu que tu ne connais pas, dans ce temps que tu ne maîtrises pas, dans ce devenir qui ne t'appartient pas, tu ressens la moindre parcelle de vie comme une chance, comme un cadeau, comme un plaisir suprême.

Ce pied par exemple, qui te fait mal, mais qui, dans son écorchure crie son existence, ce pied oui, ce simple pied, tu le ressens comme jamais tu ne t'y étais intéressé ! Quel est donc l'olibrius qui s'intéresse à ses pieds ? Pourtant ceux-ci portent le corps, permettent à l'être de se mouvoir, donnent à la vie courante son statut d'humanité. Faut-il en souffrir pour se souvenir qu'ils sont là, ces pieds, et se dire que sans eux nous ne serions que des primates ?

Pourquoi penses-tu à cela ? Es-tu conscient ou est-ce dans ton demi-sommeil ?

Peut-être parce qu'il fut un temps, tu t'étais intéressé à la réflexologie plantaire, ce massage des pieds venu des temps ancestraux chinois, science du corps et de l'esprit, les deux étant intimement liés l'un à l'autre, le pied disposant dans sa chair d'un centre de commandes permettant, à celui ou celle qui en détient les clefs, d'agir sur son stress, sur sa circulation sanguine, sur le bien-être de ses organes, sur sa digestion, sur son sommeil, sur sa santé.

Ce doit être cela, oui. Tu penses à tes pieds parce que tu voudrais pouvoir appuyer un point d'acupression et ressentir cette détente, ce laisser-aller, ce bien être.

Mais tes mains sont liées, alors tu ne peux pas appuyer où que ce soit, tu es contraint, tu es empêché : tu es prisonnier.

Alors tu penses à ce pied qui te fait mal parce que tu voudrais que tes mains puissent le toucher, le masser, le soulager, parce que tu voudrais que tes mains soient libres et que tu puisses ainsi te mouvoir, aller où bon te semble, jouir à ta guise de l'instant présent. Mais tes pieds comme tes mains sont assujettis et, étrangement, ta tête le ressent, ta tête – qui ne voit pas et qui ne parle pas – est aussi comme bridée, contrainte, interdite. Et ce morceau de chair, ce pied en souffrance te rappelle tes mains, ton cul, ta peau, tes os, ton souffle, tes yeux, ta bouche, ta tête obnubilée en cet instant par ton pied, ce petit rien dont on oublie la plupart du temps l'existence et qui là, en ces instants précieux, envahit ta pensée, obscurcit ton jugement, accapare toutes tes facultés mentales.

Ton pied.

Tu aimerais le plonger dans une bassine d'eau chaude, ô combien bienfaisante, comme tu le faisais après de longues marches sur ces chemins forestiers, faisant bouillir des feuilles de sauge aux vertus antiseptiques. Aux jours d'automne, tu excellais dans la cueillette des champignons, dénichant des bolets bronzés, cet habitué des lieux aimant la chaleur de l'été, gardant sa fermeté à la cuisson lorsque tu le cuisinais en risotto, quel régal. Tu trouvais même des chanterelles ciboires, que tu savais distinguer sans erreur du clitocybe trompeur, ce sosie vénéneux, débusquant la belle cachée dans les sous-bois, sous la mousse et les feuillus, que tu savais préparer en omelette avec quelques lardons, en l'ayant fait suer au préalable à feu doux.

Ah tu te rappelles...

C'est étrange comment l'esprit, dans des circonstances extrêmes, exhume des souvenirs, comme les images d'un film prises au hasard de la résurgence du temps.

Pourquoi penses-tu à tout ça ? Parce que ton pied. Ton pied qui te fait mal et qui s'engourdit, petit à petit, à être ainsi attaché.

Et tu rêves de ces longues marches, tes yeux n'ayant rien d'autre à voir que l'obscurité de tes paupières occultées par ce bandeau. Alors ce néant noir devient l'écran de projection de tes réminiscences.

Tu emmenais quelquefois des enfants avec toi dans la forêt, pas plus de cinq ou six afin de ne pas risquer de les perdre, pour les initier à la mycologie. Cette balade les rendait toujours joyeux, eux que la ville étouffait à ne pas avoir d'autres espaces de jeux que ceux de la rue, de leur courée, et de leur zup bétonnée. Pour t'impressionner, ils essayaient de trouver des coulemelles, leur ayant expliqué la différence avec l'amanite qui lui ressemble, à ceci près de l'anneau qui ne coulisse pas comme celui du lépidote. Bien entendu, tu leur disais de ramasser seulement celles qui faisaient plus de dix centimètres, n'ayant pas de volve, et dégageant une odeur de noisette. Ils étaient fiers lorsqu'ils en trouvaient, rapportant le fruit de leur cueillette à leur mère tout heureuse, ce soir-là, d'avoir à cuisiner le luxe d'un plat impossible à se payer.

Bon sang que fais-tu ici ?

Lorsque la douleur te lance, tu repenses à ton état comme si tu sortais précipitamment d'une salle de cinéma pour te retrouver d'un coup dans la gloire d'un jour d'été.

C'est violent.

Comme la violence d'une claque que tu recevrais dans ton sommeil.

La douleur est là. Elle hurle d'un seul coup exigeant le droit de te faire mal. Ton corps en ce point exprime sa torture, son supplice, sa passion.

Et cette épine, comme celle dans la chair de Paul, te rappelle à quel point celui que tu adorais a dû souffrir, lui qui s'est laissé clouer sur une croix.

Cette douleur et cette situation ne seraient-elles pas des épreuves ?

Oui c'est ça. Des épreuves pour t'éprouver et fortifier tes engagements. Ton Dieu t'éprouve, comme Job qu'il a remis pour un temps entre les mains du Mal, le laissant jouer, jusqu'à la limite de sa vie, avec ses amours, sa santé et son statut. Job avait tout perdu, rappelle-toi, et il n'a pas flanché, il n'a pas renié. Comment pourrais-tu, toi, avoir des pensées toxiques pour un simple coup sur la tête et une simple écharde dans le pied ?

C'est ce que tu disais à ceux qui souffraient.

Maintenant, c'est à toi de souffrir.

De profundis clamavi
(Du fond de l'abîme, j'ai crié)

— Il est mort comment ? demanda une personne dans l'assistance.

— Il s'est pendu.

— Oh mon Dieu…

— Il ne s'est laissé aucune chance.

Friedrich ne disait rien. La mort d'un proche c'est toujours une tragédie. Il était là, debout, figé derrière ses lunettes noires, avec Emmerich et Engel, ces amis d'enfance, dans la froideur de ce jour où la mort, odieuse et injuste, avait mis un point d'honneur à pousser l'absurde d'une vie à cesser son existence sans raison apparente.

Ils écoutaient le sermon du pasteur faisant l'éloge de Lukas.

— Lukas était un homme de cœur, il était un des fidèles de notre église et assurait avec conviction la charge de l'aumônerie des prisons.

Le lieu, dépouillé de fioritures comme le sont tous les temples protestants, était plein à craquer en ce jour d'automne, débordant sur le parvis de proches, d'ouailles et d'amis touchés par le caractère inacceptable de cette mort.

— Je le connaissais depuis plus de trente ans, et plus qu'un fidèle, Lukas était pour moi un ami, un frère. La foi qui l'animait était celle du vrai chrétien ayant, comme Saül de Tarse, rencontré son Seigneur sur le chemin de Damas.

Friedrich reconnut Karla, la sœur de Lukas, cette femme avec laquelle, dans le secret de ses nuits, il avait imaginé vivre la vie. Il l'aimait comme un fou. Elle l'aimait comme une amie. C'est ce qu'elle avait répondu à sa demande qu'il lui avait faite un soir, en la raccompagnant chez elle. Il avait alors quitté Stuttgart pour oublier ses rêves et se construire ailleurs.

— Comme vous, dit le pasteur, je ne comprends pas cet acte ultime et je ne l'admets pas. Mais je respecte le choix de vie de Lukas. Ce n'est pas à nous de le juger, lui seul a choisi de vivre ou de ne pas vivre. Je suis certain simplement qu'il a fait ce choix pour de bonnes raisons que j'aimerais, comme vous, connaître. Dieu lui, les connaît et quoique certains puissent en penser, je suis certain que Lukas est dans la maison du Seigneur.

Friedrich ressentait au fond de lui une peine immense, il se souvenait comment gamins, lui, Emmerich et Engel jouaient d'espièglerie dans cette colonie d'enfants qui avait posé ses tentes près du lac de Serre-Ponçon. Là-bas, c'était comme une annexe du paradis et ce bel été, à randonner sur les pentes de la Diablée et du Mourre Froid, pour apercevoir le vol des aigles, lui faisait remonter le grand sourire de Lukas qui, à cette époque respirait la joie de vivre. Ils étaient adolescents, dans le bel âge, insouciants, s'amusant à faire des concours de ricochets sur l'eau du lac qui resplendissait du ciel.

— Mes pensées, dit le pasteur, vont aujourd'hui à ses amis et à ses proches, à Karla sa sœur, à Reinhold et Eda, son père et sa mère, dont la douleur ne peut trouver sa consolation que dans l'espérance qui est la nôtre, celle de notre Seigneur Jésus-Christ.

Friedrich était là, mais son esprit était ailleurs, revivant les plongeons dans l'eau froide, les courses d'orientation, le crépitement des feux de camp.

Ces souvenirs d'enfance le prenaient à la gorge. Comment était-il possible que le temps soit passé si vite ? Laissant derrière lui quelques bribes d'escales, emporté par les études, le travail et les obligations en tous genres.

Il entendit le pasteur dire :

— Nous qui croyons en la résurrection, nous savons que la mort n'est pas une fin, mais le commencement d'une nouvelle vie.

La cérémonie prenait fin, la foule faisait le tour du cercueil pour lui rendre un dernier hommage pendant que l'orgue, vibrant par le souffle de ses registres, jouait « Plus près de toi mon Dieu ». Friedrich se rappelait, c'était un film, le Titanic qui coulait, tous ces gens qui, dans l'eau glacée, perdaient peu à peu la sensation de leurs membres et, en quelques minutes, se retrouvaient comme endormis, rendant leur dernier souffle alors que l'orchestre, sur le pont qui penchait de plus en plus, à retourner la coque, jouait cet air de Lowell Mason :

Nearer, my God, to thee,
nearer to thee !
E'en though it be a cross
that raiseth me,
[...]
Still all my song shall be,
Nearer, my God, to thee

Dans l'assistance, des gens pleuraient, touchés par cette mort incompréhensible et par l'émoi des notes vibrant avec l'appel des âmes à penser qu'un jour, le pont chavirera et que les sens, n'arrivant plus à trouver leur force, expireront ce dernier souffle, triste sort de tous les gnomes composant l'humanité.

Une queue s'était formée derrière le corbillard, alors que les croque-morts en livrée, affichant une mine de circonstance, entassaient les bouquets de fleurs sur le couvercle de la boîte à corps.

— Bon sang ça pèle, dit un anonyme.

— C'est un coup de froid qui vient de Sibérie…

— Ouah…

— Tu t'en rends compte, pendu, c'est dur quand même…

— Oui, moi je n'arrive pas à comprendre, lui qui était si gentil, si serviable…

— Qui aurait pu le penser ?

— Il paraît qu'il était en train d'écrire un livre…

— Ah bon ? Sur quoi ?

— Je ne sais pas, c'est ce que l'on dit en tout cas…

— C'est bête ça de mourir avant d'avoir pu éditer un livre…

Friedrich, Emmerich et Engel marchaient côte à côte, ils ne disaient rien, portant des lunettes noires, leurs visages semblaient figés.

C'est étrange la mort d'un homme. Elle contamine les vivants d'une tristesse mélancolique mêlée d'incompréhension et de la conscience de l'être.

Le cortège approchait du cimetière, avec ses hauts murs en béton et ses croix de toutes les formes hérissées comme des signes sans espoir. La mort était là, ayant tué ces vies terrestres, ayant pourri leurs corps. Le corbillard entra, suivi de tous ces gens qui marchaient dans le silence.

Le pasteur prit la parole :

— Nous qui avons cette espérance, nous savons que la mort n'est pas la fin, mais le passage vers un monde meilleur.

Karla se mit à pleurer, soutenant sa mère qui manquait de s'effondrer.

Le pasteur continua :

— Et toi Lukas, mon frère, mon ami, quelle que soit la raison qui t'a poussé à ce geste ultime, je sais que nous nous reverrons là-haut.

Alors, le pasteur donna le tempo d'un moment de recueillement. Dans ce silence, le ciel morne et gris faisait pleurer les yeux de larmes et le froid, glacial et sec, aiguillonnait la peau des visages, gelant les doigts en les bleuissant.

Alors s'éleva cette prière éternelle :

Notre Père, qui es aux cieux,

Que ton nom soit sanctifié,

Que ton règne vienne,

Que ta volonté soit faite sur la terre comme au ciel.

Donne-nous aujourd'hui notre pain de ce jour.

Pardonne-nous nos offenses,

Comme nous pardonnons aussi à ceux qui nous ont offensés.

Et ne nous laisse pas entrer en tentation,

Mais délivre-nous du Mal.

Car c'est à Toi qu'appartiennent le règne, la puissance et la gloire pour les siècles des siècles.

Amen

Il était presque dix-huit heures lorsque Friedrich entra avec Karla dans l'appartement de Lukas. Reinhold et Eda, ses parents, n'avaient pas voulu venir, consumés par la douleur incommensurable de la perte d'un enfant. Quel que soit l'âge, la mort d'un enfant est toujours inacceptable pour cette mère et ce père qui l'ont nourri, qui ont pris soin de lui, qui l'ont soigné aux heures de la maladie, qui l'ont emmené à la mer, qui lui ont fait réciter ses leçons, qui ont été quelquefois, ce confident ou cette confidente dans les moments de doute et d'incertitude, qui l'ont aimé comme aucun autre homme et aucune autre femme ne peuvent le faire.

Emmerich et Engel étaient repartis.

— Merci de me permettre d'entrer, dit Friedrich.

— Je le fais parce que c'est ce qu'il aurait voulu, répondit Karla prise d'un énorme soupir à voir cette photo d'elle et Lukas trônant dans la pièce principale.

Lukas aimait ranger les choses à leur place, presque dans un délire maniaque, comme le font souvent les vieux garçons, habitués à vivre avec eux-mêmes, aimant ainsi se retrouver chez eux, entourés de leurs fringues, de leurs bouquins, de leurs souvenirs qui, loin d'être une maladie, les sauvent du brouhaha de la vie obligatoire et de la solitude de leur âme. Ces choses, inoffensives, sont comme des amis sans voix, sans reproches, sans jugement, apportant par leurs formes, par leurs symboles et par leurs couleurs un soupçon d'existence et de permanence.

Friedrich regardait : c'est ici que vivait Lukas, ce grand ami de toujours. Il se rappelait ce vase de Murano, qu'il lui avait offert pour son trentième anniversaire. Ils avaient fait la fête ce jour-là, comme des gamins, avec Emmerich et Engel jusqu'au petit matin.

Il entra dans la bibliothèque et vit ce grand bureau cintré des années soixante, en simili cuir et stratifié, qu'ils étaient allés chercher ensemble chez un antiquaire, et sur lequel il écrivait ses articles, et certainement ce livre à paraître. Friedrich s'approcha et vit la photo de leur jeunesse. C'était il y a longtemps, une quarantaine d'années, au lac de Serre-Ponçon. Il soupira. Ils étaient tous les quatre devant le grand lac. La photo avait été faite un soir au coucher de soleil et leurs visages s'étaient colorés d'une couleur jaune paille. Ils souriaient, ils étaient heureux. Leurs parents, amis de longue date, avaient accepté de les laisser partir dans cette colonie, arguant qu'à douze ans, les enfants se fortifient à faire leurs propres expériences au loin du cercle familial.

— C'est ici qu'il écrivait ? demande Friedrich.

— Oui, il profitait de l'intimité de l'endroit et aimait se retrouver dans l'odeur de ces livres qu'il dénichait dans les salles des ventes.

Friedrich sourit, il se rappelait cette propension qu'avait Lukas à fouiller les greniers à la recherche de trésors, que lui seul avait le don de faire ressusciter.

— Et ce livre, tu ne sais pas où il aurait pu en cacher une copie ? J'aimerais le lire, pour lui rendre hommage.

— Non, répond Karla, lorsque sa rédaction m'a prévenue qu'ils ne l'avaient pas vu depuis une semaine je suis venue ici, ayant un double des clefs, l'appartement était comme tu le vois aujourd'hui, à ceci près de la lettre écrite à mon intention qu'il avait posée sur son bureau.

— As-tu encore cette lettre ?

— Oui, bien sûr.

Elle la lui tendit et Friedrich lut :

Ma chère Karla,

Quand tu liras cette lettre c'est certainement parce que je serai parti, tu sais, pas comme j'aime le faire en prenant mon baluchon et mon appareil photo pour aller d'un pays à l'autre, non, je serai parti plus loin, beaucoup plus loin, ne supportant plus le mal qui me ronge, ni la dégradation de mon esprit. J'ai donc décidé de m'en aller, de forcer le trait du destin. Je sais, tu t'en voudras peut-être, comme d'autres, de ne pas avoir pu m'aider à contrecarrer cette folie. Ne t'en veux pas, ni toi ni personne n'aurait pu m'en empêcher. Je souffrais trop, tu sais, nous en avons quelquefois parlé. Je ne t'ai jamais dit pourquoi, c'était mon secret. Simplement, ma chère sœur, tu savais prendre le temps de m'écouter et cela me suffisait pour retrouver la chaleur et l'image du soleil des jours. Je t'écris ces derniers mots. Je vais aller rejoindre mes anges dans le ciel. Prends soin du père et de la mère.

Je t'aime.

— De quelle souffrance parlait-il ?

— Je ne sais pas, il n'a jamais voulu en parler. Sa solitude lui pesait de plus en plus, toutes les rencontres amoureuses qu'il pouvait faire finissaient inéluctablement par avorter.

— Et son travail, ça allait ?

— Oui, en tout cas si j'en juge ce qu'il me confiait. Il était le bras droit du rédacteur en chef et supervisait tous les sujets difficiles. À ceci près de cette nouvelle direction avec laquelle il ne s'entendait pas.

Friedrich se sentait mal à l'aise, pensant qu'il aurait pu faire quelque chose. Lui et Lukas se voyaient deux ou trois fois par an, sans compter les coups de téléphone. Mais que peut-on réellement partager à distance ? Les survivants ont toujours cette curieuse impression qu'ils auraient pu sauver les morts. Mais c'est un leurre. Les morts partent par inadvertance ou décident de le faire. Et personne ne peut empêcher la mort de venir un soir, subrepticement, un peu salope dans son habit de courtisane, flirter dans les esprits qui déambulent sur les berges du Styx.

— Il n'a jamais voulu en parler, répond Karla, il me disait simplement que « la vie n'était pas toujours une chose facile ».

— C'est étrange. Un médecin le soignait ?

— Un psychiatre l'avait suivi, mais Lukas avait mis fin aux séances, n'ayant jamais aimé se faire soigner, et étant adepte de l'automédication et des médecines douces.

— Et à part ça qu'est-ce qui pouvait lui poser des soucis ?

— Dernièrement, il était perturbé par le rachat de son journal par un magnat de la finance. Pour lui, l'engagement journalistique avait perdu tout son sens, il avait même écrit des articles à ce sujet en se faisant mettre à l'index par sa hiérarchie.

— Oui, j'ai appris ce rachat, dit Friedrich, un Baron qui, après avoir conquis le marché du BTP, s'est mis en tête de s'acheter un jouet médiatique et qui s'est opposé à la Chancelière sur le sujet des migrants.

— C'est bien lui, oui… Un sale type, affichant sans vergogne sa filiation nazie.

— Et Lukas dans tout ça ?

— Il s'était mis en tête d'être le chef de file d'un groupe de journalistes qui voulaient jouer le rôle d'opposants. Je sais que sa direction l'avait mal pris et qu'ils lui avaient fait des misères.

— Comme quoi ?

— L'envoyer à tout va dans les lieux les plus hostiles. Comme la Syrie, pour être le correspondant du journal. Lukas n'avait peur de rien. Il avait couvert la bataille d'Alep.

— Celle qui a fait plus de vingt mille morts parmi les civils ?

— C'est ça, oui. Et il en était revenu sans une égratignure, ayant pourtant été au plus près des combats, ayant même osé interviewer un chef de Daesh.

— Je me rappelle, ce reportage avait remué l'opinion publique.

— Oui, en pointant son objectif et son coup de plume sur le massacre d'innocents…

Karla réfléchit un instant et dit :

— Je pense à une personne qui pourrait certainement nous en dire plus sur ce qui se passait au travail.

— Qui ça ?

— Une certaine Ludmilla, journaliste comme lui, Lukas me l'avait présentée dans une soirée qu'il avait organisée, et nous nous sommes vus trois ou quatre fois depuis.

— Ça serait bien que nous puissions la voir, oui.

— J'ai son téléphone, je crois, je vais l'appeler.

Friedrich fit quelques pas vers la chambre de Lukas, de laquelle on apercevait la place du château. Un soleil d'hiver irisait l'eau de la fontaine et des flâneurs prenaient le temps de marcher en discutant, certains s'attardant sur un banc avec un livre, et d'autres encore avec des enfants qui s'ébrouaient.

C'est ici qu'on l'avait retrouvé pendu. Acte ultime. De désespoir peut-être ou comme un cri que l'on jette à la vie, une vie que l'on ne veut plus vivre. Friedrich ressentait l'âme de ce lieu, là où son ami avait dormi, là où il avait fait l'amour, là où il avait peut-être prié. Et cette grande pièce, datant des années folles, flirtant avec les trois mètres cinquante de haut, était empreinte du souffle, des peurs et des rêves de Lukas. Il le voyait. Il l'entendait. Il l'imaginait comme si son âme était restée là, ne pouvant pas encore s'envoler.

C'était un instant infini. Il ne dit rien et se recueillit.

Alors les images de la vie lui revinrent. C'était cette belle soirée. Lukas avait ce grand sourire des gens joyeux, admirant ce vase de Venise, disant « vous êtes fous ». Il y avait aussi ces collègues, son ex-rédacteur en chef avec lequel il s'entendait bien, et cette belle fille dont le regard ne trompait personne sur les sentiments qu'elle éprouvait pour lui.

Et puis cette fois où ils avaient pris l'avion jusqu'à Genève. À cette époque, tout allait merveilleusement bien avec Gunda. Elle parlait d'avoir un enfant et se touchait le ventre pour mieux le faire venir. Lukas l'avait photographiée, avec cet œil que lui seul avait pour faire sourire l'âme derrière le masque du corps.

Il revit aussi le lac de Serre-Ponçon. Leurs sourires. Leurs ébats dans l'eau. Leurs jeux de cache-cache. Mais aussi cette soirée, la veille du retour, où ils l'avaient cherché, le croyant égaré, le retrouvant dans une tente en pleurs, ne voulant pas parler.

Il fut sorti de cet instant par voix de Karla qui disait :

Ja, Sie sind Lukas'Freunde. Sie möchten sich mit Ihnen treffen, um über Lukas zu sprechen.

Une voix de femme, au loin du combiné, lui répondit :

Ich stimme zu, ihn mit dir zu sehen.

Karla revint et dit :

— Elle est d'accord pour te rencontrer si je viens avec toi.

— Très bien. Et que pense-t-elle de la mort de Lukas ?

— Elle croit qu'on a voulu le faire taire, il dérangeait.

— Et ce livre ?

— Elle dit qu'elle a quelque chose pour nous.

— On peut la voir aujourd'hui ?

— Non, elle est à Paris, en séminaire pour une semaine. Elle nous propose de la voir là-bas demain, dans son hôtel, le Lutétia, à dix-neuf heures.

— Le Lutétia… murmura Friedrich.

— Tu connais ?

— Oui, j'y suis allé il y a une quinzaine d'années.

— C'est un bel hôtel.

— J'y serai, dit Friedrich, je dois de toutes les façons y aller pour affaires.

Le train était prévu le lendemain à 8 h 54 au départ de la gare de Stuttgart, un direct qui passait par Karlsruhe et Strasbourg pour arriver à Paris Est avant 12 h 15.

Friedrich avait voulu rester seul ce soir, tandis que Karla était partie prendre l'air en ville avec une amie.

Il s'était réservé une table au Die Zirbelstube et prenait le temps de lire la carte des digestifs sur laquelle la description des arômes rivalisait avec l'imaginaire des mots sur les notes de l'impromptu N° 3 de Schubert que jouait une pianiste.

Le Althoff était plein ce soir, un congrès de médecins ayant préempté les trois quarts des chambres, le solde étant comblé par des voyageurs s'étant arrêtés pour une escale ou pour quelques nuits, avant d'aller vers d'autres voyages.

Friedrich pensait à Gunda et au Lutétia qu'il retrouverait demain, après toutes ces années. Ce lieu il ne pouvait pas l'oublier, le cours de sa vie y avait été influencé. Et sa vie d'aujourd'hui n'aurait pas été ce qu'elle était s'il n'y avait pas eu cette rencontre. Il pensait aux passages de la vie qui n'effacent jamais leur souvenir, parce qu'ils sont les librettistes de notre histoire. Le destin donnant à l'homme le choix des escales.

Gunda, que faisait-elle à cette heure ?

Il aurait voulu l'appeler, mais il n'en avait pas la force, elle et lui ayant étouffé cette habitude dans la routine des jours qui usent ces amours qui se mentent l'un à l'autre à ne pas vouloir s'abandonner à la folie et au risque de l'Amour.

Trente ans déjà. Ses yeux lisaient les entrées, les plats, les fromages et les vins, mais son esprit était ailleurs, comme flottant au-dessus de son corps absorbé par l'assise du confort du fauteuil et par la lecture de ces associations de mots : « méli-mélo d'asperges sur son lit de craquants ».

La vie, depuis tout ce temps, l'avait emmené vers l'exigence du travail dans lequel, à se l'avouer, il s'était adonné afin de prouver à ses aïeuls qu'ils avaient eu raison de lui préférer, à son frère, dans le partage des choses, le développement des affaires familiales.

Il était doué pour ça et sa formation à l'Université internationale de Genève avait peaufiné les dons qu'il avait reçus par l'acquisition de théories et de techniques dispensées par des maîtres en la matière.

Mais qu'importait tout ça ?

Lukas par son geste posait cette question fondamentale : « À quoi bon ? ».

À quoi bon gagner le monde s'il n'y a pas l'Amour ?

Il aurait tout donné pour cet Amour dont il avait rêvé jusqu'au jour de sa rencontre avec Gunda.

Mais ce rêve s'était transformé en vice. Celui de la caresse qui n'obtient son plaisir que dans la violence qui la précède.

Et pourtant, rien n'aurait été un vice si lui et Gunda avaient partagé la même passion. L'Amour a tellement de formes, il est si doux, si fou, si fort quand il est partagé.

Il l'enchaînait, il la frappait. Et elle se laissait faire. Mais elle ne se donnait plus. Elle ne s'offrait plus. Il la prenait de force et elle se laissait faire par obligation en provoquant par son geste le dégoût de lui-même.

Il avait rêvé qu'un jour elle lui dise : « J'ai fait un rêve » et par cette confidence qu'elle lui fasse l'aveu : « J'aimerais que… ».

Il était déjà tard. Le dîner avait été à la hauteur de la réputation de l'étoile du Die Zirbelstube.

Le serveur lui demanda :

— Tout va bien, monsieur ?

— Oui, très bien.

— Un café peut-être ?

— Non merci.

Cette voix l'avait comme réveillé de sa léthargie et son esprit, était comme revenu d'un coup dans son corps, animant son regard et sa voix.

— Vous mettrez la note sur ma chambre s'il vous plaît.

— Oui monsieur.

Il se leva pour aller machinalement vers l'ascenseur.

Le soir était déjà bien avancé. Il ressentait la fatigue du jour. Demain, il serait à Paris.

Requiescat in pace
(Qu'il repose en paix)

Toi, tu sais pourquoi Lukas est mort.

Oui tu le sais.

Certes tu ne le fréquentais pas et tu ne le croisais pas au détour d'un chemin. Si cela avait été le cas, c'eût été le hasard. Le hasard ? Mais toi, tu ne crois pas au hasard. Dans ta formation d'ailleurs tu as abordé ce chapitre : « le hasard ». Et l'officiant de l'époque vous avait demandé, à toi et à tes pairs, de plancher sur le hasard. Vous aviez quatre heures. Et dans ton exposé, tu étais parti de l'étymologie du mot, qui veut dire « jouer aux dés » en arabe, et toi qui as toujours aimé les mathématiques, tu partais du constat que jouer une fois donne un résultat imprévisible alors que jouer dix mille fois amène, si le dé est parfaitement équilibré, une probabilité de sortie, pour chaque chiffre, pratiquement égale. D'où la question que tu te permettais de poser : « Le hasard relève-t-il de ce que l'homme ne maîtrise pas ? ». Très bonne entrée en matière, avait souligné ton correcteur. Puis tu t'étais aventuré sur le concept de synchronicité, cher au docteur Yung, relatant l'histoire du scarabée d'or et de l'insecte qui était venu au même moment frapper à la fenêtre où se trouvait une patiente qui rêvait…

Ton analyse arrivait finalement à la démonstration d'un déterminisme divin et donc, au fait que le hasard n'existe pas et ne peut pas exister.

Alors, si le hasard n'existe pas, c'est que toutes choses ont été pensées, conçues, voulues, programmées, créées ?

Alors s'il en est ainsi, à quoi bon s'apitoyer sur le monde ? Le monde est ce qu'il est parce que c'est comme ça. Et alors, les salopards ne sont que les enfants d'un dessein dont les caprices échappent au commun des mortels !

Et Lukas qui est mort n'est que le jouet d'un projet dont tu ne connais qu'un passage et dont tu ne connais pas la finalité.

C'est cela que tu te disais à une époque pour te soulager des mauvais rêves qui t'obsédaient.

Certes, tu ne pouvais pas te donner bonne conscience, mais au moins tu l'apaisais.

Lukas, oui tu sais toi, tu pourrais dire pourquoi il ne se sentait pas bien dans sa peau, pourquoi, à jamais, il était cet homme tourmenté.

Là, dans ce lieu, que tu imagines sans le voir, qui sent la cendre et le salpêtre, tu réfléchis à tout ça et ton esprit voyage en faisant des allers et retours, comme si tu remontais ou anticipais le temps. Comme si tu étais à la fois mort et vivant pour l'éternité. Comme si tu avais quitté ce corps mortel. C'est pour cela que tu penses à cet examen sur le hasard, et que tu penses aussi à ce premier : Lukas.

Tu as lu quelque part, dans un magazine, le jour où tu attendais dans la salle d'attente de ton dentiste, que ceux et celles qui connaissent ces sévices ne peuvent pas s'en remettre, ils sont à jamais marqués dans leur chair, dans leur âme et dans leur esprit et rien, même pas ton Dieu, ne pourrait les guérir et cautériser les dommages qu'ils ont subis.

Alors Lukas, comme les autres, ce jour-là, ce jour où tu étais là : est mort.

Bien ce n'est pas de la mort du corps dont il s'agit, mais de la mort de l'âme, de la mort de l'esprit, comme si l'esprit pouvait mourir. Mais l'esprit peut-il survivre à l'ignominie ?

Tous ceux-là, comme Lukas, ont été tués dans leur existence, dans leur être, et ils sont morts à jamais, leur coque charnelle n'étant qu'un habitacle de façade.

Si tu connaissais Lukas aujourd'hui, tu saurais qu'il est cet écorché vif et cet oiseau blessé. Les oiseaux tu sais, lorsqu'ils sont blessés, sont la proie des prédateurs terrestres alors que la nature leur a conféré le don de voler ! Alors sautillant de pierre en pierre, comme des estropiés, dans l'espoir de se sauver, ils ne font qu'attiser la convoitise des renards qui n'en font qu'une bouchée.

L'oiseau blessé n'est plus un oiseau.

Lukas, tu sais, comme tout le monde, désirait l'Amour. Celui avec un grand « A », le vrai.

Avec Marlène, il avait même essayé, à en être ridicule lorsqu'elle s'était mise contre lui dans le canapé, après cette belle soirée au restaurant, un nouveau chef encensé par les médias, une invitation qu'il lui avait faite pour son trente-deuxième anniversaire. Elle était belle, toute fringante dans sa robe bleue, ses cheveux mi-longs, ses petits talons hauts, ses bas-couture, ses boucles d'oreilles argentées et son collier de perles. Il ne l'avait jamais vue comme ça. Au boulot c'était une fille commune et là, elle était une femme qui exposait et affirmait, en toute confiance, sa féminité.

Elle lui avait pris une main pour qu'il lui caresse les seins et avait ouvert son pantalon pour espérer le faire durcir, mais son membre était resté désespérément flasque, sans force. Alors il avait fini par se relever en se rhabillant et en lui disant :

— Il faut que j'y aille, désolé…

— Mais pourquoi ?

— Laisse tomber ce n'est pas de ta faute.

— Tu sais ce n'est pas grave, ça arrive souvent la première fois.

Mais lui il détestait les premières fois parce que toutes les fois qu'il avait essayé c'était comme la première fois, et rien n'y faisait, pas même les putes qu'il était allé voir un jour, pas plus le viagra ou les films de cul, encore moins le peep-show ou le psy. Rien à faire : il n'y arrivait pas.

Alors elle s'était levée en essayant de le prendre dans ses bras, mais il l'avait repoussée en disant :

— Non, laisse-moi, je m'en vais.

Tu vois, comme l'oiseau, cet homme à jamais blessé n'est plus un homme. Il ne pourra plus l'être. Il est mort le jour où tu as laissé l'avilir, le jour où tu as laissé le violenter, le jour où tu as laissé l'outrager, le jour où tu as laissé le tuer.

Si tu connaissais Lukas aujourd'hui, tu aurais pu raconter ses séances de psy, comment il a essayé de dire, sans y arriver, cette difficulté qu'il avait avec les femmes, cette frustration qui le minait nuit et jour, qui le dévorait de l'intérieur.

Au fond de son être, Lukas était cet esprit alerte et ce cœur amoureux de la vie et de ces excès. Mais l'amour avait toujours été une chose difficile pour lui, il invoquait en guise d'explication les exigences de son job. Mais personne ne savait vraiment s'il faisait ce job pour échapper à l'amour ou le contraire.

Le psy déroulait sa thérapie, confiant dans sa méthode, et assurant Lukas que ce long voyage sur lui-même lui permettrait de se libérer. Alors, allongé sur le divan, séance après séance, Lukas s'était laissé aller, désireux de sortir de son impasse relationnelle.

Un jour Lukas lui avait parlé d'un chien qu'il avait eu quand il était gamin, écrasé à cause d'un chauffard aviné, et qu'il avait retrouvé en suivant une trace de sang sur les zébras blancs. Le docteur l'avait longuement écouté, comme si cette histoire lui donnait le début d'un indice.

Et puis il lui avait parlé de ce rêve étrange qu'il faisait quelquefois, celui d'un vautour tournoyant au-dessus de lui, attendant qu'il s'endorme pour lui picorer la tête.

Bien sûr il avait aussi parlé du crash de l'avion dans lequel se trouvait son père, le vol régulier de New York à Séoul, disparu des radars, après avoir été abattu par un chasseur, au-dessus de l'île de Sakhaline.

Et il avait aussi parlé de son meilleur ami, jamais revenu d'un reportage dans la jungle birmane.

Marlène, il en avait parlé encore et encore. C'était la seule qui aurait pu faire quelque chose pour lui : ce miracle. Mais comment aurait-il pu lui dire ce qu'il avait subi sans risquer de la perdre ? Alors au psy il n'avait évoqué que ces longues discussions qu'il avait avec elle quand ils se retrouvaient, certains midis. Et du soir où elle lui avait demandé : « Tu me reconduis ? ». Marchant bras dessus, bras dessous, comme un couple d'amoureux à travers la capitale jusqu'au seuil de chez elle, où il l'avait embrassée, pour la première fois alors qu'il la connaissait depuis plus de trois ans. Elle lui avait souri et l'avait invité à prendre un verre. Alors, dans ce vieil ascenseur parisien, avec sa cabine en bois vernis et ses grilles en fer forgé, il avait espéré.

Il ressentait pour elle cette belle amitié, cette admiration, et ce début d'amour. Aimant les filles simples et féminines, les cœurs vrais et sensibles, les femmes qui savent prendre la main sans la forcer. Elle était tout ça, en plus de sa beauté, de sa gentillesse et de son intelligence. Avec elle, il avait cru que la chose serait possible. Et le soir de son anniversaire, dans ce bon restaurant, ils avaient pris le temps de se parler, d'échanger des idées, de rire aussi, en accordant leurs cœurs, en faisant résonner leurs esprits, en jouant aussi avec l'humour, un tantinet aidés par le vin, un Saint-Émilion grand cru de mille neuf cent quatre-vingt-neuf, une excellente année. Il se sentait en confiance avec elle, elle prendrait son temps, lui laissant le sien, ce qui lui permettrait d'avoir cette érection salutaire qui était devenue son obsession.

Mais non, vois-tu, cela n'avait pas marché. Et la frustration n'avait fait que se nourrir de l'amertume et de l'échec.

Un oiseau qui a l'aile cassée peut toujours essayer de s'envoler, ce ne sera que pour constater qu'il n'y arrive pas, et même en se jetant du nid : il ne fera que tomber comme une merde.

Bien sûr il avait parlé aussi du job, de ce nouveau boss imbu de lui-même, d'untel ou untelle qui lui pourrissait la vie, de ces cas de burnout qui commençaient à inquiéter les syndicats. Il lui avait parlé aussi de cette soirée des actionnaires et de cette discussion qu'il avait eu avec Étienne, ce parvenu, neveu de l'actionnaire principal, le nouveau boss, un jeunot sorti de HEC, plein de promesses et d'espoirs, bombardé en haut de l'organigramme par la prépotence familiale.

Ce soir-là il y avait Marlène, un peu timide et réservée comme elle savait l'être, ce qui lui donnait un charme fou. Il lui avait demandé des nouvelles de sa mère, cette femme en difficulté avec son ex qui lui menait la vie dure, un homme devenu brutal et captif de la boisson, suite à son licenciement après trente ans de bons et loyaux services. Elle ne le supportait plus, ça faisait plus de deux ans, et elle avait demandé le divorce. Lukas avait passé la moitié de la soirée avec Marlène, évitant ainsi les discussions de paille qui alimentent la socialisation de ce type d'évènement.

Étienne avait fait un speech, vantant la réussite du groupe depuis qu'il était aux commandes. On sentait dans son discours qu'il avait besoin de s'affirmer, voire de s'émanciper. Mais comment l'aurait-il pu ? Lui qui devait tout à son parent. On avait frôlé les limites du culte de la personnalité. Il avait brossé son plan pour l'avenir, bâti sur une vision purement financière, sans tenir compte de l'histoire de la société, de son âme et de sa culture. Vision inculquée aux élites moulées dans la droite ligne de l'obéissance au patronat. S'en était suivie la présentation du directeur adjoint, tiré à quatre épingles dans son costard taillé sur mesure, qui avait cru bon de renforcer le message du chef par un exposé qui n'en finissait pas et qui, au bout d'une demi-heure, commençait à fatiguer tout le monde par ses chiffres, par ses analyses, par ses déductions, par ses certitudes. Lukas s'était à moitié endormi – éreinté d'une nuit agitée où ses rêves, entremêlés de flashs, l'avaient épuisé dans l'écriture et la déraison. Il s'était réveillé en sursaut dans le brouhaha des acclamations des trois cents cadres de la société.

À la fin des présentations, Étienne était venu vers lui, sous les yeux envieux des flagorneurs et des jaloux de la cour présente.

— Comment allez-vous mon cher Lukas ? lui avait-il demandé.

En public, Étienne avait imposé le vouvoiement pour tous, question de principe, même pour ceux qui, en privé, avaient l'ineffable honneur de le tutoyer. À défaut de savoir manager, il espérait, par cette distance réglementaire, asseoir l'immanence d'une autorité qu'en réalité il n'avait pas.

Depuis deux semaines déjà, Lukas était en désaccord profond avec la rédaction qui flattait de plus en plus la nouvelle direction au détriment d'une véritable information. Par ailleurs, l'annonce d'une restructuration touchant la partie bibliothécaire, par la mise en place d'outils digitaux, laissait sur le carreau du chômage une dizaine de personnes, dont une de ses grandes amies.

— Bien, avait-il répondu, en insistant sur le « bien » comme s'il fallait renforcer ce mot, expressif de lui-même, par une intonation forcée.

Étienne l'avait pris par le bras, en dispensant des sourires et des poignées de main à droite et à gauche, à la façon d'un politique en campagne, en lui disant :

— Viens par-là, il faut que je te parle.

Et il l'avait entraîné sur le côté, à l'abri des oreilles indésirables.

— Tu me fais chier avec ton article, lui avait-il dit

— Il n'y a que la vérité qui blesse.

— Tu joues avec le feu, tu sais…

— Je suis certainement plus habitué au feu que toi…

Étienne s'était senti piqué au vif, dans le défaut de sa cuirasse, lui qui n'avait jamais été sur le terrain et qui, ô grand Dieu, n'irait jamais, voulant éviter de passer aux vingt heures pour une gloire posthume après avoir pris une balle perdue.

La tension était montée d'un cran et de loin, quelques regards intrus observaient la scène pour en voir le dénouement.

— Pourquoi es-tu contre ma politique ?

— Parce que tu n'as pas de politique, tu ne fais qu'appliquer tes recettes d'école…

— Je ne comprends pas ta résistance.

— Ce que tu fais n'a pas de sens, si ce n'est celui d'obéir aveuglément à ton oncle. Franchement Étienne tu n'as pas de couilles.

— Tu vas trop loin.

Le « cher » respirait la tonalité d'une commination. Et tout en serrant quelques mains, Étienne lui dit :

— Je vais devoir en référer et ça va cogner, tu le sais bien.

— Tu n'as pas compris un truc Etienne, c'est que ton ambition achoppera sur ta façon de mener les choses. Tu n'es qu'un gamin qui ne connaît rien au journalisme et, au lieu d'entraîner le personnel, tu

le flingues. Tu aurais pu faire un grand patron, comme ton père, mais pantin tu es, pantin tu resteras.

Étienne l'avait alors lâché et, en le regardant avec mépris, avait dit :

— On en reparlera.

Et, reprenant son sourire de circonstances, il était passé sur d'autres collaborateurs.

Vois-tu, Lukas avait de la force, il avait été construit dans son enfance avec cette force que donne l'amour d'un père et d'une mère écoutants et attentionnés. Il pouvait se battre contre l'injustice et ses mots, dans ses articles, tançaient les profiteurs et les salauds. Pour les causes qu'il estimait justes, il était capable de déplacer des montagnes ! Mais contre lui-même, il n'arrivait pas à surmonter la blessure qu'il avait reçue, un jour, et tu le sais, alors qu'il n'était qu'un enfant.

La sensibilité d'un enfant peut être extrême et les adultes, quelquefois, ne se rendent pas compte du mal qu'ils leur font. Ce qui n'excuse pas leurs mots, ce qui n'excuse pas leurs absences, ce qui n'excuse pas leurs gestes, ce qui n'excuse pas leurs actes.

Et comme le dit celui que tu appelles ton seigneur :

« Quiconque accueille un petit enfant tel que lui à cause de mon nom, c'est moi qu'il accueille. Mais si quelqu'un doit scandaliser l'un de ces petits qui croient en moi, il serait préférable pour lui de se voir suspendre autour du cou une de ces meules que tournent les ânes et d'être englouti en pleine mer. »

Alors tu vois, tu vas avoir tout le temps de penser à cette parole de l'Évangile. Oui, tu vas avoir tout le temps, bien que : le temps passe, tu sais. Et qui peut dire si tu seras encore capable de penser à quoi que ce soit lorsque ton corps se désolidarisera de ton esprit ?

Lukas, vois-tu, se soignait. Il était obligé de se soigner. Mais l'homme n'a pas de médicaments pour soigner l'âme. L'âme qui saigne est une âme qui se meurt.

À la vingt-huitième séance, le docteur avait fini par lui dire :

— Lukas, finalement je ne suis pas certain de pouvoir faire quelque chose pour vous. Vous êtes un cas difficile. Ce que vous avez

vécu est très dur il est vrai. Ça fait longtemps que je vous suis et je constate, depuis six mois, que vous ne faites plus de progrès. Vous ne me dites pas tout. Vous gardez quelque chose au fond de vous-même. Vous avez emmuré un secret. À faire durer ad vitam aeternam nos séances, je crains que vous ne fassiez un transfert sur ma personne, aussi j'aimerais vous conseiller d'aller voir un confrère, une femme, qui est très bien et qui saura certainement vous faire progresser.

Lukas s'était senti trahi et était parti en claquant la porte du cabinet. Il n'était jamais revenu et n'était pas allé voir la consœur du praticien.

Certes, dans ton cocon de certitudes et dans ton petit univers tu ne t'es pas imaginé à quel point les choses pouvaient être désastreuses quand le mal est planté dans un cœur d'enfant. Le mal, tu sais, prend tout son temps. Il a tout le temps. Il est là, tapi dans l'ombre d'un cœur. Il est là et fomente son œuvre. Il est là comme un ver dans la pomme, se nourrissant jusqu'à la faire pourrir. Il est là et diffuse son poison, molécule après molécule, comme l'arsenic mélangé, jour après jour, aux repas de celui que l'on veut tuer, lui donnant des maux de ventre, des vomissements, des crampes, des rougeurs sur la peau, jusqu'à la sensation de perdre sa motricité et sa sensibilité.

Tu vois, il est facile de tuer un homme, surtout quand on le tue dès son enfance.

Tu sais aussi, le cœur est comme un vase. Il peut contenir toutes les fleurs du monde et ressentir leurs parfums, contempler leurs beautés. Mais si le vase est fêlé, brisé, alors, même recollé, il ne sert plus à rien. Il devient à jamais ce simple morceau de verre que l'on jette à la poubelle.

Et toi là, seul, dans ce lieu, les yeux bandés et les mains attachées, les pieds liés pour que tu ne puisses pas t'échapper. Tu as le temps d'imaginer le mal qui a été fait. Parce que, au-delà de tes propres sensations, le froid que tu ressens, l'engourdissement qui te gagne, le scotch qui t'empêche de crier, l'odeur de la pierre pourrie, les petits bruits que tu entends, peut-être des rats, il y a ton esprit, seule possibilité d'évasion et de liberté. Mais pour combien de temps encore ? Certains pensent que le corps et l'esprit peuvent se dissocier. Mais si cela est vrai, sauras-tu le faire, toi qui ne l'as jamais fait ? Il est vrai aussi que l'esprit qui souffre fait aussi souffrir le corps. En est-il de même pour la chose contraire ? Le corps pourrait-il faire aussi souffrir l'esprit ? Regarde donc ces gens que tu allais voir quelquefois, pour leur pousser la visite. Certains d'entre eux enduraient la maladie, d'autres la décrépitude de la vieillesse. Souviens-toi, étaient-ils heureux de leur état ? Ne se plaignaient-ils pas ? N'en venaient-ils pas quelquefois, comme Job, à maudire leur propre existence ? Ne priaient-ils pas quelquefois pour mourir ? Vois-tu, le corps peut faire mourir l'esprit et la torture qu'il peut t'infliger te faire demander la grâce de précipiter la fin de tes jours.

Alors, toi qui es ici contre ton gré, imagine simplement la chose suivante. Et si ceux qui t'ont kidnappé l'avaient fait pour une cause qui leur semble légitime. Si ce n'était pas une erreur ? Alors qu'elles seraient leurs intentions ? En te liant, en te bâillonnant, en t'occultant les yeux comme ils l'ont fait ?

Tu ressens le froid. Tu ressens ta chair ligotée. Tu ressens le cathéter dans ta veine. Tu ressens le scotch te serrer la tête. Tu ressens l'ankylose de ton corps. Et tu as beau imaginer, prier, t'endormir, tu ressens ces choses même dans tes rêves.

Alors ton esprit pourra-t-il se libérer et faire abstraction de son enveloppe charnelle ? À l'instar de ceux qui prétendent pouvoir vivre un voyage astral ? Tu as toujours pensé, comme Descartes, que le corps et l'esprit étaient deux substances de natures différentes, l'une périssable et l'autre immortelle, donc indépendantes. Mais tu sais aussi, l'ayant appris dans tes années d'études, que Descartes envisage l'interaction des deux, voire de leur union, ne serait-ce que pour expliquer les émotions, les passions.

Et toi : qu'en penses-tu ? Maintenant que tu es là.

Qu'importe d'ailleurs ce que tu en penses. Désormais, tu n'es plus maître de ton corps. Et bientôt, tu sauras que tu n'es plus maître de ton esprit.

De nobis fabula narratur
(Cette histoire est la nôtre)

Étrangement dans ce lieu, le Lutétia, rien ne semblait avoir changé, même si la décoration avait été revue de fond en comble dans le cadre d'un projet de rénovation de l'hôtel.

L'accueil était toujours celui qu'il avait connu, chaleureux tout en étant sélect, un zeste maniéré, mais sans excès, digitalisé avec discrétion, sans en donner l'air.

Il avait demandé la faveur d'avoir la chambre 630 au sixième étage, de laquelle il voyait le square Boucicaut, les Invalides et la tour Eiffel, intemporelle le soir, alors que le soleil au loin prenait le temps d'un crépuscule pastellisant le ciel de nuances roses et oranges.

Le voyage en train avait rempli la matinée, parti avec dix minutes de retard, pour une raison obscure de changement de matériel, que le conducteur avait su rattraper pour arriver à Paris à la minute près. Karla et Friedrich s'étaient assis l'un en face de l'autre, près de la fenêtre d'un club quatre, les autres places ayant été réservées par un jeune père et son enfant de quatre ans – en pleine compréhension du monde – qui n'arrêtait pas de lui poser des questions sur tout et sur rien, pourquoi le train s'arrêtait en gare, pourquoi il ralentissait, pourquoi le contrôleur avait une casquette, pourquoi il fallait tout ce temps pour arriver à Paris, pourquoi maman n'était pas avec eux, pourquoi le train ne faisait pas de fumée, pourquoi les arbres semblaient bouger à toute vitesse, pourquoi le monsieur d'à côté sourirait à la dame d'à côté. La patience du père était remarquable, ayant compris qu'il vaut mieux répondre aux questions de l'enfant que de les élucider et que, ce temps qu'il consacrait à son fils faisait partie du bonheur d'être père.

Karla s'était renseignée sur Ludmilla. Elle respirait l'éclat de la quarantaine, belle et brillante, sortie major de son master de journalisme franco-allemand. C'était une femme qui, manifestement, n'avait pas froid aux yeux, ayant été, comme Lukas, sur des théâtres de soulèvements où la folie des hommes n'avait d'égal que leur ignorance. Ainsi avait-elle couvert l'épisode de la guerre civile au Soudan, qui opposait les partisans de deux impétrants, se disputant la place de président sous fond de rivalité ethnique, qui avait laissé sur le carreau des millions de réfugiés pourrissant dans des camps de fortune sous l'œil aveugle du monde et des soldats de l'ONU. À cette époque, les médias n'avaient cure de s'embarrasser de cette catastrophe humanitaire, occupés qu'ils étaient par l'Euro et le Tour de France, les images de gamins noirs, aux ventres gonflés par la malnutrition et aux yeux bouffés par les mouches hématophages attirant moins d'audience que la naissance du bébé du duc et de la duchesse de Sussex. Voyant que ses mots sur l'horreur s'étouffaient dans l'indifférence des sujets en vogue, Ludmilla avait publié sur les réseaux sociaux une photo d'un môme, assis dans la boue et la merde, près du corps de sa mère sans vie. Alors le monde avait été ému, au moins pour un clic.

— Sans la connaître, j'avoue que j'apprécie ce qu'elle a fait, avait dit Friedrich en entendant Karla lui lire son pedigree.

— Elle a l'air bien oui, et elle n'a pas froid aux yeux.

— Comment Lukas l'a-t-il connue ?

— Ils se sont croisés en Syrie, je crois, lorsqu'elle était correspondante pour un journal londonien.

— Lorsque les djihadistes de l'EI avaient annoncé leur « califat » ?

— Oui.

— Eh bien…

Ludmilla devait arriver vers vingt heures et, en l'attendant, il repensait à cette discussion dans le train, à cet enfant et à ses questions, au sourire de Karla qui n'avait rien perdu de son charme malgré le temps qui, depuis plus de trente ans, les avait projetés, elle et lui, dans une autre vie que celle d'imaginer l'Amour ensemble. À dix-neuf heures, il décida de descendre, pour prendre un verre au bar Joséphine. Karla y était déjà sirotant une piña colada.

— Comment vas-tu ?

— Bien, dit-il, et toi ?

— Comme tu le vois, je noie le temps avec un peu de rhum blanc.

Il sourit, s'assit et prit la carte :

— Ils ont toujours de bons whiskies manifestement.

— Tu es toujours aussi féru des singles malts ?

— Oui, que veux-tu, j'ai toujours été fidèle à mes premiers amours…

Elle sourit et ne répondit rien.

Le temps était tellement loin maintenant, ce temps où l'insouciance de la jeunesse permettait d'imaginer tous les rêves. Elle s'était éprise de cet homme aujourd'hui son mari, bien avant que Friedrich lui déclare sa flamme, et n'avait pas voulu lui laisser la moindre once d'espoir, par respect pour lui, mais aussi par respect pour sa propre vie.

Ludmilla entra et reconnut Karla.

— Bonjour Karla.

— Oh Ludmilla ! Tu es toujours aussi rayonnante ! Je te présente Friedrich, un très bon ami.

— Bonjour Ludmilla.

Ludmilla regardait de droite et de gauche et derrière elle comme pour voir si elle reconnaissait quelqu'un.

— Prends place, je t'en prie.

— Merci.

— Ça va ?

— Oui, oui.

— Tu as l'air inquiète.

— Je me demande simplement qui a pu me déposer la lettre que j'ai reçue tout à l'heure sous la porte de ma chambre.

— Quelle lettre ?

— Tiens, regarde.

Karla lut :

Chère Ludmilla,

Vous ne savez pas qui je suis. Je suis admiratif de vos travaux et de vos prises de position. Et je tiens à vous prévenir que votre vie est en danger. Je ne sais pas pourquoi ils vous en veulent, mais je sais qu'ils vous en veulent. Vous semblez détenir des informations qui les dérangent. Aussi je vous en conjure, partez vite d'ici et retournez chez vous.

Votre dévoué A.

— C'est étrange, dit Friedrich, qui pourrait vous en vouloir ?

— Des trusts ? Des lobbies ? Des politiques ? Des tarés ? Vous savez, le métier de journaliste nous donne autant d'amis que d'ennemis, sachant que les soi-disant amis ne sont là que pour profiter de votre aura…

— Il faut peut-être en parler à la police ?

— Ça ne servira à rien. J'ai déjà reçu des tas de lettres m'insultant, me calomniant, me menaçant… Mais jamais de lettre me prévenant d'un danger imminent.

— C'est cela qui te perturbe ?

— Il en faut plus pour me perturber, j'aurais simplement aimé en savoir plus…

— Et que vas-tu faire ?

— Rien. Si ce n'est poursuivre ce que je suis venu faire ici.

Friedrich la trouvait courageuse. Elle n'avait pas froid aux yeux. La rosserie des hommes et le théâtre des scènes de guerres l'avaient endurcie. Il l'imaginait avec son appareil photo en train de saisir le regard éperdu d'un enfant, les larmes d'une femme, le geste furieux d'un soldat. Il fallait en avoir, pour aller, au risque d'une balle perdue, assister aux frasques de l'ignominie. Il la trouvait belle, malgré quelques rides de fatigue, parce qu'elle portait en elle cette cause qu'elle défendait, celle de prendre à partie l'opinion publique, espérant par cet acte militant infléchir les pouvoirs en place pour qu'ils cessent-le-feu.

Le serveur arriva :

— Que puis-je vous servir, mesdames, monsieur ?

— Une piña colada.

— De même pour moi.

— Et pour vous, monsieur ?

— Un Macallan, celui de 30 ans d'âge…

Karla lui dit :

— Merci d'avoir pris le temps de nous recevoir.

— Je t'en prie, Lukas tu le sais, était pour moi comme un frère.

Karla lui prit la main, elle était émue.

— Je l'ai vu la veille, tu sais…

— La veille de sa mort ?

— Oui. Chez lui, jusqu'au matin. Nous étions allés à la soirée des actionnaires. Ça s'était mal passé. Il s'était pris le chou avec Étienne, le nouveau boss.

— Celui dont le père s'est mis en tête de faire de la politique ?

— Oui c'est ça. Un type puant, un parvenu, un « je sais tout » qui n'a rien démontré. Il était impossible que Lukas puisse s'entendre avec lui.

— Que t'a-t-il dit ?

Karla voulait visualiser le dernier soir de Lukas. Son frère c'était comme un morceau de sa chair. Et cette part d'elle-même, désormais sans vie, la laissait comme amputée.

— Il ne voulait pas dormir. Il avait un peu bu c'est vrai, mais pas plus que la normale. Il était remonté contre la nouvelle direction, « cette mafia qui avait pris possession du journal », et voulait rédiger un article sur le web.

Ludmilla ne put empêcher l'émotion du souvenir la gagner. Elle, qui avait vu tant de guerres, tant d'horreurs, ne pouvait résister à l'impact du cœur. Elle essuya une larme et reprit.

— Cet article, il voulait l'écrire ce soir-là. J'ai essayé de l'en dissuader, mais tu connais ton frère, c'était un dur à cuir.

Karla esquissa un sourire. Friedrich ne disait rien. Il n'était pas de nature à s'épancher, préférant passer ses douleurs dans le secret de la solitude.

— Je suis restée avec lui jusqu'à ce qu'il s'endorme, il était presque huit heures du matin, j'avais un avion à prendre pour Paris.

— Tu es restée avec lui jusque huit heures ?

— Oui pourquoi ?

— Parce que sa mort a été datée à deux heures du matin.

— Je suis certaine d'être restée avec lui jusque huit heures, l'heure de mon vol était à neuf-heure trente.

Karla se tourna vers Friedrich.

— La police aurait pu se tromper sur l'heure de sa mort ?

— Pas à ce point. Il est vrai que le calcul du délai post-mortem présente une marge d'erreur, croissante d'ailleurs avec le temps.

Il réfléchissait, se prenant le menton et reprit :

— Le rapport dit qu'ils sont entrés chez lui à dix heures. Il me semble donc fortement improbable que le légiste ait pu se tromper de six heures sur huit.

— Par qui auraient-ils été avertis ?

— Un voisin aurait vu la porte ouverte et aurait prévenu la police.

Ludmilla se rappelait. Il ne voulait pas dormir, comme s'il pressentait l'urgence de sa dernière nuit. Il lui avait demandé de rester. Elle avait craint qu'ils ne se laissent aller, comme cette fois après avoir un peu bu, au risque de renouveler la frustration d'un acte manqué. Mais ce n'était pas pour cela qu'il désirait sa présence, il n'y avait pas d'ambiguïté. Il avait besoin de parler. Lorsqu'elle était entrée dans son appartement, elle avait été frappée par le chambard qui régnait dans le salon. Cette bouteille de whisky sur la table, ces fringues sur le fauteuil, et tout un tas de feuilles éparses, griffonnées, raturées, froissées, jetées à même le sol, sur la table, sur le canapé. Ce n'était dans ses habitudes de laisser les choses en désordre. Le whisky elle s'en rappelait, c'était un Glenmorangie de dix-huit ans d'âge, elle y pensait avec le sourire parce qu'il lui fait avait tout un speech sur le sujet en digressant sur le voyage qu'il avait fait en Écosse, « le pays du whisky », à gravir le Ben Nevis, longeant le ruisseau du Red Burn jusqu'aux ruines de l'observatoire perchées au sommet duquel, entre deux vapeurs, il avait pris la pluie et le vent en pleine figure. Il lui avait dit qu'il écrivait un livre, depuis des mois, ça l'obsédait, il y passait des nuits entières, et que les mots, emmurés depuis tant d'années, hurleraient au grand jour leur rage et leur vengeance.

— Je ne savais pas tout cela, dit Karla.

— Il n'en avait parlé à personne jusqu'à ce soir-là.

— C'est très fort, dit Friedrich.

— Oui.

Ludmilla se mit à pleurer un peu. Puis continua.

— Et ce soir-là, comment était-il ?

— Étonnamment frais, étonnamment lucide, même s'il avait mal dormi la nuit précédente.

— Il ne prenait pas de médicaments ?

— Je n'en ai pas vu en tout cas. Il était perturbé par le journal, c'est vrai, il était obnubilé par son livre, c'est vrai aussi, mais ce dont je suis certaine c'est qu'il voulait se battre et qu'il n'était pas du tout dans une optique de mettre fin à ses jours.

— Tu sais qu'il m'a écrit une lettre, dit Karla.

— Quelle lettre ?

Karla la lui montra.

— Karla ce n'est pas lui ça. Quand je l'ai quitté, il était certes fatigué, mais combatif. Et tu sais bien que jamais je ne l'aurais pas laissé si j'avais eu le moindre doute.

Karla tenait cette lettre entre les mains, comme si c'était le dernier baiser de son frère. Elle avait du mal aussi à croire qu'il ait pu mettre fin à ses jours. La foi qui l'animait le soutenait même s'il était rongé par ce mal incurable.

— Je ne crois pas qu'il ait pris la décision de se suicider, dit Friedrich, Lukas aimait trop la vie pour faire ce genre de choses. Et puis c'est étrange cette heure notée sur le rapport, comme s'il avait fallu attendre que vous partiez.

— Comment ça ?

— Eh bien, vous le quittez à huit heures, endormi. Et sur le rapport, ils notent qu'il s'est donné la mort à deux heures, c'est-à-dire après être rentré de la soirée.

— Que veux-tu dire ? demanda Karla.

Friedrich prit un temps pour répondre.

— J'imagine le scénario suivant. Lukas sort de la soirée après avoir un peu bu et s'être emporté contre son boss au vu et au su de tous. Il est suivi. Au fait Ludmilla, vous avez quitté la soirée à deux ?

— Non, pas vraiment. En réalité, il est parti une demi-heure avant et m'a envoyé un SMS pour que je le retrouve chez lui, en me disant qu'il fallait absolument qu'il me parle. Arrivée chez lui j'ai sonné, je suis montée au cinquième étage et il m'a ouvert.

Friedrich reprit.

— Donc voilà, celui ou celle ou ceux qui l'ont suivi voient votre voiture arriver, ce qui perturbe leurs plans. Alors ils attendent que vous soyez partie pour agir.

— Mais il eût fallu qu'ils aient les codes et les clefs !

— Il y a des gens qui ont tous les codes et toutes les clefs, vous savez…

Ludmilla prit la main de Karla et dit :

— Tu sais j'aimais ton frère comme un frère. Nous avions partagé tant de choses sur le théâtre des opérations…

— Je le sais, répondit Karla en essuyant l'émoi d'une larme, je le sais…

— Et ce livre ? demanda Friedrich, savez-vous quel en était l'objet ?

— Non, si ce n'est que c'était « le livre de sa vie ».

— J'aurais bien aimé le lire…

— Avant de s'endormir, il m'a donné une clef USB en me disant de la mettre en sécurité et qu'il fallait, s'il lui arrivait quelque chose, que je te la remette Karla.

— Vous l'avez cette clef ? demanda Friedrich.

— Oui, n'ayant pas le temps de repasser par chez moi, je l'ai prise avec moi à Paris.

Elle ouvrit son grand sac à main dans lequel il y avait tout un méli-mélo de choses hétéroclites, un tube de rouge à lèvres, un petit miroir, un portefeuille, deux trousseaux de clefs, un déodorant, un livre, une petite boîte de mouchoirs, du gel bactéricide pour les mains, une bouteille de parfum, une brosse à cheveux, un mégotier de poche.

— Bon sang, je ne la trouve pas, j'ai dû la laisser dans la chambre en rangeant mon sac tout à l'heure…

Le Lutétia affichait une belle carte à dîner ce soir. Friedrich, toujours prévoyant, avait réservé une table.

— Que diriez-vous d'aller dîner ?

— C'est une très bonne idée, répondit Karla.

— Je ne sais pas, dit Ludmilla.

— Qu'est-ce qui pourrait vous en empêcher ?

— J'ai beaucoup de travail.

— Allons donc…

Ludmilla s'était laissé convaincre, mais avait demandé une petite demi-heure pour monter dans sa chambre récupérer la clef USB et passer un coup de fil à sa mère qui attendait les résultats du scanner qu'elle avait passé il y a quelques jours…

— Vous savez, avait-elle dit, avant de reprendre l'ascenseur, j'ai toujours apprécié Lukas. C'était un type bien, entier.

Elle n'avait pu retenir ses larmes. Karla la prit dans ses bras.

— Il me parlait de toi sans cesse, lui répondit-elle.

Avant d'appuyer sur le bouton du cinquième, elle eut un éclair et dit :

— Je me souviens où je l'ai mise !

Et fouillant une poche à l'intérieur de son sac, elle sortit la clef USB qu'elle tendit à Karla.

— Tiens Karla, c'est ce qu'il m'a demandé de faire.

Friedrich ressentait une impression de mal à l'aise, comme un pressentiment, une sensation indéfinissable étouffée dans le bourdonnement des voix et des gestes de l'endroit. Il désira la retenir, ne pas la laisser remonter, alors que les larmes étaient encore chaudes sur les joues de son beau visage. Mais son éducation ne le lui permettait pas, pensant qu'il fallait qu'elle se refasse une beauté. La porte se ferma et il vit Karla essuyer elle aussi quelques gouttes humides au niveau des caroncules.

Deux bagagistes étaient montés avec elle, lourdement chargés des valises d'un couple, manifestement attendus pour l'évènement du soir. La femme, blondasse, dans son manteau en renard blanc, perchée sur ses talons de quinze centimètres et son décolleté outrageant, avait franchement l'air d'une poufiasse accompagnant un nanti gras et boutonneux. Parfaite image d'Épinal de ces nouveaux nababs ayant su profiter des avantages fiscaux offerts aux ploutocrates.

Dans le salon Joséphine, il y avait la foule des grands jours, un artiste célèbre, sorti de la rue, étant venu, chose exceptionnelle, présenter ses œuvres qui avaient doublé leur cotation en six mois. Le barbouilleur, qui auparavant se faisait courser par la police des rues à taguer les murs, prenait là sa revanche. Invité dans des soirées prestigieuses, qu'il déclinait la plupart du temps pour mieux se faire désirer, suivant la stratégie établie par son impresario de faire monter les enchères proportionnellement à la rareté de ses apparitions.

Parmi les invités sur carton était venu le politique du moment, la figure en vogue et le pressenti ministrable. Les flashs fusaient de droite et de gauche, après qu'un voiturier se soit empressé d'ouvrir la porte de la belle qui l'accompagnait, profitant au passage de son jeu de jambes à défrayer la chronique. L'impétrant avait réajusté un bouton de son veston et arborait le look des vainqueurs. Les mains et les sourires se tendaient vers lui.

— Député Roland, député Roland…

Toute cette mascarade puait l'intérêt. L'Amour vrai, lui, si rare, ne cherchant rien et qui donne tout, n'avait manifestement pas reçu de carton d'invitation. Et tous ces parvenus, aimés pour leur situation sociale et leur pouvoir, arboraient une attitude factice, dénuée de vérité, ayant troqué la fièvre de la passion contre l'illusion de la gloire.

Friedrich et Karla s'étaient assis au bar, sur des tabourets design, pour y siroter un Glen Grant de cinquante et un ans d'âge, une rareté, et une piña colada qui laissait dans les yeux de Karla une lueur de plus en plus brillante. Elle n'avait pas l'habitude de boire comme ça, si ce n'est à table, un bon verre de vin, qu'elle appréciait avec modération. Elle avait essayé d'appeler son mari, mais le téléphone répondait « occupé », chose étrange à cette heure du soir. Et se retrouver avec Friedrich, en tête à tête, à plus de six cents kilomètres de Stuttgart, avivait cette impression de folie buissonnière et d'interdit libérateur. Friedrich l'avait toujours aimée. Et c'est pour cela qu'il n'avait jamais essayé de la détourner de son choix, la respectant trop pour lui faire le moindre mal. Il savait en cet instant qu'elle pensait à sa vie, à cet homme qu'elle avait choisi et qui ne lui répondait pas, là, maintenant, à ses enfants.

Karla se tourna vers lui et demanda, avec un léger sourire :

— Ça va ?

— Oui. Et toi ?

— Ça va, ça va…

— Tu t'inquiètes ?

— Non, un peu oui…

— Pour quoi t'inquiéterais-tu ?

Elle réajusta sa position sur le tabouret.

— Tu as raison, oui…

Le barman était en train de préparer un cocktail avec des gestes de jongleur. C'était un vrai spectacle et beaucoup le regardaient, admiratifs.

Karla reprit la conversation.

— Et toi, tu en as des souvenirs ici…

Il sourit.

— Oui, j'aime ce lieu hors du temps qui trône dans le beau Paris, cet hôtel où le mal et le bien se sont installés tour à tour. Le mal d'abord durant les heures sombres où l'occupant que nous étions, en quarante, menait des interrogatoires musclés. Mais le bien aussi lorsque les mêmes salons ont accueilli les résistants revenus des camps de concentration.

Il marqua une pause en buvant une petite gorgée de Glen.

— Et puis j'aime à m'imaginer Picasso, Matisse, Beckett, de Gaulle et Saint-Exupéry, qui sont un jour venus ici, se perdre dans l'imagination d'une œuvre, envisager des plans pour la sauvegarde de la nation, rêver de mille et un périples à voyager.

— C'est beau ce que tu dis.

Il sourit.

— Que veux-tu, à mes heures, il m'arrive d'être poète…

— Je me rappelle, dit-elle.

C'était il y a… lorsqu'il lui avait fait la cour. Il avait écrit cette lettre pour lui dire qu'il partait, qu'il l'aimait et qu'en aucun cas il ne voulait prendre sa vie.

Elle posa son verre et lui prit la main.

— J'ai toujours gardé tes mots, tu sais…

Il sourit en lui embrassant la main et en disant :

— Ne la laisse pas s'il te plaît, sinon je risque de te la prendre.

Il poursuivit :

— J'aime à te l'avouer, cette dualité du mal et du bien, dormant dans les mêmes lits, cette vertu d'entre-deux n'est-ce pas la condition des hommes ?

— Je te trouve bien philosophe ce soir…

Ils se parlaient l'un à l'autre, comme ils l'avaient toujours fait lorsqu'ils se voyaient durant leurs années de jeunesse. Il n'y avait pas de censure, pas d'interdit, tout pouvait être abordé.

Elle l'écoutait toujours avec ce même plaisir. Il avait toujours eu la facilité du Verbe, faisant la cour en flirtant sur les mots pour les faire danser. Elle avait toujours aimé son allure, fringante, mais sans excès, portant toujours une chemise blanche, qu'il faisait venir de Londres d'un magasin de Jermyn Street.

Elle était toujours aussi belle, avec ses longs cheveux dorés et ses yeux bleus. Le temps paraissait ne pas avoir eu d'emprise sur elle, à peine quelques pattes-d'oie qui lui donnaient ces yeux rieurs lorsqu'elle souriait. Elle était toujours aussi svelte, malgré les deux enfants qu'elle avait eus sur le tard, aux limites de l'âge. Et là, elle portait un tailleur noir, qui lui allait à ravir, laissant entrevoir ses belles jambes à peine cachées d'un voile de soie.

— Tu sais je me suis toujours demandé ce que nous aurions été si tu m'avais dit « oui ».

Elle lui sourit et l'embrassa sur la joue.

— Tu sais bien que je suis une femme insupportable…

— Allons donc Karla, tu dis cela pour que je te dise le contraire…

Un homme venait d'entrer, se mêlant à la foule et montant directement vers les étages, style homme d'affaires, se cachant derrière des lunettes noires, une écharpe qui lui enroulait le cou, un chapeau et des gants noirs, confiant sa Porsche 911 au voiturier.

Ça faisait déjà une demi-heure que Ludmilla était montée. Et Karla venait de remettre la clef USB à Friedrich en lui disant « Tu sauras en faire meilleur usage que moi ». En réalité, elle n'avait pas envie de fouiller dans les secrets de son frère. Elle voulait garder de Lukas l'image de cet homme engagé, parcourant la terre pour dénoncer l'injustice et le crime, n'ayant peur de rien pour défendre la cause des opprimés. Personne n'aime savoir a posteriori d'une vie les secrets qu'il n'aurait jamais dû connaître. Elle avait dit à Friedrich : « Tu me diras s'il y a des choses que je dois savoir. »

Friedrich regarda sa montre. Depuis une heure déjà, Ludmilla était montée.

— Je savais, dit-il, que les femmes ont une notion du temps bien particulière, néanmoins je trouve qu'elle est un peu longue.

— Que veux-tu, le temps d'appeler sa mère, le temps d'appeler un ami, le temps de se maquiller, le temps de se poudrer, le temps de se faire belle…

— Oui, certes… Je vais quand même demander à l'accueil qu'ils l'appellent.

— Attends, elle vient de m'envoyer un SMS.

Karla tendit son téléphone à Friedrich.

— Tiens, regarde.

Friedrich lut :

Mes chers amis, je me sens fatiguée ce soir, aussi je vous prie de m'excuser si je préfère rester en chambre et me coucher tôt.

La réception était encore bien encombrée à cette heure, essayant d'un œil discret de contrôler les entrées tout en répondant aux questions des uns et des autres, chacun ayant dans ce lieu l'exigence de l'importance, et pour un soir, le plaisir d'être traité comme un prince.

Friedrich se retourna vers Karla.

— Eh bien, tu vas donc devoir, ce soir, dîner en tête à tête avec moi !

Karla sourit et répondit :

— Allons donc de ce pas nous acquitter de cette obligation !

Porta inferi
(C'est ici la porte des Enfers)

Tu vois, tu pensais échapper un jour aux souvenirs qui te rattrapent aujourd'hui. Même si tu ne le sais pas, même si tu ne t'en rends pas encore compte, tu es là parce que…

Et le temps vois-tu, oui le temps, n'a rien effacé, n'a rien enfoui, n'a rien oublié.

Le temps a simplement attendu, comme un fauve aux abois, que sa proie passe à sa portée, avant de la saisir, de l'écharper, de la saigner et de l'étreindre.

Que fais-tu ici ?

Tu ne le sais pas ?

Alors il va te falloir du temps dans ce lieu sans âme pour entendre la voix du souvenir, pour comprendre que le temps n'oublie jamais, pour affronter le juste châtiment qui t'attend.

Écoute cette pluie qui tombe sur la tôle des toits.

Ce goutte-à-goutte que tu perçois et qui remplit l'instant avec une force insupportable.

C'est le ciel qui se déverse pour rappeler à l'homme que sans lui, sans ces petites gouttes, rien ne pourrait survivre.

Et pourtant, ce ciel qui donne la vie peut de la même manière détruire, anéantir, tuer.

Et dire que tu t'es appliqué, durant toutes ces années, à « faire le bien ». Comme s'il était possible à l'homme de faire le bien, quelle gageure. Le Bien comme le Mal n'existent que pour eux-mêmes et n'ont besoin de personne pour accomplir leurs desseins.

Et pourquoi cette insistance à vouloir « faire le bien » ? Pour te racheter ? Mais te racheter de quoi ? Rien ne peut racheter le passé qui est mort.

Rien. Sauf la mort.

Seuls ceux qui peuvent nous racheter sont ceux et celles à qui nous avons fait du mal. Et rien ne sert de vouloir les oublier. Et rien ne sert de vouloir « faire le bien » ni d'occulter le souvenir des choses si ceux-là même à qui tu as fait du mal ne l'effacent.

Tu sais, il temps que tu t'acquittes de tes dettes. Et tu sais bien, au fond de ton ombre, que tu en as.

Rappelle-toi quand tu avais joué l'aveugle et le sourd !

Dans la loi on appelle cela « non-assistance à personne en danger » ! Et c'est un délit qui peut être puni d'une amende et de cinq ans de prison !

Rappelle-toi comment tu t'es voilé les yeux, comment tu t'es bouché les oreilles, comment tu as annihilé ta conscience !

Rappelle-toi !

Et toutes les prières et toutes les dévotions que tu as faites ne remplaceront d'aucune manière le pardon des morts.

Mais tu ne te rappelles pas encore…

Il va te falloir du temps.

Et du temps, là, tu vas en avoir.

Dans ce lieu le temps ne compte pas.

Ce lieu est hors du temps, hors de la vie qui s'agite là-bas, au loin, dans le brouhaha de la ville, dans la vacuité de l'effervescence, là où des femmes et des hommes courent pour ne pas perdre de temps, pour le rattraper, disent-ils, pour gagner du temps, quelle sottise.

Et tu penses à cela, là, maintenant, toi qui as désormais tout le temps de penser au temps.

Là-bas, au loin de ton lieu, tu sais, il se passe beaucoup de choses. Des hommes ont flirté du côté des Enfers et le passé a décidé de se venger. Alors la juste colère du temps va aller de porte en porte et frapper pour tuer, comme l'ange de la mort.

Tu essayes de percevoir autre chose que le clapotis de la pluie qui, par des milliers et des milliers de gouttes, emplit l'espace-temps de ton esprit.

Ces petites gouttes, une par une, sont comme une myriade de batteurs qui joueraient la même note. Et cette note, résultante unifiée de ces milliers d'items, frappe ton cerveau comme le choc d'un marteau-pilon.

Tu te rappelles, un jour tu avais été invité à visiter la forge de Gennevilliers. L'ingénieur chargé de la visite était fier de digresser sur la complexité de la fabrication des aubes de soufflante de réacteurs d'avion, en alliage de titane. Toi, tu avais été impressionné par le choc qui faisait trembler le sol. C'était la forge de quatre-vingts tonnes. Près d'elle des caristes transportaient des lopins rougeoyants et fumants pour les déposer entre les matrices. Et le monstre écrasait, choc par choc, le métal qui prenait alors la forme de l'empreinte. Tu te rappelles oui, ces hommes hagards, ces ouvriers fatigués, ces bagnards de l'industrie.

Et ces milliers de chocs, unis par la force du silence, te rappellent cette presse dont l'onde puissante parcourait tout ton corps, passant du métal à la terre, et de la terre à tes pieds, et de tes pieds à ta tête. Tu t'étais alors demandé comment il était possible que des êtres humains puissent subsister dans cet antre des enfers.

Les hommes sont capables de supporter beaucoup de choses, tu sais.

Comme toi.

Dans cet univers ils se créent souvent leur propre enfer, ou leur propre ciel.

Et toi, rappelle-toi, tu as permis que l'enfer soit sur terre. Oui. Tu as permis que des cœurs ne puissent plus battre, que des âmes soient violentées, que des corps soient martyrisés.

Certains malgré tout, avec le temps, ont essayé de survivre.

D'autres, comme Lukas, n'y sont pas arrivés.

Et les conséquences ont été terribles, pour eux, pour leur entourage, et pour d'autres aussi qui ont appris ce qu'ils ne devaient pas savoir.

Alors l'enfer que tu vas vivre n'est rien en regard de celui que tu as laissé faire, favorisé, par ton silence et ton aveuglement, de celui que tu as, finalement : cautionné.

On le dit souvent, tu sais : « Qui ne dit mot consent. »

Eh bien voilà : c'est ce que tu as fait.

Et maintenant, tu vas devoir supporter la froidure, l'attachement, l'isolement.

Et puis…

Dramatis personae
(Les masques du drame)

Ludmilla fut retrouvée vers treize heures par la camériѐre qui, lasse d'avoir tambouriné durant dix minutes sur la porte de la chambre, en avait référé au réceptionniste. Celui-ci, après avoir vérifié que la cliente était encore là, avait fait appeler à la rescousse un agent de sécurité, un type baraqué, qui avait fini, avec l'accord du gérant de l'hôtel, par défoncer la porte, en utilisant un pied de biche pour faire sauter le listel et dégager le vantail du dormant.

Dans cette chambre, donnant par le balcon sur le beau Paris, Ludmilla était allongée sur le ventre, sur la couette dorée du lit, nue, si ce n'est juste vêtue d'un porte-jarretelles et de bas résille, sa bouche était obturée par un bâillon boule SM et ses yeux portaient un loup. Ses jambes et ses bras étaient en croix, tenus aux quatre coins du lit par des sangles en cuir noir et d'une barre d'écartement au niveau des chevilles.

Elle ne respirait plus, son cou portait une marque de strangulation et son dos était lardé de coups de fouet, qui se trouvait encore à ses côtés, tandis que ses fesses étaient couvertes de gouttelettes de cire de bougie. Sur les lèvres de son sexe, on devinait du sang qui avait eu le temps de sécher.

Elle était étrangement belle, le corps éclairé par le soleil qui, à cette heure de la journée, dardait quelques rais par la transparence des rideaux. Et rien ne laissait supposer, à la voir ainsi, qu'elle n'ait pas pris le plaisir que l'on peut imaginer à jouer à ces jeux. Une mini-jupe plissée en vinyle rouge et des escarpins noirs étaient à terre, comme jetés dans la précipitation. La scène présentait une singularité et une tonalité particulières, à ressentir, dans ce décor baroque, unissant la mort et le plaisir dans un même lieu.

Lorsque la chambrière la vit, elle s'écria :

— Oh mon Dieu !

Alors que l'agent de sécurité, lui, sembla prendre quelque intérêt à contempler la scène, jusqu'à dire :

— Eh bien, il y en a qui ne se font pas chier…

Seul le responsable de l'hôtel était resté circonspect, affichant une retenue qui ne laissait en rien entrevoir sa préférence ou son dégoût. Son métier lui ayant appris à tout entendre, à tout voir et à se taire, à ne rien savoir et à ne pas prendre parti. Depuis quinze ans qu'il travaillait ici, il en avait vu des « cas », comme celui de la soubrette qui arrondissait ses fins de mois avec des clients fortunés et sur laquelle il avait fallu fermer l'œil, compte tenu de la qualité des dites personnes.

Et puis son service l'obligeait quelquefois à flirter sur des conversations qu'il ne fallait pas entendre, voire à être le confident, certains soirs, d'âmes solitaires ayant un peu trop bu…

Il dit simplement et dignement :

— Je vous demande de faire le silence sur cette affaire.

L'agent et la femme de service acquiescèrent d'un mouvement de menton, le patron avait le bras long et leur survie, dans le milieu de l'hôtellerie parisienne était désormais conditionnée par leur réserve. Une fois, l'un des leurs, ayant capté les menaces à peine voilées, entre deux clients VIP en train de dîner, avait bravé l'interdiction. Il s'était retrouvé ipso facto à la porte et n'avait plus trouvé de travail au point de devoir mendier sa pitance au coin de la rue de Rennes. Par cet exemple, tout le monde avait compris la portée de l'interdit.

Le gérant redescendit en leur disant :

— Restez ici, et empêchez quiconque d'entrer.

Et puis, dans le hall de la réception, à l'abri des oreilles indiscrètes, il appela la police.

Quand Eva Saint Louis arriva, il était déjà dix-huit heures. Elle n'avait pas pu venir avant, ayant été prise sur une autre affaire, un ex-taulard qui venait de butter son ex-belle-famille au beau milieu du seizième arrondissement, place Victor Hugo, sous prétexte de s'être fait larguer par sa femme qui en avait assez de se faire cocufier et de se faire tabasser.

Le gérant de l'hôtel avait eu l'intelligence de libérer les chambres alentour pour que des badauds ou des voyeurs n'aient pas envie de passer un œil et surtout pour qu'ils ne puissent pas alimenter leurs réseaux sociaux de leurs élucubrations qui n'auraient fait que salir la réputation de l'hôtel. Cet homme, bien fait de sa personne et fringuant comme il se doit dans ce genre d'établissement, avait, au cours de sa carrière, gagné les galons du savoir-vivre et de la compétence qui lui étaient prêtés.

Eva entra dans la pièce. Elle ouvrit les tiroirs et la penderie, puis alla dans la salle de bains et dans les toilettes. Elle ne disait rien, mais tentait de s'imprégner, de respirer l'air de ce lieu, d'entrer dans la mémoire du temps qui avait figé, là, pour l'éternité, cette scène macabre.

Dans la salle de bains, elle ouvrit la poubelle, et vit une serviette hygiénique qui était blanche comme si elle venait de sortir de son emballage. Et trois cotons-tiges. Dans le bidet, il y avait quelques cheveux, mais aussi des poils pubiens, étonnamment laissés là, une femme étant la plupart du temps soucieuse de nettoyer les vasques qui servent à sa propreté.

Dans la chambre, en dessous du lit, en se mettant à quatre pattes, Eva aperçut une paire de bas couleur chair, certainement enlevés pour les remplacer par les bas résille, et puis un string noué autour des bas. Il y avait aussi une boulette de papier froissé, un collier étrangleur en cuir, un sex-toy en verre transparent et une tapette à fessées en simili cuir.

Elle ouvrit les portes de la penderie et vit une robe du soir, un haut en soie noire, une jupe rouge, un pull vert olive, une paire d'escarpins Louboutin et des bottes d'écuyère. Dans le coffre ouvert, il y avait une montre Cartier en acier poli, façon panthère, et une bague portant une émeraude sertie de diamants.

Alors, elle la regarda et la vit. Ludmilla était déjà rigide, la peau de ses jambes était par endroits rouge violacé et elle paraissait avoir tiré sa révérence en pleine action. Ses dents, serrées sur le bâillon, avec ses yeux plissés en dessous du loup avaient été figés dans un rictus de suppliciée. Eva en fit le tour et la regarda, encore et encore, enregistrant des détails, captant des flashs et s'imaginant la scène. Puis elle prit son téléphone et appela Henri, le légiste.

— Bonjour Henri, que faites-vous ce soir ?

— Bonjour Eva, j'imagine que vous allez m'inviter pour une party ?

— C'est ça oui : je suis au Lutétia là.

— OK compris, je vous y rejoins d'ici vingt minutes.

Le gérant était là, regardant Eva officier. Il n'était pas habitué à voir des femmes prendre la main. Son monde à lui, plutôt à domination masculine, reléguait la femme au niveau de la fille de salle, la femme de chambre, la serveuse, la réceptionniste. Et même si ce n'était pas la première fois qu'il voyait la police œuvrer sur une scène de crime, c'était la première fois qu'il voyait une femme commissaire. La regardant, les fesses moulées dans son jean, cambrées sur ses escarpins hauts de huit centimètres, il avait du mal à l'imaginer tirer sur des malfrats canardant à tout va au sortir d'une banque.

Il avait déjà eu affaire à ce genre d'évènement dans d'autres établissements, une bagarre laissant sur le carreau l'un des belligérants, la dispute d'un couple occasionnant la chute, soi-disant par accident, de la femme du balcon. Oui, il en avait vu et, à chaque fois, il avait parfaitement géré la situation. La plupart du temps, les inspecteurs essayaient de se la jouer, de lui en mettre plein la vue, le considérant comme un commun, un novice. Là, étonnamment, ce n'était pas le cas. Cette femme n'avait cure d'étonner qui que ce soit, elle était dans son monde, y reniflant la moindre particule en suspension, focalisant sur la plus petite bagatelle insolente, interrogeant les esprits des morts avec lesquels elle dansait. Et dans des rêves obscurs, elle se faisait même inviter à des dîners où de la chair humaine, putride et fétide, lui était servie sur un lit de légumes grillés alors qu'une cohorte de condamnés, attachés les uns aux autres par une chaîne, attendaient là, nus comme des vers, que leur sort soit décidé.

Henri arriva, avec sa mallette qui ne le quittait jamais dès qu'il sortait de la morgue.

— Oh, dit-il, serions-nous en présence d'une scène d'épectase ?

— Une scène de quoi ?

— Épectase ma chère Eva, autrement dit la mort en jouissant !

— Eh bien, vous m'étonnerez toujours, mon cher Henri.

Henri s'approcha du cadavre de Ludmilla.

— Le plus drôle dans ce mot c'est qu'il signifie d'abord la tension de l'homme chrétien vers son Dieu, voire aussi la béatitude des élus au Paradis. Mes pairs et moi lui préférant le sens habituel et familier, autrement dit la mort par orgasme.

Tout en parlant, il avait écarté les fesses de Ludmilla en lui enfonçant, d'une bonne dizaine de centimètres, un thermomètre digital dans le rectum.

— Eh bien voilà, votre morte est partie vers le septième ciel entre minuit et deux heures du matin.

Il prit alors son appareil photo pour faire quelques clichés sous plusieurs angles.

— Et je vais vous dire Eva, ce mot, épectase, est redevenu à la mode dans les années soixante-dix, vous savez comment ?

— Non, mais j'attends avec impatience le dénouement de cette question.

— Lorsque le cardinal Jean Daniélou a été retrouvé mort chez les putes !

Il s'esclaffa.

— Ah le coquin, vous vous en rendez compte Eva ? Un prélat qui monte directement au septième ciel avec les dames de petite vertu ! Il y a de quoi retourner Dante dans sa tombe !

Et puis avec une lampe torche, il regarda la peau, notamment celle du cou qui portait des traces d'étranglement.

— Intéressant ça...

— Quoi donc ?

— On l'a étranglée, semble-t-il...

Le légiste enleva alors ses gants et dit :

— Bon, qu'on l'emmène dans ma résidence secondaire ! Il faut que je la découpe !

Eva sourit en voyant la moue de dégoût exprimée par les lèvres du gérant. Henri ne pouvait pas s'empêcher de choquer son entourage. C'était un plaisir personnel. Une sorte de dérision. Une espèce de salamalec pour conjurer le mauvais sort.

Habillés tout en blanc, comme des anges de la mort, des techniciens étaient en train de ramasser des petits riens, ici un poil, là une squame, là-bas un cheveu, plus loin un bout d'ongle en les ensachant soigneusement. Un autre relevait les empreintes sur les poignées des portes, sur le téléphone, sur un verre, sur la vitre de la table basse. Un autre, enfin, entrait dans la salle de bains en l'éclairant avec son polilight, en quête de traces de fluides, de sang, de la salive, du sperme, susceptibles de nourrir le cours de l'enquête.

Eva demanda au gérant :

— Elle était là depuis combien de temps ?

— Trois jours exactement, elle était venue pour un séminaire.

— Vous savez ce qu'elle a fait hier soir ?

— Non, par contre en fin de journée, vers vingt heures, elle avait rencontré un couple avec lequel elle avait conversé en buvant un cocktail.

— Des habitués ?

— Non, c'est la première fois que je les voyais.

— Ils sont encore là ?

— La femme non, elle est partie ce matin. Quant à l'homme, il a gardé sa chambre en nous disant qu'il serait là dans deux jours.

Il tendit une petite fiche avec les noms de Friedrich et Karla.

— Eh bien, vous me devancez !

— J'ai quelques années d'expérience commissaire et ce n'est pas la première fois qu'une chambre ne s'ouvre pas…

Il se faisait tard, le soir avait déjà fermé les yeux de bon nombre d'enfants. Ludmilla serait, dans peu de temps, transportée dans un sac mortuaire vers l'institut médico-légal. Là-bas, Henri s'occuperait d'elle, la découperait du menton au pubis, et, à la manière d'un haruspice, interrogerait ses organes avant de la recoudre et de la mettre dans un tiroir avec une étiquette au pied.

Eva se dit que sa journée avait été assez chargée comme ça. Il y avait trop de morts depuis quelque temps. Ça lui pesait. Ça lui donnait la nausée. Comme un trop plein. Elle décida de rentrer à pied, en passant la Seine par le point du Carrousel pour rejoindre le square Montholon via l'Opéra Garnier. La température était plutôt clémente et l'air, purifié par un vent venu du Nord, laissait l'impression d'une fraîcheur revigorante. Elle aimait ce quartier, avec ses grands boulevards, Haussmann, Poissonnière, des Italiens, entre les bars desquels se laissaient découvrir les passages à couvert, Panoramas, Jouffroy, Verdeau, offrant au promeneur le plaisir d'une galerie d'art moderne, d'un cordonnier grand luxe, d'un bouquiniste de la rareté, d'un salon de thé comme chez soi, et tout un tas d'autres échoppes protégées du bruit et des émanations de la rue.

Oui cette journée avait été fatigante, harassante, une de celles qui ne laissent aucun répit.

Elle emboîta la rue du Faubourg Montmartre et tourna au coin du Général Lafayette, brasserie hors du temps avec ses pistons à bière et ses sièges anglais. Il y avait du monde, certainement une sortie de théâtre, peut-être le Saint-Georges ou le Nord-Ouest. Étonnamment, la rue n'était pas bouchée, comme à son habitude à partir de Cadet, les voitures, les bus, les vélos, les taxis, les VTC, les motos arrivant dans cette nasse devant, la plupart du temps, s'armer de patience, en respirant leur dose d'hydrocarbures, d'oxydes d'azote et de monoxyde de carbone, poisons issus de la combustion incomplète des gaz d'échappement.

Elle repensait aux démons de cette folle journée. Cet ex-taulard qui avait tué en pleine rue les seules personnes qui le rattachaient au monde, sous prétexte que son ex allait le quitter. Aux policiers qui l'avaient arrêté, alors qu'il levait les mains en pleurnichant, il avait dit, tel un enfant, « qu'il ne comprenait pas, qu'il ne comprenait pas », devant les corps pissant le sang de son ex-belle-famille. Certes l'amour des tarés a quelquefois de drôles de raisons, il réclame la mort à l'instar des amours fous, comme si la seule issue des amours dignes de ce nom était la mort, alors que l'Amour vrai lui : appelle la vie.

Et puis elle revit cette journaliste étrangement morte, écartelée sur le lit. Qui avait-elle rencontré ? Un amant fou ? Des amants fous ? Dans cette position, nue sur le lit, il n'y avait que deux solutions : soit elle s'était offerte, connaissant celui, ou celle, ou ceux qui l'avaient invitée à ces drôles de jeux soit elle y avait été contrainte par la force. Et ce couple qu'elle avait rencontré, qu'avaient-ils à voir avec cette finalité ? Elle revit l'expression de son visage. Ce n'était pas du plaisir, c'était de la douleur. Eva n'arrivait pas à imaginer cette femme, qui allait de pays en pays pour faire valoir le cri de la Vérité, se livrer aux risques de la perversité. Mais que pouvait-on réellement connaître sur cet « Autre Soi » que l'on croise dans l'aléa d'une rencontre ? Si ce n'est l'expression de ses propres préjugés s'incarnant dans l'émoi d'un jugement hâtif.

Sa vie à elle, c'était de rencontrer des morts, et d'imaginer les circonstances qui, de leurs vies, aient pu les conduire sur le seuil de leur dernier soupir.

Pourquoi sa vie était-elle centrée sur tous ces morts ? Ne pouvait-elle pas avoir une vie normale ? Mais qu'est-ce qu'une vie normale ? « Normale », « banale », dans son esprit, ces deux mots s'étreignaient l'un et l'autre.

En remontant les escaliers du square Aristide Cavaillé-Coll, elle aperçut un vieux monsieur qui sortait son chien. Et lui : que vivait-il ? Qu'avait-il vécu ? À son âge, nul doute qu'il avait côtoyé la mort d'un proche. Ses parents de toute évidence. Un ami, certainement. La mort frôlait de près ou de loin, qu'elles y pensent ou pas, toutes les âmes du monde. L'homme était cet être vivant maudit par la mort. Pour Eva, la mort des autres c'était sa vie.

Le monsieur la salua, flatté de faire une aussi belle rencontre à cette heure.

— Vous savez, madame, j'ai été moi aussi facteur d'orgue.

Elle s'arrêta sur l'instant d'un sourire. Elle avait déjà croisé cet homme dans le rituel immuable de la promenade de son chien. Mais jamais ils n'avaient pris le temps d'échanger quelques mots. Comme c'est étrange, pensa-t-elle, j'habite ici depuis des années et nous ne nous sommes jamais parlé. Cette rencontre était fortuite et il lui semblait que demain, peut-être, cet homme ne serait plus.

— Facteur d'orgue ?

— Oui, comme Aristide…

Elle resta interloquée, ce vieil homme insignifiant, qu'elle croisait sans mot dire depuis des années, avait construit des orgues, ce sublime instrument.

Il reprit :

— C'est un métier complexe, vous savez.

— J'imagine oui…

— Il faut maîtriser plusieurs disciplines, dont la menuiserie, la mécanique, le travail des peaux, le formage des métaux…

— Ce doit être un métier passionnant…

— Oh oui ! J'ai travaillé sur les orgues de la cathédrale de Passau…

— En Allemagne ?

— Oui, dit-il heureux de la voir s'intéresser, son orgue a été longtemps le plus grand orgue d'église au monde, avec ses 17 774 tuyaux et ses 233 registres…

— Vous m'impressionnez monsieur.

Le chien n'arrêtait pas de renifler Eva.

— Eh bien, Dominus, arrête d'embêter la dame…

Elle le caressa, c'était un vieux chien comme son maître, sorte de caniche griffon, dépoilé par le temps.

— Il vous aime bien…

— Il doit sentir mon chat…

— Ah vous avez un chat ?

— Oui, un gros matou de salon, un peu fainéant je l'avoue, mais un bon compagnon de soirée…

— Vous vivez seule ?

— Oui…

— Comme moi… Ma femme est morte il y a déjà deux ans et depuis mes soirées sont excessivement longues… Nous avions vécu plus de cinquante ans ensemble…

Eva fut émue, cet homme était beau, il ne perdait aucun mot malgré son grand âge, et elle pensa qu'il était fait pour vivre éternellement, s'il n'y avait eu son corps réclamant le retour à la terre.

— Et vous que faites-vous donc dans la vie ?

— Je suis commissaire…

— Commissaire ? Ce doit être un travail très difficile…

— Oh moins que celui de facteur d'orgue…

— Oh non, bien plus, il vous faut courir après le malfrat !

Malfrat, ce mot résonna dans la tête d'Eva. Elle courait après le malfrat, le truand, le malandrin, le larron c'est bien ça. Elle ne pouvait pas dire à cet homme que les malfrats après lesquels elle courait n'étaient pas des bandits de grand chemin, style le bel Arsène Lupin, mais des prédateurs, des tortionnaires, des égorgeurs, des bouchers. Le monde d'aujourd'hui n'était pas celui qu'il avait connu, même si son époque avait eu elle aussi ses grands noms de la sauvagerie.

— Je vous prends tout votre temps, dit-il, je vous prie de m'en excuser. Et puis il faut que je rentre. Les vieux, vous savez, ont leurs habitudes. Ça m'a fait grand plaisir de converser avec vous.

— Moi aussi cher monsieur.

— Passez une bonne soirée madame.

— Vous aussi.

Il s'éloigna, en tirant la laisse de son chien qui manifestement n'avait pas envie de rentrer.

— Allez, Dominus, viens…

Elle n'avait pas non plus envie de rentrer tout de suite et elle décida de remonter vers Anvers, pour aller s'égarer du côté de Montmartre. La Butte était encore pleine de monde et les terrasses des bistrots, aidées par des radians, réchauffaient les conversations et les sourires qui, à cette heure du soir, libérés des contingences et allégés par l'alcool, flirtaient avec bonheur dans cette humanité heureuse des discussions dénuées de vénalité.

Elle aimait ces ambiances de rues, croiser à l'impromptu le rire de quelques-unes, belles à sourire dans le regard de ces hommes prêts à tout pour les séduire. Marchant dans la fraîcheur du soir, elle aimait cette sensation de conscience, apaisant l'ardeur de son corps et des pensées fugaces, ses sens éveillés par le bien-être des pas, elle percevait le moindre souffle, le moindre son, le moindre signe de vie.

À mi-hauteur, c'est là que se révélait Montmartre, alors qu'en haut du monticule c'était pour l'homme de passage, pour le touriste, pour faire quelques selfies. Ici c'était Paris, avec ses bars et ses gargotes, et les Parisiens du lieu et d'ailleurs s'attardant en amis et en amoureux. Elle prit une place sur la terrasse du Relais de la Butte, commanda un verre de vin et alluma une cigarette. Elle repensait au facteur d'orgues. Il était beau cet homme avec son chien. Elle pensait aussi à Ludmilla, allongée sur le lit de ce palace. Elle respirait l'air frais, la nuit s'était parée des étoiles de la ville. Elle écoutait la conversation de la table d'à côté, c'étaient deux acteurs de théâtre qui sortaient de l'Atelier et qui parlaient du Nô, à la suite de la rencontre qu'ils avaient faite avec une troupe japonaise, et des masques que porte le personnage principal, lui permettant de quitter symboliquement sa personnalité pour interpréter le personnage qu'il incarne. Eva réfléchissait en captant des bribes de leur discussion. Le facteur d'orgues était sans masque, il parlait vrai, sans détours et sans ambages. La mise en scène du meurtre de Ludmilla était couverte d'un masque, celui du drame. Ce n'était pas un rituel, mais un simulacre destiné à tromper. Elle écrasa sa cigarette et se leva, après avoir laissé un billet sur la table de bistrot. Il fallait qu'elle rentre maintenant, qu'elle retrouve son chat et qu'elle dorme. Demain aurait son lot de surprises.

Libera nos a malo
(Délivre-nous du mal)

Tu es là depuis une dizaine de jours, mais tu ne le sais pas, ayant perdu toute notion du temps. À ne pas voir, ne pas savoir, ne pas communiquer tu n'as plus de repères et le temps pour toi s'est allongé, comme pour ceux qui, volontaires, dans le cadre des expériences « hors du temps » se faisaient enfermer dans des grottes pour étudier les rythmes profonds de l'homme. Tu essayes de mesurer ton nombre d'endormissements, mais ce n'est plus un repère valable parce qu'à ne rien faire, tu n'es pas si fatigué que ça, et finalement tu t'endors peu, tout au moins tu en as l'impression parce que ta perception est erronée, ton rythme nycthéméral est perturbé et tu as des hallucinations hypnagogiques, tu imagines des choses qui ne sont pas, tu vois des insectes et des rats, tu entends des voix caverneuses, tu as l'impression que l'on te transporte, et ces délires nourrissent des rêves et des cauchemars qui n'en sont pas.

Et puis tu ne sais pas non plus que les premiers jours et les premières nuits n'ont fait qu'une pour toi, sous l'effet d'un hypnotique puissant que l'on t'a injecté.

Tu as donc perdu tous tes repères et même si tu cherches à les retrouver, en mesurant tes éveils, tu n'y arrives pas. Quelle heure est-il maintenant ? Comment pourrais-tu le dire ? Quel jour sommes-nous ? Tu penses être au samedi qui suit le vendredi de ton rapt, mais en réalité le jour que tu vis maintenant est celui du lundi à une semaine d'intervalle de ton enlèvement.

Tu te rends seulement compte que tu es dans une position étrange sur ce qui semble être pour toi un fauteuil, comme un fauteuil de dentiste qui serait allongé. Tu prends conscience de ta situation parce que tu n'es couvert qu'en haut, avec la chemise que tu portais et dont les boutons sont fermés. Par contre, tes jambes et tes fesses sont nues et lorsque l'envie d'un besoin incoercible te prend, tu lansquines et du déflaques dans quelque chose qui se trouve en dessous de toi, comme ces chiottes anciennes percées d'un trou dans une planche et dont les matières agglutinées fermentent dans une nuée de mouches.

À un moment donné, tu as imaginé que tu étais dans une sorte d'hôpital. « Oui c'est ça », t'es-tu dit en te rappelant, par la douleur que tu ressens encore, ce coup que tu as reçu sur la tête. Et tu as pensé qu'une bonne âme t'avait ramassé, voire secouru, et t'avait emporté dans un lieu tout blanc où l'on soigne ces corps affaiblis et malades. Et tu t'es représenté cet hôpital, grand, très grand, des pièces tellement grandes que l'on pourrait y entendre l'écho de sa voix. Et une grande pièce peut-être, avec toi au milieu, une sorte de salle d'opération dans laquelle des chirurgiens chevronnés exerceraient leur talent en incisant, en découpant, en strangulant, en ligaturant, en réparant. Alors ton esprit est parti dans le délire de ce bloc, où tu as vu le billard sur lequel tu te trouverais, la lampe scialytique, l'assistant muet, un respirateur d'anesthésie, une console roulante couverte de pinces et de ciseaux, et des hommes et des femmes, habillés comme des extraterrestres venant bientôt pour te soulager et pour te délivrer.

Quelque part, tu as vu juste, surtout en ce qui concerne la table mobile avec les ciseaux, les pinces et les scalpels. Oui, il y en a une, juste à côté de toi. Et il est vrai aussi qu'il y a cette lampe qui éclaire, comme le dit son nom venant du grec, sans ombres portées avec cette lumière blanche intense.

À croire que ton esprit s'est envolé, comme si tu avais fait un voyage astral et que ton esprit, sorti de ton corps, t'avait permis de voir cette sorte de fauteuil avec cette lampe et ces outils qu'emploient les chirurgiens. Tu as déjà lu ça, ces phénomènes, qu'éprouvent ceux et celles qui vivent une expérience de mort imminente et qui se voient, là, sans vie, flottant au-dessus d'eux-mêmes en voyant leurs proches en larmes alors qu'eux sont là, éthérés, ne pouvant leur dire quoi que ce soit ni communiquer avec les vivants de corps et d'esprit.

Serais-tu dans ce cas-là ? Un mort-vivant ? « Oui, c'est peut-être ça » penses-tu, « C'est certainement ça ». Tu as été frappé et tu as perdu connaissance. Peut-être même as-tu subi un accident. Et c'est pour cela que tu ressens comme un scotch sur ta bouche et un bandeau sur tes yeux et que tu ressens tes mains et tes jambes comme liées puisque tu es dans l'impossibilité de communiquer et que ton esprit aurait quitté ce corps dans lequel tu te mouvais et qui est aujourd'hui incapable de bouger. Et tu penses que ton esprit a traduit cette incapacité par ces images, ayant vu, et tu ne sais pas comment, cette lampe forte, ce siège étrange, cette table avec ces outils chirurgicaux. Et ce lieu que tu penses vide et grand comme une usine désaffectée ne traduirait-il pas plutôt cette solitude immense dans laquelle tu te trouves et cette impossibilité de communiquer avec les mondes charnels ? Et cette impression d'être nu et de déféquer librement pour évacuer tes selles sans contraintes serait-elle aussi la preuve que tu es dans cet état, une sorte de sommeil, une sorte de coma, cet état qui abolit la conscience et l'éveil comportemental ?

Et ce froid que tu ressens. Oui, c'est ça, c'est ton corps qui se refroidit peu à peu, comme celui d'un corps qui se meurt, l'air n'étant plus respiré et le sang ne circulant plus.

Et pourtant tu as conscience de ton moi.

Tu as conscience que ce fauteuil, cette table, cette lampe et ce lieu ne sont pas des hallucinations.

Mais que t'est-il arrivé ?

Mais où donc te trouves-tu ?

Et puis tu as l'impression d'avoir senti une présence, il y a… ça, tu ne le sais pas puisque tu n'as plus le repère du temps. Tu as senti comme un souffle d'air déplacé par le mouvement d'une personne. Comme si quelqu'un venait te voir, venait s'assurer de quelque chose, venait changer un bolus.

Tu as voulu lui parler, lui demander où tu te trouves, ce qui t'est arrivé, si ton pronostic vital est engagé, si tes proches ont été prévenus. Mais tu n'as pas pu, ne pouvant pas lui parler. Comme c'est étrange cet état où tu ne vois pas, où tu ne peux pas parler et où tu peux ressentir.

Comme c'est étrange.

Mais s'il fallait te dire quelque chose, celui ou celle qui est peut-être venu te dirait que « oui » ton pronostic vital est engagé. Tu n'es pas ici pour rien. Tu n'es pas arrivé ici par erreur. Tu as bien vu cette table et cette lampe. Et tu as bien eu ce coup sur la tête. Et tu défèques bien dans un trou.

Quel est donc cet état dans lequel tu te trouves ?

Que va-t-il t'arriver maintenant ?

Mais cette question a-t-elle vraiment de l'importance ?

La destinée humaine de tout homme et de toute femme n'est-elle pas un jour d'être dans cet état d'inconscience ?

Cette mort dont on parle peu et qui pourtant nous guette à chaque coin de rue n'est-elle pas cette porte obligatoire vers un au-delà parfaitement inconnu même si certains disent communiquer avec les esprits ou les invoquer à grand renfort de salamalecs ?

Et n'est-ce pas pour cela que tu n'as pas peur ?

Oui, c'est ça, ceux et celles qui sont dans cet entre deux mondes ne ressentent pas la peur, tu l'as lu. Certains voient même une grande lumière blanche. Pour toi c'est le contraire, tu ne vois que du noir. C'est étrange. Et puis ceux qui ont vécu cette expérience disent voir le film de leur vie. Et toi tu ne vois rien. C'est étrange aussi.

Alors tu te dis que c'est certainement l'état qui précède celui de la grande lumière ou qui le suit, oui certainement. Après tout, ceux qui racontent ce vécu en sont revenus, et peut-être en sont-ils revenus parce qu'ils n'ont pas été assez loin ? Qui peut le dire ? A fortiori, on ne sait rien de ceux et celles qui sont allés jusqu'au bout, jusque de l'autre côté puisqu'ils n'en sont pas revenus. Et même toi, rappelle-toi, lors de cet enterrement, tu disais qu'il ne fallait pas craindre la mort. Que ceux et celles qui croient ont cet espoir de l'au-delà dans lequel se trouve la lumière. Et toi tu crois, c'est vrai, qui d'ailleurs pourrait croire moins que toi ? Et pourtant tu n'es pas dans la lumière, tu es dans le noir le plus profond, l'obscurité la plus sourde.

Tout ce en quoi tu as cru serait-il un mensonge ? L'orchestration d'une farce absurde, d'une illusion collective ?

Où est donc cette lumière ?

Et là, tu soupires : et tu soupires vraiment. Ce n'est pas ton esprit qui gémit ou cette substance éthérée qui t'anime. Non. C'est bien toi, avec ta bouche, ton diaphragme et tes poumons.

Et là, tu commences à imaginer des choses que tu ne devrais pas. Que tu es peut-être dans l'antichambre de l'enfer. Qu'on t'a vraiment kidnappé et que cette présence que tu as sentie tout à l'heure, ou hier, qu'importe, puisque tu ne sais plus compter le temps, était là pour vérifier quelque chose, ou injecter un sédatif dans ce qui doit se trouver au bout de ce cathéter qui est planté dans ton bras gauche.

Et tu te figures que tes ravisseurs vont te laisser là, crever à petit feu, qu'ils vont t'oublier ou te découper en morceaux pour obtenir une rançon. Ou qu'ils vont t'achever.

Et là tu éprouves de la peur parce que ce n'est pas comme ça que tu imaginais finir, terminer ta vie charnelle, pousser ton dernier souffle. Non ce n'est pas comme ça que tu l'imaginais. Tu avais toujours rêvé de t'endormir, en faisant de beaux rêves pour rejoindre cet autre monde sur lequel tu as tant digressé. Tu avais rêvé d'achever ta vie en l'ayant bien remplie, en ayant tenu tes engagements, en ayant lu tous ces livres que tu voulais lire, en ayant fait ce voyage en Palestine, sur les pas du Christ, pour t'asseoir sur les berges du Jourdain, pour flotter dans l'eau salée de la Mer Morte en laissant cuire ta peau sous un soleil de plomb, pour t'agenouiller dans la grotte de Bethléem et remercier le ciel d'avoir envoyé ses anges, pour pleurer au pied du Golgotha et implorer le pardon du monde.

Mais maintenant, pourras-tu faire ce beau voyage ?

Ce voyage tu le désirais tant, ayant économisé durant toutes ces années le prix du billet d'avion, le forfait des nuits d'hôtel, l'argent pour subvenir à tes besoins durant ces trois semaines que tu avais programmées l'année prochaine. Et cette cagnotte, qui pèse au moins cinq mille euros désormais, si ça tombe, tes ravisseurs te l'ont prise ! C'est peut-être pour cela d'ailleurs qu'ils t'ont frappé et séquestré ! Tu avais parlé de ce projet à qui voulait l'entendre, laissant aller ton imagination débordante sur ces chemins de pèlerinage, trahissant par ton regard empli de bonheur ce plaisir à te projeter là-bas, sur ces lieux mythiques.

Si ça tombe, ce sont des voleurs et ils t'ont volé la cagnotte de ta vie et s'ils te gardent ici c'est pour espérer t'en extorquer davantage, comme ces vieux que des jeunes torturent pour obtenir la combinaison de leur coffre dans lequel ils mettent leurs petites économies.

Tu le sais, ce genre de démon existe. N'est-ce pas ce qui est arrivé au vieux Jules il y a trois ans ? Pauvre homme. Séquestré par des salopards durant trois semaines. Torturé par les coups, la privation et le feu. Ils lui ont même arraché les ongles, ils lui ont crevé les yeux et ils lui ont brûlé le sexe. Et il n'a rien voulu dire ce con. Et on l'a retrouvé tailladé, lacéré, saigné comme un porc, pendu par les pieds, au bout d'un mois de recherches. Tu le sais, il a dû souffrir le martyre. Et si ce sont les mêmes, ces fumiers que l'on n'a pas retrouvés, alors ils ne te laisseront pas en vie parce qu'ils ne croiront pas que tu n'as pas d'autre argent que celui de cette petite cagnotte : la bourse de ta vie.

Et si ce sont eux : alors tu es destiné à la mort.

Ils ne te laisseront aucune chance parce que ce qu'ils ont fait au vieux Jules te donne à penser de ce qu'ils sont capables de faire. Ces monstres ne sont plus des hommes, ils ne sont pas des bêtes non plus parce que les animaux ne font pas ça, non, eux : ce sont des démons. Et ceux qui sont capables de faire ce qu'ils ont fait n'ont pas d'âme humaine et ne ressentent ni le doute ni la contrition. Voir les autres souffrir les amuse. Alors si ce sont eux : tu vas terriblement souffrir avant de mourir. Et si c'est pour ce que tu penses qu'ils t'ont kidnappé, alors triste but que celui d'avoir économisé durant toutes ces années, euro après euro, pour un jour te payer le voyage de tes rêves et finalement subir cette fin horrible qui t'attend.

Mais que sais-tu vraiment de ce qui t'attend ?

Tu as simplement peur maintenant. Et comme tous ceux qui ont peur, tu imagines de quoi nourrir ta peur. Et à chaque pensée ta peur augmente, se renforce d'arguments élaborés par ton âme en souffrance de ne rien savoir, de ne rien voir et d'imaginer cette fin honteuse.

« Mon Dieu », penses-tu, « Que va-t-il m'arriver ? »

Alors il ne reste plus que la prière, si tant est qu'elle soit entendue ou qu'elle soit reçue. Parce que tu le sais, toutes les prières ne sont pas recevables, surtout si tu as péché contre ton frère et que celui-ci t'en veuille. Mais qui pourrait t'en vouloir ? N'es-tu pas considéré comme un homme de bien ? Alors oui il te reste la présence d'esprit de prier, avant que les démons ne se déchaînent et qu'ils viennent rôder, comme des vautours attendant ton âme, attendant le moment favorable pour se disputer ton ectoplasme.

Alors, en pensée, tu murmures :

Pater noster, qui es in caelis,
Sanctificetur nomen tuum,
Adveniat regnum tuum,
Fiat voluntas tua, sicut in caelo et in terra.
Panem nostrum quotidianum
da nobis hodie.
Et dimitte nobis debita nostra,
sicut et nos dimittimus
debitoribus nostris.
Et ne nos inducas in tentationem.
Sed libera nos a malo.
Amen

Et dimitte nobis debita nostra (Pardonne-nous nos offenses)

— Alors Henri ?

Eva avait pris le temps d'un détour par la morgue, voulant savoir ce que le légiste avait pu trouver en autopsiant le corps de Ludmilla. Sa nuit avait été malmenée par de drôles de rêves. Elle ne s'en souvenait pas si ce n'est celui qui l'avait saisie à son réveil. Un homme, vêtu d'un grand manteau noir à capuche, officiait dans l'ombre d'un temple, en disant des prières dans une langue qu'elle ne comprenait pas, qu'elle ne pouvait pas comprendre. Sur ses mains, il y avait du sang, beaucoup de sang, et, dans son rêve, elle s'approchait de lui, sans qu'il l'entende jusqu'à ce qu'il se retourne promptement. Alors, elle avait vu ses yeux, lumineux comme ceux d'un chat prêt à bondir. Sur une table, il y avait un corps d'enfant, déchiqueté, dont l'officiant se nourrissait. Ce démon avait alors levé les mains au-dessus d'elle, en déclamant des formules incantatoires. Elle avait ressenti comme une ombre qui la frôle, cherchant à s'emparer d'elle, mais, projetée à terre par on ne sait quel effet, elle avait échappé à son emprise alors que, devant elle, se jouait un combat obscur, où des ombres noires et blanches s'affrontaient.

C'était étrange ce rêve, comme tous les rêves. À vrai dire, elle ne se laissait pas émouvoir facilement par ce genre de divagation, pensant que l'on pouvait souvent interpréter un rêve d'une manière ou d'une autre. Mais bizarrement, celui-ci l'avait imprégnée, la réveillant en sursaut avec des suées.

— Oh Eva, quel plaisir de vous voir !

Elle sourit.

— Ça n'a pas l'air d'aller dites donc…

— Si, si…

— Vous êtes sûre ?

— Oui… Ma nuit a été chamboulée par de drôles de rêves…

— Des songes ou des rêves ?

— Quelle différence ?

Henri leva un index en prenant un air de professeur.

— Fondamentale ma chère Eva. Fondamentale ! Le songe est annonciateur, le rêve, lui, n'est qu'un révélateur…

— Je ne crois pas trop à tout ça…

— Vous qui êtes une femme, portée par ce sixième sens dont vous a doté la nature, n'ayez crainte de vous laisser porter par le souffle du Tout-Puissant !

Eva esquissa une moue dubitative. Il était toujours prolixe sur l'influence des esprits, ces êtres invisibles, peut-être pour équilibrer cette réalité cruelle à laquelle il était confronté, celle de découper des corps, de taillader les chairs, de violenter, d'une certaine manière, l'intimité morbide d'un « ayant vécu ».

Eva reprit :

— Alors, qu'avez-vous vu ?

— Ah ! Ce n'est pas très beau tout ça…

— Comme d'habitude…

— Sauf que cette fois-ci l'horreur s'est entichée de raffinement…

— Comment ça ?

Henri affecta une mine dégoûtée.

— Voyez-vous ma chère Eva, il y a des fois où ce métier me passionne, et il y a des fois où ce métier me contrarie, comme aujourd'hui.

Le légiste avait défait ses gants et posé ses outils dans une bassine en inox. Il était parti se laver les mains, laissant le corps de la journaliste sur la table.

Eva regardait cette femme, elle était presque belle, son visage avait été préservé, s'exprimant là, dans une forme de sérénité. Comme il était étrange qu'elle soit ici, tel un ange frappé par la brutalité et la sauvagerie.

— Celui ou ceux qui ont fait ça, dit Henri, voulaient non pas profiter d'elle, mais voulaient la punir.

— Pourquoi dites-vous ça ?

— Son sexe a été méthodiquement détruit.

— Son sexe ?

— Oui.

— C'est-à-dire ?

— On lui a inséré ce bel objet dans le vagin.

Henri montrait un drôle d'engin, constitué de deux demi-coques, reliées par un axe fixé sur un écrou, pouvant s'ouvrir par un système d'écartement actionné par une vis.

— Qu'est-ce que c'est ?

— Une poire du Pape…

— Une poire du Pape ?

— Oui ou poire d'angoisse si vous préférez. Une délicate invention sortie tout droit du moyen âge, pendant l'inquisition espagnole.

Henri demanda un instant, il avait envie de se recoiffer, sorte de rituel reconstitutif lui permettant de passer de la table d'opération à son bureau. Eva attendait.

— Venez, je vais vous montrer, l'objet est dans mon antre…

Henri l'emmena dans un couloir, aux murs verdâtres, à peine éclairé par une lampe blafarde. Tout ici respirait le mouroir.

C'était un petit bureau, avec des étagères de chaque côté, intégrées dans les murs, sur lesquelles il y avait une kyrielle de livres et de dossiers. Eva remarqua une affiche sur le mur en face de la table qui lui servait de bureau, c'était l'écorché du tronc d'un homme vu de face, représentant les viscères du cou et du thorax.

— C'est une belle image n'est-ce pas ? demanda Henri.

— Il faut aimer le sujet, mais oui, en effet. C'est un original ?

— Oui, le cadeau d'un ami, comme moi, médecin des morts. Une planche de Jean Wittemaack, illustre illustrateur, peinte à la gouache et à l'aquarelle, une pièce unique de 1880.

Henri ouvrit un tiroir de son bureau.

— Tenez, voici l'objet dont je vous parlais.

Il tenait entre ses mains l'écarteur de l'inquisiteur. Il se mit à tourner la vis pour en ouvrir les mâchoires.

— Vous voyez ?

— En effet, j'imagine…

— La poire du Pape était un instrument de torture très prisé pour torturer les femmes hérétiques, pour faire abjurer les marranes ou morisques. Inventée par un serrurier, on pouvait l'utiliser de différentes façons, soit en l'introduisant dans la bouche, le rectum ou le vagin.

— C'est charmant…

— Eh oui ma chère Eva, l'homme a toujours été très inventif pour tuer ses semblables. Ce bel objet était utilisé pour punir les homosexuels, les femmes jugées d'avoir couché avec le Diable, les menteurs ou les blasphémateurs. Je vous laisse imaginer l'état dans lequel se retrouvait l'intérieur du crâne, du ventre ou du cul…

Henri laissa passer un instant et reprit :

— Lorsque j'ai sorti l'objet, elle s'est vidée de son sang, l'hémorragie intérieure provoquée par l'engin avait été contenue dans son ventre. C'est pour cela qu'il y avait peu de sang visible.

— Et quoi d'autre ?

— Elle a d'abord été sonnée au GHB, puis ligotée sur le lit, avant d'être éventrée.

— La drogue du violeur…

— Oui celle qui annihile votre volonté durant deux bonnes heures, faisant de vous une proie facile…

— Donc quelque chose qu'elle aurait bu avant…

— Certainement…

Eva pensait à la confidence du maître d'hôtel. Le soir de son assassinat, elle avait vu cet homme et cette femme, avec lesquels elle avait conversé et bu un cocktail.

— À quoi pensez-vous donc ?

— Au couple avec lequel elle avait échangé le soir de sa mort…

— Des suspects potentiels, en effet…

— Il faut que je voie cet homme demain.

— S'il y est pour quelque chose, étonnant qu'il ne soit pas parti…

— Et quoi d'autre encore ?

— Celui ou ceux qui ont fait cela ne voulaient pas la baiser, mais la tuer.

— Un détraqué sexuel ?

— Je ne sais pas, par contre la belle a dû, bon gré mal gré, s'envoyer en l'air avant d'y rester.

— Plusieurs ?

— J'avoue que j'y ai pensé au départ, compte tenu du nombre de marques sur sa peau et son cou, imaginant qu'elle pouvait avoir été tenue par les mâchoires pendant qu'un autre lui déchirait le vagin en tournant la vis. Mais j'en suis revenu, n'ayant trouvé que quelques poils et quelques squames masculins de la même source. Et puis dans son sexe, il n'y avait le sperme que d'un seul homme, inconnu de nos fichiers de police. Maintenant, rien n'empêche de penser qu'ils aient pu être plus nombreux…

— Elle a dû souffrir.

— Franchement, je pense que oui, atrocement.

— Sauf s'ils l'ont fait sous l'effet de la drogue.

— Non, ils ont attendu puisqu'elle est morte entre minuit et deux heures du matin. La drogue n'a servi qu'à la maîtriser et à la préparer, autrement dit à la foutre à poil et à la lier.

— Ils voulaient peut-être obtenir quelque chose d'elle…

— Ou jouir de sa souffrance…

— Ou la punir, tout en laissant un message…

— À cause de l'objet ?

— Oui, en trente ans de carrière je vous avoue que c'est la première fois que j'en vois un dans le cadre d'un meurtre…

Laissant un instant, il reprit, en exhibant l'objet.

— En soi c'est un bel objet, les mâchoires sont ciselées à l'intérieur, et il y a des inscriptions.

— C'est du latin ?

— Oui… « Et dimitte nobis debita nostra »… Autrement dit, « pardonne-nous nos offenses », un bel extrait du Notre Père…

Eva soupira.

— Je trouve ignoble et déplacé que des hommes aient eu l'idée d'utiliser cette prière pour supplicier des femmes…

— Ah, ma chère Eva, les hommes ont toujours eu d'incroyables idées et d'excellentes raisons pour torturer leurs pairs tout en assouvissant leurs consciences…

— Et de quand date cette chose ?

— Je daterai ce modèle entre 1590 et 1650…

— Eh bien, vous m'impressionnez…

— J'avais en son temps fait un mémoire sur les tortures en vogue durant les années sombres de l'inquisition…

— Eh bien, vos passions m'étonneront toujours mon cher Henri…

— Si vous saviez…

Henri se leva et dit :

— Si cela vous dit, je vous invite à boire un coup.

Elle sourit et dit :

— Ça devient une habitude…

— Que voulez-vous, ici l'air me manque et nous pourrons poursuivre ce bel échange.

— Alors d'accord.

Ils sortirent de l'institut médico-légal. Ludmilla avait été prise en charge par un assistant qui l'avait placée dans un tiroir. Bientôt, son corps irait rejoindre le shéol, par le four ou par la terre. Qu'importe, le résultat était le même : elle n'était plus de ce monde. Et que ses restes soient dévorés par les vers ou consumés par le feu, ça n'y changeait rien.

Eva avait besoin de s'aérer, elle inspira un grand coup d'air. Elle en avait vu des crimes et des abominations. Mais quelquefois, le Mal se surpassait, la surprenant encore comme s'il fallait qu'il se renouvelle, qu'il étonne, à la manière d'un artiste obligé de se réinventer pour ne pas perdre sa cote. Le Mal était cet artiste de l'horreur, exigeant de ses sujets d'être audacieux dans leur expression pour mériter son adoubement, écrivant lui-même la pièce à jouer, demandant à ses acteurs, ces femmes et ces hommes, pris au hasard du commun, de se surpasser dans le style et la façon. L'esthétique était là. À la manière de Platon, « le Beau », mais sans « le Bon », et sans « le Bien ».

Dehors c'était un jour de gris, on ne savait pas si le ciel était voilé par la pollution à son paroxysme, dixit les indicateurs du web, le vent n'étant pas de mise pour régénérer l'air de la capitale vicié par toutes ces bagnoles, toutes ces cheminées, toutes ces industries préoccupées par l'individualité, le confort et le profit.

Eva, en sortant, se dit que la morgue était toujours aussi verdâtre et froide. Elle pensait à celui qu'elle pourchassait depuis toutes ces années sans jamais l'atteindre. Le Mal était omniprésent, cherchant des âmes sans résistance pour y pondre ses œufs et les nourrir dans la chair et le sang de ces hommes et de ces femmes, ne servant, par leurs vies, qu'à faire proliférer le virus.

Elle pensait à ces films où les chasseurs de démons, avec leurs armes magiques et leurs grands sourires s'en sortaient indemnes, abusant même de l'humour pour tourner en ridicule les manifestations du malin. Comment pouvait-on imaginer la chose de cette façon ? Que retenaient les enfants de tout ça ? Si ce n'est l'innocence de cet ange maudit et le fait que l'homme puisse le dompter avec cette légèreté comique. Elle, à côtoyer le Mal, savait qu'elle était atteinte, contaminée, l'homme à l'approcher n'ayant que deux alternatives : être malade, ou possédé.

— À quoi pensez-vous donc ma chère Eva ?

— Au Mal qui hante le monde.

— Vaste sujet…

Devant eux des passants traversaient, d'autres riaient. Un vieux promenait son chien qui n'arrêtait pas de renifler les merdes et les pissouilles déposées par ses pairs sur les trottoirs. Une jeune femme courait le long des quais, laissant la vapeur de son haleine se déliter derrière elle.

À cette époque, on sentait que la saison essayait de reprendre ses droits malgré les coups de chaud, les coups de froid et le désordre généré par l'activité des hommes.

— Cette journée me tue, dit Henri.

— Je vous comprends.

— Entrons ici…

Avenue Ledru-Rollin, ils poussèrent la porte d'un bar sans prétention, à ceci près de l'accueil et du sourire de la serveuse.

— Que puis-je vous servir, madame, monsieur ?

— Un perrier rondelle s'il vous plaît.

— Un ballon de Bourgueil pour moi, mademoiselle.

Ils s'assirent sur deux tabourets hauts. Il n'y avait pas grand monde à cette heure de la journée, seulement un grand gars barbu qui lisait le journal du jour en première page duquel la France s'honorait de recevoir le ministre de l'intérieur saoudien, qui était en train de bombarder le Yémen, pour lui décerner la Légion d'honneur.

Ils trinquèrent et Henri lui fit la confidence :

— Y'a des jours où j'en ai marre…

— Pourquoi ça ?

— Je ne sais pas… Un grand coup de blues, je crois…

— Pourtant, vous êtes habitué…

— Allons donc, Eva, de vous à moi, qui peut croire que nous puissions nous habituer aux monstruosités ? En société, nous faisons semblant, médusant les belles et les novices en leur racontant nos histoires dégueulasses. Mais en réalité, quel humanoïde normalement constitué peut supporter ce que nous vivons ?

— Je sais oui…

— Cette femme, cette Ludmilla, voyez-vous, ils l'ont brutalisée, ils l'ont torturée, ils l'ont violentée. Et comme si cela ne suffisait pas : ils l'ont déchirée de l'intérieur.

— C'est horrible, oui…

— Et voyez-vous Eva, ces images que nous voyons, ces scènes de crime sur lesquelles nous sommes conviés sont comme des coups que nous recevons, jour par jour, heure par heure, jusqu'à nous anéantir…

Eva laissait aller sa pensée sur le zinc qui brillait par l'entremise d'un rayon de soleil qui avait franchi le seuil de la porte. C'était étrange ce moment de partage, d'intimité, de confidence. Elle n'avait jamais vu Henri dans cet état. Lui, d'ordinaire cynique, avait été, lui aussi, touché par le Mal. D'endurci qu'il était, voici maintenant qu'il devenait fragile, perméable et sensible. Son cœur était affecté. Son âme était ébranlée. Son esprit ne serait plus jamais le même.

Eva essaya de revenir sur le terrain du job, avec un questionnement détaché.

— Il y a quelque chose que je ne comprends pas.

— Quoi donc ?

— Ils auraient pu la tuer en l'étranglant, tout simplement.

Henri se mit à rire.

— Vous vous en rendez compte ?

— Quoi ?

— Nous arrivons désormais à parler de l'abomination en « toute simplicité ».

Eva soupira. Henri avait raison. Il y a presque dix ans, elle était aussi passée par ce passage, par cette prise de conscience. Elle se rappelait comment ses nuits avaient été torturées de cauchemars avant de pouvoir reprendre le cours d'une vie normale.

— C'est vrai, reprit le légiste, je ne vois pas l'intérêt qu'ils ont eu à la détruire de l'intérieur comme ils l'ont fait…

— Ça ressemble à une punition…

— Il est clair qu'en faisant ça ils signaient son arrêt de mort…

— Ça me rappelle une pauvre fille qui s'était fait découper le ventre par un salaud, un maquereau, qui n'avait pas supporté qu'elle le quitte pour un type qui lui avait donné un peu d'espoir et qui l'avait mise enceinte.

— Et alors ?

— Son souteneur l'avait éventrée, comme pour une césarienne, et pour aussi dire, à toutes les autres, qu'elles n'avaient pas le droit d'avoir un enfant au risque de finir comme elle.

— Et là vous pensez à quoi ?

— Je ne sais pas, mon cher Henri, aucun meurtre ne se ressemble, et les motivations profondes se cachent souvent derrière des artifices. Bien que l'utilisation de l'objet que vous m'avez montré puisse porter une signification, un message.

Un peu de monde était entré. Dans un coin du bar, il y avait un couple qui se bécotait, assis sur une banquette en velours rouge.

— Ils sont beaux ceux-là…

— Oui, ça donne presque envie d'être heureux…

— Je peux vous poser une question commissaire ?

— Oui, bien sûr…

— Nous nous connaissons depuis un bon bout de temps et pourtant je ne sais rien de vous, je ne sais même pas si vous êtes mariée.

— Je n'ai jamais été mariée, même si j'ai vécu quelques années avec un homme qui, je l'avoue, ne m'a pas laissé un souvenir extraordinaire.

Henri but une gorgée de son vin.

Eva le regarda et dit :

— Je ne connais rien non plus de vous, si ce n'est que vous êtes médecin.

— Je suis divorcé…

— Ah ?

— Oui, depuis hier…

— Comment ça ?

— Ma chère femme en a eu assez que je rentre le soir avec mes histoires de mecs à moitié pourris dans le canal, ou de femmes violées par un troupeau de tarés, ou d'enfants abusés finissant dans une machine à laver…

Eva ne savait pas trop quoi répondre. Elle ne s'attendait pas à cette confidence. Henri perçut son trouble et reprit :

— Ne vous en faites pas, ce n'est pas une catastrophe. Je l'ai même encouragée…

— Comment ça ?

— Disons que j'ai tout fait pour qu'elle parte, afin de ne plus la contaminer. Depuis quelques années déjà elle me disait avoir perdu son sourire en vivant à mes côtés, elle qui était si joyeuse lorsque nous nous étions rencontrés. J'ai réalisé que ce sale boulot m'avait petit à petit transformé, mon humeur était devenue maussade, mon regard taciturne et mes blagues à deux balles respiraient l'odeur fétide de la morgue.

Eva ne disait rien.

— Alors je me suis dit que je pouvais vraiment l'aimer en l'incitant à partir, pour qu'elle n'ait plus à subir ma mine de mort-vivant…

— Et que fait-elle maintenant ?

— Elle vit avec un artiste qui peint sur son corps et qui vend des tableaux de ses empreintes de pieds, de mains, de bouche, de seins, de fesses…

— Et ça marche ?

— Oh je crois qu'à chaque œuvre il se fait l'équivalent de trente fois nos salaires…

— Ah oui quand même…

— Et lui quand il rentre le soir, il la rend heureuse, il sourit, il déconne, il lui raconte des histoires folles, il rit et il peint sur son corps…

— Il vit quoi...

— Ce que nous ne faisons plus, à côtoyer les morts, ma chère Eva…

Deux jeunes femmes venaient d'entrer, en parlant de leurs enfants, de leurs mecs, bourrus à les entendre, de leur job qu'elles faisaient sans grande conviction, histoire de « mettre du beurre dans les épinards » et de « s'aérer la tête ». À en juger par leurs regards et leurs sourires en coin, elles avaient manifestement repéré deux gars, bien baraqués, genre « mauvais garçons », avec des bras gros comme des cuisses sur lesquels s'affichaient des tatouages maoris, superbement exécutés.

Henri leva son verre pour trinquer.

— Eh bien ma chère Eva, quel bel univers que ce lieu ! Compte tenu de tous ces gens qui flirtent et qui s'aiment, je vous propose de jouer au « vieux couple » !

Eva sourit.

— Couple légitime ou illégitime ?

— Qu'importe, seul compte l'amour !

— Allons donc, mon cher Henri, nos histoires du soir ne feraient que ressasser nos trépassés du jour…

— Certes, néanmoins quel dommage que nous ne le soyons pas…

Le visage d'Eva se teinta de couperose, elle n'avait jamais imaginé qu'Henri puisse voir autre chose, dans leur relation, que ces rencontres subreptices entre ces murs verdâtres, ou dans ce jardin côtoyant l'institut, à parler de ces morts, essayant de trouver des séquences remontant leurs vies passées pour y découvrir des raisons, des indices, des connexions, des faits. Henri venait de lâcher ces quelques mots, sans réfléchir, l'alcool l'ayant aidé peut-être à passer au-delà du portail de ses censures.

« Mon cher Henri », « Ma chère Eva », à cet instant Henri comprit toute la portée de ces quelques mots. C'est lui qui, un jour, avait dit le premier : « Ma chère Eva ». Ainsi assemblés, ces mots instillaient une tenue à distance, une approche contenue. En répondant sur le même registre, Eva avait ipso facto accepté l'approche, mais aussi la délimitation de la relation. Dans un éclair de lucidité, Henri se rendit compte qu'il la désirait depuis longtemps, qu'il aurait voulu franchir le pas, mais qu'il ne l'osait pas et qu'il ne l'oserait jamais. Eva était une très belle femme, de quinze ans sa cadette. Et lui, un divorcé maniaco-dépressif à ses heures passionné par les histoires de tortures moyenâgeuses.

Un des deux gars s'était levé, prétextant l'achat d'un paquet de cigarettes. Il en profita pour aller vers les deux femmes du comptoir en leur proposant de leur offrir un verre, que les deux donzelles acceptèrent avec un grand sourire.

— Eh bien, je vais devoir réviser tous mes concepts de drague !

— Pourquoi ça ?

— Je suis certainement vieux jeu, je n'aurai jamais osé faire ça.

— Timide à ce point ?

— Non, puisque j'ai même essayé de vous dire des choses avec ma maladresse légendaire.

Eva sourit.

— N'ayez crainte, Henri, vous ne m'avez pas offusquée…

Henri, elle l'appelait Henri, sans rajouter le qualificatif « cher ». Il ressentit comme une chaleur, comme une incertitude. Cette soirée s'éclairait d'une petite lueur. Il en faut si peu pour une âme en déroute.

— Mais que puis-je espérer, moi qui n'aie pas des biceps comme les leurs, qui n'aie pas l'oreille rehaussée d'un piercing, qui ne porte pas de jean déchiré, et qui tous les jours découpe les viscères d'anonymes ramassés sur le pavé ?

— Je n'aime pas les pantalons déchirés…

Il sourit.

— Ah la bonne heure, cela me laisse au moins une chance…

Il commanda deux autres verres.

Henri ne pouvait pas se prévaloir d'avoir la gueule d'un flic ou d'un voyou, cette mine désabusée, ce regard d'acier, cette détermination sans faille de celui qui a déjà tué ou qui n'a plus rien à perdre, et qui tente les femmes pour un soir d'aventure. Lui il était de la classe « banale », de la tribu des « anonymes », réunissant la plupart des êtres humains, ces gens que l'on dit « normaux » et qui passent dans la rue sans se voir. « Banal », « normal », en cet instant ces deux mots rivalisaient d'injures dans sa tête. Et face à l'étalage de verres et de bouteilles se reflétant dans la grande glace du comptoir éclairée par des néons de couleurs, et face à ses pensées moroses compagnes fantômes de ses soirs de déprime, et face à ses frustrations d'un plaisir factice dans les bras d'une fille de joie, il se dit qu'il aimait le sourire d'Eva, qu'il l'aimait comme un rayon de lumière.

Alors il osa :

— Vous avez un bien beau sourire Eva.

— Merci…

Il reprit.

— Et vous, vous faites quoi ce soir ?

— Je m'occupe de mon chat.

— Au moins, vous n'êtes pas seule.

— Et vous ?

— Je ne sais pas, je pense que je vais me faire un film d'horreur, ça va me changer du quotidien.

Eva et Henri éclatèrent de rire.

— Venez boire un coup chez moi si vous voulez.

Il fallait répondre « oui », « non », il ne savait pas.

— Non ça va aller, je fais peur aux chats quand je n'ai pas la forme.

Il était déjà vingt et une heures. Le temps était passé sans rien dire.

— Je vais rentrer chez moi, arpenter quelques rues, en essayant d'oublier le martyr de cette journaliste.

— Je vous comprends, je vais faire de même et retrouver un gros matou qui m'attend pour ronronner.

— Faudrait peut-être que j'adopte un chat…

— Vous pourriez ainsi goûter au bonheur de la ronronthérapie…

Ils sortirent et se saluèrent, elle allait à droite, il allait à gauche. Aucune autre histoire n'était possible entre eux, si ce n'est celles de ces anonymes ramassés un soir de deuil. Entre eux, la mort avait sali toute perspective d'amour.

Il se retourna pour la voir, elle était déjà loin.

Ce soir, il essayerait d'oublier, avec l'aide de quelques whiskies, cette journaliste torturée jusqu'à l'infamie. Ce soir, elle essayerait de penser, sans y arriver, à autre chose qu'aux esprits fauves l'assaillant dans ses rêves.

Et porticus ex inferno
(Le vestibule de l'Enfer)

Tu t'es réveillé en sueur et en sursaut. Ton esprit voyageait, comme Énée, dans l'au-delà, ce lieu qui précède les Enfers.

Il y avait là ce chien, aboyant et montrant ses crocs, cet animal à trois têtes, ce « dévoreur de chairs », Cerbère, celui qui garde l'Hadès, empêchant les morts de s'échapper et les vivants de venir kidnapper ces âmes maudites.

Et là tu as eu peur, ce rêve, tu sentais ces gouttes de suée perler sur ton front, tu ressentais ton cœur battre la chamade, tu tremblais de frissons et de trouille et ta peau grelottait.

Alors ton esprit t'a fait ressurgir ce poème :

E io ch'avea d'error la testa cinta,
dissi : « Maestro, che è quel ch'i' odo ?
e che gent'è che par nel duol sì vinta? ».
Ed elli a me : Questo misero modo
tegnon l'anime triste di coloro
che visser sanza 'nfamia e sanza lodo.
Mischiate sono a quel cattivo coro
de li angeli che non furon ribelli
né fur fedeli a Dio, ma per sé fuoro.
Caccianli i ciel per non esser men belli,
né lo profondo inferno li riceve,
ch'alcuna gloria i rei avrebber d'elli.

Et là, tu t'es retrouvé avec les indolents, ces êtres sans force et sans conviction, qui vécurent sans infamie ni louange, qui ne vécurent que pour eux seuls, indignes du Ciel comme de l'Enfer, voués à jamais à n'être rien.

C'est un souffle de vent qui t'a ramené à ta réalité, celle de ce lieu où tu te trouves, ce lieu loin de tout, loin de la ville, loin de toute vie sensée. Une porte couinait sur ses gonds, agitée par la vibration de la bise, de cet air se faufilant à travers les fissures, les fentes et les interstices, comme l'air qui souffle dans un tuyau d'orgue, et ce vent t'a fait revenir sur ton fauteuil, sur tes jambes, sur tes mains attachées, sur ton cul qui défèque, sur tes yeux obscurcis. Et tu as réalisé que ce rêve était ton rêve, qu'il te disait ce que tu étais, un indolent oui, un moins que rien, un être qui n'a rien fait pour s'opposer, un homme qui n'a pas réagi quand il fallait réagir.

Et ce rêve t'a fait peur. Ta conception manichéenne du monde en a été ébranlée. Serait-il possible que Virgile et Dante aient vu juste ? Qu'il y ait un endroit de néant ? Cet endroit serait pire que tout. Au ciel les âmes vivent éternellement. En enfer elles meurent éternellement. Mais dans cet endroit, ce vestibule, là où se retrouvent ces « faux justes », qui ne commirent pas de mal par lâcheté, et qui ne firent aucun bien par lâcheté aussi, ces âmes neutres comme celles de ces anges qui n'ont point pris parti lorsque Satan s'est révolté, courent derrière une bannière qui ne représente rien pendant que des guêpes les font saigner et que des vers, attirés par leur sang, dévorent leurs pieds. Tel est le châtiment pour n'avoir jamais pris parti, pour n'avoir jamais été actifs, pour n'avoir suivi aucun idéal.

Et toi, rappelle-toi : n'est-ce pas ce que tu as fait ?

La porte couine, ce lieu respire le vent qui se faufile par le délabrement et l'usure des murs. L'eau s'est infiltrée année après année, et le froid l'a fait geler. Alors les pierres se sont abîmées, certaines même ont explosé laissant des trous béants que les lichens et les mousses ont colonisés.

Ce lieu ne serait-il pas ce propylée ? Voire ce déambulatoire entre les colonnes duquel tourneraient, indéfiniment, les âmes sans âmes ?

Tu as pensé à tout ça dans ton rêve, tu t'es vu déambuler éternellement, comme un fantoche. Et là tu as froid, ta peau a toujours cette horripilation. Et tu ne sais toujours pas si tu es dans un cauchemar ou dans la réalité. Lorsque la porte grince, et que tu ressens le froid, tu penses être dans ce quelque part qui est nulle part. Et lorsque tu t'endors comme ça, que ton esprit vacille, tes chimères t'emportent près de l'orme immense sous les feuilles duquel pendouillent les rêves trompeurs.

Tu ressens le cathéter qui te pique, qui entre dans ta veine lorsque tu essayes de bouger, même si tu ne le peux pas, tu le ressens parce que tes muscles se tendent lorsque tu te raidis, tes muscles tremblent lorsque tu t'agites.

Comment se fait-il que tu sois ici ?

Ce lieu vient d'inspirer ton cauchemar, tu le sais, les élucubrations nocturnes de l'esprit sont le plus souvent fomentées à partir d'évènements que nous avons vécus, détournés à la manière d'un scénario de film, les personnages prenant d'autres noms, se cachant derrière les masques d'autres visages, se jouant des interdits qui nous empêchent d'exister comme nous le voulons, dans notre for intérieur, dans le commun des jours. Ces délires sont aussi l'expression de nos angoisses, de nos craintes, de nos peurs, de nos caprices, de nos désirs, de nos fantasmes. Et toi : quelle est ta peur ? Quel est ton fantasme ? Ce cauchemar a navigué sur les rivages de tes phobies, profitant de ce lieu pour te transposer dans l'univers de ton imaginaire. Tu l'avais lu Dante, oui tu l'avais lu. Presque par obligation, te perdant dans les cercles concentriques gravitant autour du pandémonium. Et voici que tu es au bord de ces cercles, jusqu'à être indigne d'y descendre. Même l'Enfer te ferme sa porte ! Alors que dire du Ciel ?

Tu es là et tu entends ta respiration qui s'est affolée comme si tu courais. Alors tu te reprends en faisant l'effort de respirer lentement, d'expirer profondément, par tes poumons et par ton ventre, à la façon des yogis. Et ton esprit revient. Il réentend les bruits insignifiants de ce lieu amplifiés par le vent, comme dans une caisse de résonance. C'est étrange : le vent. Personne ne peut le voir, mais il est là, mouvement d'air, comme celui que tu ressens parfois dans cette impression de présence qui t'approche, que tu imagines te regarder, qui te nourrit par ce bolus.

Tu ne sais pas que Ludmilla, cette journaliste est morte. Non, tu ne le sais pas. D'ailleurs, tu ne la connaissais pas, même si elle, elle te connaissait. Oui, elle te connaissait, elle avait entendu parler de toi, parce qu'elle était l'amie de Lukas qui te connaissait. Certes, Lukas ça fait bien longtemps que tu l'avais oublié, tes décennies de mensonge tentant d'effacer les souvenirs du temps. Et ces morts, tu vois, crient leur vengeance du ciel, en te désignant. Parce qu'ils te voient, tu sais, oui ils te voient et à jamais ils vont hanter l'ombre de ton esprit. Et tu ne pourras te soustraire à leur vengeance, même dans l'au-delà. Les morts, tu sais, vivent dans un autre ailleurs et côtoient les hommes sans que ceux-ci ne puissent s'en rendre compte. Et si Ludmilla est morte, c'est aussi un peu à cause de toi. Toi qui n'as rien dit, toi qui n'as rien fait, toi qui as fait semblant de ne rien voir.

Et dans ce lieu, que tu imagines comme une caverne, tes yeux bandés projettent des images sur ton fond de rétine, comme celles que voyaient ces gens, dans la grotte de Platon, ces ombres projetées par des bougies leur faisant paraître comme vrai, des chimères. Ton esprit s'égare, délire et divague. Et si tu es là c'est pour que la lumière t'éclaire, oui bientôt, comme cet homme remontant au grand jour et voyant petit à petit des formes éclaboussées de soleil, des choses qu'il discerne auréolées d'éclat, la réalité qui se fait chair et qui lui impose une facette de la vérité. Oui, bientôt tu comprendras.

Alors tu te laisses aller, ne sachant pas quoi faire, ne pouvant pas appeler, étant prisonnier de tes liens. Et ce relâchement t'apporte pour un bref instant une impression de légèreté et de bien-être. C'est le travail, tu sais, oui le travail qui se fait en toi, qui te libère peu à peu de toi-même comme cet homme qui, prenant conscience de son fourvoiement, gravit la pente de cette grotte pour aller vers cette lumière salvatrice. Ce que tu vis aujourd'hui, cet enfermement, cette contention, c'est pour que, délivré de ton obscurantisme, tu puisses accomplir le grand œuvre qui t'attend.

Preasumptio sumitur de eo quod plerumque fit (Une présomption se tire de ce qui survient le plus souvent)

Friedrich était arrivé à l'heure, à dix-huit heures trente pétantes, n'aimant pas arriver en retard, par principe, un retard injustifié étant pour lui synonyme de mépris. C'était une de ses valeurs, qu'il qualifiait comme une marque de respect.

Il avait pris place à une table, dans le bar Joséphine, sous la fresque champêtre d'Adrien Karbowsky où les hommes côtoyaient, en toute sérénité, fauves et gazelles, dans l'Eden, du prophète Isaïe, retrouvé.

Friedrich avait regardé sa montre au moins trois fois, avant qu'Eva apparaisse, avec une demi-heure de retard, une nouvelle affaire, la disparition d'un homme d'église, dont elle avait été chargée par sa hiérarchie.

— Monsieur Friedrich Schneider ?

Friedrich se leva :

— Oui, c'est bien cela.

Ils se serrèrent la main.

Tout en s'asseyant, Eva lui dit :

— Je vous prie de m'excuser pour mon retard, j'ai été retenue par une nouvelle affaire.

— Je comprends, votre métier doit fortement vous solliciter.

— C'est peu dire en effet…

Elle reprit :

— Je vous remercie d'avoir reporté votre voyage au Luxembourg pour que nous puissions nous rencontrer.

— C'est tout naturel.

— Vous êtes, je pense, au courant du meurtre de la journaliste Ludmilla Pfeiffer ?

— Bien entendu, ici dans l'hôtel on ne parle que de ça.

— J'imagine, un meurtre c'est toujours un évènement qui stimule l'inconscient collectif.

— Vous prendrez quelque chose à boire, peut-être ?

— Volontiers, une eau gazeuse s'il vous plaît.

Friedrich fit signe au serveur et commanda.

Eva n'appréciait que modérément l'alcool, quelquefois pour des occasions de fêtes ou des moments de partage intimes, voulant éviter le piège dans lequel certains flics étaient tombés, soulageant leur déprime dans les vapeurs d'ivresse. Bien qu'elle s'en fichait, les bœufs-carottes guettaient ce genre de dérive, quand ils n'avaient rien d'autre à faire, l'administration n'ayant prévu que la répression au regard des soins que nécessitaient certains de ses collègues.

— Dans le cadre de cette enquête, j'interroge ceux et celles qui ont pu la rencontrer les jours précédents son assassinat.

— Je vous écoute.

— Vous êtes à Paris depuis quand ?

— Depuis une semaine exactement.

— Vous étiez accompagné, je crois ?

— Vous êtes bien renseignée.

Eva sourit.

— C'est mon métier cher monsieur et je ne vous apprendrais rien en vous disant que les murs des hôtels ont des oreilles.

Friedrich sourit. Il appréciait les pointes d'esprit. Ici tout le monde savait tout et ne disait rien. Les serveurs percevaient d'une oreille, zyeutaient d'un œil, mais faisaient comme si de rien n'était, leur engagement leur imposant la plus grande discrétion.

Eva portait un jean qui lui serrait la taille, mettant en valeur ses formes de femme, et le petit haut blanc qui lui faisait office de top laissait poindre ses seins, dont on devinait le galbe, contrastant avec ses longs cheveux bruns, presque noirs, attachés en queue de cheval, attirant le regard sur ses lèvres rehaussées d'un rouge léger pour se perdre dans ses yeux, transperçant comme un glaive.

Friedrich ne put retenir une pensée d'admiration. Il aimait ce genre de femme, à la fois féminine et inaccessible, non pas pour une raison de conquête, vil challenge que d'aucuns parmi ses pairs se donnaient comme un devoir, assurément pour se prouver une force dont ils doutaient en leur for intérieur, non, simplement il aimait les belles femmes, pour le plaisir de les voir, de converser avec elles devant un bon verre de vin, de les aimer sur une nuit d'égarement.

— J'étais en effet avec une amie, Karla Strauss.

— Elle est repartie, je crois.

— Oui, le lendemain de son arrivée, à Stuttgart où elle habite.

— Vous-même vous habitez en Suisse, je crois.

— En effet.

Tout en parlant et en sirotant son verre d'eau pétillante, Eva écrivait sur son carnet de notes, compagnon familier de ses pérégrinations.

— Vous étiez venus à Paris pour quelle raison ?

— D'une part pour affaires, et d'autre part pour voir madame Pfeiffer.

— Vous la connaissiez ?

— Non, mais Karla, oui. Nous l'avions appelée de Stuttgart, suite au décès du frère de Karla, qui était journaliste dans la même rédaction que Ludmilla Pfeiffer. Elle avait accepté de nous voir à Paris, où elle se trouvait pour un salon, je crois.

— Le prix annuel du journalisme de guerre.

— C'est bien cela, oui.

— Mais pour quoi vouliez-vous la voir ?

— Nous voulions comprendre pourquoi Lukas, le frère de Karla, avait mis fin à ses jours.

— Un suicide ?

— Aux dires de la police, oui.

— Pas selon vous ?

— Je fais confiance à la police, mais nous voulions comprendre, sachant qu'elle avait des choses à nous dire.

— Et quelles étaient ces choses ?

— L'ambiance au travail, qui était délétère depuis le rachat du journal par un magnat des travaux publics. Elle nous a dit que Lukas, le frère de Karla, qui était en désaccord avec la stratégie de l'entreprise, avait été mis à l'index par la nouvelle direction.

Eva prit quelques secondes pour noter.

— Pardonnez-moi, mais j'aime noter…

— Je vous en prie, chacun a ses méthodes…

Eva reprit :

— Vous a-t-elle paru inquiète ?

— Non pas vraiment, alors qu'elle était en droit de l'être.

— Comment ça ?

— Elle avait reçu une lettre lui disant qu'elle était menacée et qui l'invitait à partir prestement de Paris.

— C'est intéressant ça. Et comment l'avait-elle pris ?

— Elle disait qu'elle avait déjà reçu des tas de lettres l'insultant, la calomniant, la menaçant… Mais jamais de lettre la prévenant d'un danger imminent.

— Que disait encore cette lettre ?

— Rien d'autre si je me souviens bien, si ce n'est que le pluriel était mentionné pour ceux qui la menaçaient…

À le regarder, Eva avait l'impression que Friedrich lui disait la vérité, même si elle sentait qu'il ne lui disait pas tout. Cet homme savait garder le secret et une contenance de situation, se tenant droit dans un complet de couleur sobre, parfaitement cintré, et sa chemise, d'un blanc immaculé mettant en valeur une cravate de couleur, seule touche d'excentricité d'un violet un peu criard, qui questionnait le mystère de cet air austère.

Friedrich fixait Eva dans les yeux, habitué qu'il était aux négociations les plus dures, ayant appris à détecter, dans le comportement de ses interlocuteurs, le moindre signe trahissant l'embarras ou le questionnement, voire la manigance ou le mensonge.

Il sentait qu'Eva allait d'un point à l'autre, tissant des liens et tentant d'assembler des bribes d'information à la manière d'un puzzle.

Il vit qu'elle ne portait pas de bague, que ses doigts n'étaient marqués d'aucune trace, seule une chaîne en or, autour de son cou, portant une croix huguenote dénotait le raffinement d'un bijou. Elle portait aussi un foulard en soie bleue, noué autour du cou, qui lui allait à ravir.

— Vers quelle heure vous a-t-elle quitté ?

— Vers vingt heures trente, j'avais réservé une table pour le dîner et je m'étais permis de l'inviter avec Karla. Elle nous a demandé une demi-heure pour appeler sa mère, qui semble-t-il avait quelques soucis.

— Et vers quelle heure est-elle revenue ?

— Elle n'est pas revenue.

— Comment ça ?

— Elle a envoyé un SMS à Karla en disant qu'elle était fatiguée, qu'elle préférait se reposer.

— C'est tout ?

— Oui, si ce n'est, qu'a posteriori, à bien y réfléchir, ce SMS m'a semblé étrange…

— En quoi ?

— Le texte disait « mes chers amis ».

— Oui et donc ?

— Nous n'étions pas plus amis que cela, personnellement avant cette rencontre je ne la connaissais pas…

— En effet…

— Et puis elle se disait fatiguée alors qu'une demi-heure avant elle semblait très en forme…

— Vous n'avez pas essayé de vous en assurer ?

— Si j'avais été réellement son ami, je serais certainement allé frapper à sa porte, mais là, la seule réaction qui me semblait normale c'était de la laisser tranquille…

— Je comprends…

Des gens entraient, des gens sortaient, un flux permanent, un mouvement d'entrées-sorties, chose normale dans un tel lieu.

Friedrich regardait Eva qui notait, griffonnait, surlignait des mots dans son carnet.

— J'ai un ami, dit-il, qui comme vous note tout un tas de choses sur des carnets. Il en porte toujours un sur lui…

— Il est dans la police ?

— Non, poète à ses heures, même si son travail de fond est de faire de l'informatique…

Elle sourit et dit :

— Technicien et poète à la fois, un bien bel équilibre…

— Et vous, demanda-t-il, quel est votre équilibre ?

Elle pouvait se permettre de ne pas répondre à la question, en prétextant que c'était à elle d'en poser. Mais cet homme n'était pas un suspect, et encore moins un prévenu. Et cette invitation à la confidence, jeu subtil dans lequel toute femme excelle, ne pouvait que lui ouvrir des portes, ou l'égarer…

— La famille, et mon chat…

— Vous avez un chat ?

— Oui, un gros matou placide, qui aime ma couette, les croquettes, et accessoirement sa maîtresse…

— Ah les chats…

— Vous en avez ?

— Non, moi ce sont plutôt les chiens…

— Des chiens ?

— Oui, trois setters anglais, Wolfgang, Wagner et Weber…

Elle eut un sourire, et osa :

— Eh bien, vous aimez les chiens, mais aussi, semble-t-il, la musique !

— Oui, surtout la période romantique, et selon moi, ces trois « W » sont les trois virtuoses qui ont produit les plus beaux opéras !

Il n'y avait pas d'interdit à digresser de la sorte. Ce n'était pas un interrogatoire, mais un dialogue, même si le sujet premier était le meurtre de Ludmilla. Et puis sans trop savoir pourquoi, leur échange s'était permis d'ouvrir les portes de l'intimité. Friedrich ne ressentait pas le besoin d'une réserve avec elle. Eva n'éprouvait pas la nécessité de se méfier avec lui.

Eva reprit :

— Vous a-t-elle fait des confidences particulières ?

— Non. Nous étions là pour Lukas, et c'est de lui que nous avions à parler. La veille qu'elle prenne l'avion pour Paris, elle était restée avec lui toute la nuit pour le soutenir, il n'arrivait pas à dormir et il était très perturbé.

— Ils avaient une relation particulière ?

— Non, ils étaient amis et rien d'autre.

— Lukas est mort il y a combien de temps déjà ?

— Trois semaines, il a passé un séjour à la morgue avant d'être inhumé…

Eva réfléchit un instant. Elle ponctuait toujours ses entretiens de pauses volontaires, comme les soupirs et les pauses d'une partition musicale, tentant par ce biais d'imposer un rythme dans lequel son interlocuteur, s'il se laissait prendre, perdait l'avantage du camouflage. Mais avec cet homme, Friedrich, cette tactique n'avait pas de prise. Il dispensait de l'information sans excès, mais suffisamment pour nourrir les questions qui lui étaient posées, tout en ouvrant les perspectives sur d'autres sujets.

— Vous pensez à quoi commissaire ?

— À rien de bien précis…

— À la coïncidence de leurs décès peut-être ?

— En effet…

— Pourtant il n'y a pas de raison a priori…

— On ne sait jamais. Lukas était en conflit avec sa direction et Ludmilla Pfeiffer était son amie…

— Je comprends votre idée, mais j'ai du mal à penser que l'on puisse tuer deux personnes pour une raison de mésentente…

— Tout dépend des intérêts qui sont en jeu…

Friedrich réfléchit un instant et dit :

— Quand même, tuer deux journalistes c'est prendre le risque d'un énorme retentissement.

— Pas si vous êtes capable d'en juguler les acteurs potentiels. Sachant que certains journalistes ne vont pas y voir de rapprochement, que d'autres vont se dire que ce n'est pas leur affaire, que d'autres encore ne vont pas avoir envie de s'exposer outre mesure par couardise ou par je-m'en-foutisme, et que la distance entre les deux morts, six cents kilomètres, dans deux pays différents, permet d'espérer leur disjonction…

Friedrich était pensif. La démonstration avait de la consistance, et il est vrai que le tempo des deux morts induisait inévitablement la tentation d'un recoupement.

— Sauf si Lukas s'est réellement suicidé…

— En effet, dit Eva, bien que la raison puisse être la même que celle qui a tué Ludmilla Pfeiffer…

— Votre raisonnement est intéressant…

Elle sourit et dit :

— Je suis certaine que vous y aviez pensé…

— À franchement parler, je ne suis pas trop ouvert aux idées de coïncidences et de connexions…

— Rationaliste ?

— Plutôt, oui. Voyez-vous dans un de mes métiers, je crée des pages codes permettant de déambuler dans des univers obscurs. J'achète et je vends des logiciels traçant les égarements des anonymes qui vont de page en page chercher leurs aventures. Et je fusionne des entreprises pour en optimiser la valeur. Ici prévalent la causalité et la raison, l'analyse et la cognition. Il me reste donc peu de place pour le hasard et l'aléa.

Eva sourit et répondit :

— Voyez-vous dans mon univers, l'irrationalité côtoie la folie. L'illogisme flirte avec la démence. L'insensé s'allie avec l'inhumain. Dans mon univers, il existe un sixième sens qui nous projette au-delà du visible, qui nous égare dans les strates obscures, qui nous habite au point de nous posséder ; incarnant alors, dans nos jours et nos nuits, le hurlement des morts…

Friedrich était frappé par ses mots, pourquoi lui disait-elle tout ça ? Son visage était resté de marbre en l'écoutant. Dans certaines situations, à l'instar du joueur de poker qu'il savait être, il arrivait à maîtriser ses émotions en ne laissant rien paraître. Là, c'était plutôt l'écoute et la concentration qui lui avaient donné cet air impassible.

— Je vous surprends, j'imagine, dit Eva.

— À vrai dire, je ne sais pas quoi répondre. Il est clair que le métier d'un homme ou d'une femme, exercé avec implication et talent, nourrit l'expérience d'aptitudes nouvelles, en l'occurrence pour vous, cette faculté de percevoir des choses impalpables, comme pour moi, le discernement des signaux anodins comme celui d'un tic, d'une moue, d'un regard.

Eva prit un instant pour dire :

— Vous voyez, je sais que ce n'est pas vous qui avez assassiné cette journaliste.

Friedrich esquissa un sourire.

— À la bonne heure, vous me voyez rassuré !

— Néanmoins, de près ou de loin, et même peut-être à votre insu, je suis certaine que vous faites partie de la pièce dans laquelle Ludmilla Pfeiffer s'est retrouvée…

— Comment ça ?

— Je ne sais pas encore, mais je pense que notre rencontre d'aujourd'hui ne sera pas la dernière…

Friedrich prit un instant pour réfléchir et dit :

— Dans le monde qui est le mien, on parle d'objets connectés, de big data, d'intelligence artificielle. Tous ces éléments captent et caractérisent des signaux. Transformés en données, ils interagissent dans un macrocosme au service de petits génies pour prévoir le temps qu'il fera, imaginer le comportement d'un client, programmer la maintenance d'une machine, voire opérer un diagnostic médical.

Friedrich but une gorgée de sa boisson.

— J'arrive donc, reprit-il, à imaginer, de mon univers de capteurs, un espace sensoriel, votre monde, dans lequel les détecteurs que sont la vue, l'ouïe, le toucher, le pressentiment, la perception et l'intuition concourent à l'idée que l'on peut se faire d'une situation, amplifiée par ce que vous appelez un sixième sens…

Eva sourit.

— C'est étrange que vous soyez là, pour un mort, et moi pour un autre, ces deux morts qui étaient amis et dont l'histoire se réunit aujourd'hui dans notre conversation…

— Vous allez finir par me faire croie aux coïncidences…

— Vous saviez qu'elle avait une chambre sur le même étage que vous ?

— Non, franchement, non.

— Vous voyez ce qui me titille dans cette histoire, ce n'est pas le meurtre en soi, j'y suis habituée, mais c'est la torture qui lui a été infligée…

— Torture ?

— Oui, torture…

— Comment ça ?

— Ceux qui l'ont tuée ont utilisé un objet du moyen âge qui servait à l'époque à punir les femmes de mauvaise vie.

Friedrich blêmit. Eva le remarqua et lui dit :

— Tout va bien ?

— Oui, mais l'idée de torture ne m'a jamais réjoui.

— Je vous comprends.

Eva but une gorgée de son eau à bulles et dit :

— Vous savez, la façon de tuer a souvent plus d'importance que le crime lui-même. Pour Ludmilla Pfeiffer, ça a été atroce. Elle a été ligotée, bâillonnée et violée…

Friedrich ne répondit rien. Il était choqué. Le fait de tuer était une chose, le fait de tuer d'une certaine manière en était une autre. Et quelque part, il s'en voulait, ne la voyant pas revenir, de n'avoir pas suivi son pressentiment. Son éducation l'en empêchait. Il n'avait jamais forcé une femme en quoique ce soit, si ce n'est Gunda, leur relation s'étant pervertie dans une forme de souffrance. Gunda, où était-elle en cet instant ? Que faisait-elle ? Elle le soupçonnait certainement d'être avec une autre. Et lui, là, maintenant, il la visualisait nue à la fenêtre, regardant le bel Erwin en train de jouer avec les chiens, ses chiens. Pourquoi avait-il cette pensée soudaine ? Il soupira. Ça fait bien longtemps qu'il n'avait pas discuté avec une femme comme il venait de le faire, là, avec Eva. Gunda, si belle et si inaccessible, dans leur manoir au bord du lac, à jamais meurtrie de cet enfant qu'ils n'auraient jamais. Sa vie d'aujourd'hui c'était ce lieu, ce lac, cette maison, ces chiens, cette ambiguïté, cette défiance, ce manque d'amour.

Eva lui demanda :

— Tout va bien ?

Il se reprit. À l'évidence, son visage avait traduit l'errance de ce moment ou sa pensée, partie là-bas, l'espace d'un instant, avait quitté son corps, laissant son regard éperdu.

— Oui, oui…

— Vous aviez l'air lointain.

Il soupira.

— Rien ne vous échappe, en effet, mon esprit était parti là-bas, chez moi…

— Avec vos chiens ?

— Oui, mais pas que…

Eva n'insista pas pour essayer de savoir ce que cachaient ces points de suspension, elle avait pour règle de ne pas fouiller dans l'intimité des gens si cela n'apportait rien à son enquête, et là, manifestement, il n'y avait rien qui puisse contribuer à la connaissance des raisons ayant fomenté le meurtre de Ludmilla Pfeiffer.

— Je ne vais pas vous embêter plus longtemps.

— Vous ne m'embêtez pas.

La phrase était sortie comme ça, instillant le début d'une érubescence sur les joues de Friedrich. Eva perçut sa gêne et détourna la tête comme pour appeler le serveur, qui arriva.

— Combien vous dois-je ?

— Laissez c'est pour moi.

— Mon métier me l'interdit.

Friedrich osa :

— Alors, faites-le rien qu'une fois…

Elle sourit.

En se levant et en regardant son verre, elle lui dit :

— Bon choix.

— Comment ça ?

— Votre whisky.

— Vous aimez ?

— Comment ne pas aimer un Macallan de 30 ans d'âge…

Friedrich eut une moue d'étonnement.

— Je vous surprends peut-être ?

— Oui, j'avoue…

— Qu'une femme puisse aimer le whisky ?

— Peut-être oui…

— Mon père, qui est un grand amateur, m'a initiée quand j'étais jeune fille, je le voyais prendre son whisky seul sur la terrasse, écoutant la mer, alors je le rejoignais pour me laisser bercer par la houle. C'est là qu'il m'a fait voyager sur les Islay, les Speyside, les Highlands et les Lowlands…

— Un amoureux de l'Écosse manifestement…

— Oui, pour y être allé plusieurs fois, pêcher dans les lochs et s'égarer dans les pubs…

— Ce doit être un homme bien votre père…

— Oh que oui…

— Eh bien la prochaine fois, j'espère que vous troquerez l'eau gazeuse pour un bon malt !

— Je serai en service certainement…

— Mais ne l'êtes-vous toujours pas ?

Elle sourit et répondit :

— Je dois y aller maintenant, une nouvelle affaire m'attend, une disparition…

— Ça arrive souvent, je crois ?

— Vous ne croyez pas si bien dire, en France, on en dénombre 40 000 par an.

— C'est énorme !

— 30 000 sont retrouvés, 10 000 sont rangées dans le classeur des affaires non élucidées, sachant que 1000 de ces 10 000, concernent des mineurs…

— Je suis surpris par les chiffres…

Dans le salon Joséphine, il y avait eu du remue-ménage tout à coup. Une sorte d'agitation inopinée manifestée dans un tintamarre de flashs et de micros voulant absolument s'approcher d'une huile entourée de quatre ou cinq sbires, en costumes bleu marine, avec des écouteurs et des regards d'acier. L'impétrant pavoisait avec ostentation, manifestement heureux de l'effet produit, accordant quelques sourires de-ci, de-là, des réponses toutes faites étant apportées par son coach aux questions lancées à la volée par les journalistes.

— Une star ? demanda Friedrich.

— Je ne sais pas trop. Vu sa tête et son sourire de tombeur, ce doit être un footballeur…

— Ah oui, je le reconnais…

— Vous suivez le foot ?

— Non, mais sa photo était dans le journal du jour. Semble-t-il que ce soit la coqueluche du moment, un enfant des banlieues, inconnu il y a deux ans, devenu une vedette en marquant quelques buts en championnat d'Europe.

— D'où l'engouement pour sa personne. Le monde aime les histoires de manants qui, rencontrant une bonne fée sur leur passage, deviennent des princes…

Eva tenta de se frayer un passage à travers les badauds, les groupies et les fans de tous poils. Le service d'ordre était débordé et le personnel de l'hôtel ne savait plus où donner de la tête. Ils arrivèrent, non sans mal, jusqu'à l'entrée. Étonnamment, il ne faisait pas froid. Le temps, depuis quelques années, devenait de plus en plus capricieux, tournant les statistiques et les prévisions en ridicule, déboussolant les vacanciers qui ne savaient plus où passer leurs trois semaines de congés estivales. Et, malgré les alertes des différents scientifiques, les hommes politiques passaient d'un mandat à l'autre dans la discontinuité de leurs promesses.

— Ah, au fait, dit Friedrich, Ludmilla nous avait laissé quelque chose.

— Quoi donc ?

— Tenez, répondit-il en sortant une clef USB de la poche intérieure de sa veste.

— Merci, dit Eva, avec un sourire, mais qu'y a-t-il donc dessus ?

— Essentiellement des choses qui concernaient Lukas, mais aussi des articles sur le rachat du journal par le baron des travaux publics, et différents communiqués que Ludmilla et lui préparaient.

— Intéressant, si vous voyez autre chose qui pourrait contribuer à l'enquête n'hésitez pas, voici ma carte.

Eva rangea la clef dans son sac, encombré de tout un fatras de choses de femme, deux ou trois tubes de rouges à lèvres, un foulard, des lunettes de soleil, son portefeuille, son téléphone portable personnel, deux trousseaux de clefs, une plaquette de maquillage, un paquet de mouchoirs, le carnet de santé de son chat, son badge de police, son abonnement métro, RER et autres transports collectifs parisiens, un paquet de tampons intimes, et quelques objets sans nom.

Friedrich esquissa un sourire. Il avait toujours été étonné par les trésors que peuvent contenir les sacs de femmes. Eva le vit et dit :

— Je sais, c'est toujours un vrai challenge de trouver une place de libre dans un sac comme le mien…

Alors qu'Eva allait partir, Friedrich lui dit :

— Vous savez, je m'en veux un peu de l'avoir laissée partir. Peu de temps avant son assassinat, je buvais un verre avec elle…

— Je comprends. C'est un sentiment que connaissent beaucoup de personnes qui ont eu dans leur entourage un proche qui a disparu.

— Je sais oui. D'autant que nos chambres étaient à cinq ou six chambres l'une de l'autre.

— Et vous n'avez rien entendu lorsque vous êtes monté ?

— Non. Je suis monté vers une heure du matin, après avoir fait quelques pas dans la rue. Par ailleurs, les chambres sont très bien insonorisées.

— Elle a été assassinée vers deux heures…

— Oui, je l'ai appris, les bruits de couloirs ont été bon train…

— Il y avait encore beaucoup de monde, paraît-il, à cette heure-là ?

— Oui, c'était la soirée d'un vernissage…

— Ah oui, l'artiste qui auparavant taguait les murs ?

— C'est cela, oui. Je crois même qu'un homme politique était venu le voir.

— Oui, un futur ministre…

Friedrich ne dit rien et Eva reprit :

— Vous savez, on a retrouvé dans son sang des traces de GHB.

— De quoi ?

— Du GHB, autrement dit la drogue du violeur, celle que les petits salauds en manque d'assurance et de puissance versent dans le verre de leurs proies pour les inhiber et leur faire perdre le contrôle d'elles-mêmes.

— Lorsqu'elle nous a quittés, elle était en pleine possession de ses moyens.

— N'ayez crainte je le sais, non seulement le personnel me l'a confirmé et par ailleurs je ne vous imagine pas utiliser ce genre de saleté pour vous accorder les charmes d'une femme.

Elle regarda sa montre, il était déjà vingt et une heures trente. Elle avait promis à une amie de la rejoindre dans un bar du 9e. Elle prit son téléphone et envoya un message pour lui dire qu'elle avait une demi-heure de retard. Et puis elle lui tendit la main en disant :

— J'apprécie que vous m'ayez parlé de la clef, même si je n'ai aucun doute sur vos capacités d'y laisser ou pas des fichiers.

Friedrich sourit :

— Il est certes vrai que je connais quelques experts qui pourraient même duper vos services, en ne laissant aucune trace d'un effacement.

Il laissa passer un instant et poursuivit :

— Mais ils sont un peu loin de Paris, en Suisse, au Luxembourg…

— Merci en tout cas pour notre échange, j'ai apprécié. Il faudra la prochaine fois que nous parlions de synchronicité.

— Avec plaisir.

— J'aurai certainement besoin de vous revoir. Vous êtes en France jusque quand ?

— Jusque mardi, mais j'y reviens régulièrement, pratiquement toutes les deux semaines. Tenez, prenez ma carte, ainsi vous aurez toutes mes coordonnées.

— Merci bien.

Eva demanda au voiturier de lui amener sa voiture, elle faisait pâle figure, entre les Porsche et les Bentley. Les bagnoles, c'était décidément un truc de mecs. Elle partit en trombe, ayant planté sa sirène de police sur le toit. Après tout, être flic n'avait pas que des désavantages et elle avait passé depuis longtemps le stade du puriste s'empêchant, au nom de la loi, de jouir de quelques privilèges. La circulation était dense, il lui fallait remonter le boulevard Raspail, la rue du Bac pour passer la Seine au niveau du Pont Royal, et puis traverser les Tuileries par l'avenue Lemonnier, pour arriver vers l'Opéra par la rue des Pyramides. Elle surfa entre quelques bouchons et força le passage au niveau du boulevard des Capucines. Paris était toujours embourbé par des travaux sans fin et des décisions à l'emporte-pièce en vue de satisfaire l'électorat écolo. Tout en conduisant, elle repensait à cet échange. Elle ne savait pas quoi penser de cet homme, si ce n'est qu'il n'était en rien coupable du meurtre de cette journaliste. Ça oui, elle en était certaine. Non, ce qui la troublait c'était ce plaisir qu'elle avait eu à converser avec lui, jusqu'à se livrer sur des choses personnelles, chose qu'elle s'était toujours interdit de faire dans ce genre de face-à-face. Elle faillit culbuter une moto qui ne respectait pas les feux et qui, voyant le feu de police, tourna brutalement dans une ruelle. Qu'importe, ce n'était pas le moment de courser ce genre d'andouille. Elle arriva et se gara sur une place de livraison, en mettant en évidence son macaron de police. De toutes les façons comme d'habitude, il n'y avait pas de places de libre.

Friedrich était resté dans le salon Joséphine, s'amusant de voir tous ces gens approcher la star pour obtenir un autographe, comme ces lépreux qui espéraient une bénédiction en touchant la toge de Saint-Pierre.

Il avait commandé un autre whisky, un Caol Ila, jouant d'équilibre entre le sucre et le sel, dans une expression subtile d'air marin et de tourbe des marais.

Il repensait à cet échange, à cette facilité qu'ils avaient eu de converser jusqu'à la confidence, et il la revoyait dans son jean qui épousait à merveille ses formes de femme et dans ce petit haut blanc qui laissait poindre les seins. Et puis ses longs cheveux bruns, presque noirs, et son regard d'un bleu profond…

C'était une belle femme, oui.

Il l'avait regardée partir, marchant avec aisance sur ses talons.

Et ce signe qu'elle lui avait fait.

Il sentait que sa nuit serait pleine de rêves. Il aimait ces nuits-là, à se laisser emporter dans l'interdit de voyages où l'inconnu de son subconscient lui réservait les plus belles surprises.

Il soupira de plaisir, salivant une gorgée de ce malt d'exception.

Demain, il fallait qu'il soit au Luxembourg. Il avait prévu d'y rester trois jours, mais il écourterait ce voyage, voulant revenir ici, être à Paris.

Amor Fati
(Aime ta destinée)

Bon sang, qui peut avoir écrit ça ?

« Aime ta destinée. »

Comment peut-on aimer tout ce qui nous arrive ?

Tu cherches dans ta tête, à te rappeler qui pourrait être l'auteur de cette locution latine.

Un Pape ? Quel Pape pourrait avoir dit ça ? Oui ça se pourrait, « aime ta destinée » comme l'apôtre Paul disant aux philippiens qu'il avait appris à être content de l'état dans lequel il se trouvait, sachant vivre dans l'humiliation comme dans l'abondance.

Un Pape pourrait avoir dit cela, du haut de son palais dominant la place Saint-Pierre, devant la foule attendant de lui la bénédiction urbi et orbi.

Mais non, ce n'est pas un Pape qui a écrit cela...

Tu essayes de te remémorer...

Qui donc ?

Ta mémoire te fait défaut, tu le sens, de plus en plus. À ton âge tu le sais, le corps fout le camp, et tu perds presque 50 000 neurones par jour. Certes sur tes quatorze milliards il t'en reste encore ! Oui, mais si ce sont les neurones du lobe temporal qui disparaissent alors cela pourrait expliquer pourquoi ta mémoire se vide, devient inaccessible.

Qui peut avoir écrit ça ?

Avec tes yeux dans le noir tu essayes de te concentrer, c'est d'ailleurs plus facile comme cela, ton esprit n'est pas perturbé par ton environnement puisque tu ne le vois pas.

Épictète peut-être...

Ce stoïcien qui définissait le bonheur par la vertu et non par le plaisir, allant jusqu'à penser, comme Sénèque, que le vrai plaisir était le mépris des plaisirs...

Tout cela tu l'avais appris au cours de tes études, il y a déjà plus de quarante ans, mais tu n'imaginais pas, à cette époque, que cette locution ressurgirait de ton cortex dans de telles circonstances !

Car comment pourrais-tu aimer ta destinée, là, maintenant ? Comment pourrais-tu aimer cet état sordide dans lequel tu te trouves et qui t'oblige à l'inaction et à la privation de liberté ?

Mais qui donc a écrit cette stupidité ?

Marc Aurèle peut-être ?

Mais ce grand homme n'était pas stupide, certes non, lui qui a été philosophe, et empereur durant presque vingt ans, de quel droit, toi qui fais partie du commun pourrais-tu dire qu'il a été stupide ? Donc ce n'est pas lui.

Tu ne sais pas quoi penser en réalité, tu cherches à te raccrocher à la première maxime qui passe.

« Amor fati »

« Amor fati »

Mais comment pourrait-on aimer ce qui nous fait souffrir ?

Le philosophe nous dit que la vie heureuse c'est une vie libre. Et que cherche un homme si ce n'est à vivre calme et heureux, à faire tout ce qu'il veut sans en être empêché et sans y être contraint ?

Mais toi tu n'es pas libre. D'ailleurs, tu ne l'as jamais été. Ta condition d'aujourd'hui, de séquestré, de prisonnier, n'est que la matérialisation de ta condition de toujours.

Libre : tu ne sais pas ce que c'est. Depuis ces jours où tu as occulté la lumière, la mettant sous le boisseau, tu as décidé de te contraindre, de t'incarcérer, de troquer ta liberté contre une soi-disant sympathie, qui t'a d'ailleurs ouvert quelques avantages que tu as pris, allant même jusqu'à remercier ceux et celles qui te les octroyaient. Alors tu t'es soumis, oui tu t'es soumis, offrant ainsi le pouvoir que tu avais de dénoncer, de crier, de gueuler en sacrifice aux ténèbres.

Alors, ne te plains pas, ne te plains jamais ! La contrainte de corps que tu subis aujourd'hui n'est que la concrétisation de la contrainte de ton esprit que tu avais un jour – il y a certes longtemps, mais le temps n'oublie pas – par toi-même asservi.

« Amor fati. »

Oui aime ta destinée puisque c'est la destinée que tu as choisie. En cela le philosophe a raison, puisque c'est ton choix, c'est donc librement que tu as choisi de t'enchaîner, auquel cas, tu pourrais donc te déclarer « heureux », oui, autrement dit dépositaire du bonheur !

Et peu importe qui a écrit cela, que ce soit Sénèque, Épictète, Marc Aurèle ou Friedrich Nietzsche qui ait écrit cela. Oui, peu importe. Les choix que tu as faits ce sont tes choix et cette pensée des philosophes dont ton esprit se souvient là, maintenant, ne t'est donnée que pour t'offrir une chance de retrouver ton âme première et le ciel des lumières.

Ton oreille revient d'un seul coup ici, là où tu te trouves. Tu entends comme des pas, mais tellement feutrés qu'il te semble entendre des pattes de chats s'avançant sur les lames d'un parquet.

Mais bien que tu n'aies rien vu du lieu dans lequel tu te trouves, tu n'imagines pas qu'ici, il puisse y avoir un parquet.

Des chats ? Peut-être, surtout que tu imagines ce lieu infesté de rats. Pour sûr qu'il y en a ! C'est évident ! Dans un lieu vide de vie humaine, les rats font leur affaire et prolifèrent, se nourrissant par le biais des égouts de toutes nos chiasses et de toutes nos saletés ! Et Dieu sait si l'homme est un pollueur notoire ! Ce n'est donc pas demain que les rats vont disparaître ! Oh que non !

Tu as de la chance quelque part, les rats n'aiment pas la chair vivante et s'ils doivent te dévorer ce sera quand tu seras mort.

Il est vrai que les souris se bouffent entre-elles, mais le rat non ! C'est en tout cas ce que tu as envie de penser. Le rat, tu le sais, a des facultés intellectuelles bien supérieures à celles de la souris ! Il élève ses petits et la femelle leur donne de la tendresse pendant que le père s'en va chercher de la nourriture pour sa petite famille !

Tu voudrais bien croire en tout ça n'est-ce pas ?

Mais qu'en sais-tu ? Des biologistes ont depuis longtemps prouvé que le cannibalisme est une coutume tout à fait acceptée chez les rats. Certes ce sont plutôt des charognards, et ils préfèrent les graines, le foin, la verdure, le pain à la barbaque, donc tu devrais t'en sortir, sauf s'ils s'aperçoivent que la réserve de protéines que tu représentes est bien tentante, surtout ainsi mise à leur disposition, attachée, pissant, déféquant, ne pouvant d'aucune manière se mouvoir, muette et aveugle. Parce qu'il ne te reste que l'ouïe, l'odorat et ta respiration pour manifester un rien de vie.

Alors « Amor fati », oui. Et même si cette idée de vie n'a pas été inventée par un pape, imagine que plusieurs d'entre les Saints-Pères ont dû s'appliquer cette antienne. Ne serait-ce que pour oublier les horreurs qu'ils bénissaient de facto en se taisant.

Et puis ce concept « d'Amor fati », d'aimer sa destinée, oui de l'aimer ! est antagoniste avec la fatalité puisqu'il est dit de « l'aimer », et qu'en toute logique on ne peut pas « aimer par fatalité » ! Alors aime ton devenir, même si ce qui t'attend dépasse l'entendement, depuis longtemps déjà tu as de facto consenti à ce qui va se produire.

Clamans ad mori insignes (Les notables hurlent à la mort)

Eva était en train de prendre un café, dans un bistrot sur l'île de la cité. Elle affectionnait cet endroit, c'était le vrai cœur de Paris, entre les bras du fleuve, là où l'histoire de la capitale s'était faite et là où elle se ressourçait souvent, en regardant les pigeons picorer des miettes abandonnées au vent et des vieux marcher avec leurs cannes pour ne pas tituber. Étonnamment, cet œil de la ville, comme celui d'un cyclone, respirait la sérénité alors que tout autour, dans les grandes avenues, Hausmann, Capucines, Raspail, Magenta, Grenelle, Pompidou, les fêtes et les soldes se préparaient, noyées dans la manifestation du jour et la visite d'un Prince, dont le commun des mortels n'avait que faire, piégeant dans des embouteillages monstres, des Parisiens et des touristes téméraires pris dans la nasse d'une normalité étouffante.

Elle lisait le canard du jour, et n'en revenait pas. Roland Delatour, le tombeur de ces dames et l'embobelineur des foules était mort, écrasé par une rame de métro, écrabouillé comme un cloporte.

Les journaux ne parlaient que de ça, de sa carrière hors du commun, de cette mission dont il avait été chargé, dans le cadre d'un groupe de travail sur l'avenir des institutions françaises, où il avait il avait fait grand bruit en dénonçant la superfluité du Conseil Économique, Social et Environnemental, occupant des immeubles rutilants au Trocadéro, et ne servant à rien d'autre qu'à sauver du naufrage des syndicalistes et des politiques passés de mode, pompant outrageusement leurs émoluments dans le budget de la Nation, sans autre objectif que celui de produire un rapport par an. Sa façon de provoquer et son franc-parler l'avaient mis en vue. Ainsi était-il devenu la coqueluche des médias et le chouchou des soirées mondaines, ayant surfé sur les débris d'un Socialisme en déroute et d'une Droite déchirée, il avait adhéré au parti du moment et s'était retrouvé sur un siège de député.

Eva fumait une cigarette, une blonde. Elle avait mis ses lunettes noires pour se protéger de la lumière du jour, qui hésitait entre soleil radieux et ciel grisâtre, diffusant une lueur difficilement soutenable pour des yeux bleus. Elle portait une jupe en cuir, lui arrivant au-dessus des genoux et avait croisé ses belles jambes recouvertes d'un voile fin, couleur chair, qui donnait à sa peau un air satiné, avivant le plaisir de quelques yeux à s'égarer, subrepticement. Elle en était à son deuxième café lorsqu'elle entendit son voisin de table lui dire :

— Ah, le mélange des genres ne fait jamais bon ménage, n'est-ce pas ?

Elle se retourna et vit un homme qu'elle ne connaissait pas, un peu ventru, et le visage bouffi par la bonne chère, à l'expression rieuse comme celle d'un clown bonace, le dessus de la tête dégarni et poli par le temps, habillé d'un costume gris sans avoir le sens du bien porté, avec un regard profondément perçant.

— À qui ai-je l'honneur ?

— À un simple fonctionnaire, ou plutôt ex-fonctionnaire, mais toujours au service de l'État, qui s'excuse d'ores et déjà de vous avoir importuné de la sorte.

Eva était interpellée, au-delà de son apparence grossière, cet homme était manifestement intelligent et policé, les yeux brillants de malice, ne craignant pas de s'enfiler une Duvel de trente-trois centilitres à dix heures du matin.

— Eh bien, qu'est-ce qui justifie qu'un de leurs serviteurs soit ainsi attablé de si bonne heure ?

L'homme sourit et répondit :

— Peut-être rencontrer le célèbre flic qui a arrêté les frères Zatov et qui a ferré l'ennemi public numéro 1 !

L'ennemi public, c'était il y a trois ans, une drôle d'histoire, sorte de remake de l'éventreur de Boston, un psychopathe qui courait les rues en flattant les femmes désœuvrées des beaux quartiers, avec un appareil photo à la main, leur disant qu'elles étaient belles, entrant chez elles avec son beau sourire et les étranglant avec un fil à couper le beurre après les avoir outragées. Il avait été viré comme un malpropre de son job, par son patron, un gros fromager, peu scrupuleux des accords sociaux, vivant comme un nabab dans le 16em arrondissement, parce qu'il avait tenté de séduire une de ses nièces. L'homme avait fini par terroriser cet univers cossu et feutré, en tuant une vieille, son premier crime, connue pour s'être enrichie durant la Deuxième Guerre mondiale, puis après avoir zigouillé un couple de lesbiennes en les vidant de leur sang, de grandes clientes de la fromagerie, avant de s'en prendre à la femme du notable de la caséine, qu'il avait eue dans son magasin, en l'y enfermant par une fin de journée, son mari étant à son club des fumeurs de pipes, et en la brutalisant.

— Oh il n'était que numéro deux.

— Eh bien, laissez-moi vous offrir une promotion ! Et par la même occasion un café !

Eva sourit. Cet homme l'intriguait, il n'était pas là pour rien. Qu'avait-il donc à lui dire ou à lui demander ?

— Étonnant quand même le suicide de ce député. Ne trouvez-vous pas ?

— En tant que flic, je ne m'étonne plus de rien.

— Je vous comprends, il est vrai que votre métier doit vous réserver bien des surprises.

— Vous n'imaginez même pas…

— Juste un peu quand même…

— Auriez-vous été de la maison ?

— En quelque sorte oui, mais aujourd'hui, au vu de mon embonpoint, je suis certain que vous m'avez visualisé derrière un bureau…

— Plutôt en tant que réserviste…

L'homme éclata de rire :

— Vous avez le mot fin commissaire…

— Et vous monsieur, pourquoi diantre êtes-vous là ?

— Je vais vous raconter une histoire…

— Je suis tout ouïe…

— C'est celle d'un beau monsieur, un séducteur que l'on se flattait d'avoir dans son carnet d'adresses, qui brillait au box-office de l'actu politique en se pavanant dans les soirées en vues, devenu le chouchou des médias, marié à une très belle femme, au passage la seule héritière d'une fortune colossale, évaluée à plus de 150 millions d'euros…

— Oui, et donc ?

— Eh bien première question : cette affaire de fric qu'on lui a collé sur le dos, ne trouvez-vous pas ça étonnant ?

— Dites-moi donc…

L'homme éclata de rire et reprit :

— Que voulez-vous qu'il fasse du pot-de-vin qu'on lui reproche d'avoir touché pour les Berges de Seine, alors que son compte en banque lui aurait permis d'être banquier ?

Eva eut une moue dubitative.

— Comment savez-vous tout ça ?

— Mon métier c'est de savoir, tout comme je sais que vous avez un chat, que la femme de votre légiste préféré se fait peindre les fesses et que votre nouvelle amie du 9e, Sylvia, déléguée pharmaceutique, est une très belle femme…

Eva s'appuya sur le dossier de sa chaise pour reprendre une distance, en croisant les bras, réflexe naturel de celui ou celle qui se sent en insécurité.

— N'ayez crainte, je ne suis pas là pour vous faire du tort, bien au contraire…

— Je n'ai pas de crainte…

— Alors, détendez-vous…

Eva s'aperçut de sa position et se remit à l'aise.

— Je crois aussi savoir qu'en ce moment vous avez des affaires à traiter plutôt, dirons-nous, particulières. N'est-ce pas ? Particulières ?

— Toutes les affaires sont en soi particulières, vous savez.

— Comme la disparition d'un curé ?

L'homme sourit et Eva lui dit :

— Je vois que vous savez tout…

— N'est-ce pas ?

— J'ai même reçu un étrange coup de fil récemment…

— Du chef de cabinet de la préfecture de police, Xavier Laplanche ?

— Oui.

— Par ailleurs, votre ex-petit ami…

Eva comprit que cet homme n'était pas là pour lui extorquer des informations ou pour l'influencer.

— Je l'ai en effet connu durant quelques années, mais vous devez savoir aussi que nous ne sommes plus ensemble…

— C'est un enfoiré votre ex-petit copain, dit l'homme.

— Disons qu'il amadoue et cajole que les gens qui peuvent lui servir…

— Et qu'il les jette comme de vieilles chaussettes dès qu'ils ne lui sont plus utiles…

— Auriez-vous eu affaire à lui ?

Eva sentit que cet homme avait manifestement une revanche à prendre, ses joues venaient de se teinter d'un début de couperose, toutes les affaires de Xavier n'étaient pas claires, elle le savait, mais jusqu'à quel point lui en voulait-il ? La gratuité des actes n'est pas dans les mœurs natives de l'humain. Que cherchait donc cet homme ? En lançant cette question, Eva avait repris l'avantage du coup d'avance, comme aux échecs, tout au moins était-elle revenue à l'équilibre.

— Ne vous inquiétez pas, dit l'inconnu, je ne suis l'envoyé de personne, je suis là de mon propre chef.

— Vous prenez des risques quand même ?

— Lesquels ? Celui d'être viré ?

Il éclata de rire.

— Vous devriez, dit-il, faire le lien entre ce député et le cureton…

— Quel lien pourrait-il y avoir ?

— Il n'est pas mort pour une histoire de fric…

— Qu'en savez-vous ?

— Je le sais c'est tout…

— Et pour quoi alors ?

— Pour une histoire de cul.

— Avec sa femme ?

L'homme rit de nouveau et commanda une autre bière.

— Non, avec sa femme c'était le statu quo. Pendant que monsieur troussait les jupons de toutes les secrétaires passant à sa portée, madame s'envoyait en l'air avec un ami de la famille !

— Eh bien…

— Que voulez-vous dans ces milieux c'est ainsi, même si l'envers du décor n'est pas celui de l'image officielle, il faut tout faire pour préserver la position sociale…

Il but une gorgée de bière. Eva attendait. L'homme prenait son temps, mais la confidence allait venir. Il s'approcha d'elle et baissa le ton de sa voix.

— En réalité, monsieur le député n'était pas qu'un chaud lapin, au-delà de ses frasques et de ses participations notoires dans des orgies échangistes, il jouait avec le vice.

— C'est-à-dire ?

— Des ballets roses…

Eva se recula.

— Ça vous fait peur commissaire ?

— Non, mais je me méfie de ce genre d'allégations…

L'homme ricana et fouilla dans un sac pour en sortir une enveloppe.

— Allégations ? Tenez et voyez.

Eva ouvrit l'enveloppe. Elle contenait une série de photos où l'on voyait de jeunes filles en tenue d'Eve, dans un club, attachées à des poteaux de strip-teaseuses, en train de se faire toucher, fouetter et violenter par des hommes dans lesquels Eva reconnut Xavier, le député et d'autres notables.

— Les gamines ont entre douze et quinze ans. Elles proviennent, pour moitié, de familles dans le besoin, issues des essaims de migrants qui traversent nos frontières en confondant la France et l'Eldorado.

— Et pour l'autre moitié ?

— De l'Asie.

Eva était écœurée, elle n'avait jamais accepté d'être aux mœurs parce qu'elle ne supportait pas que des enfants soient abusés.

Tous ceux et celles qu'elle connaissait, policiers comme elle, emportés dans les dédales des vices les plus obscènes, n'en étaient pas revenus indemnes. La plupart noyaient leur colère dans l'alcool ou dans la violence. Certains mêmes n'avaient rien trouvé d'autre, confrontés à l'horreur et à la profanation, que de mettre fin à leurs jours.

— Sachez aussi que pour en arriver là, la plupart ont été violées…

— Comment ça ?

— Voyons commissaire, pour des salauds : la virginité se vend très cher…

Eva ressentait un malaise lui étreignant la poitrine jusqu'à lui faire mal.

— Pourquoi n'en parlez-vous pas aux mœurs ?

— J'ai essayé.

— Et alors ?

— Il y a des gens très hauts placés, dont votre ex-petit copain, qui n'ont pas envie que cette histoire soit révélée au grand jour.

— Et pourquoi me dites-vous tout ça, à moi ?

— Parce que je connaissais une des gamines. C'était une petite voisine que j'ai aidée en son temps, en lui donnant des cours de rattrapage pour la remettre dans le circuit scolaire, avant qu'elle soit souillée par ces beaux messieurs…

— Je vois…

L'homme haussa le ton.

— Non, vous ne voyez pas et vous ne pouvez pas voir… C'était une demoiselle pleine de promesses. Elle faisait partie d'une famille de sept enfants qui avait réussi, en 2015, à passer nos putains de frontières européennes dans l'espoir de construire une nouvelle vie dans un quartier pourri de nos banlieues abandonnées. Un soir, elle est partie à vélo à son cours de danse. Elle n'est jamais revenue. On l'a retrouvée plusieurs jours après, à trente kilomètres de chez elle, dans un fossé avec un bras cassé, des coups sur la tête, et une dizaine de spermes différents dans la chatte.

L'homme avait des larmes aux yeux, il se retenait. La souffrance éclatait sur son visage. Pourtant à ne pas en douter, il en avait vu des saloperies dans sa vie. Mais celle-là c'était son cœur, sa raison, son âme, sa vie : pas celle des autres.

— Je peux comprendre plus que vous ne le pensez, dit Eva.

Il soupira et répondit :

— Je sais que vous avez eu un frère qui a disparu.

— Non, qui a été tué…

Elle se racla la gorge et continua :

— Et qui a été violé aussi…

Il eut un instant où Eva et cet homme se regardèrent. Un instant long comme une minute, comme une heure. Il n'y avait pas beaucoup de monde en terrasse, l'air était trop vif et seuls quelques fumeurs s'étaient mis devant l'entrée du bar pour discuter et tirer une taffe. Eva et cet homme avaient chacun leurs douleurs. Le Mal ayant un jour salopé leur paradis qui, depuis, n'existait plus.

Elle reprit, avec une voix adoucie :

— Et quel rapport avec le curé ?

L'homme s'était levé, cherchant son portefeuille pour payer la note. Il en sortit un billet de cinquante euros.

— Je vous laisse étudier ces clichés, vous comprendrez. Le député avait reçu ce jeu de photos. Je ne sais pas qui les lui avait envoyées, mais ce dont je suis certain c'est qu'il les avait reçues.

L'homme cherchait du regard le serveur qui n'arrivait pas, occupé au nettoyage d'une table à l'autre bout de la terrasse.

— Dans la foulée de ces clichés, le lendemain, il a été vu dans un parc avec un dignitaire ecclésiastique.

Eva écoutait. Elle n'avait pas imaginé tout ça. Son sixième sens se nourrissait de l'âme des morts, jusqu'à quelquefois visualiser des scènes, certes floues, dans lesquelles leurs ombres s'entremêlaient. Mais ces flashs, ces visions, gravitant autour d'un disparu, n'apportaient jamais le lien reliant plusieurs morts. Cette attache, s'il y en avait une, c'était à elle de la découvrir, par son travail, par ses recoupements, par ses délires, par ses errances, par ses analyses.

— Et puis, deux jours après, il a reçu un coup de téléphone d'un maître chanteur l'invitant à lui apporter une enveloppe de 50 000 euros, en liquide, à la station Auber, au risque s'il ne venait pas que l'affaire soit révélée à la presse.

— Mais comment pouvez-vous être certain de tout ce que vous dites ?

— Commissaire, ne soyez pas naïve de grâce, vous avez certainement compris que j'officiais, il fut un temps, dans les services obscurs de l'État.

Le barman arriva.

— Tenez, gardez la monnaie.

Le serveur le remercia et partit à la hâte, comme s'il savait qu'il ne fallait pas rester. Eva s'aperçut alors que tout avait été fait pour que personne ne vienne s'asseoir auprès d'eux. À l'autre bout de la terrasse, il y avait quatre ou cinq tables occupées, mais près d'eux, aucune n'avait été donnée à ceux et celles qui s'arrêtaient pour boire un café ou grignoter un en-cas.

— Et pour y être resté une vingtaine d'années, en rendant service à l'un ou l'autre, j'ai su garder les contacts qui me permettent d'affirmer ce que je vous dis.

Puis, avant de la saluer, l'homme lui dit encore :

— Je vous apporte le début du lien. Vous l'avez bien compris, j'ai une revanche à prendre et je la prendrai, m'étant promis de venger Ezima, c'était son prénom, ça veut dire « lumière », avant que ces fumiers la violent et la tuent.

Des larmes coulaient de ses yeux.

— Cherchez commissaire, cherchez et vous trouverez. Ce n'est pas moi qui l'ai dit, c'est le Christ.

Venit hora
(L'heure est venue)

— *Bonjour.*

Mais qui est-ce ?

C'est la première fois que l'on te parle depuis tout ce temps.

Tout ce temps…

Mais depuis combien de temps es-tu là déjà ?

Des semaines, oui, des semaines…

Tu voudrais répondre, tu voudrais demander pourquoi tu es là, tu voudrais dire qu'ils se sont trompés en t'enlevant, tu voudrais leur dire qu'ils n'auront rien à craindre de toi, tu voudrais…

Mais tu ne le peux pas, puisque tes lèvres sont scotchées l'une à l'autre par cet adhésif qui ne fait plus qu'un avec ta muqueuse.

— *Je vois que vous êtes en bonne santé, c'est bien…*

C'est une voix d'homme qui te parle. Et cet homme s'approche de toi, tu ressens sa présence, tu sens son ombre.

Il est en train d'enlever l'aiguille du cathéter de ta veine. Pourquoi fait-il ça ?

— *Je suis là pour prendre soin de vous, ne vous inquiétez pas…*

Pourquoi te dit-il ça ? Oui tu t'inquiètes. Tu t'inquiètes de ne pas avoir la jouissance de ta bouche, de tes mains, de tes pieds et de tes yeux. Tu t'inquiètes oui de ne pas avoir la liberté de tes mouvements.

— *Afin que vous puissiez être correctement nourri, je vais vous mettre une sonde entérale…*

Mais qu'est-ce que c'est ? Toi qui as toujours détesté que l'on manipule ton corps à ton insu. Une fois, tu étais entré à l'hôpital, contre ton gré, pour un mal de ventre qui n'en finissait pas. Tu ne voulais pas y aller prétextant que cela t'arrivait quelquefois et que la chose allait passer d'elle-même. Mais plus les jours passaient et plus tu avais mal. Tu avais fait venir le médecin qui avait appelé l'ambulance pour te conduire aux urgences. Et là tu avais vu ces femmes et ces hommes en blouses blanches. Tu les avais entendu dire qu'il fallait aller vite. Tu les avais vu s'agiter et t'emmener au bloc sans que tu puisses t'y opposer. Et puis ils t'avaient mis un masque sur le visage, te faisant respirer un hypnotique. Et puis tu avais eu juste le temps de te rendre compte qu'ils te piquaient, t'injectant un analgésique. Et ta peur était passée dans l'inconscience, ta peur de mourir comme ça, sans avoir eu le temps de voir une dernière fois tes proches, sans avoir eu le temps de te confesser, sans avoir eu le temps de prendre une dernière fois le temps de vivre. La veille, tu n'avais rien trouvé de mieux que de t'épancher sur tes peurs dans une soirée. Un médecin avait essayé de te rassurer en te disant que le taux de décès dus à une anesthésie ne dépassait pas 1 pour 10 000. Cela ne t'avait pas du tout rassuré et tu n'avais pas fermé l'œil de la nuit.

La voix te dit :

— Je pensais vous faire une stomie, mais nous allons d'abord vous intuber avec une sonde nasale.

En l'entendant, tu as imaginé cet homme – parce que tu sais, à la voix grave, qu'il s'agit d'un homme –, se pencher sur toi et entrer de force un tuyau en te perforant la cloison nasale. Et puis tu as senti qu'il rentrait quelque chose en toi. Que cela glissait, passant dans ta gorge et dans ton œsophage. Que le tube abîmait ton tube digestif, en l'éraflant. Tu as failli vomir et tu aurais voulu lui dire « Arrêtez ! ». Mais tu ne le pouvais pas, ta mâchoire ne pouvant pas ouvrir ta bouche.

Alors la voix t'a dit :

— Certes, j'aurais dû vous faire asseoir, mais vous comprendrez que la situation n'est pas aisée. Aussi je vous ai laissé dans cette position, que l'on appelle joliment le décubitus dorsal. Je trouve que c'est une belle expression pour dire que l'on est couché ne trouvez-

vous pas ? Même si cette position, pour ce genre d'action, présente des risques, notamment celui du fécalome. Que voulez-vous, la vie elle-même n'est-elle pas un risque ? Et puis s'il le faut, je saurai vous libérer d'une occlusion ! N'est-ce pas mon père ?

Et là, tu l'as entendu rire. D'un rire qui t'a fait froid dans le dos. Et là, tu as compris que tes ravisseurs ne s'étaient pas trompés en t'enlevant. C'est toi qu'ils voulaient. Tu ne savais pas pourquoi, mais c'est toi qu'ils voulaient.

Tu as entendu qu'il ouvrait un sachet en plastique et puis la voix a repris :

— Comme cela, vous allez être bien nourri. C'est un bon produit, diététique de surcroît ! Un mélange de nutriments qui vous apporteront tous les éléments d'une alimentation courante, l'eau, les protéines, les glucides, les lipides, les vitamines, les minéraux… Ainsi vous ne dépérirez pas !

Et puis il a ouvert le bouchon d'une bouteille, en tout cas c'est ce que tu as imaginé en entendant claquer un clip de plastique. Alors une odeur de produit nettoyant a envahi tes narines.

Il a dit :

— Voilà, de quoi rendre propre vos toilettes cher monsieur !

Et il a appuyé sur un bouton.

— Votre merde est maintenant digérée !

Ensuite, la voix est partie. Tu as entendu ses pas s'éloigner. Tu aurais voulu qu'il reste encore, ne serait-ce que pour ne pas être seul. Cette voix étant l'unique lien d'humanité te reliant de l'obscur à la vie. Mais elle est partie. Et tu es resté, abandonné avec ce tube dans le nez, en sentant qu'il t'avait branché sur une machine qui ronronnait. Et ce ronron a commencé à ponctuer tes heures, augmenté par le silence du lieu, devenant presque insupportable.

Et puis tu t'y es habitué, cette chose devenant presque pour toi comme un compagnon, un animal de compagnie. Et le ronron, après s'être amplifié jusqu'à l'intolérable, s'est mué en bruit de fond. Se substituant au silence.

Alors, tu as senti le froid te donner des frissons. Pensant à cette voix. Imaginant cet homme. Mais qui est-il ? Tu as cherché dans tes souvenirs, mais aucune voix comme la sienne ne s'est rapprochée de celles que tu connaissais. Non, cette voix, tu ne l'as jamais entendue. Lui te connaît, mais toi tu ne le connais pas. Seul son accent t'a laissé présupposer qu'il n'était pas d'ici.

Et puis le froid a commencé à te faire trembler un peu. Tu ne pouvais pas t'arrêter. Ton corps entier s'est mis à trembler, comme si tous tes muscles se délivraient d'une tension incoercible.

Et alors là, tu as eu peur. Oui tu as eu peur de cet inconnu qui avait maintenant une voix. Cette voix et ce rire. Tu as eu peur de cet inconnu qui te connaît. Et ton esprit a commencé à vouloir le décrire, associant les images de tes cauchemars à cette voix. Tu l'as visualisé en blouse blanche, avec des lunettes rondes, avec un regard pervers et sadique, jouissant de te voir ainsi à sa merci. Et puis tu as pensé qu'il était venu te préparer pour une autre étape, comme celle qui précède une opération. Alors tu as imaginé cette opération. Que vont-ils te faire ? Pourquoi te maintiennent-ils ainsi en survie ? D'ailleurs, sont-ils plusieurs ? Finalement, tu ne le sais pas. Oui, ils sont certainement plusieurs puisque tu es trop lourd pour qu'un seul homme ait pu t'enlever. Ou alors cet homme est très fort. Et s'il est seul alors ne serait-il pas un psychopathe ? Alors dans ce cas tu vas mourir, tu le sais.

« Mon Dieu », penses-tu, « Pourquoi ? »

Mais aucune voix ne te répond.

Le Ciel lui-même est sourd. Sa justice tu le sais te dépasse et dépasse ce que l'homme peut faire de plus juste.

Tu voudrais que le Ciel te réponde, mais le Ciel ne te répond pas parce qu'il ne peut pas te répondre.

Rappelle-toi, même le Christ sur la croix est resté sans réponse.

Serais-tu plus juste que le Juste ?

Serais-tu plus saint que les Saints ?

Serais-tu ce martyr ?

Mais le Christ et les saints sont morts pour une noble cause alors que toi, tu es ici pour aucune raison valable. Alors si tu meurs, à quoi servira ta mort ?

À rien.

Mais que pourrait-on te reprocher à toi qui as passé ta vie au service des autres ?

Certes, tu n'es pas un saint. Les saints font des miracles. Toi tu n'en as jamais fait. Et là maintenant, le seul miracle que tu pourrais accomplir serait celui de te délivrer. Mais tu sais bien que les miracles n'ont d'autre intérêt que celui de la gloire de Dieu. Et là quelle serait sa gloire à te délivrer ? Il n'y aurait que toi pour en témoigner.

Alors ton esprit a beau retourner la chose dans tous les sens, il converge inévitablement sur la possibilité d'un psychopathe. Il y a longtemps, tu avais entendu cette histoire, celle d'un fou qui kidnappait des nones et les déshabillait avant de les violenter et de les laisser dans le froid, attachées à des arbres. Les seules femmes qui l'intéressaient, c'étaient ces femmes de Dieu. Ces femmes qui ont voué leur vie à la prière et au service des autres. Tu te rappelles, la police avait fini par mettre la main dessus, mais seulement au bout de douze ans et cinquante-six viols et quarante-trois meurtres.

Serait-ce un de ces suppôts du Diable qui t'aurait enlevé ?

Pourtant, à part pour ce pauvre Jules, détroussé par des salopards, tu n'as pas eu vent d'un homme qui chercherait à kidnapper des hommes dans ton genre. Et si tu étais le premier ? Le premier que ce fou enfermerait, torturerait, violenterait, tuerait ?

Oui, si tu étais le premier d'une longue série.

Tu as peur.

Oui tu as peur de finir ainsi.

Toute une vie au service des autres, nourrissant en final le délire d'un taré.

Quelle gageure !

Non, ta vie ne peut pas se terminer comme ça.

Non !

Mais que peux-tu y faire ?

Tu ne peux appeler personne.
Tu ne peux pas te mouvoir.
Tu ne peux pas crier.
Tu ne peux pas te défendre.
Alors…

Nomen est omen
(Le nom d'une personne est un présage)

— Alors ça donne quoi ces photos ?

Eva avait jeté sa veste sur le dossier d'une chaise en entrant dans le bureau.

— Que dalle, à part toutes ces pauvres gamines qui se font troncher comme des salopes il n'y a rien à voir.

Eva regarda Adam, elle ne savait pas trop quoi lui dire, le travail de flic n'était pas une sinécure et la plupart du temps il fallait remuer la merde pour y trouver ce que l'on cherchait.

Il reprit :

— Ce job me débecte Eva, donne-le à un stagiaire ! moi je suis fait pour courser le salopard et non pas pour le voir jouir de ses œuvres !

Elle soupira. Adam c'était un bon flic, un vrai, un de ceux qui s'étaient engagés, comme la plupart de ses pairs, pour sauver le monde. Ça, c'était avant qu'on leur colle sur le dos l'IGPN au moindre coup de feu. C'était avant que leur hiérarchie ait les chocottes des politiques en place. C'était avant que les élus passent devant tout, l'attention des médias. Alors, sauver le monde, c'était devenu une gageure, le monde s'était perdu en laissant le Mal dévoyer le Bien.

Adam se leva :

— Je vais aller prendre l'air là, j'en ai marre de reluquer des photos de cul…

Depuis son accident, cette balle perdue qui lui avait fracassé le genou droit, Adam se trouvait souvent relégué au bureau, aidant comme il le pouvait ses collègues dans la gestion de la paperasse, le traitement des entrées, les recherches sur le net. Ces jours-là, il tournait comme un lion en cage, et certains jours étaient pires que d'autres. Ça dépendait du temps, de la souffrance, de l'os avec les soubresauts de la météo. Et des sautes d'humeur, quelquefois extra-sensibles depuis qu'Hélène l'avait quitté. Hélène, Hélène, la femme de sa vie, qui en avait eu assez de l'entendre geindre sur le Mal et les morts, et la vie de chien que l'on inflige aux flics. Une femme, ça ne se garde pas en pleurnichant : il la faut faire rêver.

Eva soupira et le prit par l'épaule.

— Écoute, tu sais bien…

Adam se dégagea.

— Oh ta condescendance me fait chier Eva. Ce n'est pas parce que j'ai pris une dragée dans la guibole que je ne peux plus aller jouer au chat et à la souris !

Adam n'acceptait pas d'être diminué, lui, ce grand sportif, décoré pour avoir sauvé un môme dans une prise d'otages, champion de judo, premier à la course à pied, il était là maintenant, comme un flic de second ordre, cantonné certains jours au dépoussiérage des dossiers et à l'accueil des plaignants.

Adam reprit :

— Je sais bien que je ne peux plus courir, mais qu'est-ce qui m'empêche d'aller en patrouille comme les autres ?

Eva le reprit par l'épaule :

— S'il te plaît, ne me ressors pas ton couplet et aide-moi plutôt à comprendre ce qui se cache derrière ces clichés.

— Tu parles…

Il se calma et s'assit, en ramenant sa patte folle sous le bureau, celle qui ne le soutenait plus, le nerf fémoral ayant été touché, obligé désormais de s'assurer avec une canne de boiteux.

Faisant passer les clichés sur l'écran de l'ordinateur, il lui dit :

— Là, tu vois ?

— Quoi ?

— Ce mec.

— Oui.

— C'est un conseiller politique.

— Celui-là ? Elle pointait du doigt un homme sur une des photos.

— Oui.

— Il a été mouillé dans de drôles d'affaires, notamment celle de la SEMPAP, dans les années quatre-vingt-dix. Mis en examen pour le portage de valises pleines de fric destiné à financer le parti en vogue à l'époque, il s'en est sorti avec un non-lieu.

— Étonnant…

Adam se tourna vers elle.

— Que veux-tu, le pouvoir…

Il pointa sur un autre cliché.

— Lui c'est le député, il était entre autres conseillé par le nervi de service.

Et puis un troisième cliché.

— Là je ne sais pas trop, le type a pris le soin de porter un loup. Quoiqu'il en soit si tu grossis certains détails, comme celui-là…

Adam avait focalisé sur un doigt.

— On voit un truc intéressant.

— On dirait une chevalière…

— Ça y ressemble, mais c'est plus large. On ne voit pas bien, mais c'est gravé.

— Drôle de bijou.

Adam augmenta le contraste.

— On dirait plutôt un anneau symbolique.

— Comme quoi ?

— Comme celui que portent les curés…

— J'ignorais ton ouverture à la piété.

Il prit un air interrogatif, joueur, en se tenant le menton avec un doigt.

— Ce sont plutôt mes années d'enfant de chœur, à boire le vin de messe et à lorgner les fesses des nones par le trou de serrure de la sacristie.

— Ah oui, je vois…

Elle sourit et reprit :

— Intéressantes, tes découvertes, faudrait donner ces photos au labo.

— C'est déjà fait…

Malgré sa grande gueule, Eva savait qu'elle pouvait compter sur Adam. Il n'avait pas son pareil pour trifouiller dans la merde et en sortir la pierre précieuse.

— Et sur celle-là ? Demanda Eva, celui qui frappe…

— Je ne sais pas qui c'est…

— Drôle de costume en tout cas.

— C'est un truc fétiche…

— Je pense plutôt que ce personnage essaye de se préserver.

Eva se recula un peu, pensive.

— Tu penses à quoi ?

— À ce que m'a dit le gars d'hier.

— Et quoi donc ?

— Qu'il fallait que je fasse le lien entre le député et le curé disparu…

— Celui qu'on n'a pas vu depuis trois mois ?

— Oui…

— Moi je crois que le seul lien qui est à faire c'est que le loustic s'est défroqué avec une gonzesse et qu'il s'est barré dans un coin paumé pour qu'on lui foute la paix…

— Peut-être, mais bon… Regarde, c'est toi-même qui me dis que la bague ressemble à celles que portent les officiers du culte…

— Je n'en suis pas certain…

Sur une autre photo, on voyait Xavier Laplanche en train de se mettre son chibre dans la bouche d'une gamine.

— Eh bien il est sympa ton p'tit copain.

— Arrête, tu sais bien que je n'ai plus rien à voir avec ce monsieur.

Cette affaire prenait une tournure embarrassante. Du « beau » monde était sacrément mouillé. Tout ça puait l'entente et la collusion. Et les partouzes n'étaient là que pour les unir dans leur perversité, sorte de rituel initiatique scellant leur fraternité et leur destin commun.

— Tu vas faire quoi pour lui ? demanda Adam.

— Je pense aller le voir, en catimini, pour le lui faire savoir, en le laissant prendre lui-même les décisions qui s'imposent.

— Et s'il ne fait rien ?

— Je suis certain qu'il réagira, je le connais bien. Et en jouant de la sorte j'espère bien le faire sortir du bois.

Les autres participants à l'orgie étaient des notables. L'un était financier, ayant gagné beaucoup d'argent en rachetant et en vendant des sociétés. Certaines de ses affaires, relevant du « délit d'initié », avaient défrayé la chronique. Un autre encore était notaire, une grosse étude bien établie dans le quartier du septième arrondissement. Un autre encore était présentateur en vogue à la télé.

— Eh bien, il y a du beau monde ! dit Eva.

Le dossier était dangereux, Eva le savait. Elle connaissait des collègues qui avaient été mutés pour moins que ça, voire menacés. L'affaire ferait l'effet d'une bombe si tout ça éclatait au grand jour. Elle se demandait comment prendre la chose. En parler à son supérieur ne servait à rien, il essayerait d'étouffer le dossier pour ne pas perdre sa place, négociant même au passage une promotion. Non, ce n'était pas une bonne idée. Elle pensa à Henri. Oui, elle demanderait conseil à Henri, ça, c'était une bonne idée.

— Tu penses à quoi ? demanda Adam.

— Avec tout ça, il faut que l'on se serre les coudes, ce dossier est trop craignos.

— Et ça peut nous éclater à la gueule n'est-ce pas ?

— Oui, c'est bien ça.

— Tu sais que tu peux compter sur moi, je suis une tombe.

— Je le sais bien. Tu as sécurisé tes fichiers ?

Adam sourit.

— Tu me prends pour un bleu ?

Eva sourit aussi.

— J'ai envie d'en parler avec Henri, si tu veux tu viens avec moi.

— Prendre l'air ? Avec plaisir.

Ils sortirent dans le frais d'une matinée qui saisissait la peau d'un frisson. Dehors, quelques collègues prenaient le temps d'une cigarette, discutant de choses et d'autres, laissant passer un tempo pour décompresser. Ils prirent une voiture et sortirent sirène hurlante, faisant du gymkhana entre les bouchons, les bus et les camions de livraison. Comme d'habitude, les rues étaient engorgées de voitures dégageant leurs gaz, asphyxiant les habitants de ces grandes avenues en faisant du sur place sans trouver d'autre échappatoire que celle de klaxonner comme des cons.

A divinis
(Hors des choses divines)

À ton défendant, tu ne savais pas tout ça.

Néanmoins, tu connaissais des choses, que tu avais enfermées dans le tréfonds de ta conscience même s'il est vrai que tu ne savais pas tout ça.

Certes, tu savais ce qui s'était passé il y a longtemps, ce qui était à l'origine, hors des choses divines. Et puis, dans un élan de foi, ou d'espérance, tu t'étais convaincu d'un mauvais rêve, un cauchemar peut-être ? Jusqu'à ne plus entendre les cris que tu avais ouïs un soir, jusqu'à ne plus voir ce que tu avais aperçu un jour, jusqu'à ne plus savoir si tout cela était vrai.

L'esprit, tu sais, a cette faculté, quelquefois, de se raconter des histoires, jusqu'à croire dur comme fer que les élucubrations qui nous emportent sont véritables, que les faits ont existé, que les choses que nous imaginons sont incontestables.

Et puis d'autres fois, l'esprit a la puissance contraire, celle d'effacer, celle d'ignorer, celle d'oublier comme si les faits n'avaient jamais existé, faculté étonnante dont l'homme abuse pour se déculpabiliser, usant de la stratégie d'étouffement stimulée par le cortex préfrontal qui jugule l'hippocampe, ou du jeu du pousse-pousse soutenu par le cortex préfrontal dorsolatéral, autrement dit l'art de la substitution du souvenir par un autre. Certes, sachant tout cela, tu pourrais dire que tu n'y es pour rien. Mais tous ces mécanismes ne se mettent en action que si tu le leur permets, que si tu le leur demandes, par la pensée, par le désir, par le stress, par l'envie.

Et c'est ainsi que tu as pu continuer ton chemin, que tes années se sont écoulées comme de l'eau tranquille, qui passerait dans la ville, jouant de romance en dessous des ponts, agrémentant les berges des jours d'étés jusqu'au jour où l'orage, soudain, violent et déchaîné, gonfle les ruisseaux affluents de cette rivière, depuis des décennies sereine, faisant arriver des murs de boue chargés de pierres, qui ravagent tout sur leur passage et détruisent les ponts, saccageant les berges, inondant les maisons attenantes, emportant les âmes ignorantes et intrépides.

Il y a eu tellement d'histoires comme ça. Les gens ont construit des maisons, la maison de leurs rêves, au bord de ces cours d'eau équanimes, comme si de rien n'était, alors qu'ils savaient, alors que tout le monde connaissait le risque d'être là, de bâtir une vie aussi près du danger.

Et toi c'est ce que tu as fait. Tu as bâti ta maison sur des souvenirs que tu as trafiqués, en les nourrissant d'incertitude, faisant abstraction de passages majeurs, et ne laissant que des bribes qui, mises bout à bout comme les passages d'un film, en ont changé l'archive.

Tu entends des pas. Tu n'es pas certain, mais tu penses que c'est lui. C'est étrange, il ne te parle pas. Pourquoi ? Que va-t-il te faire ? Il bouge sans ménagement ce tuyau qu'il a mis dans tes narines, et ça te fait mal ! Mais pourquoi fait-il ça ? Oui c'est lui, tu reconnais son pas, un pas assuré, un pas qui ne frotte pas, un pas lourd. Mais pourquoi ne dit-il rien ?

Que va-t-il te faire ?

La peur te gagne, ton front perle des gouttes de sueur qui s'infiltrent dans tes yeux, qui glissent sur tes joues, qui se déposent sur les poils de ta peau. Il bouge encore quelque chose, certainement du métal, qui crisse sur la pierre. Ça te fait froid dans le dos. Est-ce l'heure ? Oui, l'heure de ton sacrifice est-elle venue ? Ton cœur s'emballe, tu imagines, tu ne veux pas, tu divagues, tu halètes, tu as peur. Et puis d'un coup, tu ne sens plus rien, ton cœur se calme, tu retrouves ta respiration, tu es presque bien : serais-tu mort ? Est-ce cela la mort, un état de béatitude ? Ou alors est-ce la paix de l'instant qui précède, l'acceptation de ta vie et donc l'acceptation de ta mort, que connaissent les grands sages, cette sérénité des dieux ?

Il touche encore ce tube et là tu reviens d'un coup à la vie, à la joie, à la peur, à ta condition humaine, au mal que cela te fait.

Et puis tu entends une voix très forte, presque insupportable.

C'est la voix d'un homme, une voix grave, une voix mesurée, une voix doucereuse. Et tu la connais cette voix, oui tu la connais : c'est la tienne ! Et puis tu entends des oiseaux, oui, des petits oiseaux qui piaillent, tu sais comme ces passereaux du printemps, le gobemouche gris, à la poitrine finement striée, le loriot d'Europe, avec son plumage jaune et noir, la mésange nonette, avec son duvet blanc, l'étourneau sansonnet, avec ses reflets métalliques. Tu les connais bien tous ces oiseaux, toi qui aimes, quand tu le peux, aller les observer dans cette hutte qu'un ami te prête en dehors de la période d'ouverture de la chasse. Tu y as même emmené quelquefois des enfants, pour les initier aux chants des petits oiseaux, ces petites bestioles que le bon Dieu dans sa grande Clémence a faites.

Et puis tu entends des voix d'enfants. Mais qu'est-ce que c'est ? Les voix sont de plus en plus fortes. Il y a des cris. Il y a des rires. Il y a des pleurs aussi. Et puis il y a de grands moments de silence. Et ces sons, et ces gazouillis, et ces cris deviennent comme une torture irrépressible.

Pourquoi fait-il ça ?

Ta tête résonne de ces cris, de ces pleurs, de ces rires et tu te rappelles, oui, tu te rappelles…

C'était il y a si longtemps…

Anguis in herba
(Le serpent est sous l'herbe)

— Bon sang, c'est toujours aussi morbide chez vous !

Henri tourna la tête.

— Adam ! Ça fait un bail que vous n'êtes pas venu dans mon antre.

— Que voulez-vous, la belle Eva, à vouloir me protéger du froid m'empêche de sortir ma trogne dehors !

Adam avait pris Henri par l'épaule et le serrait contre lui.

— Ça fait du bien de vous voir, vieux charognard.

Henri était occupé à découper le torse d'un homme qui avait été repêché dans un lac, avec une pierre aux pieds, une affaire presque banale, avec la substantielle question à élucider : homicide ou suicide ?

— Et lui c'est qui ? demanda Eva en regardant le torse ouvert en deux.

— Oh un pauvre type, repêché au fin fond d'un lac avec une pierre aux pieds.

— Un suicide ?

— Difficile à dire pour le moment. L'a-t-on jeté ? Ou s'est-il jeté lui-même ? Dans les deux cas, il s'est rempli de flotte et s'est fait chatouiller par les moustaches des silures. Ce dont je suis certain c'est qu'il était vivant lorsqu'il est tombé dans l'eau.

— On peut l'y avoir poussé…

— Certes oui, mais sans autre fait tangible je le rangerai dans la rubrique des faits divers !

Le macchabée n'était pas beau à voir, il devait avoir séjourné dans l'eau au moins durant une semaine et sa tête, décapitée par l'hélice d'un bateau de surveillance qui passait par là, affichait un air de monstre digne des films les plus gores.

— Mais dites-moi, que me vaut le plaisir de votre visite ?

— Celui de vous voir mon cher Henri, répondit Eva, mais aussi l'envie d'avoir votre avis sur une drôle d'affaire.

— Ouah, depuis quand les fins limiers que vous êtes auraient-ils besoin des chiens de salon ?

— Allons donc Henri, l'humilité vous va certes à merveille, mais trop exagérée, elle prend l'allure d'une flatterie déguisée !

— Damned, je suis découvert. N'y a-t-il rien qui puisse échapper à la police ?

Il avait pris un air de fugitif acculé entre deux murs, les bras en croix et les yeux exorbités, laissant la pilosité de son torse fleurir sous la lumière de sa frontale.

— Quel acteur ! dit Eva.

Il se releva et poursuivit :

— Permettez que je me rhabille et je suis à vous…

Ils sortirent, l'air chargé d'humidité, soufflé par une brise légère, piquait près de la Seine. Une péniche, nonchalamment, charriait son chargement de touristes en direction de Notre-Dame. Paris était là, grisâtre d'un hiver qui ne savait plus trop sur quel pied danser, la neige n'étant plus aux rendez-vous des gamins depuis déjà une vingtaine d'années, et puis, la pollution, omniprésente, se confondait parfois avec la couleur du ciel.

Le monde était ainsi, il avait changé, entraîné par l'immanence de l'évolution. Les technologies, soutenues par les trusts, essayaient d'aller vers le mieux-être, mais l'homme, abusant et salissant par nature, passait d'une pollution à l'autre, d'une maladie à l'autre sans prendre le temps de changer sa nature et son comportement. Le périphérique, comme à son habitude, charriait sa cacophonie de voitures, s'enfumant les unes les autres, crachant leurs particules tueuses, augmentées d'un jour à l'autre par la chaleur ou le vent. Eva toussa, cet air l'irritait de plus en plus. Le souvenir de l'iode, du sel et de l'écume, des balades sur la plage, lui revenait, l'appelait presque, en la questionnant sur le pourquoi des jours qu'elle passait ici, à courir la chimère du Mal. Sa seule raison d'être, elle le sentait, de plus en plus criante, était le souvenir du sourire de son frère, la cruauté de sa mort inexpliquée, il avait été la proie du Mal. Elle se rappelait lorsqu'il courait sur les plages à marée basse, qu'il nageait dans le sel et l'écume, qu'il se laissait fouetter par les vagues tumultueuses, quand il riait, quand il pleurait. Elle revoyait son corps mort, elle n'avait que dix-huit ans, revenu de ce trip obscur où la vérité, étouffée comme l'air de ce jour, s'était, avec le temps, assourdie, s'oubliant parfois dans un sentiment d'injustice et des rêves à crier vengeance.

Comme à son habitude, Henri s'était dirigé vers la brasserie de l'Aubrac, chargée à cette heure de Parisiens discutant le bout de gras et se réchauffant devant un bon verre de Fitou et un plat d'aligot.

— Alors, monsieur Jean, comment se porte la boustifaille du jour ?

— Comme un charme, monsieur Henri, comme un charme !

— Alors une table avec un peu de place, si cela vous semble possible !

— Pour vous tout est possible, vous le savez bien !

Le maître d'hôtel demanda à un couple s'ils voulaient bien se décaler afin de libérer une table. Ils bougonnèrent, mais acceptèrent, devant la corpulence du serveur et sa proposition de leur offrir leur verre de vin.

Ils s'assirent et Henri demanda :

— Alors qu'est-ce qui vous arrive, si ce n'est pas une histoire de macchabée dévoré par des insectes affamés ou une femme violée par dix vipères aspic ?

— Regardez, dit Eva, en lui tendant les photos.

Henri feuilleta, une par une.

— Eh bien, nous avons là des conciliabules de très haut niveau !

Il avait tourné les clichés vers le mur pour que le couple déplacé, lorgnant ostensiblement dans leur direction, comme attiré par l'étrangeté de leurs échanges, ne puisse pas voir ces scènes de jeunes filles se faisant soumettre et abuser.

— Ah oui, nous avons là du très beau monde…

— Vous en connaissez quelques-uns ?

— Presque tous, j'avoue. Pour autant, n'imaginez pas qu'ils aient pu me convier à leurs ébats !

Il s'était arrêté sur une photo, enlevant ses lunettes pour l'approcher de ses yeux et grossir un détail.

— Excusez-moi, mais je vois mieux de près, sans mes binocles ! C'est le privilège des myopes !

Il compara avec une autre photo.

— Le type à la bagouse, dit-il, c'est étrange.

— Quoi donc ?

— Je ne suis pas certain, mais on dirait qu'il porte un tatouage sur la jambe gauche.

— Montrez, dit Adam.

— Là…

— Ah oui… Bon sang, je ne l'avais pas vu…

— Que voulez-vous, mon occupation favorite emploie avec bonheur ma passion des détails !

— Et ça représente quoi ?

— On dirait un oiseau.

Eva prit la photo et la rapprocha autant que possible de ses yeux, en fixant le détail mis en exergue par le légiste.

— C'est vrai que ça y ressemble, mais c'est flou.

— La qualité de la photo est médiocre.

— J'imagine que le photographe devait penser à autre chose durant la bacchanale…

— Attendez, dit Henri, il y a quelques plumes… oui c'est ça… pour moi c'est Garuda…

— Garou quoi ?

— Garuda, un dieu oiseau hindouiste…

Le légiste avait sorti une loupe.

— Il n'y a que vous mon cher Henri pour sortir ce genre d'objet dans un restaurant.

Henri sourit, gamin, la révélation de sa passion pour les petites choses avait trouvé son préambule lorsqu'il avait eu un microscope pour son dixième anniversaire. Durant toutes les années qui avaient suivi, il n'avait pas cessé, chaque soir en rentrant de l'école, d'étudier et d'observer les choses auxquelles la plupart des gens ne s'intéressent pas, comme le cuilleron thoracique de la mouche, les palpes maxillaires du moustique, l'épicarpe du pétiole, le cytoplasme du pollen, la gaine épithéliale du poil, les fibrilles de la peau, le ballet des spermatozoïdes.

Son œil de myope s'était alors exercé à fixer le monde par l'œilleton de l'oculaire démultipliant la faculté qu'ont les bigleux de voir de près.

— Les plumes, les serres, le pectoral… Oui c'est bien Garuda…

— Et donc ?

— Rien de particulier si ce n'est que ce monsieur aime les symboles thaï…

— Et ça veut dire quoi ?

— Garuda c'est l'aigle mythique, un avatar de Vishnou, le dieu qui entretient la vie et la création alors que son double, Shiva, la détruit sous l'œil magnanime de Brahmâ, le créateur de tout.

— Et alors ?

— Ce qui est étonnant c'est de trouver sur le même homme une bague de type curé et un tatouage de type païen.

— Peut-être a-t-il eu plusieurs vies ?

— Certes… Mais retrouver ce genre d'homme dans une partouze, si tant est que l'anneau confirme le statut de son possesseur, ça aussi c'est très étonnant.

— Peut-être l'a-t-il acheté dans une brocante ? dit Adam.

— Il est rare d'en trouver, ou alors des copies, c'est en effet une éventualité à prendre en compte.

Eva se leva, il fallait qu'elle marche un peu.

— Je vais fumer, ça vous dit ?

— Ça caille…

— Ça nous refroidira les méninges…

Dehors on sentait que l'hiver avait gagné sur l'automne, en imposant des jours où le froid se cumulait avec la pluie et le vent. Et bien que les saisons fussent chamboulées, ne permettant plus de perspectives avec les comparaisons des années précédentes, il n'en restait pas moins que des phénomènes connus apparaissaient dans ce capharnaüm comme autant de points de repères et de rappels d'un temps passé.

Ils s'étaient mis à l'abri d'un muret afin de permettre au tabac de se faire lécher par la flamme.

— Bon sang ça pèle…

— Allons donc, mon cher Adam, vous n'allez quand même pas me dire qu'une petite brise vous fait grelotter.

— Hier il faisait beau, et maintenant on grelotte, c'est à n'y rien comprendre.

Eva Saint Louis était pensive. Il était évident que le Député ne s'acoquinait pas avec n'importe qui, si tant est que l'on puisse déclarer un homme digne d'intérêt ou quelconque rien que par sa position sociale. Mais les hommes ont cette curieuse propension à vouloir cataloguer leurs pairs, afin de faire valoir leur propre valeur, en leur collant de petites étiquettes pour les positionner dans une alvéole, dans une case, dans un carton, dans un recoin de leur système de valeurs. Le Député avait cette réputation de fréquenter le gratin des médias et la crème de la société. Par ailleurs, se commettre avec des libertins l'exposait inévitablement au baiser de Judas d'un envieux désireux de lui saper sa bonne fortune. Il était donc certain que tous ces sybarites se connaissaient, unis jusqu'au sang par un pacte de confiance, sans lequel ils se seraient croqués comme des squales flairant l'hémoglobine.

Elle repensait à cet homme, qui l'avait interpellée l'autre fois, et qui l'avait invitée à faire le lien entre la disparition du prélat et le suicide du politique.

— Vous êtes bien pensive commissaire…

— Oui… Je me demande pourquoi le député s'est jeté sous le train…

— Par peur d'être découvert ?

— Peut-être… Mais un homme tel que lui disposait d'un arsenal relationnel de contre-attaque qui dépasse l'entendement du commun et, à sa place, j'aurais d'abord épuisé tous les moyens possibles avant d'en arriver aux décisions extrêmes.

— Ce n'est pas faux…

— Et les vidéos du métro, qui les a vues ?

— Je les ai vues…

— Et alors ?

— Il n'y a rien de probant. Il y avait la foule des grands jours à cette heure-là…

— Je peux les voir ? demanda Henri.

— Oui, bien sûr…

Eva n'arrivait pas à détacher son esprit de l'image de cet homme bedonnant, dont la chemise, étirée par le ventre, menaçait de faire sauter le fil des boutons. Elle le revoyait, assis devant lui, sirotant son café, lui tendant la pochette des photos. Ces photos sur lesquelles on voyait tous ces hommes peloter et baiser ces jeunes filles impubères.

Elle dit, comme dans un éclair :

— Faut qu'on retourne voir la bonne du curé.

— Je viens avec toi.

— Si tu veux.

— Et les films ?

— On se les fait demain. D'abord la bonne.

Elle prit ses affaires et entraîna Adam, laissant Henri, son plat d'aligot et une salade qu'elle n'avait pas terminée. Cette femme devait savoir des choses. Il fallait qu'elle la revoie.

Ad nauseam
(Jusqu'à la nausée)

— Mais ça pue ici ! Bon Dieu que ça pue !

C'est la voix de la dernière fois, oui, c'est lui, tu reconnais ce timbre guttural, cette sonorité caverneuse et ces accents venus d'outre-Rhin.

— Je vais devoir aérer !

Tu l'entends s'éloigner et ouvrir la porte qui grince sur ses gonds.

Alors le vent du dehors entre brutalement, te saisissant le cœur, te glaçant la peau, te contractant les pores.

Tu l'entends rire. Oui il rit d'un rire salaud, un rire sadique.

— Ah, ah, ah…

S'amuserait-il de ta peine ? Prendrait-il plaisir à ton sort ?

Tu ressens comme un malaise, comment se peut-il que des hommes jouissent de la souffrance qu'endurent les autres hommes. Les animaux eux ne font pas ça. Ils tuent pour se nourrir, pour se défendre, ou ils ne tuent pas. Les hommes, eux, en plus de ces instincts premiers peuvent tuer pour le plaisir, voire pire, faire souffrir pour le plaisir.

Ses pas reviennent vers toi, il s'approche de ton visage et il hurle :

— ALORS MONSEIGNEUR, ÇA RÉVEILLE HEIN !

Monseigneur, tu n'es pas un monseigneur. Ce titre est réservé aux dignitaires dont tu ne fais pas partie. Aux princes et aux ducs, aux évêques et aux archevêques, aux chapelains de sa Sainteté et aux protonotaires apostoliques. Toi, tu n'es qu'un simple prélat, sans distinction, tranquille dans ta paroisse de banlieue, ayant passé le temps d'imaginer quoi que ce soit d'honorifique.

Tu voudrais le lui dire, peut-être s'est-il trompé, peut-être t'a-t-il pris pour un autre ? Ta pensée l'imagine en cet instant. Mais tu ne peux rien répondre puisque ta bouche est scotchée. Ou alors peut-être se moque-t-il de toi. Tu ne sais pas.

Il fait froid dehors, tu le sens, des bourrasques d'air pulsé par le vent entrent par cette porte ouverte, celle que tu imagines grincer sur ses gonds. Et cet air, en s'introduisant dans ce lieu, se charge des odeurs jusqu'alors à l'abri, des odeurs de fers rouillés, des effluves d'œufs pourris, des émanations de compost, des empyreumes de bois brûlé, des remugles de vieux ciment.

— BIENTÔT, crie la voix, BIENTÔT JE VAIS VOUS ÉVEILLER !

Cette voix oui, tu n'es pas vraiment certain que ce soit la même que celle de la dernière fois. Pourtant cet accent caractéristique. C'est la façon de parler qui te semble différente.

Que veut-il dire ? Il emploie un langage abscons qui te fait peur. Tu n'aimes pas ces gens qui utilisent des mots sibyllins, et lui, que veut-il dire par « t'éveiller » ?

À ce mot, ton esprit se connecte sur un souvenir, un reportage que tu avais vu par hasard, en visitant un couple de tes ouailles. Ils avaient laissé la télévision allumée, alors que tu essayais de leur parler de leur vie spirituelle, habitués qu'ils étaient au petit écran, du matin au soir, n'ayant rien d'autre à faire de leurs journées, l'oisiveté du chômage les avilissant et leurs seuls plaisirs étant de parcourir le monde à partir de leur cuisine.

C'était en 1998, l'émission parlait des sectes tueuses, et des trente-neuf corps qui avaient été découverts en mars 1997 dans un ranch de Santa Fe, en Californie. C'était un gourou, un taré, qui avait réussi par sa force de conviction et son élocution à convaincre des familles, bien sous tous rapports, plutôt aisées même, des musiciens de talent, des diplômés d'université, des athlètes accomplis, des Américains modèles, à devenir les disciples de la secte de la porte du Paradis. Et, en ce jour de mars, tous ces gens avaient décidé d'abandonner leur enveloppe corporelle pour rejoindre le vaisseau spatial dissimulé derrière la comète de Hale-Bopp, afin de faire le grand voyage vers une destination cosmique connue d'eux seuls, dans le but d'atteindre un niveau spirituel supérieur.

En l'entendant brailler : « je vais vous éveiller », ton cerveau a ravivé ce souvenir, comme une peur enfouie dans le tréfonds de ton inconscient, ressuscitée par ces quelques mots, curieusement associés à cette angoisse de te retrouver un jour embrigadé dans une secte, perdant ta volonté de fuir et le contrôle de toi-même jusqu'à l'acte ultime d'une folie.

Et si c'était ça ? Oui : si c'était ça.

Si tu avais été kidnappé pour grossir les rangs d'une troupe de zélateurs asservis…

Ou pire encore, si tu avais été choisi par des adorateurs de Satan pour servir d'offrande au sacrifice d'un soir.

Ses mots t'ont troublé, tu le sens, et dans les méandres de ton cortex, les synapses se sont agitées en déboussolant la cohorte des neurotransmetteurs. La peur, tu le sais peut envahir la totalité d'un être, le dépossédant de sa force, annihilant ses défenses, l'exposant à ses démons. Et toi là, toi qui ne peux pas crier, toi qui ne peux pas te débattre, toi qui ne peux pas te sauver, toi qui ne peux rien faire, tu imagines le pire dans les mots que tu viens d'entendre, et que la voix aboie en touchant des objets certainement métalliques.

— OUI, CHER MONSIEUR, JE VOUS ÉVEILLERAI !

— Mais pourquoi dit-il cela ?

Tu le sens s'approcher de toi et il vocifère, jusqu'à gueuler, dans ton oreille :

— JE VAIS VOUS ÉVEILLER !

Alors ces mots éventrent tes tympans, culbutent tes étriers, déchaînent tes cochlées, électrisent ton nerf auditif, violent ton gyrus de Heschl, éperonnent ta moelle épinière, raidissant d'un seul coup tout ton corps dans un spasme convulsif.

Tu te sens mal, abominablement mal. Ton diaphragme s'est crispé et ta colonne vertébrale est devenue comme une barre de fer.

— Oh, dit-il, je vois que vous êtes sensible au stress. Il faut dire qu'à votre place, j'aurais certainement ce type de réaction.

Tu l'entends, mais tu n'arrives pas à te défaire de cette tension extrême, ta respiration s'est même coupée.

— D'habitude, les tensions dues au stress se localisent plutôt au niveau du cou et des épaules et, le fait que vous soyez tendu des pieds à la tête démontre, je pense, une faiblesse de votre organisme conséquente de votre sédentarité et votre manque d'activité physique qui ont dû faire fondre vos muscles du dos.

Tu l'entends manipuler des objets dans un récipient que tu imagines comme un haricot médical, en inox.

— Je vous vais détendre, en vous administrant un antidépresseur.

Mais que va-t-il te faire ? Il va te piquer ? Il essaye certainement de diminuer ta résistance pour faire de toi son jouet.

Tu sens qu'il est près de toi, il prend la chair de ton bras droit entre ses doigts et tu sens l'aiguille d'une piqûre te traverser sans ménagement inondant ta veine basilique de chaleur. Tu voudrais crier, mais tu ne le peux pas. Ton corps lâche prise et tes muscles se détendent petit à petit. Tu te sens presque bien.

— Voilà, cela va vous soulager. Certes, les effets secondaires ne sont pas anodins, notamment sur la sexualité !

Il se met à ricaner, emplissant tout l'espace d'un rire gras chargé de raillerie.

— Certes ! Mais la sexualité vous vous en foutez cher monsieur !

Et il s'approche encore de ton oreille et il crie :

— N'EST-CE PAS ?

Ton corps ne réagit pas comme tout à l'heure. Le produit a fait son travail, générant des effets secondaires à te mettre à mal, nauséeux, ta bouche se remplit de salive, et tu sens ton pharynx et ton abdomen se contracter. Et puis cette insupportable envie de vomir alors que ton estomac n'a rien à rejeter.

Tu es fatigué, très fatigué, et ton esprit bale dans un autre monde.

Tu vois des flashs, tu n'entends plus rien de la réalité qui t'entoure, le souffle du vent, les rats qui passent en couinant, la porte qui grince sur ses gonds, cet homme qui peut-être te parle encore, tu n'entends plus rien, tu es ailleurs, et tu vois des lumières, que t'a-t-il injecté ?

Pourquoi ? Ton corps t'échappe, tu n'es comme plus là. Ta conscience t'échappe aussi, et tu ne sais plus.

Alors tu t'endors.

Aliud est celare, aliud tacere
(Cacher est une chose, taire en est une autre)

Gisèle n'avait pas fermé la porte, habituée à ce qu'il rentre tard, certains soirs, elle n'avait pas peur, rien de mal ne pouvant arriver ici, et, dans sa petite chambre haute, elle regardait un film d'amour, une histoire tirée par les cheveux, sans vraiment le regarder, sur sa petite télévision portative, mais à cette heure avancée de la nuit pouvait-on prétendre à de bons films ? Certes, non.

C'était une femme méticuleuse, dans son travail, ou plutôt sa mission, une personne de confiance, irréprochable, qui savait jouer la naïve, mais qui, en réalité, avait l'œil et l'esprit vifs, saisissant les situations les plus délicates, au fait de toutes les conversations qu'il ne fallait pas entendre.

Cette façon d'être était pour elle une façon de survivre, l'histoire de sa jeunesse ayant été ponctuée d'actes violents, d'engueulades pour un rien, de punitions au placard. Son père, un homme pervers et cruel ayant l'habitude de la frapper, elle et son frère, avec une cravache qu'il avait ramenée de ses périples en Mongolie, devant leur mère qui, dépourvue de volonté, était incapable d'opposer la moindre résistance, ou simplement de faire barrage, acceptant l'intolérable, excusant même son homme duquel elle ne se serait jamais séparée, en disant à qui voulait l'entendre qu'il l'aimait, et qu'elle l'aimait et qu'il aimait ses enfants plus que tout.

Jusqu'à ses douze ans, Gisèle avait connu l'enfer et rien d'autre que l'enfer, étouffée dans l'univers oppressant d'un mensonge familial doublé d'une cécité volontaire du voisinage qui avait pris l'excuse de ne pas se mêler des affaires des autres. À l'école, on la disait timide, sans trop s'inquiéter du fait qu'elle était timorée. Certains même la disait « sage » pour expliquer son introversion jusqu'au jour où une maîtresse, prenant à cœur son métier et son cas, s'aperçut des brûlures de cigarette que la gamine portait sur ses bras, toujours couverts d'un vêtement à manches longues, même en été, la raison officielle donnée par la mère, étant que Gisèle, ne supportant pas le soleil à cause d'un eczéma photo allergique, devait prendre garde à se découvrir.

L'institutrice avait alors pris les choses en main, diligentant le passage des services sociaux qui, jusque-là, n'avaient rien vu, ou plutôt avaient fermé les yeux pour ne rien voir, l'administration ayant quelquefois cette complexité d'enquête lorsqu'il lui faut diligenter l'action conjointe de plusieurs services. L'instruction avait défrayé la chronique, Gisèle, constat fait, ayant été violée moult fois par son père, depuis l'âge de six ans, l'horreur ayant atteint son summum lorsque les commis de l'État s'étaient aperçus que la gamine avait fait une fausse couche à l'âge de onze ans. Les gosses avaient alors enfin été placés et Gisèle s'était retrouvée chez un couple de culs bénis qui n'avait pas eu la chance d'avoir d'enfants, où l'action de grâces commençant dès le petit déjeuner, se poursuivant au déjeuner, jouait son apothéose au dîner, sans oublier le « Je vous salue Marie » du soir.

Gisèle avait alors connu le repos de son cœur, même s'il lui avait fallu quelques années pour ne plus hurler une nuit sur deux, en voyant son père la baffer, la pincer, la brûler, l'étrangler, la noyer et la violenter dans ses cauchemars. Elle était devenue cet enfant marqué pour la vie, à jamais séparée de ses salauds de parents et de son frère aîné qui lui, ayant besoin d'une structure pour le cadrer, avait fini par s'engager dans la marine.

Alors Gisèle, à défaut d'avoir pu faire de hautes études, d'avoir eu des géniteurs dignes de ce nom, d'avoir eu une enfance tout simplement normale, avait développé des talents salutaires, celui de savoir se taire quand il le fallait, celui aussi de savoir détourner la colère sur un autre, celui de savoir courber l'échine pour minimiser l'impact d'un coup, celui enfin de savoir sourire même si, au fond d'elle, le monde était à jamais défiguré de ce temps où le placard lui permettait de pleurer sans se faire tabasser.

La vie aurait peut-être pu la guérir de tout le mal qu'elle avait reçu, peut-être, oui, avec un miracle. Mais son âme s'était construite sur l'horreur et ne pouvait plus imaginer qu'un enfant puisse être heureux. Bien entendu, au niveau des hommes, en tant que mâles, elle ne pouvait que transposer l'image paternelle de brutes, de salauds et de fumiers.

Ce qui l'avait sauvée, socialement parlant, c'était d'être une petite fée du logis, toujours prête à rendre service, étant sur le qui-vive pour débarrasser la table, excellant dans le lavage de la vaisselle, rangeant toujours sa chambre avant de venir à table, bref, une jeune fille modèle que le couple se félicitait d'avoir eu comme fille adoptive, ce qu'ils avaient fait d'ailleurs le jour de ses dix-huit ans. Monsieur et Madame étaient vraiment de bonnes personnes, certes bigots, mais ayant la main sur le cœur et cherchant vraiment à faire du bien autour d'eux. Malheureusement, ils avaient été rappelés au Seigneur un soir d'hiver, rentrant d'une réunion lointaine pour leur association qui venait en aide aux démunis, glissant sur une plaque de verglas et faisant une chute de dix mètres dans le ravin qui jouxtait cette route mal entretenue avant que leur voiture prenne feu sans leur laisser une chance de survie.

À l'enterrement, monsieur le curé n'avait pas tari d'éloges sur cet homme et sur cette femme trop vite partis rejoindre le Seigneur, disant à la foule venue en masse pour leur rendre un dernier hommage que le Ciel se félicitait de les recevoir en son sein, eux dont la dévotion et l'engagement n'avaient d'égal que l'amour divin qui les habitait. Gisèle, elle, habillée tout de noir, était en pleurs, esseulée devant l'autel et les boîtes à corps de ceux qu'elle appelait « ses parents », à jamais veuve désormais, au fond de son cœur et de son esprit.

Gisèle s'était alors retrouvée orpheline de ses parents adoptifs qui lui avaient laissé un beau pécule en guise d'héritage dont elle n'avait su que faire, apeurée du retour de sa mère naturelle ayant appris, on ne sait comment, que sa fille chérie était devenue riche, affichant sans vergogne l'envie d'assurer son bonheur. C'est alors qu'était entré en jeu le curé de la paroisse qui avait usé, avec un groupe de notables, de leur influence pour protéger la jeune fille des bonnes âmes notamment, celles d'une famille éloignée qu'elle n'avait jamais connue et de tout un tas de nouveaux amis flirtant autour d'elle en lui prodiguant moult conseils et compliments, une flatterie à laquelle elle n'avait jamais été habituée. Alors Gisèle, plutôt que de fuir, s'était dit qu'il était temps aussi pour elle, de jouer avec la vie des autres et, si elle rechignait à se faire embrasser, elle ne disait pas non à d'autres distractions où le plaisir du mal infligé à son prochain assouvissait quelque peu sa propre histoire.

Peu de temps après, allant fleurir leurs tombes et priant dans une des chapelles pour le salut de leurs âmes, certainement déjà bien gagné par leurs actes, Giselle s'était arrêtée devant une sainte portant un enfant. Elle avait été interpellée par son visage angélique et le bambin dodu qu'elle avait dans ses bras, comme les Jésus en sucre. Elle l'avait regardée, si belle, était-il possible que l'Amour existât ? Non. Alors d'un geste elle l'avait fait choir, la porcelaine se brisant sur le marbre d'une tombe et, à cet instant, elle avait su qu'elle ne ressentirait plus jamais rien, sa vie était morte et, devant les morceaux épars de la Vierge et de son Enfant, elle revit le film de toutes ses années de misère, les hurlements du père, les soirs où il entrait dans sa chambre en susurrant « sois gentille ma petite », l'absence totale de sa mère qui était arrivée à ne pas voir ce qui était pourtant criant. Et puis cette mort injuste de ses parents adoptifs. Oui, sa vie était morte. Elle soupira et se retourna, et décida de se mettre au service de la paroisse qui cherchait une dame à tout faire.

Dans cette église, promue collégiale en mille quatre cent vingt-deux, elle s'occupait de tout, briquait les saints pour les délivrer de la crasse centenaire, cirait la chaire au point qu'une fois le prélat avait failli s'estropier en glissant, astiquait les candélabres pour que leur éclat brille de mille feux, lustrait le damier du labyrinthe pour lui redonner la splendeur d'antan, consacrait toutes ses heures d'éveil, de sept heures du matin à vingt-deux heures, sept jours sur sept et trois cent soixante-cinq jours sur trois cent soixante-cinq, à faire de ce lieu une maison pour accueillir comme il se doit le Seigneur. C'est là qu'elle avait trouvé son lieu, sa raison d'être, sa survie.

Petit à petit, l'abbé lui avait confié d'autres tâches, comme celles de s'occuper de ces pauvres diables, ces errants, qu'il accueillait parfois, surtout pendant les journées d'hiver. Il fallait préparer les deux petites chambres de la sacristie, faire les repas, et puis nettoyer après leurs départs. Et puis le curé lui donna aussi à faire le rangement des papiers et même la comptabilité de l'église. C'est ainsi qu'elle vit que les rentrées n'étaient pas folichonnes. La plupart des ouailles ne donnant pas plus de dix centimes à la quête, voire des boutons de chemise, même les riches ! Elle avait sa chambre dans la sacristie et servait le prêtre, en étant quelquefois sa confidente lorsqu'il lui parlait d'untel ou d'unetelle dont il ne comprenait pas l'attitude, malgré le fait qu'il ait tenté de faire une médiation dans des affaires de famille par exemple, voire dans des affaires de business. Elle le voyait, les années passant, se recroqueviller sur lui-même, certainement déçu de la gent humaine. Quelquefois, même elle l'entendait prier, demander le pardon de tous ces soi-disant fidèles dont la plupart n'étaient là que par convenance, par conformité ou pour assurer leur affiche dans leur cercle social. Ce qui l'étonnait le plus, c'étaient ces soirs où elle l'entendait pleurer, crier, les murs de la sacristie étant certes d'un âge où la largeur de la maçonnerie assurait l'insonorisation, sauf dans les parties qui avaient été modifiées, où de simples carreaux de plâtre faisaient office de séparateurs. Une fois, elle avait osé descendre de sa chambre pour essayer de voir ce qui se passait. La porte était entrouverte et elle avait vu cet homme, torse nu, en train de se flageller avec violence, jusqu'au sang, en demandant le pardon de ses fautes, de ses manquements, de ses péchés.

Quand elle avait vu cela, elle n'avait pas compris. Comment ce saint homme, si dévoué pour les autres, pouvait-il s'accuser des pires maux ? Comment pouvait-il à ce point se martyriser ? Elle était remontée dans sa chambre, choquée, et n'avait pas dormi de la nuit. Certes, le sermon du dimanche aurait dû l'éclairer, quand le révérend s'était épanché sur la nature humaine, conçue dans le péché, imprégnée par le mal dès sa naissance. « Quelles que soient nos bonnes œuvres », avait-il dit, « le mal est en nous, et guette le moindre de nos faux pas. Le Salut étant dans la pratique de l'ascétisme et la soumission de son corps et de son âme, cette bestiole intérieure à contraindre comme on le fait avec un chien que l'on éduque, pour assujettir la chair, cette pécheresse native, qui nous pousse à la faute, à la loi de l'esprit ».

Au bout de quelque temps, Gisèle avait pris l'habitude de sortir, certains soirs quelquefois, pour se balader, disait-elle, pour aller voir quelques amis. L'abbé ne lui avait pas demandé d'explications, elle était libre et c'était normal qu'une femme de son âge ait envie de sortir. Ce qu'elle faisait ne regardait qu'elle. De toutes les façons qu'aurait-elle bien pu faire d'autre que de se promener ou d'aller boire une tasse de thé ?

Le soir où l'abbé était sorti, Gisèle n'avait pas fermé la porte, n'ayant aucune crainte qu'un intrus se permette d'entrer, non, rien de mal ne pouvait arriver ici, et, dans sa petite chambre haute, elle regardait un film sans vraiment le regarder, sur sa petite télévision portative. Elle attendait toujours qu'il rentre avant de se laisser aller dans les bras de Morphée. Un peu comme l'instinct protecteur d'une femme avec son fils, elle attendait cet homme, ce « saint homme » disait-elle souvent en parlant de lui, guettant le bruit de la porte, grinçant sur ses gonds. Il lui arrivait même d'essayer de percevoir un peu de lumière venant de sa chambre, en contrebas. Et alors seulement, elle acceptait de s'endormir, tranquillisée par son retour.

Sans oser se l'avouer, au fond d'elle, elle aimait cet homme, dévoué pour les autres, ayant consacré sa vie au bonheur des autres. Il avait toujours un mot qui allait bien, au sortir des offices, en serrant les mains. Il avait toujours une pensée pour les malades qu'il ne manquait jamais de visiter. Il avait de l'indulgence pour les jeunes qu'il essayait de comprendre et qui venaient à lui pour l'entendre jouer de la guitare. Elle l'appelait « mon père » parce que tout le monde l'appelait comme ça, mais aussi parce qu'au fond d'elle, il était ce père qu'elle avait rêvé d'avoir. Elle ne pouvait pas se dire qu'elle aimait cet homme, parce qu'il lui était impossible d'aimer qui que ce soit. Les hommes, par définition, étaient au fond d'eux des bêtes sauvages, attendant leurs proies au détour d'un chemin. Dans les faits divers qu'elle lisait souvent, n'y avait-il pas ces histoires de femmes battues ? Ces jugements pour inceste ? Ces meurtres horribles d'un mari tailladant son épouse avec un couteau de cuisine, jusqu'à la découper en morceaux pour en manger la chair ? Dans son cœur, l'homme ne pouvait n'être qu'un salaud, sauf l'abbé qui n'était pas un homme, lui.

Gisèle, dans le secret de son cœur, personne ne s'en était rendu compte, avait fini par développer deux personnalités. L'une était cette femme attentionnée, au service de la paroisse. L'autre était cette maîtresse femme, assouvissant son manque d'amour dans la raillerie et la torture d'hommes, aussi tordus qu'elle, qui lui demandaient grâce et pardon, voire la faveur extrême qu'elle leur pissât dessus. Cette double vie, Gisèle avait fini par s'en accommoder. C'était venu comme ça, un soir où un homme, venu voir le prêtre, qui n'était pas là, avait essayé de l'embrasser. Elle s'était débattue et lui avait asséné des coups de pied, des coups de poing et lui, s'était laissé faire, en lui disant merci, en l'implorant de continuer, en lui baisant les pieds. Alors elle avait continué. Il était revenu deux ou trois fois et, ce faisant, Gisèle avait évolué, prenant plaisir à ce jeu sordide, ayant compris qu'il aimait la douleur et qu'elle aimait lui en donner. Et puis, il l'avait invitée, un soir, dans un lieu particulier, où les femmes étaient les reines, insultant ces hommes qui ne jouissaient qu'en se faisant cracher dessus, battre comme des chiens, torturer comme des vauriens, humilier en se faisant pisser sur le visage. Là-bas, dans ce club où l'on ne rentrait pas sans montrer patte blanche, elle se faisait appeler Freyja, la reine des Valkyrie, déesse nordique aux cheveux blonds, convoitée par les nains et par les géants, maîtresse de la terre et de la fertilité, offrant ses charmes aux hommes comme aux dieux, jusqu'à les offrir à son frère. Gisèle chez les dieux était Gisèle, et Gisèle chez les hommes était Freyja. Dans ce lieu, personne ne savait qu'elle était Gisèle, le seul homme le sachant ayant étrangement perdu la vie. Et dans l'église, personne, si ce n'est Dieu, ne savait qu'elle était Freyja, la déesse ayant comme animal fétiche une truie, un cochon, comme tous ces hommes, ces porcs, qu'elle torturait pour leur plus grand plaisir.

Un soir, l'abbé, ce saint homme, n'était pas rentré.

Elle avait attendu que minuit sonne, se disant qu'il avait été retardé, il devait aller chez les Rivière, cette belle famille, et certainement que la discussion avait dû aller bon train sur la promotion de l'évêque, dont la question allait bientôt être traitée au collège cardinalice. Minuit, puis une heure du matin avait sonné. Alors elle s'était inquiétée, l'abbé n'ayant pas de téléphone portable, objet qu'il avait toujours refusé, arguant que son ministère n'était pas une vocation dont il pouvait s'acquitter à distance. Appeler les Rivière ? Elle ne connaissait pas leur numéro. Alors elle avait appelé la police :

— Allo ?

— Oui, que puis-je pour vous, madame ?

— Je vous appelle parce que monsieur l'abbé n'est pas rentré.

— Ah… Et d'habitude, il rentre à quelle heure ?

— Minuit maximum quand il s'en va dîner chez des fidèles.

— Et ça lui arrive de dépasser minuit ?

— Jamais…

— Vous en êtes certaine ?

— Absolument certaine…

— Bon, donnez-moi son téléphone…

— Il n'a pas de téléphone…

— Ah… ça ne va pas être facile de le joindre alors…

— Il était parti dîner chez des amis, chez monsieur et madame Rivière…

— Ceux qui habitent rue du puits ?

— Oui, c'est ça…

— Bon alors je vais y envoyer une patrouille…

Toute la nuit, elle avait attendu un coup de fil. Mais il n'y en avait pas eu. Il n'était pas rentré, jamais ça ne lui était arrivé.

Le lendemain matin, deux policiers sonnaient à la porte de la sacristie. Elle leur avait ouvert.

— Police, madame, pouvons-nous entrer ?

— Oui, bien sûr.

Ce lieu sentait le renfermé, l'antre d'un vieux garçon. Ils avaient demandé à voir son bureau, la seule pièce ou Gisèle n'était pas autorisée à faire le ménage, un lieu secret dans lequel croupissaient de vieux papiers et des saints mal dépoussiérés. C'était là que le prêtre aimait se retirer pour préparer ses sermons. Dans sa bibliothèque, un étage était réservé pour la Revue d'histoire ecclésiastique, un autre pour la Bible annotée, un autre encore pour les Commentaires bibliques du chercheur, un autre encore pour les Angélus du Vatican, un autre encore pour toutes les homélies et les prières du Saint-Père…

Ces policiers s'y étaient mal pris, c'était leur première affaire sérieuse, eux qui, d'habitude, ne faisaient qu'enregistrer les plaintes pour tapage nocturne, pour véhicule mal garé, pour incivilités dans la rue. Ils avaient ouvert le bureau, avaient sorti au petit bonheur la chance des bouquins et bougé Sainte Marie qui avait failli chuter de son piédestal.

— Il est parti quand exactement ?

— Hier vers dix-huit heures, il devait aller dîner chez monsieur et madame Rivière.

Un des deux factotums avait sorti un calepin et notait.

— En voiture ?

— Non, il l'a laissée au garage. Je pense qu'il voulait marcher, il a toujours aimé marcher un peu pour réfléchir et s'entretenir.

— Et il ne partait jamais ?

— Je vous dis que non…

— Pour aller voir de la famille par exemple…

— Sa famille c'était nous monsieur, l'Église et ses fidèles.

Le flic qui menait l'interrogatoire, resté debout, regardait une vitrine où des dizaines de coquetiers, en verre, en porcelaine et en métal, essayaient de se distinguer les uns des autres par leurs formes, par leurs décors, par leurs originalités. Il avait du mal à comprendre que l'on puisse s'intéresser à ce genre d'objets, cela lui rappelait sa grand-mère qui faisait collection de petites cuillères en argent, que d'aucuns devaient lui ramener de leurs voyages, elle qui n'avait jamais voyagé au-delà de son pâté de maisons.

— Il n'a jamais découché sans raison ?

— Je ne comprends pas…

— Autrement dit, était-il porté sur la boisson ? Le jeu ? Les femmes de compagnie ?

Gisèle avait paru outrée. Comment pouvait-on imaginer des choses pareilles sur cet homme de Dieu ?

— Monsieur, dit-elle, cet homme n'est pas comme vous, c'est un saint. Jamais il n'aurait fait ce que vous lui supposez.

— Je ne suppose rien madame, j'enquête tout simplement, et croyez-moi, je suis bien placé pour en parler, tous les hommes quelles que soient leurs vocations sont avant tout des hommes et donc sujets aux faiblesses, si tant est que boire, jouer ou baiser soit une faiblesse !

L'émotion avait saisi Gisèle. Qui était cet homme pour oser parler ainsi de l'abbé ? N'avait-il donc aucun respect ?

— Monsieur, redit-elle en faisant le signe de croix, je pense que notre conversation est terminée.

Sur quoi l'agent avait répondu :

— Madame j'en ai fini pour ce soir, mais sachez qu'il m'appartient de décider de reprendre cette conversation quand bon me semblera. À ce titre, je vous ferai convoquer au commissariat pour enregistrer votre déposition. Sur ce, je vous souhaite une bonne soirée.

Et les deux détectives en herbe étaient partis sirène hurlante, comme dans les films à deux balles où les gendarmes font la course aux voleurs.

C'est deux semaines plus tard qu'Eva avait été chargée de l'affaire, les policiers du coin n'arrivant pas à sortir quoique ce soit de leurs investigations.

— Où était-il donc parti ?

— Je l'ai déjà dit à vos collègues, madame, voir les Rivière, un couple de fidèles qui habite à quelques kilomètres d'ici.

— Et qui donc habitait ici ?

— Moi, en tant que gouvernante, Monsieur l'abbé et des jeunes, de passage, qui restaient là, de quelques jours à quelques mois, en fonction de leurs situations.

— Personne d'autre ?

— Louis, quelquefois.

— Qui donc est ce Louis ?

— C'est un grand voyageur qui passe ici de temps en temps.

— Et quand est-il venu la dernière fois ?

— Il y a trois semaines.

— Où est-il maintenant ?

— Il est parti en Asie.

Eva sentait que son enquête allait être compliquée, Gisèle n'avait pas envie de coopérer, il fallait lui arracher les réponses question par question. Toutes les années qu'elle avait passées, dans l'ombre de cet homme, dans les alcôves de cette église, dans les confidences intimes du prélat, avaient fait d'elle une pièce incontournable du jeu. Elle savait tout de cet homme, c'est certain, et elle ne voulait rien dire qui ne puisse offenser la réputation de son « père ».

Lorsqu'Eva la quitta, Paris était chargé ce soir-là. La visite d'un chef d'État ayant condamné les alentours de l'ambassade américaine et de la rue de Rivoli, de plus, le maire du moment, pour faire plaisir à ses électeurs écolos, avait fait fermer les voies sur berges. Elle décida de sortir son gyrophare pour se frayer un chemin entre toutes les voitures collées culs à culs en train de se gazer allégrement, en intoxiquant les cyclistes et les passants alentour.

Demain, elle irait voir les Rivière. Il fallait repartir du point de départ, la sacristie, puis aller vers le point d'arrivée, les Rivière, en retraçant le cheminement du prêtre. Inévitablement, cette disparition ferait du bruit. Et elle s'attendait à des pressions de la part de sa hiérarchie.

Son téléphone sonna et elle se dit : « tiens donc, Xavier ».

— Eva, comment vas-tu ?

— Très bien depuis la dernière fois, et toi ?

— Oui, ça va, des journées somme toute normales, vois-tu ?

— J'imagine que tu m'appelles pour une raison particulière ?

Xavier Laplanche sourit au téléphone, elle le sentit et il répondit :

— Je ne peux donc rien te cacher…

Lui répondre « certes donc » ou « nous nous connaissons bien » c'était tomber dans son jeu, alors elle dit :

— Je t'écoute.

— Comment avances-tu dans ton enquête sur le député ?

— Oh j'avance…

— Mais encore ?

— Il est étrange qu'il se soit suicidé, ne trouves-tu pas ?

— Que te dire, s'il l'avait fait, cela arrangerait beaucoup de monde…

— J'imagine…

En lui parlant, Eva revoyait les clichés où Xavier, avec d'autres congénères, forçait des gamines à des jeux sexuels.

— Et rien d'autre ?

— Tu le sais aussi bien que moi, une enquête prend du temps.

— Oui, bien sûr…

Il y eut un instant de silence et Xavier reprit :

— Il ne faudrait quand même pas que cela dure trop longtemps…

— Cela durera le temps qu'il faudra…

— Tu sais aussi que je sais qui appeler pour te faire dessaisir du dossier ?

— Je le sais… Mais tu sais aussi que j'ai pris quelques précautions, notamment celle de faire fuiter au grand jour quelques photos si cela était nécessaire.

— Quelles photos ?

— Allons donc, Xavier, rappelle-toi de ces belles soirées durant lesquelles, toi et tes salopards de notables, vous baisiez des gamines…

Xavier Laplanche se racla la gorge. Son pharynx commençait à le brûler de plus en plus, avec cette sensation d'avoir en permanence un corps étranger bloqué au niveau de l'épiglotte, impossible à déglutir. Et puis, depuis peu, il crachait quelquefois du sang.

— Écoute Eva, personnellement je m'en fous que tu produises ces photos ou pas. Tu comprendras bientôt pourquoi. Entre nous fais gaffe à toi, c'est tout ce que j'ai à te dire.

— Et perdre ton job tu n'en as rien à foutre ? Peu t'importe d'aller en taule ?

Il se mit à rire en toussant.

— Mon boulot ? Mais je le quitte bientôt.

— Pourquoi ?

— Parce que c'est mon choix.

— Et que vas-tu faire ?

— Essayer de bien vivre les quelques mois qu'il me reste à vivre.

Il ne voulait pas le lui dire, mais, emporté dans l'échange, il s'était lâché. Xavier n'aimait pas la pitié, acceptant la vie dans toutes ces acceptions. Jusqu'à présent, il avait bien vécu. Il avait certainement eu tort de trop profiter des cigares et de l'alcool. Mais dans le milieu qui l'avait enfanté, nourri et vu grandir, fumer et boire faisait partie d'un savoir-vivre qu'il était bon d'apprécier.

— Qu'est-ce que tu as ?

— Une saloperie qui n'est pas soignable. Je vais crever c'est tout.

— Pourquoi ne m'as-tu rien dit ?

— Arrête Eva, ça fait un bail que nous ne sommes plus ensemble et nos confidences d'aujourd'hui ne peuvent se limiter qu'à quelques échanges sur des affaires… Et puis tu sais bien que je n'aime pas que l'on s'apitoie sur mon sort. Alors, de grâce fous-moi la paix avec toute idée de condescendance.

Eva s'était arrêtée sur le bas-côté, laissant passer des vélos, des trottinettes et tout un flot de bagnoles empressées d'en finir avec la galère du jour.

Xavier reprit :

— Tu es aussi sur l'affaire du curé ?

— Oui.

— Là aussi, fais attention. À franchement parler je n'ai pas d'autre info si ce n'est celle qu'il a disparu.

— Oui, sans laisser d'adresse.

— Pour info, certaines personnes haut placées semblent intéressées par son cas.

— C'est-à-dire ?

— Le clergé bien sûr, mais aussi l'engeance politique…

— Ça ne m'étonne qu'à moitié, vu le beau monde présent sur les clichés…

Xavier se racla encore la gorge.

— Fais gaffe je te dis, tant que je suis là je peux encore t'aider, mais d'ici quelques semaines tu seras seule.

— Tu quittes dans combien de temps ?

— À la fin du mois prochain.

— Et tu vas aller où ?

— Je ne sais pas encore, certainement sur une île, tu sais bien que j'ai toujours rêvé de farniente à poil sur une plage de sable blanc.

Eva sourit.

— Et les requins ?

Xavier se mit à rire.

— Ceux qui pourraient me faire du mal n'ont pas de pattes, il suffit que je ne nage pas dans leurs eaux…

Cette conversation était étrange, dehors il faisait noir et Eva regardait des anonymes passer, s'engueuler, rire. Sur les trottoirs, il y avait du monde, l'humain ayant ce besoin irrépressible de prendre l'air, de s'ouvrir et pour certains d'imaginer, à l'instar des animaux, l'étendue d'un territoire virtuel. Elle regardait ces mouvements en ayant le téléphone sur une oreille, Xavier allait mourir, elle le connaissait bien pour savoir qu'il avait vu les médecins ad hoc, qu'il avait pesé le pour et le contre, qu'il n'avait pas voulu de traitement risquant de le diminuer, et qu'il avait pris toutes les précautions d'usage pour garantir à ses proches de quoi subvenir à leurs besoins.

— Tu ne sais plus quoi dire ? lui demanda-t-il.

— Pas facile en effet, tu viens de m'annoncer ton enterrement et c'est un peu compliqué pour moi de te faire la causette pour parler de toutes les conneries sur lesquelles tu as passé ta vie et sur lesquelles aujourd'hui je passe la mienne.

— Il est peut-être temps d'arrêter Eva, tu vois j'aurais certainement dû le faire avant afin de me donner du temps pour ma gueule.

— De toutes les façons, tu ne serais pas allé sur plusieurs îles…

— Une seule suffit tu le sais bien, avec plus de temps j'en aurais peut-être pris une plus grande, mais à quoi bon ?

— Et un dernier verre avant que tu partes, tu accepterais ?

— Non.

— Pourquoi ?

— Je te l'ai dit : pas de pitié. On doit tous plier bagage un jour, moi mon temps est arrivé, c'est tout. Et puis je n'ai pas envie que tu voies ma tronche.

— Pourquoi ?

— Le cancer de la gorge tu sais ça déforme, ça fait gonfler, ça rend moche et je préfère que tu gardes ma photo telle que tu l'as connue quand nous étions ensemble.

— Je comprends.

— Oui, parce que si cela t'arrivait, tu ferais pareil.

Eva sourit. Ces cinq années avaient été tellement atroces, Xavier l'avait détruite et pourtant là, elle ressentait son souffle, embarrassé de glaires, presque tout près. Eva s'était forgée aussi dans cette douleur, se découvrant, définissant ce qu'elle voulait vraiment de la vie. Et puis elle s'était reconstruite, seule. Il l'avait fait mourir. Elle avait su renaître. Finalement, c'était un peu grâce à lui qu'elle était cette femme aujourd'hui.

— Je vais te laisser, dit-il, je te rappellerai si j'ai des choses nouvelles. Surtout, ne m'appelle pas, c'est moi qui le ferai, passant par un protocole sécurisé.

— D'accord.

— Je te souhaite une bonne soirée.

— À toi aussi Xavier, et envoie-moi une carte postale quand tu seras sur ton île.

Xavier se mit à rire.

— Je n'y manquerai pas.

C'était étrange cette impression d'imaginer la fin d'une vie, juste là. Eva, depuis la mort de son frère, avait juré de tout faire pour s'opposer au Mal et le combattre sous toutes ses formes, en poursuivant le mirage qu'un jour elle puisse connaître ce qui était arrivé. Certes, elle avait toujours un temps de retard sur le Mal. Mais son action ne se limitait pas à l'enquête. Au-delà de l'identification d'un coupable et de sa condamnation, le but qu'elle poursuivait, une bouffissure pour certains, c'était d'enrayer l'entreprise des Ténèbres, de gêner leur progression, de contrecarrer leurs plans.

Eva avait repris sa route, la nuit était là, elle n'avait pas envie de rentrer. Alors elle se gara près de l'hôtel de ville pour déambuler dans quelques rues, traversant la Seine, s'arrêtant sur le parvis de Notre-Dame. Elle avait besoin de ces murs et de ces statues qui respiraient des siècles d'histoire. En regardant les rois de Judas imperturbables et trônant, l'archange Michel pesant les âmes des morts, les chimères de Viollet-le-Duc déformées par les grimaces des démons, elle se laissait porter dans un monde fantasmagorique rempli de secrets et d'esprits. Tant de contes et d'histoires avaient trouvé ici leur célébrité. Marcher dans ces rues et sur ces pavés la ressourçait. Elle s'appuya sur la balustrade du pont de l'archevêché et laissa son regard voyager sur des péniches qui passaient. Paris n'avait jamais de répit, se nourrissant de touristes pour un soir, éclairant ses fenêtres d'ombres et d'énigmes, jouant sur l'éternité d'un jour sans fin. Et elle, Eva Saint Louis, ce soir, était cette femme emportée dans l'éternité.

Quid est veritas ?
(Qu'est-ce que la vérité ?)

Toi, tu sais bien qu'elle n'a pas dit toute la vérité.

Mais comment peut-on avouer, même sous la torture, des actes honteux qui méritent la mort ?

L'homme est ainsi fait, il veut sauver sa vie, et son instinct le pousse à se préserver coûte que coûte. Pour cela, il est prêt à tout, à mentir, à détourner sur un autre la vengeance d'Azraël, à jouer l'ignare ou le dément !

La Vérité fait toujours mal, tu le sais, quand elle éclate, claque comme une explosion, balayant tout sur son passage.

Et toi tu sais qu'elle n'a pas tout dit, parce que tu l'imagines avoir été interrogée sur ta disparition et, dans ce jeu de questions et de réponses, il est évident qu'elle ne dira pas tout.

En réalité dans le premier personnage qu'elle habite elle sera vraie, ce personnage au service de tous, cette dévote qui prie les saints et qui se confesse tous les dimanches. D'ailleurs, ceux et celles qui la connaissent, dans son premier personnage, ne comprennent pas pourquoi elle se confesse. Comment serait-il possible qu'elle ait péché ?

Toi, tu connais son troisième personnage. Le deuxième c'est cette femme qui insulte et châtie. Qui s'en va quelquefois la nuit flirter sur les trottoirs jusqu'à ce club où des hommes l'attendent pour qu'elle leur fasse du mal, assouvissant de fait sa propre vengeance. Cette femme-là, tu ne la connais pas.

Le troisième personnage est encore plus obscur. Et c'est lui qui, en réalité, a revêtu le premier d'un voile de mensonge. Et le péché est là, dans ce mensonge permanent, cette obscurité maligne, ce mutisme à jamais complice. C'est pour cela que son âme n'est pas tranquille et qu'il lui faut se retrouver derrière cette grille ajourée qui lui permet de dire à son confesseur tout le mal qu'elle ressent, parfois.

Elle n'a jamais dit pourquoi. Et tes congénères ont eu beau jeu de penser que c'étaient les souvenirs de son enfance qui la torturait. Alors avec deux ou trois « Pater Noster » et deux ou trois « Ave Maria » le tour était joué.

Cette femme est complexe, habitée par trois esprits et c'est sa troisième personne qui, elle, comme toi, connaît la Vérité.

Tu ne sais pas jusqu'à quel point elle a été impliquée. Tu sais simplement qu'elle servait d'intermédiaire pour accueillir ces errants, leur donner confiance, arranger leurs soucis administratifs, leur faire à manger, leur trouver des vêtements adéquats, faisant le lien avec cette institution qui les prenait en charge, pour les remettre sur les rails de la socialisation par le travail, pour leur redonner le goût de la vie par des camps d'été, pour leur offrir une chance par des soirées où ils étaient mis en contact avec des huiles susceptibles de leur tendre la main.

Ce n'étaient pas toujours de jeunes hommes, il y avait quelquefois de jeunes filles, la rue n'a pas de sexe et sur le macadam se retrouvent hommes ou femmes, jetés sur le bas-côté d'un monde sans pitié.

Tu vois, ça y est, tu commences enfin à te laisser éclairer. Ton esprit vient de s'ouvrir à ce petit rayon de lumière venu de tout là-haut et, si tu laisses tes yeux accepter cette clarté alors tu sortiras de cette grotte où, jusqu'alors, tu te satisfaisais de ces ombres projetées par quelques bougies éparses, des ombres anonymes et factices, comme ces souvenirs enfouis, comme ces mensonges cachés, comme ces stigmates murés dans le silence de l'interdit et du secret.

Et là dans ce lieu dépourvu de vie, si ce n'est la tienne maintenue tu ne sais comment, par ce dispositif qui t'alimente, par cette cuve qui absorbe tes urines et tes défécations, par ces hommes qui viennent quelquefois et qui crient dans tes oreilles, par cet instinct primaire qui te retient au monde, par cette envie de savoir pourquoi tu es là, par cette espérance d'en sortir et de revoir le jour, par le ciel que tu invoquais comme si tu avais le droit de le faire. Oui, ici, dans ce lieu désaffecté, dans cette grotte, tu survis pour gésir, pour mourir et pour renaître.

Alors seulement, tu seras capable d'affronter la Vérité, celle que tu as étouffée par ton silence en insultant la vie, par tes prières en osant demander le pardon, par les cauchemars qui réveillaient tes nuits, par les souillures infligées à ton âme.

Tu vois, c'est étonnant que tu penses à Gisèle. Elle est pourtant très loin de toi, à plus de cent kilomètres. Bien sûr, elle ne sait pas où tu te trouves, elle ne sait rien de ce voyage que tu as enduré à l'arrière d'une voiture, groggy par le coup que tu avais reçu et le chloroforme que l'on t'avait fait inspirer lorsque tu te réveillais.

Elle ne sait pas tout cela et pourtant vos pensées se connectent là, en cet instant, c'est pour cela que tu penses à elle, alors qu'elle vient d'être interrogée par cette femme, cette commissaire. Et vos esprits se sont comme entrevus, dans cet espace où seul l'esprit peut déambuler, c'est pour cela que tu la visualises, c'est pour cela aussi que tu te souviens de ces choses cachées qui, maintenant hurlent leur vengeance, oui, parce que le temps de la Vérité est venu et quels que soient les efforts de tes pairs pour la juguler, pour la faire taire, rien n'y fera, la Vérité écrira ses tags sous les ponts, elle dansera dans les rues pleines de monde, elle hurlera le soir sous les fenêtres, elle écrira ses mots dans des livres interdits, elle s'immolera sur toutes les places du monde, elle pourrira les rêves de de tous ceux et celles qui faisaient semblant, elle souillera le paradis des salopards, elle couvrira de honte leurs parents, elle effacera leurs noms en les jetant dans l'oubli, elle jouira d'avoir ouvert le ciel de sa lumière.

Ecce panis angelorum
(Voici le pain des anges)

C'est vers dix-sept heures trente que les Rivière reçurent un coup de fil pour leur dire que l'abbé s'excusait de ne pas pouvoir venir ce soir : une affaire urgente de la plus haute importance.

C'était une voix d'homme, Julie Rivière avait cru reconnaître la voix d'Andrzej, fossoyeur de son métier et bedeau le week-end, une voix venue de l'Est, résonnant dans les basses et les tonalités gutturales.

Elle ne s'inquiéta pas outre mesure de cette annulation de dernière minute, sachant que le prélat se devait quelquefois d'aller dans une autre paroisse assurer sur le pouce un office en remplacement d'un autre prêtre.

Comme tous les soirs, mais plus encore pour celui-là, Julie s'était faite belle, rayonnante dans sa petite robe rouge qui épousait à merveille sa belle silhouette préservée par Dame Nature et par beaucoup d'abnégation et un peu de sport qu'elle arrivait à faire, marchant plusieurs kilomètres par jour, tout en assurant la tenue de son magasin, sa vie de femme et l'éducation de ses quatre enfants.

Georges, son mari, sur un autre téléphone, discutait avec un ami du développement d'un logiciel, destiné à scanner les réseaux afin d'en détecter les faiblesses et les failles sécuritaires.

— Alors tu en es où ?

— Le sujet est bien avancé, je pense pouvoir livrer la première version pour la fin de ce mois.

— Ah, c'est bien ça…

— Et les spécifications étaient complètes ?

— Oui, parfaites, je vais pouvoir finir d'intégrer les différents modules et procéder aux tests de charge.

— Très bien… Je pense alors venir d'ici une bonne quinzaine.

— Parfait… Précise-moi la date que je puisse te recevoir.

— Bien sûr.

— À bientôt alors.

Georges était un crack en informatique, ayant développé des qualités de hacker durant ses quinze ans d'engagement militaire, perçant sans soucis tous les réseaux afin de les « écouter », de les « shunter », de les « brouiller », de les « aspirer » et même de les « étouffer », rendant ainsi inopérantes les communications d'un système, d'une entreprise, voire d'un état.

Julie ne savait pas grand-chose des affaires de son cher mari, ayant été habituée à ses absences sans autre explication que la raison d'État, une mission pouvant l'appeler le soir même pour trois jours, deux semaines, un mois quelquefois. Ainsi avait-il été parachuté, le soir de l'anniversaire de ses deux jumelles, au Kosovo pour « écouter » et « brouiller » les communications de la RFY avant l'opération Force Alliée. Julie l'avait attendu, puis avait dit à ses filles que leur père les aimait, avant d'être avertie officiellement, quelques jours après, qu'il était parti pour une durée indéterminée dans l'intérêt de la France.

— C'est quand même dommage que l'abbé n'ait pas pu venir, dit Julie.

— Tu sais, c'est un homme fort occupé.

— J'aurais aimé quand même que nous parlions de la confirmation des jumelles.

Georges se leva de son fauteuil et la prit par la taille.

— N'aie crainte ma chérie, nous lui en parlerons bientôt, ce n'est que partie remise.

Ils étaient arrivés depuis peu dans cette paroisse, ayant acheté un appartement dans le quartier Convention, une bonne affaire, un couple qui divorçait et qui était pressé de vendre, apportée par un de leurs amis officiant dans l'immobilier en échange des quelques « services » que Georges avait su lui rendre.

Julie accordait une attention particulière à l'éducation religieuse de ses enfants et elle avait souhaité s'inscrire à la chorale afin de faciliter la création de liens et l'intégration de sa petite famille dans l'écosystème relationnel de la paroisse. Georges quant à lui, sans avoir de penchants notables pour les déclinaisons de la foi s'en remettait à sa chère femme qu'il ne voulait en aucune manière décevoir.

C'est ainsi que le prêtre était rapidement entré dans leur vie, « une belle famille » selon ses propres dires, qu'il aimait visiter tant pour le plaisir de voir leurs beaux enfants que de converser avec Georges sur les voyages qu'il faisait dans le cadre de ses activités. La dernière fois, ils avaient bavardé sur la Bavière, une bien belle région, avait dit l'abbé, région qu'il connaissait pour y être allé plusieurs fois, voir son frère, marié à une belle Allemande qu'il avait rencontrée par hasard dans la gare de Munich. La discussion sur le jeu des circonstances, ô combien tentante, s'était très vite engagée entre les deux hommes.

— Vous croyez au hasard mon cher Georges ?

— Si le hasard est la résultante du lancer de dés alors oui, bien sûr…

— Ce mot ne serait-il pas l'expression de notre inconnaissance ?

Georges avait souri, en lui servant un bon verre de vin, un Crozes-Hermitage, de 1999, aux notes de fruits rouges et à la robe grenat, un très bon millésime.

— Il est excellent ce vin, avait dit l'abbé.

— Je ne vous le fais pas dire…

— Alors ce hasard ?

— Durant mes études, j'avoue n'avoir pas été le meilleur élève de ma prépa, quoiqu'il en soit, me sont restées les vérités probabilistes, à savoir que le geste du joueur, maintes et maintes fois répété, aboutit finalement à l'équilibre des tirages…

— Est-ce de la connaissance ou du hasard ?

— De l'intelligence peut-être…

La conversation s'était engagée sur d'autres sujets, dérivant au gré du cheminement, sur les enfants, sur la paroisse, sur le plaisir d'un bon vin, sur l'excellent repas de Julie.

— Et vos missions alors ?

— Oh vous savez, je ne fais que truquer les dés…

Ayant fait son temps, Georges était revenu dans le civil. Tenté par l'entrepreneuriat, il avait monté une petite société au service des besoins « particuliers » qu'avaient certaines entreprises, comme celui de se protéger contre les risques d'intrusion, ou flairer les attaques fomentées par des intérêts obscurs, voire brouiller les pistes d'esprits malveillants agissant pour leurs concurrents, des nations ou des organisations criminelles. La sécurité informatique étant devenue depuis peu un sujet crucial, au regard d'attaques ayant gelé, durant plusieurs semaines, l'activité de plusieurs banques, Georges n'avait eu aucun mal à faire valoir sa copie, par ailleurs soutenue par le pays qu'il avait servi, qui faisait encore appel à ses services lorsqu'il fallait annihiler les communications d'un État avant de l'attaquer. Ainsi avait-il participé, indirectement, à la prise de Benghazi, au renversement de Kadhafi et au renforcement de l'influence française en Afrique du nord. À qui voulait l'entendre, Georges avait l'habitude de dire qu'il ne faisait pas de politique, réservant cet art à des élus peu scrupuleux, lui n'étant que l'acteur technique d'actions commanditées par des raisons supérieures.

Georges aimait sa femme plus que tout, il lui vouait la dévotion de l'Amour, sachant que sans elle il n'aurait été qu'une brute, sans autre âme que celle du devoir. Leur rencontre avait été fortuite, là-bas, à Lille, dans un petit restau de quartier, à l'improviste d'une belle journée. Ça avait été le coup de foudre, et depuis lors, ils ne s'étaient plus quittés.

Lorsqu'Eva les rencontra, ils lui parlèrent de la soirée où ils devaient recevoir l'abbé, un jeudi soir, une date qui était convenue depuis plus de deux semaines. Eva les écoutait, en regardant l'intérieur de cette maison qui respirait le bonheur familial. Il y avait un mur de photos où l'on voyait l'évolution des enfants, jouant dans une piscine, faisant du cheval, soufflant sur des gâteaux d'anniversaire, essayant de construire un château de sable, batifolant dans les vagues, faisant un bonhomme de neige.

— Et vous monsieur Rivière, vous êtes militaire c'est bien ça ?

— Je l'ai été madame, aujourd'hui je suis officier de réserve.

— Spécialiste en informatique ?

— Oui, plus précisément en sécurité informatique.

— Il y a beaucoup de demandes dans ce secteur, avait dit Eva en relevant la tête.

Georges avait souri en répondant :

— Vous savez, le business de la peur est toujours un business lucratif. Il est vrai qu'aujourd'hui la guerre économique se joue sur le terrain du virtuel et, à ce titre, beaucoup d'entreprises font appel à mes services…

— Et l'État aussi je suppose…

— Oui, mais comme vous le savez madame la commissaire, je suis tenu au secret.

— Oui, bien sûr…

Julie ne disait pas grand-chose. À chaque fois qu'Eva lui posait une question, elle se retournait vers son mari pour avoir son assentiment ou lui enjoindre de répondre à sa place.

Jonathan venait de passer dans la pièce. Ce jeune homme avait tout pour lui, grand, élancé, sportif, un beau visage avec un grand sourire et, ce qui ne gâchait rien, poli comme il se doit en maniant l'art du verbe avec éloquence. Et puis les jumelles avaient fait leur show, se disputant un jouet qui, finalement, n'intéressait pas plus l'une que l'autre, simple prétexte au plaisir de se chamailler, bagatelle permettant aux caractères de se chercher, de se trouver, de se forger et de se développer.

Eva les regardait, attendrie, elle qui n'avait jamais eu d'enfants et qui n'en aurait jamais. Elle revoyait ses rêves de jeune fille, façonnés dans l'image du creuset familial, à cette époque, ses deux frères jouaient à se titiller de la même manière, pour un rien, pour des histoires de garçons, voulant l'un et l'autre s'affirmer dans leur personnalité. C'était avant que Pierre ne meure.

— Vous avez là une bien belle famille, dit-elle.

Julie répondit, avec ce sourire de mère heureuse :

— Merci, nos enfants sont merveilleux et c'est une chance…

— Ils me rappellent mes deux frères et moi, lorsque nous étions adolescents…

— Il n'y a rien de plus important que la famille, vous savez.

— Vous avez bien raison, madame.

Eva sentit que son entrevue arrivait à son terme, toutes les questions qu'elle aurait pu poser n'avaient plus la force de se produire au regard de cette bénédiction. Le bonheur existait encore. Georges et Julie avaient réussi là, ce rêve immense que poursuivent les hommes et les femmes, ce rêve qu'elle avait eu aussi, il y a…

Elle se leva et dit :

— Je vais vous laisser, il faut que j'y aille. Peut-être devrais-je revenir vers vous.

— Sans souci, madame la commissaire, répondit Georges, vous êtes la bienvenue.

— Nous aimons beaucoup le Père Jean, vous savez… dit Julie.

Une des jumelles, celle qui prenait le plus souvent la parole pour les deux dit :

— Oh, oui, il a toujours été gentil avec nous…

Eva sourit. La gamine avait cet air adorable des petites filles qui rêvent de licornes, de chat botté et de princesse au pays des merveilles. Le monde était beau pour elle, il y avait le ciel, les nuages, le soleil, le vent, la mer, les vagues, les chats et les chiens avec lesquels certainement elle jouait, son jardin, ses copains et copines d'école, sa sœur et son frère et ses parents attentionnés. Eva la regarda un instant. Ce regard était pur, sans crainte, sans duplicité, sans méchanceté. Elle se laissa poser un baiser par les gamines sur chaque joue et reprit la route.

Il faisait déjà noir, ses phares éclairaient le bitume et les bas-côtés. Une sensation de solitude l'envahit tout à coup. Son corps et son esprit étaient entrés dans l'habitacle de la voiture, mais son âme était restée là-bas, s'attardant avec la naïveté et la spontanéité de ces enfants. Elle se surprenait à se sentir infiniment bien, leur contact étant comme une grâce, un attouchement céleste, le sourire d'un ange. Elle ressentait ce moment comme une faveur. Elle sentit perler quelques larmes. Sa vie lui paraissait absurde et futile. Après quoi courait-elle depuis tout ce temps ? Elle résista à l'envie de se laisser aller. Il ne le fallait pas. Sa vie était amputée depuis la mort de Pierre. Tout avait changé ce jour-là, ses rêves, son sourire, son avenir.

Alter ego
(Un autre moi-même)

— Bonjour.

C'est lui. C'est la même voix que celle que tu as entendue la dernière fois. Il est revenu. Que va-t-il te faire cette fois-ci ? Quelle autre torture va-t-il t'infliger ? Tu avais lu un article un jour qui parlait d'un détraqué qui enfermait ses victimes en les nourrissant jour après jour, en les piquant d'une aiguille jour après jour. Les pauvres finissaient tuméfiés et infectés en quelques mois, pourris dans leur propre chair.

Et lui, quelle est sa jouissance ?

Parce que tous ces malades, ces types que l'on ne soigne plus et qui errent dans les rues, qu'on laisse à l'abandon de leurs démences, en attendant qu'ils fassent un acte qui les enferme, sont comme des fauves quelquefois, hantés par leurs paranoïas, s'emparant alors d'un passant, d'une passante, pour se venger de leurs propres drames.

Il te dit bonjour, comme s'il était éduqué, comme s'il venait avec sympathie, mais toi tu le sais, c'est un malade.

— Vous avez l'air en forme, te dit-il.

Comment ça en forme ? Ça fait des jours, des semaines que tu es là, lié à cette chose, ce fauteuil, ce truc, tu ne sais même pas ce que c'est, sans aucune liberté, tes yeux et ta bouche sont scotchés, et il te dit que tu es en forme ! Se moque-t-il de toi ?

— Bien sûr je dis ça toutes raisons gardées. Il va falloir que je vous bouge un peu si nous ne voulons pas que vous attrapiez des escarres.

Tu vas pouvoir bouger ? Enfin !

Il s'approche de toi, que va-t-il te faire ?

Il coupe tes liens.

Est-ce possible ? Tes prières auraient-elles été exaucées ?

Tu le savais, oui, tu le savais. Le Ciel ne pouvait pas te laisser comme ça. Tu souris, mais personne ne le voit, à cause de ce scotch.

Ça y est, tes mains sont libérées.

Et puis tes pieds.

Enfin !

Tu essayes de les faire bouger, mais tu as de la difficulté, ton sang cherchant à irriguer tes veinules. Tu sens que la chaleur revient. Tu sens des fourmillements de vie. Tu retrouves petit à petit le toucher dans les extrémités de ton corps. Tu sens que tu peux à nouveau te mouvoir. Tu voudrais lui dire merci. Tu voudrais l'embrasser. Mais tu ne peux pas parce qu'il n'a pas encore enlevé le bandeau sur tes yeux et le scotch sur ta bouche.

Il va le faire, tu en es sûr. Oui ! Parce que tes ravisseurs se sont certainement rendu compte qu'ils se sont trompés. Tu le savais bien. Tu l'espères plus que tout. Ah, béni soit le Tout-Puissant ! Ah bénie soit la Sainte Mère ! Béni soit Saint Jude le saint des causes perdues à qui tu avais fait cette prière dans le secret de ton cœur :

Ô glorieux apôtre Saint-Jude

[...]

Priez pour moi qui suis si malheureux.

Je vous en supplie du plus profond de mon cœur,

utilisez en ma faveur le grand privilège que vous avez,

d'apporter un secours visible et rapide à ceux qui vous invoquent.

Venez à mon secours et soulagez ma misère.

Amen

Il t'a entendu ! Oui : il t'a entendu !

La voix te dit, en te prenant la main :

— Je vais vous aider à marcher un peu.

Quel bonheur ! Marcher ! Ce simple mouvement que l'on fait tous les jours, sans se rendre compte de cette grâce qui le porte, ô combien en cet instant tu savoures ce cadeau de la vie !

Et tu penses à ces pauvres gens, handicapés, qui eux n'ont pas cette chance de pouvoir se mouvoir librement !

Oui : merci Seigneur ! Merci à vous pour ce don !

Tu trébuches, tes jambes étant immobilisées depuis tout ce temps, tu as l'impression de ne plus avoir de muscles, mais la voix t'aide, il te tient, cet homme te voudrait-il du bien ?

Alors tu marches un peu, on dirait que tu viens d'être opéré, patient rescapé, clopin-clopant, dans une salle de rééducation.

Cette joie immense de simplement se mouvoir te fait oublier que tu marches dans le noir et que tu ne peux rien dire. Tu marches simplement. Oui tu marches ! Quelques pas d'abord. Et puis dix mètres au moins ! C'est lui qui te conduit. C'est lui qui te dirige.

Il te fait toucher un mur et te dit :

— Restez là, oui comme ça.

Pourquoi te laisse-t-il là ? Pourquoi t'a-t-il mis les mains sur le mur et t'a-t-il fait écarter les jambes ?

C'est étrange.

Tes fesses sont nues, à l'air.

Tu y repenses en cet instant et tu as honte.

Et brutalement, tu reçois un jet d'eau froide, puissant, qui te crispe. Alors tes mains essayent d'accrocher la pierre sale, tes ongles démesurés grattent le salpêtre et tu hurles ! Mais aucun mot ne sort parce que tu es comme muet.

Il te dit :

— Je suis désolé de la méthode, mais il fallait bien vous laver un peu. Ne m'en voulez pas.

Et il te reprend par la main. Tu es frigorifié. Tu grelottes. Tu te laisses conduire. Tu pleures, mais personne ne voit tes larmes. Tu es comme aveugle, sans yeux, sans paupières.

Il te conduit et tu marches.

Il te fait te rasseoir sur le fauteuil.

Et tu te rassois.

Il te ligote à nouveau pour que tu ne puisses pas t'échapper. Tes mains sont à nouveau liées. Tes pieds sont à nouveau attachés. Et toi tu es à nouveau détenu.

— Je sais, c'est un peu brutal. Ces quelques pas, croyez-moi, vous auront fait le plus grand bien. Et cette douche vous aura nettoyé le cul !

Il rit. C'est un salaud. Toi qui croyais qu'il était bon, qu'il allait te délivrer. Il te ligote à nouveau et se moque de toi.

Tu n'as même pas eu l'idée de t'enfuir. D'ailleurs, comment l'aurais-tu fait les yeux bandés ? Et puis il aurait été facile pour lui de te rattraper ! Et si cela tombe il a une arme et il t'aurait assommé, peut-être même tiré dessus ! Oui c'est certain. S'il a pris le risque d'enlever tes liens, c'est qu'il pouvait t'arrêter quand il le voulait !

Cet homme te tient à sa merci par ce simple bandeau. Tu es son prisonnier. Saint Jude ne t'a pas entendu. Pourquoi t'a-t-il abandonné ?

— Je vais vous remettre la sonde…

Non ! il ne va pas faire ça ?

Et tu sens le tuyau s'enfoncer dans ta gorge et blesser ton œsophage, jusque dans ta panse.

Tu as un haut-le-cœur.

Il s'arrête un instant et reprend la descente du tube.

Ça y est : tu es intubé.

— Je suis désolé, c'est le meilleur moyen que nous ayons trouvé pour vous nourrir.

Pourquoi dit-il « nous » ? Parle-t-il de lui au pluriel, comme ces gens bizarres, ces rois et ces reines qui parlent d'eux comme s'ils avaient plusieurs corps, un corps physique, un corps psychique, et un corps politique. Les drôles…

Ou alors cet homme est réellement fou, schizophrène, et son esprit se dédouble, il ne sait plus qui il est.

Tu as mal. Non pas par ces liens. Non pas par cette position inconfortable et indigne, mais tu as mal tout simplement en toi, tu souffres de ne pas savoir, d'être là, d'avoir eu la joie de marcher et finalement de te retrouver à nouveau immobilisé de force, comme un taulard à qui l'on aurait remis les fers aux pieds, et que l'on aurait remis au cachot après lui avoir fait voir la mer, le ciel, les arbres, les oiseaux et le soleil.

Alors tu pleures, mais cela ne se voit pas. Parce que tu pleures en toi-même, intérieurement.

La voix te dit :

— Certes ces liens doivent vous faire un peu mal, mais ils sont là avant tout pour votre sécurité.

Ta sécurité ? Mais il nage en plein délire ! Cet homme est fou ! Comment peut-il parler de sécurité alors que tu as été enlevé, tabassé, emprisonné ?

— Oui, je sais, la chose est difficile à comprendre, mais vous savez, le malfrat est quelquefois plus en sécurité à l'intérieur de la prison qu'en liberté dehors…

Mais de qui parle-t-il ? Tu n'es pas un malfrat ! Tu es un homme reconnu, respecté, aimé de tes ouailles ! Tu es un notable, un homme de bonnes mœurs et même un homme de Dieu ! Comment peut-il te traiter de malfrat ? Maintenant, tu sais, ils (ou il) se sont trompés de personne. Qu'il t'enlève ce scotch et tu le lui diras ! Oui, qu'il te l'enlève pour que tu puisses proclamer ton innocence !

— Vous savez, pour comprendre, il faut quelquefois du temps, beaucoup de temps. Il faut que l'œuvre qui doit s'accomplir dans l'être intérieur se fasse et que cet être que vous êtes et qui habite ce corps indigne, ayant fait le deuil de sa propre vie, pourrisse en lui-même afin de renaître.

Mon Dieu, de quoi parle-t-il ? Il veut te tuer ? Il parle de deuil, de mort, de pourrissement…

Alors tu as peur là, oui tu as peur. Mourir ainsi. Pourrir sur ce fauteuil. Te faire découvrir un jour dans ce lieu par des squatters, décharné, squelettique. Tu imagines cet article, oui, « des SDF ont retrouvé un squelette, lié sur un fauteuil, dans un lieu désaffecté. Il semblerait que ce soit le corps de… ».

— Je vais maintenant, vous laisser.

Non ! Cette voix est le seul lien qui te relie à quelque chose de vivant de ce monde, d'autre que toi. S'il s'en va, tu vas être de nouveau confronté à ta solitude, réentendre ces bruits qui ne veulent rien dire, celui de ces gouttes d'eau qui suintent, celui des battements de ton cœur, celui d'une chose qui bouge, un rat peut-être, celui de l'air qui s'engouffre dans une fissure, celui de ton propre souffle qui s'épuise, celui de ta vie qui se meurt.

— Mais je reviendrai, dit-il, je vous ai mis de quoi vous nourrir pendant trois jours. Certes, même si ce n'est pas de la grande cuisine, cela vous nourrira !

Et il rit encore. Il rit de ce rire pervers, de ce rire sadique.

Alors ta colonne vertébrale est parcourue d'un frisson.

Tu as froid.

Tu trembles.

Tu es terrifié.

Durant les premières heures de ta captivité, ton raisonnement te protégeait. Mais là tu ne raisonnes plus convenablement et tes boucliers intimes, personnels, sautent les uns après les autres.

Tu as peur, oui, alors que « libre et vivant » tu enseignais aux autres à ne pas avoir peur, à garder confiance dans la grâce du Ciel, à garder la foi.

À ces malades, ne disais-tu pas, priant avec eux, que l'espérance dans la bonté et l'amour du Tout-Puissant leur permettait de garder le courage, de garder le sourire, de garder la force et que cette force était régénératrice de vie ? Tu avais même prêché un dimanche sur Job, rappelle-toi, cet homme qui avait tout perdu et qui, ayant gardé la foi, avait tout retrouvé.

Alors pourquoi perds-tu la foi ?

Pourquoi doutes-tu ?

Pourquoi as-tu peur ?

La voix n'est plus là. Il est parti. Tu as entendu ses pas s'éloigner et le lieu redevient immense par son vide. Il résonne à nouveau des battements de ton cœur, des halètements de ton souffle.

Tu es seul.

Oui seul avec tes peurs, avec tes cris, avec tes cauchemars, avec tes folies : avec cet autre toi-même.

Libidini nihil inhonestum
(En amour, il n'est rien de déshonnête)

Friedrich était revenu du Luxembourg, où il avait passé quelques jours. Le rachat de la société prenait une bonne tournure et les fonds devaient être débloqués sous peu. Trois millions d'euros, c'était une bonne affaire, qui lui permettrait, ainsi qu'à ses associés, d'augmenter leur spectre d'action sur la gestion de la donnée. « L'informatique », « le numérique », « le digital », « l'intelligence artificielle », ces termes a priori différents parlaient d'un même monde, captant dans leur essence l'industrie du virtuel, qui poussait tous les trois ans son lot de nouveautés, obligeant les différents acteurs et clients à se repenser, à évoluer, sous faute, sinon, d'être tagués dans la catégorie has-been, voire de disparaître.

Il avait retrouvé sa chambre au Lutétia, y ayant laissé quelques affaires, privilège qu'il s'accordait pour avoir la certitude d'être à son aise, un peu comme chez lui, tout en étant ailleurs.

Il s'était permis de rappeler Eva, se souvenant d'un détail particulier, dont il voulait lui faire part. Se faisant un rendez-vous avait été pris en fin de journée et il l'attendait, buvant un café tout en lisant la Tribune du jour, dans laquelle on parlait de l'assurance chômage et des mesures que le gouvernement venait de prendre pour juguler son déficit, voulant durcir les conditions d'indemnisation et le montant des allocations des demandeurs d'emploi.

— Vous avez l'air bien absorbé, monsieur Schneider…

Il ne l'avait pas vu arriver. Il se leva confus et la salua. Elle sourit en voyant sa gêne, elle aimait ce genre d'homme qui ne se la jouait pas, au contraire de ces machos voulant paraître toujours plus virils qu'ils ne le sont, affichant une assurance inintelligente, alors qu'ils ne sont que des hommes : qu'une âme habitant de la glaise.

— Mais que lisiez-vous donc ?

— Oh, rien de bien important, un article sur la réforme de votre assurance chômage…

— Ah oui, ça fait couler beaucoup d'encre en ce moment. Il faut dire que dans ce beau pays de France beaucoup profitent de nos conditions sociales.

— Il est vrai que la France a cette réputation, ce qui grève par ailleurs vos coûts de production.

— Vous n'avez pas cela en Suisse ?

— Plus ou moins, avec un système peut-être plus simple et plus incitatif…

Il la regarda. Elle était belle dans l'écrin de ce lieu. Elle portait un jean bleu pastel, des escarpins rouges, un haut de la même couleur qui se révélait par sa veste en cuir ouverte, ses cheveux noués dans une natte soignée et son visage rehaussé de deux boucles d'oreilles en dentelle argentée. À quelques mètres d'eux, une pianiste jouait l'andantino d'une sonate de Schubert, aux accents nostalgiques, qui se mêlait aux voix des conversations.

— Elle joue bien, dit Eva.

— Oui, c'est une sonate de Schubert, avant que la syphilis et l'alcool ne l'emportent à l'âge de trente et un ans…

— J'aime beaucoup.

Les doigts de la pianiste couraient maintenant, parcourant le clavier de haut en bas comme un flot débordant. Friedrich et Eva la regardaient, subjugués par sa dextérité.

— C'est très beau, dit Eva.

Un serveur arriva, leur demandant s'ils voulaient boire quelque chose.

— Que diriez-vous d'une coupe de champagne ? demanda Friedrich.

Eva sourit.

— Auriez-vous l'intention de me saouler, monsieur Schneider ?

— Certes, non.

— Alors avec plaisir.

Ils laissèrent passer encore quelques mesures.

— Avancez-vous dans votre enquête ?

— Pas assez vite, si j'en crois l'impatience de mes supérieurs.

— Vous n'avez pas un travail facile…

— À vrai dire, je ne sais pas trop si c'est un travail, une vocation, ou une folie…

— Comment cela ?

— Côtoyer le monde des morts n'est pas d'une grande réjouissance…

— Tout dépend du cercle dans lequel on se trouve…

— J'avoue que je préfère la conception grecque, plutôt que celle de la Divine Comédie. L'Hadès ayant le ciel et l'enfer dans le même lieu. Et l'enquêtrice que je suis y est invitée, à chaque meurtre, à s'y balader…

— Comment faites-vous pour supporter cela ?

— Je ne sais pas, c'est le côté « folie ».

— Et pour la « vocation » ?

— C'est l'utopie de croire qu'il est possible d'attraper le Mal.

— Le Mal est partout.

— Il est surtout en nous.

Le serveur venait d'amener les deux coupes de champagne, accompagnées de petits fours.

— À votre santé.

— À la vôtre aussi.

— Et pour le « travail » ?

— Le train-train d'un commissaire, les injonctions, les ordres, les pressions…

— Les pressions ?

— Eh oui, surtout quand certaines personnes haut placées risquent de près ou de loin d'être concernées.

— Et alors ?

— Et alors je passe outre.

Friedrich sourit. Il n'imaginait pas qu'Eva puisse donner une autre réponse que celle-là. Cette femme avait du cran. Et cette force de caractère la rendait séduisante.

— Mais dites-moi, pourquoi m'avez-vous fait venir ?

— Vous êtes bien impatiente…

Eva sourit. Cet homme avait du charme. Elle ne savait rien de lui si ce n'est qu'il officiait dans ce monde abscons où l'humain s'enorgueillissait de vouloir tout maîtriser avec quelques bribes technologiques.

Il lui dit :

— Et si je vous disais tout maintenant, ne gâcherions-nous pas la soirée ?

— La soirée ? Eh bien, moi qui pensais que nous n'avions qu'une heure à partager…

— J'ai peut-être beaucoup de choses à vous dire…

— Dites-m'en une alors…

Friedrich sortit d'une sacoche qu'il avait à ses côtés la photo d'une île paradisiaque et la lui tendit.

— Regardez.

— C'est beau. Est-ce là que vous voulez m'emmener en vacances ?

— C'est une belle destination en effet. Vous ne voyez rien ?

— Je vois de l'eau turquoise, quelques palmiers, une plage de sable blanc, quelques rochers, et une maison sur pilotis sur le ponton de laquelle il doit être bon de se faire bronzer.

— Et vous voyez bien.

Eva releva la tête et dit :

— Vous vouliez donc me faire rêver ce soir ?

Friedrich sourit et lui tendit deux écouteurs.

— Qu'est-ce donc ?

— Écoutez.

C'était la voix de Ludmilla, qui questionnait un homme, une interview réalisée quinze jours avant sa mort. L'homme lui disait qu'elle dépassait les bornes, que son statut de journaliste ne lui permettait pas de salir sa réputation. Ludmilla lui répondait qu'elle était libre et qu'elle irait jusqu'au bout, que le temps des marchands d'armes était périmé. En plus de leurs voix, il y avait d'autres personnes, lointaines, indistinctes, et des bruits d'assiettes. Ils étaient dans un restaurant. L'homme lui disait qu'elle prenait de gros risques, et qu'il saurait la museler si nécessaire. Ludmilla avait élevé le ton et l'avait menacé des foudres médiatiques. Alors l'homme s'était levé, on l'entendait faire crisser sa chaise. Et puis il s'était approché d'elle en lui disant tout bas : « Je connais votre mère, qui vous a fait. Vous êtes bien jolie d'ailleurs. Mon seul regret sera de ne pas vous avoir baisée, parce que bientôt, très bientôt, vous ne le pourrez plus ». Elle l'avait giflé et il avait ri. Un autre homme était intervenu en disant : « Tout va bien, monsieur ? ». Le premier répondait : « Oui, oui, Guillaume, tout va bien, simplement cette petite pimbêche méconnaît les limites qu'il convient de respecter. Nous partons ». Et puis des bruits de pas. Et puis plus rien.

— Qui est-ce ?

— La femme c'est Ludmilla, l'homme c'est le député Roland.

— Comment en êtes-vous sûr ?

— J'ai fait analyser les voix.

— Et comment avez-vous eu cet enregistrement ?

— Sur la clef USB que je vous ai remise, il y a cette photo, celle du lagon paradisiaque.

— Oui je l'ai vue.

— C'est la seule photographie qu'il y ait, ce qui m'a étonné, par ailleurs incongrue au regard des autres documents. J'ai donc demandé à un spécialiste de mes équipes de l'analyser, ce qu'il a fait, d'où cet enregistrement.

— Expliquez-moi…

— Le fichier son est caché dans la photo, par un procédé de stéganographie.

— « Sté » quoi ?

— C'est une méthode informatique qui consiste à dissimuler un texte, une image, un son, une vidéo, un programme…

— Du cryptage ?

— C'est un peu plus élaboré. Si j'avais une image à faire, je dirais que crypter revient à mettre votre trésor dans un coffre-fort. Alors que stéganographier est équivalent à l'enterrer dans votre jardin.

— Elle connaissait donc le député ?

— Semble-t-il, peut-être pas intimement, mais professionnellement oui. Je pense qu'il lui avait demandé de venir déjeuner avec lui pour la mettre en garde.

— Et l'autre homme ?

— C'est un homme de main de Roland, le chef de son service d'ordre…

— Et cette histoire de trafic d'armes ?

— Dans les partenaires des Berges de Seine, il y a une société qui est chargée des voies d'accès.

— Oui l'Arval.

— C'est bien ça. En remontant les liens d'actionnariat, on trouve une société qui vend du rêve dans les îles, détenue par un certain Viktor Zavrajnov. C'est l'un des trafiquants d'armes les plus influents de la planète, spécialisé dans la vente d'armes dans les pays sous embargo de l'ONU. Il est tristement surnommé le « marchand de la mort », célèbre pour avoir fourni les guerres en Sierra Leone, en Angola, en Centrafrique, en Tchétchénie et au Kosovo.

— Rien que ça !

— Il doit y en avoir d'autres…

— Eh bien, dit Eva, vous feriez un bon flic !

— Que nenni, je n'ai pas votre sixième sens.

Eva partit dans ses pensées. La tentation était grande de lier les évènements entre eux, une tentation presque trop évidente. Ludmilla avait été tuée. Le député aussi. C'était donc ailleurs qu'il fallait chercher le lien, si tant est qu'il y en ait un. Le dossier des Berges de Seine était un dossier explosif. Xavier, lui, devait savoir des choses, mais il ne les lui dirait pas, ne serait-ce que pour la protéger. Tout se mélangeait. Ludmilla – le député. Le député – l'ecclésiastique.

— Et Lukas dans tout ça ? demanda-t-elle.

— Lukas ?

— Oui Lukas, qu'avait-il à faire dans tout ça ?

— Je ne sais pas, si ce n'est que c'était un ami de Ludmilla.

— Un GRAND ami…

— Oui, en effet.

— Il savait donc peut-être des choses…

Friedrich prit un instant, paraissant surpris par cette assertion. Il aurait plutôt fait un rapport inverse : Lukas – Ludmilla. Au demeurant, il n'avait pas pensé, à se l'avouer, de prendre Ludmilla comme point de départ.

— Peut-être, oui…

— Si c'est le cas alors sa mort est un meurtre, liée de près ou de loin avec celle de Ludmilla et du député.

— J'avoue que cette proposition me déstabilise, mais oui, pourquoi pas…

— Dans ce cas, il va falloir m'en dire un peu plus sur Lukas…

Que fallait-il dire sur Lukas ? Si ce n'est qu'ils se connaissaient depuis l'enfance, qu'ils étaient natifs du même village, dans le Jura, qu'ils avaient aussi fait tout un tas de conneries ensemble, il fallait bien que jeunesse se passe, qu'ils avaient déliré et rêvé sur l'avenir du monde. Eva l'écoutait, souriant intérieurement, c'était l'histoire de l'enfance d'un homme qui, aujourd'hui, achetait et vendait des sociétés informatiques. La vie était passée par là, avec son sablier et ses vicissitudes. Eva le trouvait presque touchant à l'entendre parler de tout ça, ouvrant sa carapace à parler d'autrefois. Lukas, Emmerich, Engel et lui étaient comme cul et chemise. Ils avaient croqué la vie ensemble jusqu'à leur adolescence. Après cette insouciante jeunesse, les études à faire et le boulot les avaient éloignés, Lukas avait fait de brillantes études de journalisme, Friedrich était parti à Paris pour un cycle d'ingénieur avant de reprendre l'usine familiale. Passionné par Freud et ses acolytes, Emmerich s'était tourné vers la psychiatrie et

Engel qui depuis sa tendre enfance rêvait de jouer au docteur avait fini par devenir un spécialiste incontesté des viscères de Stuttgart à Hambourg.

— Voilà, vous savez tout, dit Friedrich.

Eva sourit et répondit :

— Oh, vous devez avoir encore beaucoup de secrets !

— Ne faut-il pas en garder un peu ?

Friedrich reprit :

— Je n'ai parlé que de moi, mais vous ?

Eva ne s'attendait pas à cette demande, habituée qu'elle était à questionner les autres sans que personne ne lui demandât de parler d'elle, ayant en visu, la plupart du temps, dans le cadre d'interrogatoires, des prévenus et des suspects. Là, elle n'avait pas envie d'invoquer son rôle de commissaire pour évincer cette impudence. Elle se sentait bien et Friedrich n'était ni prévenu ni suspect. Alors elle ouvrit la porte de son histoire.

Son enfance avait été bercée par la houle et le vent, l'iode et le sable, l'estacade de Dufy et la Terrasse de Monet. Sainte-Adresse c'était son lieu, son origine, là où, disait-elle, elle avait passé les plus belles années de sa vie. À l'écouter, Friedrich imaginait cette mer du Nord, les côtes de Normandie, l'horizon qui au loin, laissait quelques navires marquer le temps. Une seule femme, sa mère, lui avait donné son regard et son sourire, et trois hommes, son père et ses deux frères, lui avaient donné cette force de caractère qui lui permettait de supporter l'insupportable. Jusqu'à ce jour où Pierre était parti, la laissant dans l'incompréhension, elle et ses proches, lorsqu'ils l'avaient revu sans âme et sans vie.

— Je ne sais pas quoi dire à vous écouter, dit Friedrich.

— Peut-être ne faut-il rien dire, c'est certainement mieux que d'essayer de compatir comme le font certains, parce que cette douleur est inguérissable et n'appelle aucun commentaire.

Le bar s'était rempli peu à peu d'un groupe un peu bruyant, comme le sont tous les groupes d'amis ou de connaissances qui s'attablent, parlent et rient. C'étaient des sportifs, une équipe de handball internationale croate venue pour un match amical. Leur coach, un homme qui devait avoir la quarantaine, essayait de leur prodiguer quelques conseils qu'ils n'écoutaient guère, voulant profiter du moment et se détendre. Certains joueurs disaient même vouloir sortir ce soir et profiter de Paris. Comment leur en vouloir, pour la première fois de leur vie, ils étaient dans cette capitale scintillante des tentations, et dans leurs yeux, l'étincelle du désir avait envie de l'emporter sur la sagesse. Le coach, malin par son âge et par son expérience, avait fini par négocier une sortie sur les Champs-Élysées le lendemain du match.

— C'est pour cela, reprit Eva, que je suis devenue flic.

Le serveur s'était approché, comme si de rien n'était, ayant repéré que les amuse-gueules servis avaient fortement diminué au fur et à mesure de la conversation. Il apportait une autre assiette et s'était permis de remplacer la première fournie sans mot dire. Il maîtrisait son art, anticipant les besoins des clients, les conseillant sans les obliger, et en faisant en sorte que toutes et tous se sentent à l'aise, accueillis, bienvenus, un peu comme chez eux. L'heure était avancée et suggérait l'envie d'aller dîner.

Friedrich demanda à Eva :

— Oserais-je vous proposer de dîner ?

Eva sourit, cet homme ne pouvait pas être une brute, il était attentionné comme un gentleman peut l'être et savait attendre le bon moment pour se risquer aux avances de bon aloi.

— Osez donc, oui, avec plaisir.

Il commanda donc une table au serveur qui leur demanda quelques minutes avant de venir les rechercher.

Elle espérait qu'il lui demande de rester. Elle n'avait rien prévu ce soir, étant en repos et voulant prendre du temps pour elle, ce temps trop rare qui lui échappait souvent, sous prétexte d'urgence. Servir les autres était une vocation, pour autant cet engagement ne devait pas la faire s'oublier. Friedrich aussi avait espéré ce « oui ». Les notes de leur échange étaient comme celle d'une partition, fluides, en mesure, jouant de plaisir et de soupirs sur la portée des cœurs.

La table qu'avait choisi le serveur était parfaite, un peu à l'écart sans être retirée, le Saint-Germain affichait presque complet ce soir, et nul doute que les deux tables restantes trouveraient preneur au cours de la soirée. Eva regardait la verrière, subjuguée par les personnages allègres et joviaux qui rivalisaient de facétie dans un ciel de liberté.

— C'est très beau, dit-elle.

— Oui, ce sont des hommes-poulpes et des hommes-puzzles…

— J'adore cet endroit.

Pour une fois, elle n'avait pas envie de parler de ses enquêtes. Elle, qui d'habitude, avait le plus grand mal à se déconnecter, arrivait ici, ce soir, avec cet homme, à laisser son esprit danser avec des êtres imaginaires riant sur un bout de nuage. Elle ne pensait plus aux morts qui tournoyaient dans ses cauchemars, l'obsédant par leurs ombres et par leurs cris. Cela faisait tellement longtemps qu'elle n'avait pas connu cet apaisement, si ce n'est chez ses parents, là-bas en Normandie, son lieu d'origine maintenant hanté par la mort de Pierre. Elle ne se risqua pas à lui demander s'il avait une vie. Qu'importe. Bien sûr qu'un homme comme lui en avait une. Et s'il était avec elle ce soir c'est qu'il pouvait se le permettre. Elle ne demandait rien d'autre qu'un moment comme ça, un moment de vie, un moment de plaisir. Avec Xavier, durant cinq ans, elle n'avait connu que le « mal baiser » et la torture du cœur. Le vice l'avait atteint, mais elle s'en était délivrée. Avec cet homme, Friedrich, dont elle ne savait pas grand-chose, si ce n'est ses amitiés d'enfance, elle avait l'impression que le temps ne comptait plus, qu'il s'était arrêté à l'instar d'une pendule qui cesse de s'épuiser à décompter les secondes. Oui, cet instant ressemblait aux instants du bonheur : un instant éternel.

La carte était alléchante. Du foie gras vendéen au poivre de Sarawak, venu de Bornéo ; des tranches de sériole au beurre de miso, importé du Japon ; un filet de turbot sur une émulsion au combawa, cueilli sur l'île de Sumbawa ; un agneau rôti relevé à l'huile d'argan, pressée dans les terres désertiques du Maroc ; une panna cotta à la cardamone, poussant au pied des ghâts occidentaux.

— Eh bien, tout cela à l'air bien bon, dit-elle.

Friedrich sourit et répondit :

— Le chef est réputé.

— Et ils ont l'art, par leurs descriptions, de faire voyager le client à travers le monde…

Friedrich évita de lui demander si elle avait déjà voyagé, de peur que l'Asie ne sorte comme terre lointaine, lui rappelant le souvenir de Pierre. Et c'est elle qui ouvrit l'échange à Paris.

— Vous venez souvent à Paris ?

— Oui, j'avoue que c'est une ville que j'aime beaucoup.

— Paris plaît toujours à ceux et celles qui n'y vivent pas, mais il est vrai que c'est une ville superbe.

— Vous-même, vous y vivez ?

— Oui, j'ai eu la chance d'acheter un petit appartement près d'un square, dans le 10e arrondissement, avant que les prix ne flambent.

Partant de Paris, ils arrivèrent à Sainte-Adresse et sur les coteaux de Vevey. Il la fit voyager sur le Léman, avec ses balades en bateau. Elle lui parla de la mer du Nord, et des parties de pêches avec son père. Alors il lui dessina les Diablerets, le Wildhorn, les Dents Blanches, massifs sur lesquels il aimait randonner avec ses chiens. Alors elle l'emmena au pied de ses falaises, avec Nestor batifolant dans le varech et les bâches à marée basse. Et il lui dit que Charlie Chaplin avait vécu les vingt-cinq dernières années de sa vie à Vevey. Et elle lui fit la confidence des films qu'elle aimait, comme « Sur la route de Madison », « Les choristes » ou « Ce que veulent les femmes ».

— Eh bien, nous en avons des choses communes, dit-il.

— La passion rapproche tous les cœurs.

— L'important c'est d'être ce que l'on doit être, d'être vrai et de ne pas se mentir.

— Je suis d'accord, être vrai avec soi-même, avec les autres, et avec la vie.

Ils se sourirent et Friedrich en profita pour lui suggérer :

— Si vous le voulez bien, je vous invite au salon boire un café.

— Avec plaisir.

Arrivés au salon Joséphine, Eva se laissa présenter le fauteuil, petit geste ô combien extraordinaire en ces jours où les hommes, parce qu'ils n'y pensent plus, parce qu'ils ne l'ont pas appris ou parce qu'ils confondent la virilité avec la phallocratie, ne font plus ces actes simples, dignes des gentlemen, synonymes de bienveillance, d'attention et de respect.

Sur la table basse, il y avait quelques fleurs, des orchidées.

Friedrich dit :

— Elles sont bien belles ces « Raisin Glory ».

— Vous m'impressionnez ! Seriez-vous un spécialiste des orchidées ?

— Juste un peu, simple passion héritée de mon père, même si je lui consacre trop peu de temps. Ces fleurs, voyez-vous, sont originaires d'Asie tropicale…

— Un homme qui parle des fleurs, j'avoue que j'aime cette idée. Et si vous me faisiez rêver là, maintenant…

Friedrich sourit :

— Alors il faut que je vous parle de la Miltoniopsis, dont les fleurs ressemblent à de grosses pensées, qui poussent dans les arbres et les écorces des forêts d'Amérique du Sud…

— Je boucle ma ceinture, et je me laisse transporter…

— Imaginez-vous alors à Madagascar, au canal des Pangalanes, voici l'étonnante Angraecum sesquipedale qui ressemble à une étoile et qui émet, pour être pollinisée, un parfum attirant un papillon, de la famille des sphinx, capable de déployer une trompe de plus de vingt centimètres !

— J'avoue que vos étoiles me font rêver…

Eva s'était laissée portée par toutes les fleurs du monde, elle écoutait Friedrich en imaginant leurs couleurs chatoyantes, leurs parfums enivrants, leurs formes extraordinaires. Friedrich n'était pas qu'un amateur, mais un vrai spécialiste, elle le visualisait, gamin, en train d'écouter son père, participant au soin des fleurs avec la plus grande attention. Certes aujourd'hui, un jardinier s'en occupait, mais il ne manquait pas une fois, lorsqu'il était en Suisse, d'admirer ses

Brassavola, originaires des forêts d'Amérique, blanches et légères, ses Brassia, orchidées-araignées, venant des Caraïbes, dont les pétales frôlaient les cinquante centimètres ! Eva l'écoutait et se laissait porter par le voyage. Au premier abord, elle l'avait catalogué dans la case businessman. Il l'était certes, mais à le découvrir, il était aussi cet homme sensible et attentionné. Et ce soir, il se dévoilait.

Il commençait à se faire tard, presque vingt-trois heures et elle sentait la fatigue venir l'interroger sur sa nuit.

Friedrich sourit. Quand il souriait, il avait ce visage avenant et le charme des cœurs blessés. Elle devina mille voyages dans ce sourire.

Il lui dit :

— Je ne fais que parler de mes fleurs, mais vous ?

— Oh moi j'aime les chats, c'est peut-être pour cela que j'adore vous entendre parler des fleurs…

Parler des chats c'était comme une caresse, adoucissant de facto sa vie mouvementée par les enquêtes, la fatigue et la rage.

Elle avait un siamois, et n'avait pas résisté à la tentation de digresser sur le caractère sensible et lunatique de son chat, insistant sur l'attachement qu'il avait pour elle.

Il la laissait parler, et se livrait de plus en plus. Sa vie avait été prise dans la tourmente des cœurs qui se font abuser par les hommes et l'idéal de l'amour avait, pour elle, tourné ses talons sur un coup de tête, emportant ses rêves dans un jour de chaleur, abandonnée par un malade mental dans une histoire sans queue ni tête. Alors pour elle : les hommes c'était complexe et les chats c'était simple.

La soirée s'était poursuivie ainsi, durant une bonne heure, laissant la fatigue au vestiaire des solitudes, partageant le plaisir de sourire et la frivolité de quelques mots.

Le lendemain, Friedrich s'était réveillé tardivement. Elle dormait encore à côté de lui. Il l'avait regardée alors que le soleil pointait quelques rais de lumière par le vasistas. Le chat avait trouvé sa place entre ses jambes, ne demandant rien de plus qu'un lopin de couette.

Elle était belle. Ses longs cheveux à peine emmêlés. Ses épaules à caresser. Il se souvenait de l'avoir raccompagnée en taxi. Elle l'avait embrassé et l'avait invité pour un dernier verre.

Elle dormait encore profondément lorsqu'il décida de se lever. Il s'étira et prépara un café. C'était le matin d'un vendredi, elle était en repos, pas d'obligation d'aller au bureau, de se laisser embrigader par les affaires, toujours les affaires. Le monde pouvait bien vivre un jour sans vols et sans crimes. Le monde pouvait bien vivre un jour sans informatique.

Il l'avait regardée encore en boutonnant sa chemise, pendant que le chat semblait lui dire « que fais-tu ? ». Et il avait cédé à l'envie de lui écrire un mot. Alors sur un bout de papier, prenant le premier stylo venu, il avait écrit :

Que tu es belle
Je suis sous le charme
Alors que le soleil
Caresse ta peau
Je t'embrasse

En essayant de faire aller la cafetière, il avait fait du bruit et elle s'était réveillée.

— Que fais-tu ?

— J'essayais de faire de nous faire un café.

Elle rit et se leva, nue, l'embrassa.

La journée s'annonçait belle, l'air était vif, piqué par le froid.

Elle vit le mot et demanda :

— C'est pour moi ?

Il fit un signe de la tête comme pour dire « oui ».

C'était la première fois qu'on lui écrivait des mots, des mots pour dire des choses qu'il ne faut pas dire trop vite. Son cœur battait un peu, elle se sentait vivante, elle le lit, sourit, s'accrocha à son cou et l'embrassa encore.

Si vis amari, ama
(Si tu veux être aimé, aime)

L'amour, toi, tu ne sais pas ce que c'est, n'est-ce pas ?

Tu ne sais pas ce que c'est d'aimer une femme pour elle-même, pour son cœur, pour son âme, pour son sourire, pour sa hargne, pour ses coups de gueule, pour ses humeurs, pour sa beauté, pour sa personne, pour son Amour.

Non ça, tu ne sais pas.

Comme tu ne sais pas ce que c'est d'aimer un enfant pour lui-même, pour sa chair de ta chair, pour son âme de ton âme, pour sa folie de ta folie, pour son cœur, pour ses craintes, pour ses joies, pour sa spontanéité, pour son Amour.

Pourtant tu en parlais fort bien, il est vrai. Tu parlais de l'Amour de Dieu qui a donné son fils... Mais comment pouvais-tu en parler toi qui n'imagines même pas ce que c'est que de voir son fils partir, son enfant t'oublier, voire le pire : sa propre chair mourir.

Certes, tu as connu l'amour de ceux qui aiment parce qu'ils se sentent bien, une forme d'attachement paisible, mais ce n'est pas ça l'Amour, c'est tout au plus de l'amabilité, de l'entente, de l'amitié, comme ceux et celles qui, travaillant dans un même endroit, se trouvent des atomes crochus au point de partager un peu de temps, un café, des confidences. As-tu remarqué comment ceux-là, qui sortaient ensemble, qui riaient ensemble, qui prenaient même quelquefois des vacances ensemble, peuvent devenir les pires ennemis pour un rien ? C'est parce qu'ils ne s'aimaient pas de l'Amour.

Certes, tu as dit aimer ton Dieu, parce qu'il t'a aimé le premier, mais s'il ne t'avait pas aimé l'aurais-tu aimé ?

Entre un homme et une femme, cette alchimie provoque cet état d'ouverture, d'infinie compréhension, de parfaite entente, de connaissance intime de l'autre, de prévenance joyeuse, de désir de tout partager, même son corps et de se mélanger au corps de l'autre, de chercher à ne faire qu'une âme, de désirer le meilleur pour l'autre au point de se priver soi-même, de créer un autre soi, ultime harmonie de ces deux : ensemble, de ne pas se mentir et de partager le plaisir du temps et de l'espace.

Et toi, cette alchimie-là, tu ne l'as pas connue. Tu ne sais pas ce que c'est. Et tu ne le sauras jamais.

Alors comment pouvais-tu parler de l'Amour ?

Du haut de ta chaire, qu'étais-tu finalement, si ce n'est ce commercial de bas de gamme vantant sa brochure de vacances et le soleil de ces îles où il n'est jamais allé et où il n'ira jamais. Quelle farce !

Certes, tu parlais de la Charité, cette vertu qui porte à désirer et à faire le bien d'autrui, acte inspiré par l'Amour certes, mais qui n'est pas l'Amour. Et qu'est-ce que la Charité dans le cœur d'un homme qui ne connaît pas l'Amour ?

Et puis, comment pouvais-tu parler d'Amour en le restreignant ?

Te rappelles-tu tes sermons aux futurs époux lorsque tu leur parlais, comme le dit ton canon, « d'amour total, comme une forme spéciale d'amitié personnelle par laquelle tu les invitais à partager généreusement toutes choses » ?

Comment pouvais-tu assimiler l'Amour à l'amitié ? N'est-ce pas là, la preuve que tu n'y connaissais rien ?

Et quand tu condamnais le désir et le plaisir au profit de la « génération » ? Te rappelles-tu ?

Là, tu n'entends pas, sur toute la surface du globe, les cris de jouissance de ces hommes et de ces femmes qui s'aiment et qui font l'amour comme des dingues, comme des fous, s'invitant l'un et l'autre dans l'union de leurs corps et l'extase de leurs âmes. Non, tu ne les entends pas. La jouissance n'a jamais été pour toi une chose à considérer.

Comme tu n'entends pas le cri de ces enfants maltraités par tes pairs, violentés et détruits pour la vie. Non, tu ne les entends pas non plus. L'obscurité volontaire ayant fait de toi un acolyte passif.

De toutes les façons, ce n'est pas pour cela que tu es là, pas pour connaître l'Amour. L'Amour ne se force pas et si tes ravisseurs avaient eu cette idée saugrenue ils se seraient fourvoyés en pensant que tu puisses ouvrir ton cœur à la réalité divine, c'est-à-dire à l'homme, aux dieux et au monde.

Qu'importe donc ce qu'a dit Sénèque, cet homme d'État, ce dramaturge, ce philosophe. Qu'importe puisque tu ne peux pas le comprendre.

Comme il a dit que la vie est une pièce de théâtre, que ce qui compte ce n'est pas sa durée, mais qu'elle soit bien jouée.

Alors, réjouis-toi, parce que tu vas bientôt jouer le rôle de ta vie.

Corruptio optimi pessima
(La corruption de ce qu'il y a de meilleur est la pire)

— Salut Adam.

— Ah te voilà enfin, j'ai essayé de te joindre ce matin, mais ton téléphone ne répondait pas.

Elle jeta sa veste sur le dossier d'une chaise.

— Que veux-tu, il y a des jours où les communications passent mal…

Adam tira une de ses paupières vers le bas comme pour dire « mon œil » alors qu'Eva se retournait vers lui.

— La nuit a été bonne ?

— Très bonne.

Elle s'assit à côté de lui.

— Alors qu'as-tu trouvé ?

— Eh bien, pendant que madame s'envoyait en l'air, le petit peuple (il baissa ses lunettes et la regarda par-dessus avec un air interrogateur en marquant une pause) dont je fais partie bossait comme un malade pour trouver l'introuvable.

Elle sourit, ça va, il était en forme. Il y avait des jours sans, et des jours avec. Aujourd'hui, c'était manifestement un bon jour.

Ça dépendait souvent des nuits qu'il passait avec le souvenir d'Hélène, la seule femme qui aurait pu être la « femme de sa vie », s'il n'était pas devenu insupportable, se complaisant dans le malheur et la hargne, maudissant dieux et diables. Mais surtout, ce qu'il regrettait le plus, et pour cause, c'était ce satané soir où il était rentré bourré, essayant de prendre sa femme de force alors qu'elle était souffrante, comme un bourrin sur la table, après avoir déchiré son corsage et ses bas, ces beaux bas qu'elle avait achetés tout spécialement pour lui redonner l'envie du plaisir, l'avoir battue et violée. C'était une bouteille de vodka de trop. Hélène en avait assez. Alors elle avait claqué la porte en le laissant gueuler dans la rue, comme un con, au point tel que ses collègues, prévenus par des voisins, avaient dû intervenir, jusqu'à le mettre en cellule de dégrisement.

Six mois s'étaient passés, il avait essayé de faire amende honorable, jusqu'à saisir l'opportunité d'un soir pour l'inviter au restaurant « comme avant ». Mais, verre sur verre, il était tombé dans les reproches, devenant exécrable. Ce soir-là, elle avait mis un point final à leur histoire.

— Regarde, dit-il.

— Bon sang, ça pue…

— Oui…

Il était en train de lui montrer des photos où l'on voyait de jeunes filles et de jeunes hommes faire l'amour devant d'autres hommes, assis sur des canapés, masqués et en train de se masturber.

— Tu vois celui-là ?

— Oui.

— Regarde bien, c'est celui qui a le tatouage de l'aigle…

— En effet, pas facile à voir mais oui…

— Et là, ce type avec le masque de Dark Vador, c'est notre député.

— Comment peux-tu en être certain ?

— Regarde sa jambe…

Il venait de grossir l'image sur un détail et montrait du doigt une cicatrice.

— Tu vois là, c'est le souvenir d'une blessure qu'il s'est faite lorsqu'il était à l'armée.

— Comment ça ?

Il la regarda encore par-dessus ses lunettes, genre « Boris », le geek de service dans « Goldeneye ».

— J'ai récupéré son dossier militaire…

— Je ne te demande pas comment.

— Non, dit Adam avec une moue malicieuse, ne me le demande pas s'il te plaît…

Il cliqua sur un autre écran sur lequel était affichée la signalétique du député. Y était noté qu'il avait pris, durant un exercice de tir, une balle qui avait ricoché sur un arbre.

— Certes, dit Eva, mais n'importe qui pourrait avoir ce genre de marque à la jambe.

— Attends, regarde…

Il cliqua sur une des quinze fenêtres qu'il avait ouvertes et fit apparaître un homme, le pantalon sur les talons, en train de pénétrer une jeune fille, devant le regard de ses pairs toujours en train de se maintenir en érection. Puis, en parallèle, il afficha une image de Delatour que l'on voyait torse nu sur une plage.

— C'est vrai qu'ils se ressemblent.

Adam grossit la deuxième image.

— Regarde, c'est la même cicatrice et le même tatouage, exactement aux mêmes endroits.

— OK, c'est lui, et donc ?

— Et donc j'ai cherché plus loin. Si tu veux bien, partons du constat que ce beau monsieur, ministrable de surcroît, s'envoyait en l'air avec des potes, en tronchant notre belle jeunesse.

Eva écoutait, elle savait que les politiques en place feraient tout pour que cette affaire soit étouffée, pour que la vérité soit muselée. Si la presse s'emparait du dossier, elle en ferait des choux gras, questionnant inévitablement le gouvernement sur sa morale et sa probité. Quoiqu'il en soit, quelles que soient les mœurs de cet homme, il avait été tué et elle se devait de savoir pourquoi. Le droit était valable pour les salauds comme pour les justes. Si tant est qu'être juste soit quelque chose de réellement définissable dans ce bas monde.

— Regarde, dit Adam, en cliquant sur une de ses fenêtres, ce fumier avait déjà été épinglé sur le même sujet il y a une dizaine d'années.

Eva lisait un article, tombé dans les oubliettes des affaires qui salissent trop de monde pour faire l'éclat des premières pages.

Delatour y était cité pour une affaire de trafic sexuel concernant de jeunes filles asiatiques, toutes mineures, importées de Bangkok. Elles et leurs familles étaient approchées par l'entremise d'une association à vocation humanitaire, qui leur promettait une formation, un emploi, et qui sait : un bon mari. Arrivées en France, c'était la douche froide, elles se retrouvaient dans des salons de massage parisiens qui proposaient quelques services en sus, notamment celui de la « finition ». Delatour, disait l'article, avait prêté une de ses demeures secondaires au titre d'un hébergement temporaire, organisant parfois des soirées où il conviait ses amis « afin de parfaire l'éducation des demoiselles ». Un non-lieu avait finalement été prononcé et plus personne, la presse y compris, depuis des années, n'avait osé se souvenir de cet épisode fâcheux qui avait vu la révocation du procureur chargé de l'enquête, la démission du rédacteur en chef d'un journal satirique et le suicide d'un notable local.

Comme ces mères qui préfèrent ignorer le viol de leurs enfants par leurs maris, en se voilant les yeux, en forçant leurs esprits à voir une autre vérité, tous ceux et celles qui avaient ouï cette affaire avaient préféré s'en remettre à la justice qui, de facto, les avait déculpabilisés de ne rien avoir dit.

— Intéressant, dit Eva…

— Attends, ce n'est pas tout !

Adam venait d'afficher des photos où de jeunes gens, garçons et filles, exhibaient leur intimité, manifestement sous la contrainte, vu leurs expressions et leurs regards.

— Ça vient d'où ça ?

Adam la regarda par-dessus ses lunettes, avec un air on ne peut plus fier de lui-même.

— Ça, madame, ça vient du dark profond, capté dans les méandres des échanges obscurs que des esprits pervers orchestrent pour satisfaire leurs instincts les plus vils. Et ce que tu vois là, et qui te fais, comme moi, débecter, provient d'un échange entre trois personnes. L'une se faisant appeler « l'apôtre », la deuxième « l'ambassadeur », la troisième « l'argousin ».

— Mais encore ?

— L'ambassadeur c'était Roland.

— Comment peux-tu en être certain ?

Il la regarda de nouveau par-dessus ses lunettes.

— Eh bien parce que tout le monde n'a pas un ordinateur branché au 10 rue Flaubert.

— Dans le 17e ?

— Bravo, tu connais bien ta capitale.

Eva haussa les épaules. Adam était fier, et son sourire le trahissait.

— Autrement dit, la permanence du député Roland…

— Eh bien…

— Enfin, disons plutôt que « c'était » la permanence du sieur député, si l'on tient compte de ce qu'il est devenu depuis peu, à savoir un morceau de corned-beef dans une boîte de pâté pour les vers de terre.

— Mais tu as fait comment pour accéder à tout ça ?

Adam sourit encore, il aimait lui expliquer comment il réussissait à percer les secrets que la plupart d'entre nous gardent précieusement dans leurs répertoires d'ordinateurs.

— J'ai piégé ce salaud, il y a deux semaines, lorsque l'on s'intéressait à son cas pour l'histoire des Berges de Seine. Je lui ai fait parvenir un mail avec un trojan sous le nom d'une des sociétés listées parmi ses partenaires. Sa secrétaire l'a ouvert, c'était presque trop facile, et là je me suis installé sur son réseau sans qu'il le sache…

— Eh bien dis donc…

— En toute illicéité bien sûr…

— Bien sûr…

Certes, tout ça flirtait avec les limites de la légalité. Il eût fallu l'autorisation du juge pour permettre cette surveillance de leur réseau et la captation de leurs données. Eva savait qu'elle ne l'aurait pas eue, n'ayant aucune preuve solide à apporter pour justifier la traque d'un nanti de l'État. Il était étonnant que le député n'ait pas pris garde à la sécurité de ses entrées. Eva avait déjà eu affaire à ce genre de comportement, avec des personnes se croyant au-dessus de tout, se considérant comme intouchables. Cet orgueil les conduisant inévitablement à la bévue des débutants. Elle marchait sur la ligne blanche, elle le savait, mais comment faire autrement ? Tant que les résultats étaient là, elle savait qu'elle s'en sortirait. Au moindre faux pas, elle savait qu'elle sautait. C'était ainsi, et elle en avait pris son parti.

— Toutes ces photos que tu vois, dit Adam, font partie d'un lot…

— Un lot de quoi ?

— Un lot de gamins et gamines identifiés pour être éligibles au transfert.

— Bangkok – France ?

— C'est bien ça. Je n'ai pas pu identifier le contact qui est là-bas, parce que lui sait se protéger, comme je n'ai pas encore réussi à savoir qui est « l'apôtre » et « l'argousin ».

L'entretien qu'Eva avait eu à son insu lui revint, à la table d'un café, avec cet homme bedonnant qui lui avait dit de faire le lien avec le prêtre disparu et le député. Et d'un seul coup, son esprit se transporta dans le fossé où cette jeune fille avait été laissée pour morte. Elle sentait que son âme cherchait à l'habiter. Le sujet de tous ces meurtres n'était pas dans l'apparence de la sauvagerie qui avait mis fin à leurs jours. Eva en était de plus en plus certaine, cette barbarie n'était qu'une mise en scène destinée à laisser un message et à duper la raison de la vérité.

— À quoi penses-tu ?

— À Ezima.

— À qui ?

— À cette jeune fille dont ce gars m'avait parlé, celui que j'avais vu à la terrasse d'un café…

— Tu ne vas quand même pas prendre ce qu'il t'a dit au sérieux !

— Pourquoi pas ? N'avait-il pas fait le même lien que toi ? Bien avant que tu ne me parles de l'existence de « l'apôtre », de « l'argousin » et de « l'ambassadeur » ?

— Mais rien de dit que « l'apôtre » en soi un !

— Je le sais bien, mais quand même… Par ailleurs, étonnamment, je visualise le visage de cette fille…

— Que tu n'as jamais vue !

— Pourtant, elle est là…

Adam se leva, il n'avait jamais aimé les visions qui saisissaient Eva. Certes, cela lui avait toujours réussi. « Un coup de bol », pensait-il, ne voulant pas se laisser influencer par ces phénomènes extra-sensoriels.

— Tu sais ce que j'en pense…

— Je sais… Il faudrait pourtant que je revoie cet homme…

Adam ricana et dit :

— Ça va être facile ! Tu n'as même pas son téléphone !

— Et pourtant je sais que je vais le revoir…

— Comment peux-tu en être sûre ?

— Ezima va nous réunir…

Adam ferma l'ordinateur, déclenchant un programme de nettoyage afin de ne laisser aucune trace du fruit de ses recherches. Quelquefois, Eva l'énervait. Et là, c'était le cas. Il valait mieux qu'il bouge et qu'il s'occupe.

— Bon sang, Eva, si je ne te connaissais pas, et si tu n'étais pas une commissaire de renom, je te traiterais de folle.

Eva sourit.

— Je te comprends. Et tu sais bien que je n'en parle qu'à toi.

— Ça va, ne me chante pas le couplet du « confident – confidente ». Je sais que tu me fais confiance. N'empêche que tes délires m'énervent.

— Il va falloir que tu continues à fouiller un peu, pour découvrir qui sont les salopards qui se cachent derrière ces pseudonymes…

— OK. Je vais le faire tranquillement de chez moi.

— Merci…

— Tu sais qu'argousin ça veut dire flic ?

— Oui…

— Et entre toi et moi, tu penses à qui ?

— À Xavier…

Adam soupira. Elle avait le même nom que lui dans la tête.

— Et alors tu vas faire quoi ?

— Le laisser tranquille.

Adam éclata :

— Tu rigoles ou quoi ? Pourquoi tu ne lui fais pas la peau ? À cause de tes bons souvenirs quand il te tabassait et te rendait cocue ?

Eva respira un grand coup avant de répondre. Certes, Adam et elle, par la proximité des enquêtes, des surveillances nocturnes, des retournements de situation et des réussites communes, avaient acquis un degré de confiance et de confidence leur permettant de passer outre les obligations de convenance. En public ou avec d'autres bien sûr, ils s'étaient donné une règle de réserve salutaire. Là, Eva, touchée au vif, avait une grande envie de lui dire ses quatre vérités. Adam sentit qu'il était allé trop loin. Il était déjà tard et il dit :

— Je te prie de m'excuser.

Eva ne dit rien et enfila sa veste.

— Il va crever, dit-elle, il en a pour un mois, une saleté de cancer et d'ici là vois-tu, je lui fous la paix parce qu'il me sert d'indic.

Elle claqua la porte et se laissa prendre par le temps de chien qu'il faisait, une sorte de mélange poisseux composé de pluie froide, de neige liquide et d'émanations assassines des bagnoles. Elle avait à la fois envie d'être au chaud sous la couette et de marcher comme ça à l'aveuglette. Les vitrines des magasins s'étaient parées pour Noël et des gosses, tenus par leurs parents, miraient les guirlandes lumineuses et les boules multicolores. Elle avait prévu de passer ce temps avec les siens à Sainte-Adresse. Elle y retrouverait son père, sa mère, Hervé et sa chère femme, et les deux gamines qui lui sauteraient au cou. Et puis Nestor bien sûr avec lequel elle irait flâner sur la plage. Elle avait prévu tout un tas de cadeaux, des poupées, des puzzles, des DVD de Walt Disney, une bouteille de whisky, un grand châle, une série historique de Max Gallo, un coffret pour dîner en amoureux et elle voulait encore acheter des trucs, elle ne savait pas quoi, elle irait se perdre dans un magasin de jouets pour gâter les petites comme si elles avaient été ses filles, les filles qu'elle n'aurait jamais. Elle se battait aussi pour elles finalement, oui, pour empêcher le Mal et ses sbires et tous les salauds de la terre, de leur faire du mal. Il faisait un drôle de froid, pénétrant d'humidité, ça faisait dix minutes qu'elle marchait. Elle pensait à Friedrich, que faisait-il en ce moment ? Où était-il ? Elle l'imagina l'espace d'un instant se souvenant de cette soirée, cette nuit et ce matin d'Amour. L'Amour, elle l'avait tellement rêvé, sans jamais le connaître, sauf cette nuit-là. Elle soupira et s'efforça de ne pas y penser. Que pouvait-elle attendre de cet homme si ce n'est une nuit d'Amour ? Brutalement, le visage d'Ezima la saisit, même si elle ne l'avait jamais vue, elle savait que c'était elle. La gamine hurlait, elle demandait pitié, alors que des hommes étaient en train de la violer en la traitant de petite pute. Qui étaient ces hommes ? Ils étaient flous. Elle les voyait par les yeux d'Ezima chargés de larmes. Les visages de ces monstres étaient comme déformés et grossis par les pleurs, impossibles à identifier. Elle entendait des voix sourdes et des rires sadiques, comme perçus à travers de l'eau. Et puis le claquement du coffre d'une voiture, Ezima pleurait, grelottait, saignait. Et puis des coups. Et puis plus rien si ce n'est cette impression de flotter au-dessus du fossé. Au loin, une voiture s'était éloignée, elle percevait des numéros, flous eux aussi, un homme la conduisait. Et puis le vide, les champs à perte de vue, éclairés par une lune gibbeuse. Ezima gisait, dans un ruisseau chargé d'immondices, se vidant de son sang. Qui s'inquiéterait demain d'une enfant retrouvée là, dans la boue et la merde ? D'une enfant sans nom, d'une enfant venue de nulle part ? Il n'y avait pas de bruit, il n'y avait rien si ce n'est des champs détrempés. Eva sentit son esprit flotter, s'égarer, se désemparer face à l'horreur. Et d'un seul coup, elle revint dans le froid et l'humeur glacée. Elle se dirigea vers le métro. Il n'y avait pas beaucoup de monde à cette heure. Elle monta dans la première rame venue de la ligne 8, direction Créteil. Une femme chantait sur un fond de musique, pour se faire quelques sous. Elle avait repris un air de Barbara. Elle avait une belle voix malgré un physique difficile, marqué par des nuits sans sommeil et des années de galère. Elle chantait, en trébuchant quelque peu :

Tu sais, si ce n'était pas toi,
Si ce n'était pas toi
Au bout de ce voyage,
Tu sais, si ce n'était pas toi,
Referais-je les pas,
Aurais-je le courage
De te venir,
De recommencer un voyage,
De te venir,
De risquer peut-être un naufrage ?
Tu sais, je suis si lourde
Du temps que je porte,
Si lourde, lourde
Et l'idée de refaire mes bagages
Au creux de l'hiver, c'est dur, à mon âge.
Je veux dormir. J'ai besoin de silence.
Je n'en peux plus, et soudain, je balance, je balance
Car toi, chaque fois que je te retrouve,
Toi, c'est la vie que je redécouvre.
J'ai beau savoir, et te connaître et m'y attendre,
C'est fou...

À Auber elle changea pour prendre la ligne 7 vers Poissonnière. Il était là sur le quai, elle le sentait. Des images surgirent dans son esprit. Il y avait la foule et lui, il attendait avec une enveloppe à la main. Quelle que soit sa morale et ses valeurs, son âme réclamait justice, et peu importe sa destination dans l'autre monde, cela n'appartenait pas à Eva. Seul lui incombait de trouver les auteurs des crimes pour enrayer le Mal, le poursuivre, le traquer, lui mettre des bâtons dans les roues, l'empêcher de nuire plus encore. Il était là, oui, de dos. Alors deux hommes à la tête recouverte d'une capuche s'étaient frayé un chemin dans la foule. Ils lui avaient parlé, elle entendait leurs voix, sourdes, comme des voix ralenties et vocodées. Il leur avait donné l'enveloppe et ils l'avaient poussé alors que la rame arrivait. Eva titubait, cherchant un appui. Un homme s'approcha d'elle et lui dit :

— Tout va bien madame ?

Elle fit un « oui » d'un signe de la main et trouva une chaise libre sur laquelle elle s'assit. Ces visions l'épuisaient, elles étaient de plus en plus présentes. Elle laissa passer une dizaine de rames avant de retrouver sa force. Un SDF, allongé dans un fatras de choses qui faisaient sa vie, lui avait tendu une bouteille de vinasse vinaigrée avec un grand sourire édenté. Elle lui avait dit « non merci » poliment de la main. Et lui n'avait rien trouvé de mieux que de l'insulter, en la traitant de tous les noms. Elle monta dans la rame qui arrivait et descendit à Poissonnière. Il était temps qu'elle retrouvât son chat, il lui manquait, ses ronrons, ses câlineries et ses pourlèches. Elle rentra chez elle, il était tard, jeta ses fringues un peu partout et se laissa aller sur le canapé. Copain était là, il l'attendait et il se lova contre elle en s'endormant à ses côtés.

Liberate me ex inferis
(Sauvez-moi de l'enfer)

— Bonjour.

Il est revenu. Déjà trois jours ? Tu n'as pas vu passer le temps. Il t'a semblé vivre une longue journée. Sans repères l'esprit trompe le corps qui, s'accrochant à quelques signes sensibles, ne fait que se duper.

Cette voix, c'est celle du premier, oui, sont-ils deux d'ailleurs ? Ou trois ? Tu ne le sais pas.

— Il fait beau aujourd'hui, dit la voix, étonnamment d'ailleurs, le temps du monde change vous savez, les saisons ne sont plus ce qu'elles étaient…

C'est incroyable, il te parle de la météo. C'est quoi cette farce ? Il n'a rien d'autre à partager avec toi que la couleur du ciel ? Que le nombre de nuages en vadrouille ? Que le sujet des tempêtes solaires ?

Tu l'entends faire des choses, mais tu ne sais pas quoi. Il manipule des instruments qui font des bruits comme ceux que le dentiste dépose dans un haricot ou une cupule.

— C'est drôle de penser, dit-il, que les gens s'en foutent, les politiques en premier d'ailleurs, malgré leurs discours ! Alors qu'ils nous baratinent pour baisser les émissions de CO_2, ce sont les premiers à consommer du kérosène pour faire deux cents kilomètres !

Mais de quoi te parle-t-il ? Franchement, tu t'en fous du sujet du CO_2, surtout en ce moment alors que tu es toujours le cul à l'air dans ce fauteuil, t'entendant déféquer et pisser dans une bassine, ne sentant *plus tes pieds, ni tes mains qu'il a trop serrées la dernière fois. Franchement le gas-oil et le kérosène tu n'en as rien à battre !*

Il bouge et s'approche de toi.

— Oh, dit-il, je vous ai trop serré la dernière fois, veuillez m'en excuser, je m'en veux.

Et il desserre un peu tes liens. Ton sang se fraye de nouveau un chemin dans tes vaisseaux irriguant ta peau et ta chair, réchauffant tes os.

— Nous allons procéder à une petite opération aujourd'hui qui vous libérera de ce tuyau que j'ai dû vous enfiler par le nez.

Une opération ? Quelle opération ?

Ce tuyau qui te fait mal, qui irrite tes muqueuses. Oui, tu souhaites qu'on te l'enlève. Serait-il possible qu'il te rende aujourd'hui le plaisir de mastiquer, de mâcher et de déglutir ?

— Actuellement, vous portez une sonde naso-gastrique, utilisée habituellement pour alimenter des malades sur une courte durée. Mais il me semble que votre séjour ici va nécessiter plus de temps que prévu. Et qu'il vous faudra ce temps pour concrétiser ce que vous devez entendre au fond de vous-même afin d'être capable d'accomplir l'œuvre qui couronnera le séjour que vous aurez passé ici.

Mais de quoi te parle-t-il ? Pourquoi emploie-t-il ces termes abscons ?

Tu ne veux pas rester plus de temps ici ! Qu'il enlève ce scotch de ta bouche, qu'il te libère, qu'il te laisse partir et qu'il te foute la paix !

— Oh je sais, vous devez me prendre pour un fou, mais qu'importe. Le temps vous fera comprendre la raison d'être ici et vous permettra de vous confesser et de vous racheter.

Qu'est-ce que c'est que ce délire ? Te confesser ? D'habitude, c'est toi qui confesses les autres ! Que voudrait-il que tu confesses ? Le fait que certains soirs, des pensées obscures t'assaillent ? Ces pensées qui flirtent avec l'intime de ton corps charnel, cette chair qui crie son involontaire frustration et sa nécessité de soulagement ? Ce morceau de chair que tu réprouves et qui te réveille quelquefois en sursaut la nuit en expulsant son jus ?

Et te racheter : mais de quoi ? N'as-tu pas déjà fait un pèlerinage à Fatima, en adorant et en priant la Vierge sur tes genoux ensanglantés ? N'as-tu pas aussi fait le chemin de Compostelle, en compagnie de ces jeunes à qui tu voulais faire ressentir la grâce du Seigneur ? N'as-tu pas consacré ta vie au service des autres en sacrifiant les plus beaux espoirs auxquels tu étais promis ? Alors pourquoi te parle-t-il comme ça ?

— Voilà donc, reprend la voix, je vais vous faire une gastrostomie.

Une quoi ? Tu as peur : que va-t-il te faire ?

— C'est une opération bénigne qui consiste à vous inciser l'abdomen et l'estomac, afin de pouvoir vous nourrir directement par ce biais.

Ce que tu entends déclenche en toi un réflexe, une contraction de tes muscles, un raidissement de ton corps. Il veut encore t'opérer ! Mais quel est ce fou ? Pourquoi veut-il te faire ça ?

— N'ayez crainte, reprend la voix, vous ne sentirez rien, je vais vous endormir localement et puis j'agirai avec l'aide d'un fibroscope, afin de vous placer la sonde nourricière au niveau de votre épigastre.

L'effroi t'a saisi. Tu es pétrifié. Tu ne vois rien, mais tu sens qu'il badigeonne ta peau, au niveau de ton ventre, avec un liquide froid. Et puis il enfonce dans ton ventre une aiguille, endormant cette zone de ton corps. Et puis il enlève sans ménagement le scotch de ta bouche. Là, tu essayes de crier, mais tu n'en as pas le temps, il place dans ta bouche un écarteur qui maintient tes mâchoires grandes ouvertes. Alors tu sens qu'il entre l'appareil dans ta gorge, qui chatouille ton œsophage, qui irrite ton estomac.

— Ah je vois l'endroit, dit-il, en éclairant un point par l'intérieur de ton ventre.

Et il incise. Et tu t'évanouis, non pas par la douleur, mais par le stress, par la peur d'avoir mal et par la terreur des gestes qu'il te décrit sans que tu saches de quoi il s'agit.

Alors l'ombre t'emporte. Tu es loin. Tu es dans un autre univers. Et de tout ce que tu vas vivre maintenant, de tout ce que tu vas entendre : il ne restera rien, tu oublieras tout.

Tu n'es plus là et pourtant tu le vois avec des petites lunettes rondes, un regard froid, un rire sardonique, ses mains salies par ton sang qui gicle.

Il t'opère.

Et ton esprit s'envole au-dessus de la scène. Tu vois tout, mais tu ne peux rien dire, tu ne peux rien faire. Tu es un fantôme et les vivants te traversent sans s'excuser, comme si tu n'existais pas.

D'ailleurs existes-tu en cet instant ?

Tu te vois enfant, courant dans les champs de blé. Il y a la brûlure du soleil, la fraîcheur du vent, l'odeur de la terre, le sourire de ta sœur qui te dit : « Allez, rattrape-moi ». Alors tu cours, tu cours avec tes jambes de gamin. Elle court aussi, plus vite que toi, parce qu'elle est plus agile, parce qu'elle est ton aînée. Tu la poursuis. Tu vas bientôt la rattraper. Et puis plus rien. Elle est tombée et sa tête saigne sur une pierre. Tu la secoues. Tu cries. Tu pleures.

Tu te réveilles.

Il t'a remis un scotch sur la bouche. Tes lèvres sont à nouveau soudées. Tu ne peux pas parler.

Il t'a vu et te dit :

— Ah, vous voilà revenu.

Et il rit.

— C'est bien. Désormais, vous n'aurez plus de tuyau dans le nez, mais simplement cette petite pièce de plastique au niveau du ventre.

Il met un doigt dessus et tu la sens.

Que t'a-t-il fait ?

— C'est par cet orifice que vous serez désormais nourri.

Tu es en enfer, c'est sûr, tu es en enfer. Même le Diable n'est pas aussi machiavélique. Tu imaginais l'enfer dans les profondeurs de la terre. Eh bien non, il est sur terre, il est là, et tu es en enfer.

Toutes ces décennies passées sous l'égide de la foi pour, en final, te retrouver en enfer.

Pas un instant, tu ne t'es demandé pourquoi tu étais ici. Et là, tu vois, il va te donner le temps d'y penser, pour prendre conscience du mal que tu as fait, et si tu le mérites, peut-être même te permettre de te racheter.

— Je ne vous enlève pas encore le scotch de votre bouche, dit la voix, parce que vous n'êtes pas encore prêt. Si je le faisais, vous n'auriez que des questions sans réponses à formuler, alors que les réponses sont en vous. C'est à vous de les trouver. Et puis vous n'auriez que des invectives à me lancer à la figure, ce que je comprends. Vous comprendrez en retour, j'en suis certain, dans quelque temps en tout cas, que lorsque votre langue sera guérie de vous-même, profitant de cette période de silence, alors vous pourrez retrouver votre bouche.

Tu ne comprends rien à ce qu'il te dit. Et tu voudrais le lui dire ! Et lui il te dit que tu pourras parler quand tu n'auras plus rien à dire. Mais qu'est-ce qu'il raconte ?

— Voilà je vous laisse.

Non ! Si tu pouvais, tu lui dirais : restez s'il vous plaît ! Ne me laissez plus seul !

Mais tu l'entends se défaire de ses gants. Et puis il pose quelques instruments. Et tu l'entends marcher vers dehors, ses pas s'éloignent de plus en plus.

Et puis un bruit de porte en fer qui grince sur des gonds rouillés.

Il est parti.

Et toi tu restes seul.

Alors tu entends ta respiration. Et puis les battements de ton cœur et cette sensation de gonflement de ta poitrine.

Et tu t'aperçois que tu ressens le froid. Lorsqu'il était là, ton esprit était ailleurs que dans tes mains et dans tes pieds, alors tu ne ressentais pas le froid. Mais maintenant, tu le ressens, de plus en plus. Et tu trembles un peu, juste un peu, le temps que ton corps se libère de tes propres tensions. Et puis tu hallucines. Tes yeux fermés voient des fantômes et t'imaginent au milieu d'un cercle d'hommes et de femmes qui te regardent. Ton esprit se cherche et se perd, déambule dans le labyrinthe de tes folies.

L'enfer, vois-tu, ce n'est pas ce lieu.

L'enfer n'est pas non plus dans ce qui t'arrive.

Non.

L'enfer c'est toi.

Alors tu pleures sans pouvoir verser tes larmes, tes yeux étant prisonniers du bandeau et du scotch.

Pourtant tu pleures. Non pas de douleur. Non pas de peur. Simplement, tu pleures de ressentir ton souffle, de ressentir ta vie.

Alors tu entends le silence.

Le silence encore, et encore.

Il n'y a aucun bruit. Même pas celui d'une goutte d'eau.

Même pas ceux des pas d'un rat.

Rien.

Le silence et rien que le silence.

Tu ne sais plus si tu dors ou si tu es éveillé.

Tu ne sais plus si tu respires ou si tu es mort.

Tu ne sais plus rien.

Et tu n'entends plus que le silence.

Alors ton souffle reprend.

Tu flottes.

Tu vois ton corps attaché. Tu vois ton cul dénudé. Tu vois la sonde t'alimenter. Ton esprit essaye de s'échapper, mais il est comme lié à ton corps par un cordon ombilical. Il ne peut pas partir. Et l'enfer c'est d'être ainsi : appelé par le souffle et retenu par la chair. Tu ne peux rien y faire. Alors tu sens la douleur de la plaie qu'il t'a faite. Tu ressens le supplice de tes mains et de tes pieds liés à ce fauteuil. Tu souffres de l'humiliation d'être ainsi le cul à l'air et de devoir te laisser aller comme une bête. Tu pleures de comprendre que le Ciel ne fera rien pour toi.

Tu es seul.

Dans le silence de toi-même.

L'enfer va commencer.

Vox clamans in deserto (La voix qui crie dans le désert)

Elle avait pris une place à la terrasse de ce café où cet homme l'avait abordée il y a quelques semaines. Il n'y avait pas grand monde en ce dimanche matin, même pas pour les brunchs. À quelques tables d'elle, un couple de femmes parlait de l'émission de la veille, qui avait absorbé le tiers des Français, permettant à des inconnus de la rue de devenir des stars. Au vu des termes qu'elles employaient, elles devaient être du milieu, agrémentant leurs palabres « d'audimat », « de conducteur », « de régie » et « de CSP ». Les deux finalistes étaient, pour le premier, un réchappé des centres sociaux, une sorte de réincarnation de Michaël Jackson et l'autre, une petite bourgeoise introvertie, la doublure de Beyoncé. Sur la scène, ces deux-là avaient conquis les juges et le public.

C'était un dimanche tout simplement, à quelques coudées des festivités de fin d'année, et beaucoup de gens, cet après-midi, feraient leurs courses de dernière minute, saturant les rues d'un grouillement festif.

Eva fumait une cigarette, devant un café crème que le serveur avait soigné en dessinant un chat avec la mousse. C'était amusant, touchant presque, un message qu'Eva n'avait pas envie de relever si ce n'est d'en rire et de le féliciter, ce qu'elle avait fait.

Revenir ici, en imaginant y croiser cet homme, qu'elle n'avait vu qu'une fois, qui lui avait donné cette pochette de photos, c'était un peu niais, certes, Adam le lui aurait dit, mais qui sait…

Ces photos, elle le savait, ça réveillerait l'enfer. Et les cris de la vengeance, dans tous les cieux, braveraient les interdits. Qu'importe. Elle n'était là que pour ça, que pour la Vérité, seule force pouvant contrer celle du Mal, l'empêcher d'agir, au moins durant un temps. Y croire flirtait avec l'innocence, certes, mais cette foi lui permettait au moins d'espérer et de regarder la vie en face en lui disant : « Alors ma grande ? ».

Elle demanda un deuxième café, le bouquin qu'elle avait ouvert l'absorbait, l'auteur parlait d'un amour impossible entre deux êtres. L'homme, un déçu de la vie, ne faisait que subsister. Et la jeune femme, survivante d'un viol, avait pris sa revanche sur un paquet de salauds. Il était photographe, elle était modèle, il avait deux fois son âge, un amour impossible. Et pourtant… L'impossible n'était que social, l'Amour n'ayant aucun impossible.

Ce roman l'avait saisie, fort heureusement, parce que d'attendre ici comme ça à ne rien faire, si ce n'est de compter les voitures comme certains comptent les moutons, ces vieux qui s'asseyent sur le seuil de leur porte, hébétés, ce n'était pas son truc.

— C'est bien ce que vous lisez ?

Elle sourit, c'était sa voix, ce timbre caractéristique, éraillé par les années, l'alcool et les pleurs : il était là.

— Oui, c'est un roman d'amour…

— De qui ?

Elle lui montra la couverture, il y jeta un œil.

— Je ne connais pas… Les aventuriers du verbe sont pléthore en ce bas monde inculte…

— J'avoue que j'aime lire, un peu tout, n'importe quoi, ce qui me tombe sous la main, ça me détend. J'ai croisé son auteur dans une dédicace, un type aux cheveux blancs, ancien manager informatique, ayant enfin donné libre cours à sa passion, celle de l'écriture.

— C'est beau ça, la passion.

Il s'assit et continua :

— Et vous votre passion de la mode, l'avez-vous réellement reléguée au placard ?

Elle le regarda tout en buvant son café.

— Décidément, vous connaissez tous mes secrets, c'est presque injuste, je ne connais rien de vous.

— Vous pourriez tout savoir si vous le vouliez.

— Sauf ce qui est caché.

Il la regarda.

— Il vaut mieux que certaines choses restent cachées, vous savez…

Il avait commandé un café, que le serveur venait de lui apporter.

— Je vais vous raconter une histoire.

— Je suis tout ouïe.

— Gamin, j'aimais fouiller la terre, pour y trouver tout et n'importe quoi, des tessons de porcelaine ancienne, des balles perdues de la guerre de quarante, de la verroterie datant d'une autre époque. J'avais même fait le rêve de devenir archéologue.

— Un bien beau métier…

— Oui, un peu comme vous, mais pour d'autres raisons…

— Un jour, j'étais en train de fouillasser le jardin familial de notre humble demeure qui jouxtait les ruines d'un château fort et d'un prieuré…

Il prenait son temps, comme un vieil homme le prend pour raconter des histoires à des gosses.

— Vous me faites languir…

— Je vous dirai tout si vous m'offrez un autre café…

Elle sourit, ce dimanche était bon, elle avait senti qu'il fallait venir ici.

— Notre maison était l'ancien logis d'un fils illégitime du prince, qu'il avait eu avec la dame devenue veuve un peu trop vite, à cause des maladies et de l'hygiène de l'époque.

Eva l'écoutait avec intérêt. Sous son air bourru, cet homme cachait une grande sensibilité, elle se rappelait l'avoir vu pleurer. Chez les hommes elle aimait cette dualité, cette rudesse d'un côté du cœur et de l'autre cette émotivité, la rencontre de ces deux attributs donnant cette humanité touchante, séduisante même. Elle pensa d'un seul coup à

Friedrich, elle devait le voir demain, il revenait de son lac après avoir fait un détour par le Luxembourg.

— À cette époque on ne croyait pas beaucoup au Saint-Esprit pour engrosser les belles, désolé pour ce mot un peu vulgaire, mais c'est ainsi que l'on parlait des femmes enceintes à cette époque…

— J'accuse le coup n'ayez crainte…

— Et donc la dame fut pointée du doigt par les bien-pensants qui l'avaient prédestinée au bûcher.

— Je sens le risque que votre histoire me rende un peu triste…

Il sourit.

— Attendez, c'est une histoire d'amour, il faudra donc qu'elle se termine bien.

— Ah…

— Le prince aurait pu se taire et tout nier, mais il ne le fit pas.

— Un mec bien ça…

— Eh oui, ça existe…

— Sachant qu'à cette époque le syndicat des femmes abusées n'existait pas, le sieur en question défendit qu'on la touche et la pourvut d'une rente, dix livres tournois par mois ! Ce qui, à cette époque, était une belle somme, à savoir, pour comparer, l'équivalent de trois cents euros de nos sous !

— C'est une misère ! Moins que le RSA !

Il sourit, et même eut le début d'un rire.

— Pas si vous considérez qu'un charpentier de l'époque gagnait trois fois moins…

— Dans ce cas…

— Autrement dit, la belle eut trois SMIC par mois pour vivre… En bonne mère de famille, élevant ses enfants dans le bonheur, elle mit de côté, durant trente ans, un tiers de la somme dans un coffre sculpté, magnifique et orné de ferrures qui à lui tout seul, vaut une petite fortune aujourd'hui.

— J'aime bien votre histoire, vous me faites rêver…

— C'est un beau compliment que vous me faites là…

— Vous avez l'art du conte…

— Attendez, le mieux c'est la trouvaille !
— Comment ça ?
— En grattant la terre, qu'ai-je trouvé si ce n'est le fameux trésor ?
— Non…
— Eh si…
— Je suis tout ouïe.
— La prochaine fois…
— Pourquoi la prochaine fois ?
— Parce qu'il y aura une prochaine fois, c'est inévitable…
— Vous croyez au destin ?
— Pas plus que vous, mais suffisamment pour que nous soyons ici tous les deux.
— Je passais par là…
— Tout comme moi… Sauf que je sais que vous vouliez me voir…
— Vous m'intéressez…
— Peut-être que la part de femme qui est en moi se trouve aussi dotée d'un sixième sens ?
Elle sourit.
— Et ce don, vous le savez bien, n'est donné qu'à des gens comme vous et moi qui cherchent à contrarier le Mal, et cela relève d'une telle gageure qu'il est impossible d'y arriver sans un coup de pouce des anges.
Elle ne répondit rien. Ils étaient issus du même cauchemar. Elle l'imaginait être la proie, comme elle, de ces visions, de ces hurlements. Il cherchait les tueurs de son ange. Elle cherchait les tueurs du son frère.
— Bon, dit-il, que puis-je vous apprendre aujourd'hui ?
— Le prêtre, c'est « l'apôtre » ?
Il prit un temps pour répondre, respirant l'air frais de ce jour, apaisé par la pluie fondante des jours précédents, adouci aussi par un soleil timide, petite lueur du renouveau printanier à venir.
— Non…
— Alors qui c'est ?
— Si je le savais, vous n'auriez plus à vous poser cette question…

— Alors ce curé ?

— Ce n'est qu'un rouage, qui bientôt pourra se targuer enfin d'accomplir la volonté du ciel !

— Comment ça ?

— Je ne vous en dirai pas plus…

— Je pourrai vous faire arrêter…

Il éclata de rire ! Était-elle à ce point dans l'impasse pour oser sortir ce genre de menace primaire ?

— Eva, je peux vous appeler Eva n'est-ce pas ?

— Oui…

— Comment vous dire…

Il reprit sa respiration, comme si le gras du temps le gênait. Elle remarqua qu'il souffrait de névralgies faciales, ses muscles se contractaient inopinément et ses lèvres se tordaient parfois dans un rictus incontrôlable. Elle ne lui demanda rien, par respect, ce n'était pas le genre d'homme à s'apitoyer sur lui-même.

— Je préférerais que vous ne disiez pas de bêtises commissaire. Vous savez bien qu'il vous serait impossible de m'enfermer…

— Et pourquoi donc ?

Il pensa qu'elle avait du cran, toujours prête à combattre.

— Parce que je vous suis trop précieux…

— Vous ne manquez pas d'air…

— Et puis, d'un simple coup de fil, je me ferai sortir, sans que vous puissiez d'aucune manière vous y opposer…

Il sourit, il avait l'air à l'aise. Bien différent de la dernière fois, quand sa vigueur s'était laissé emporter par le souvenir et la vengeance. Eva, en le regardant, pensa à ces criminels qui ne se trouvaient assouvis qu'après la réalisation de leurs forfaits, destins sordides des âmes maudites, recevant du Mal la rétribution de leurs crimes. Oui, elle devinait en lui cet étrange apaisement, bien qu'il ne fût pas de ceux-là, de ceux qui tuent pour le plaisir, de ceux qui martyrisent et qui massacrent simplement pour jouir de la peur qu'ils inspirent et de la terreur qu'ils perçoivent dans les yeux de leurs victimes. Non, il y avait autre chose, elle n'arrivait pas à savoir quoi.

— Je ne sais pas comment retrouver ce prêtre, dit-elle

— Vous ne le retrouverez pas…

— Pourquoi ça ?

— Il faut qu'il accomplisse son grand œuvre.

— Ce que vous dites m'est abscons…

— Pas tant que ça, j'en suis certain. Vous connaissez les compagnons du devoir ?

— Oui, quel rapport ?

— Aucun, si ce n'est le grand œuvre que chaque ouvrier accompli, compagnon aguerri, se doit de produire pour devenir maître…

— Que voulez-vous me dire ?

— Qu'il va devoir accomplir quelque chose qui le dépasse, comme tout homme, comme toute femme, pour devenir ce qu'il doit être…

Eva comprit qu'il était impliqué. Si elle l'arrêtait, elle n'obtiendrait rien de lui, cet homme était rompu à la torture, au silence, à faire fi de la souffrance. La vengeance avait eu le dessus sur sa raison. Il n'était pas le meurtrier de Ludmilla, pas plus que celui du député, elle en était certaine. Il parlait du prêtre disparu. Avait-il commandité le rapt ? Y avait-il participé ? Agissait-il seul ou avec d'autres ? Il poursuivait les meurtriers d'Ezima, comme un père qui voudrait venger la mort de sa fille. Il fallait qu'elle lui parle d'elle.

— Je l'ai vue, dit-elle.

— Qui ça ?

— Ezima.

Le visage de l'homme s'assombrit d'un coup. Elle l'avait touché au cœur. Tout était possible maintenant. Soit il pleurait comme un gosse, soit il se levait en l'insultant. Elle sentait sourdre la colère contenue au fond de lui, cette force le maltraitant toutes les nuits dans le cauchemar de son propre enfer. Il la regarda, ses yeux étaient injectés de sang. Elle sentit qu'il pouvait basculer d'une seconde à l'autre. Alors elle lui dit :

— Je veux la venger aussi, comme vous.

Elle vit deux larmes couler le long des joues de cet homme. L'atrocité de la souffrance avait brisé le cœur de cet ex-soldat, endurci par des guerres injustes, capable du pire pour la raison d'État, et là, devant elle, il pleurait comme un enfant. Ezima était cet ange qui avait illuminé sa vie, qui lui avait donné le sourire du soleil, qui l'avait fait renaître d'entre les morts.

— Pourquoi me dites-vous ça ?

— Parce que comme vous je suis hantée par le souvenir des amours violées.

— Vous ne savez pas à quel point…

— Je pense que si…

Le soleil éclaboussait la place, entre le quai des Orfèvres et le quai de l'Horloge, par la trouée du pont Neuf. Il était étrange que les touristes ne passent pas par ici, tout comme les Parisiens qui n'avaient cure, à y habiter, des petits endroits secrets de Paris. La galère des jours, à traverser la capitale pour aller de chez eux au boulot leur suffisait et ces chanceux n'avaient plus envie de profiter de ces lieux d'exception, éreintés qu'ils étaient de vivre à leurs côtés. Les touristes, eux, affluaient là où il fallait prendre des photos. La grande Tour, bien sûr, avec son mur en verre armé et ses queues de plusieurs heures pour y monter. Les Champs aussi, offrant leurs grandes vitrines de centres commerciaux en plein air. L'arc de triomphe suivait, bien entendu, sans que d'aucuns fassent le lien entre ce monument et les soldats tombés au front. Et ici, sur cette petite place, la place Dauphine, le temps semblait ne pas avoir d'emprise. Quelques élus, comme lui, avaient la chance d'y habiter, ce qui minorait le fait de la synchronicité de leur deuxième rencontre, bien que…

— Delatour était un salopard, vous savez…

— Oui, je le sais…

— Ce n'est pas moi qui l'ai tué.

— Ça, je le sais aussi…

— Vous savez qu'il était chargé du développement des relations franco-thaïlandaises ?

Eva parut surprise.

— Non…

— Il y a plus de trois cent cinquante entreprises françaises qui ont une activité en Thaïlande, soit plus de soixante-dix mille de nos ressortissants installés dans ce beau pays. Notre feu député y fit son service militaire, en coopération. Dans la foulée, il assura durant trois ans le développement du commerce pour une société opérant dans le secteur médical, faisant le lien entre Bangkok et Paris. Il profita de ces quelques années pour apprendre le thaï et développer son habileté dans la gestion des relations complexes. Appréciant le pays et ses douceurs, et surtout les jeunes filles vendues par leurs familles aux bordels de Patpong, Sukhumvit, Nana Plaza et autres lieux destinés aux plaisirs de la chair, il fit montre d'une grande appétence des vierges, qu'on lui prêtait de savoir fort bien initier. En 2008, il quitta la Thaïlande pour prendre la direction France de sa société, grimpant d'un coup plusieurs échelons. Des mauvaises langues diront qu'il avait fait chanter un des administrateurs qui, malgré son grand âge, appréciait aussi la chair fraîche lorsqu'il venait en Asie. Il rencontre celle qui deviendra « sa chère épouse », héritière d'une fortune colossale, dans une soirée de bienfaisance pour les personnes atteintes du Parkinson. Son mariage le propulse alors dans les arcanes de la « haute ». C'est là qu'il rencontrera notre président, alors que ce dernier n'était encore que maire de sa ville. Les deux hommes se plaisent et notre salopard de service entre dans le premier cercle, devenant ministrable après avoir gagné la députation de son canton, victoire entachée d'irrégularités. Le reste de l'histoire vous la connaissez, si ce n'est que sa femme en avait plus qu'assez de ses escapades qui la faisaient cocue toutes les semaines.

— Eh bien…

— Ah oui, encore une chose, l'Asie ne l'a jamais quittée, il y allait au moins une fois par mois, assurant comme il se doit le développement des relations entre les deux états et, profitant comme à son habitude, de l'univers de lucre et de stupre des quartiers roses.

Eva l'écoutait.

— Ceux qui l'ont poussé sont inconnus des services de police, ce sont deux petites frappes qui se sont payées avec l'enveloppe qui lui ont prise et qui ne devraient pas survivre bien longtemps dans ce bas monde.

Il lui tendit un paquet.

— Tenez, vous trouverez la partie de la vidéo qui vous manque, le bug informatique n'était qu'un prétexte pour enlever ce passage. Et même si vous tirez les liens, vous n'arriverez pas à remonter jusqu'à l'ordonnateur premier, celui qu'on appelle « l'apôtre ».

— Mais qui est-il ?

— Si je le savais, croyez bien que je vous aurai apporté sa tête et ses couilles sur un plateau, et sans faire de jeu de mots, après l'avoir dûment torturé.

— Et pour Ludmilla ?

— À ce stade je pense qu'elle s'est trouvée au mauvais moment au mauvais endroit.

— Elle a été torturée d'une sale manière, pour ainsi dire rituélique.

— Oui, mais ce n'est pas elle qui les intéressait, mais ce qu'elle transportait.

— C'est-à-dire ?

— Une clef USB…

— Qui faisait état des activités de ventes d'armes ?

— Oui bien sûr, mais pas que…

— Comment ça ?

— D'autres secrets, semble-t-il, s'y trouvaient notamment des choses impliquant « l'apôtre ».

Eva revit cette clef dont elle avait eu une copie, qui lui avait été donnée par Friedrich. Lui avait-il tout donné ? Certes, rien ne l'obligeait à la lui remettre dans son entièreté. Elle l'espérait et elle ressentait cette nuit où sa peau avait frôlé la sienne, où ses lèvres avaient embrassé les siennes, où ses mains s'étaient jointes à ses mains, où son corps n'avait fait qu'un avec son corps.

Voyant son visage absorbé, il lui demanda :

— Tout va bien, dites-moi ?

— Oui, je pensais à quelque chose…

— Vous savez, l'assassinat de Roland éclate la triade qu'il formait avec ses deux compères. Surtout que « l'argousin » qui s'est chargé de le faire éliminer.

— Que voulez-vous dire ?

— L'argousin vous savez que c'est un flic ?

— Oui, j'imagine…

— Et vous imaginez qui ?

Eva ressentait un mal à l'aise à l'idée de Xavier. Elle avait connu cet homme, elle avait fait l'amour avec lui. Où était-il à cette heure ? Sur son île ?

— Laplanche ?

— En plein dans le mille.

— Mais il est malade.

L'homme se mit à rire.

— Malade ? Malade de quoi ? Il tousse c'est ça ?

— Oui, un cancer de la gorge.

L'homme rit de plus belle.

— Épargnez-moi s'il vous plaît ce genre de conneries. À ceci près d'une grosse angine, il n'est pas plus malade que vous et moi. Vous savez mieux que moi qu'il est hypocondriaque et qu'il se fait un film du moindre bobo qu'il ressent. Il veut se barrer parce que c'est lui qui a foutu la merde dans le triangle des salopards dont il fait partie. Imaginez ce triangle, sur le sommet d'en haut il y a l'apôtre, autrement dit, le Grand Architecte de cette mafia. Et pour assurer la camarilla, de chaque côté, il y a l'argousin et l'ambassadeur. Laplanche en voulait à Delatour parce que celui-ci lui avait savonné la planche pour devenir ministre de l'Intérieur.

— Comment ça ?

— Vous vous souvenez de la pauvre fille qui a été retrouvée morte dans une voiture, Laura Fressange, qui était mannequin, je crois.

— Oui.

— Eh bien, lorsque Delatour s'est rendu compte que Laplanche lui faisait un enfant dans le dos avec le dossier des Berges de Seine, il a laissé passer une photo, faite bien avant la fameuse soirée, où l'on voyait la belle embrasser monsieur le roi des flics sur la joue, qui s'est retrouvée dans un magazine people…

— Et donc ?

— Sa femme n'a pas aimé, l'Élysée non plus, sachant que le top-modèle était aussi la cousine d'un secrétaire d'État. Et lorsqu'elle est morte, l'ordre est venu d'en haut de limoger Laplanche. Ce dernier ne l'a pas supporté, réussissant à éliminer son rival, ce que l'apôtre n'a pas apprécié. Laplanche s'est alors trouvé menacé, c'est pour cela qu'il se carapate dans les mers du sud.

Eva se sentait abusée, cet homme qui, durant cinq ans, l'avait baisée, maltraitée, aujourd'hui l'utilisait en jouant sur la fibre qui les avait réunis pour le pire. Ad vitam aeternam, il était ce flagorneur, ce profiteur et ce menteur, sa nature ne pouvant se nourrir d'autre chose que de cette pitance. À l'heure qu'il était, il devait avoir pris le premier avion en partance pour son paradis dans lequel il espérait se faire oublier en coulant des jours heureux.

— Retrouvez Laplanche et moi je me charge de l'apôtre

— Et comment allez-vous faire ?

— Dame commissaire, vous savez, pour attraper le brochet il faut l'attirer avec un petit poisson, que vous mettez vivant sur l'hameçon, maintenu à une certaine profondeur avec un flotteur. Et puis il faut attendre patiemment que le carnassier l'attaque, tout en l'excitant par quelques tirées. Alors, dès que le flotteur s'enfonce, on lui donne du fil pour qu'il ne recrache pas l'appât, afin de le ferrer dans les dix secondes qui suivent, avec vigueur pour lui faire entrer l'hameçon dans la gueule.

— L'appât c'est le prêtre ?

— Croyez-moi ou pas, mais je ne l'ai ni attrapé ni séquestré.

— Vous ne me répondez pas.

— Et pourtant…

S'il avait été un suspect normal, Eva aurait mis sur ses basques des suiveurs afin de connaître ses allées et venues, les personnes rencontrées et ses lieux de villégiature. Mais pour cet homme elle savait que cela ne servait à rien. Elle ne lui fit donc pas l'affront de suggérer cette ineptie. Il se méfiait c'était certain, pas d'elle forcément, mais de tout, c'était sa seconde nature ayant été ainsi formé durant ses classes spéciales. Vouloir lui tendre un piège c'était peine perdue. Il valait donc mieux qu'elle préserve leurs rencontres. Le fait qu'il lui dise ne pas l'avoir attrapé ni séquestré ne voulait pas dire qu'il n'était pas, de près ou de loin, de la partie. Elle pensa à Friedrich, elle le voyait demain. Elle pensa à Xavier, il était déjà loin. Elle pensa à son chat et décida de rentrer. La journée avait été déjà assez chargée comme ça. Elle lui demanda :

— Un jour j'aimerais savoir qui vous êtes vraiment…

Il sourit et répondit :

— Vox Clamans in deserto.

— La voix qui crie dans le désert…

— Bravo, vos cours de latin vous ont été profitables…

— Sachant que ce prophète a eu la tête coupée…

Il sourit et dit :

— La mienne l'a déjà été lorsqu'Ezima est morte.

Visita interiora terrae, rectificando invenies occultam lapidem (Visite l'intérieur de la Terre, en rectifiant tu découvriras la pierre cachée)

Personne.

Tu t'attendais à ce qu'il revienne aujourd'hui. Si tant est « qu'aujourd'hui » puisse vouloir dire quelque chose pour toi. Le temps n'a plus « d'aujourd'hui » ni de « demain » lorsqu'il ne compte plus. Tu as pourtant essayé de compter, imaginant les heures, repérant la périodicité d'un bruit, comme celui d'un morceau de fer qui riperait sur le béton d'une dalle. Peut-être un effet de dilatation du chaud vers le froid, ou du froid vers le chaud dû au passage de la nuit vers le jour ou de la lumière au noir.

Ce bruit, tu l'as repéré par cette écoute active que ton ouïe a développée. Comme un nouveau sens. Tes yeux, ton toucher et ton goût ne servant plus à rien, toute l'énergie de ton cerveau semblant, de facto, s'être mise au service de tes oreilles et de ton nez.

Personne.

Pourtant tu as compté trois bruits, trois crissements de la ferraille qui se tord dans son âme, trois mouvements, certainement imperceptibles à l'œil, mais audibles pour une oreille grande ouverte, captant jusqu'au souffle de l'air.

C'est le troisième jour alors. Et il t'a dit qu'il viendrait tous les trois jours. Et pourtant il n'est pas encore là. Alors ton esprit s'empare d'une inquiétude. Tu t'y refuses. Qu'importe l'inquiétude ! De toutes les façons, qu'importe ta situation ! Qu'importe la vie !

Comment parles-tu ? Peu t'importe de vivre ?

Fais bien attention à ce que tu dis.

Réfléchis bien.

Renonces-tu à la vie ?

Pourtant tu respires encore. Pourtant tu te nourris encore, certes de force par ce tube et par cette poche qui te sert de gamelle. Et tu chies encore !

Mais il vrai que la vie ne peut pas se résumer aux fonctions organiques. Le corps n'est qu'un support à la vie. Et toi qui le prêches depuis si longtemps, tu l'expérimentes. Enfin.

Quatrième bruit ?

Le bruit t'a réveillé ?

En sursaut presque, alors que ton esprit était parti dans des rêves étranges, tu te voyais courir dans les champs, nu, libre.

Tu n'en es pas certain. Ce bruit, était-il réel ou dans ton rêve ?

Le bruit.

Sans la voix.

Il n'est pas venu au troisième jour.

Pourquoi ne vient-il pas ?

Tu te réveilles sans savoir l'heure qu'il est réellement, mais tu sais que c'est « l'heure du bruit ». C'est l'heure de la respiration de la terre, de la vibration de l'acier, de la caresse du béton.

C'est un autre jour. Ou une autre nuit. C'est un autre temps.

Quatrième bruit.

Ton cœur bat dans ta poitrine. Tu entends des pas de bêtes, les rats certainement. Ce sont certainement des rats noirs, des rats de greniers, des rats de structures, qui colonisent les bâtiments abandonnés. Un homme, un chasseur de rats, t'avait expliqué un jour que ces bestioles sortent la nuit, avec leurs petits pas de danseuses caractéristiques. C'est la nuit que ce bruit se déclenche. La contraction du chaud de la journée vers la fraîcheur du soir.

Et si comme tu le penses, ce sont des rats noirs, alors tu n'as rien à craindre, ils suivent toujours le même sentier, entre leur tanière et leur source de nourriture, essentiellement constituée de légumes, de céréales, de racines et de graines. Tu sais aussi que leur groupe peut atteindre une cinquantaine d'individus. Et le tapotement de leurs pas démontre bien qu'ils sortent par le même chemin. Oui, tu en es sûr : ce sont des rats noirs et non des rats bruns, les rats d'égouts, ces rats qui se pissent dessus pour marquer leur dominance, qui sont très agressifs et qui peuvent attaquer l'homme.

Cinquième bruit.

Tu voyages aujourd'hui. Ce crissement, tu l'as bien entendu. Il était même un peu plus fort que ceux des jours précédents. Parce que tu arrives maintenant, ayant appris à écouter et à t'écouter, voir à t'entendre, à distinguer des subtilités comme celles de ces accouplements du béton et du fer, à l'instar de deux corps jouant l'un avec l'autre pour le plaisir de leurs spasmes. Peu à peu, semble-t-il, tu développes une nouvelle acuité pour ce sens commun, l'ouïe, auquel le plus grand nombre ne porte aucune attention, sauf, comme toi maintenant, ceux qui n'ont pas la chance de percevoir le monde par leurs yeux et qui sont obligés de se fier aux autres sens, comme celui de la peau, celui du nez, celui de l'oreille, celui du cœur, celui de l'âme.

Il n'est toujours pas venu. Ou alors qui sait ? Ne serait-il pas venu sans te le dire ? Il est vrai que tu as cru percevoir des pas, pas ceux des rats ! Non ! Mais ceux, discrets, d'un être qui ne voudrait pas te réveiller, comme ceux d'un gamin qui tenterait de surprendre sa mère en venant derrière elle, en lui mettant les mains sur les yeux et en disant : « Devine qui c'est... ».

Mais personne ne t'a mis les mains sur les yeux, parce que ce n'est pas un jeu. La vie n'est pas un jeu même s'il est bon de jouer pour bien vivre. Et puis ta détention ne peut pas être un jeu. On ne joue pas à faire du mal.

Tu as cru percevoir des pas, ce glissement de la semelle sur la terre, ce mouvement des jambes qui essayent d'imiter le chat, ce souffle léger de celui ou celle qui se contraint à maîtriser sa respiration, cette intention de venir sans se faire remarquer.

Tu as cru percevoir ces pas, mais tu n'en es pas sûr. Si cela tombe, c'est ton esprit qui te joue des tours ! Oui : c'est possible. L'homme peut se faire abuser par lui-même et se créer des mondes que lui seul perçoit, que lui seul entend, que lui seul voit : à en devenir fou pour les autres !

Tu voyages aujourd'hui. Ton esprit s'est rappelé ces jours d'avant ta capture. Tu avais reçu Giselle en confession. La brave femme. Qu'avait-elle à confesser ? Le fait qu'elle n'ait pas lustré le candélabre de l'autel ? Le fait qu'elle ait fait trop cuire ta viande préférée, ce filet de bœuf que tu aimes à déguster saignant ? Tu souriais intérieurement en l'écoutant derrière le grillage de l'isoloir.

Peut-être parce qu'elle était entrée un jour dans ton bureau sans que tu y sois ? Certes, il est vrai que tu lui avais demandé de ne pas entrer dans ce lieu, te réservant son intimité et son secret. Giselle, la brave femme, si dévouée, ayant renoncé jusqu'à sa vie pour te servir. Comment aurait-elle pu avoir quelque chose à se reprocher ? Tu l'avais confessée avec la certitude que cela ne servait pas à grand-chose si ce n'est de lui donner cette paix intérieure qu'elle te réclamait en te demandant la confession. Et, à y penser, tu t'étais dit qu'elle voulait peut-être te dire autre chose. Se confesser d'autres choses. Ou était-ce une façon, prenant le filet de bœuf en prétexte, de te demander l'absolution d'autres faits, d'autres pensées, d'autres intentions ? Tu avais terminé la séance en lui demandant de réciter dix pater-nosters, pénitence insignifiante pour des faits aussi légers.

Et puis tu t'es rappelé aussi la venue de l'évêque la veille au soir, qui avait frappé à ta porte sans prévenir. Quelle étrangeté qu'il soit venu ainsi, dans la confidence et l'anonymat ! Bien sûr, tu l'avais reçu avec la plus grande déférence due à son rang. Il t'avait confié, guilleret, le fait qu'il puisse entrer au collège cardinalice. Et tu lui avais dit :

— Je suis content pour vous…

— Merci…

— Ça serait pour quand ?

— Rien n'est encore décidé officiellement. Sa Sainteté m'a fait savoir par son secrétaire que la chose serait certainement entendue pour le prochain consistoire.

Et puis, s'étant levé pour trifouiller quelques livres de ta bibliothèque, il avait dit :

— Vous m'avez toujours été fidèle mon cher ami, et je compte sur votre loyauté bien sûr…

— Oui, bien sûr…

— Je vous en saurais gré…

C'était étrange qu'il vienne ainsi un soir à l'improviste. Tu connaissais cet homme depuis plus de vingt ans et pourtant quelquefois, tu avais l'impression de le découvrir. Mais peut-on réellement connaître un homme, cet être qui, constitué de chair, d'âme et d'esprit, se modifie de jour en jour ?

Et puis tu t'es rappelé cette triste histoire, tu ne sais pas pourquoi. C'était Gisèle qui t'en avait parlé, elle semblait choquée. Elle t'étonnera toujours cette Gisèle, sa personnalité présente plusieurs facettes. Elle pourrait être dure, tu le sais. Mais là, elle avait été émue jusqu'aux larmes. C'était un article dans le journal qui vantait les mérites d'une commissaire, du nom d'Eva Saint Louis, une femme dont tu avais entendu parler parce qu'elle était réputée pour avoir arrêté trois frères, des dingues qui étranglaient les nourrissons des femmes qu'ils employaient sur les trottoirs de Paris. L'article disait qu'elle avait aussi dénoué l'imbroglio de l'affaire des « enfants séquestrés », triste histoire d'un couple de malades qui, n'ayant pas pu avoir d'enfants, avaient volé ceux des autres, une vingtaine, en trente ans, les attachant et les nourrissant comme des bêtes. Étonnamment, ton esprit avait voyagé, en ce sixième jour, en compagnie de ces souvenirs. Est-il possible que dans ce monde il y ait des gens comme cela ?

Sixième bruit.

Tu as douté aujourd'hui. Oui, tu as douté. Comment pourrait-on t'en vouloir ? Le doute, tu sais… Non c'est vrai tu ne le sais pas, toi qui n'as jamais douté. Tu as toujours été blindé de certitudes acquises sur les bancs du séminaire, réveillant celles qui étaient enfouies au fond de toi, par ta propre constitution, par ton éducation, par l'occlusion de ton esprit, te nourrissant avec avidité de dogmes et de préjugés.

Alors que te dire en ce sixième jour, sinon que le doute est salutaire ! Le doute vois-tu est le moteur premier de l'évolution humaine. Douter pour chercher, douter pour remettre en cause ses convictions, douter pour écouter et entendre la réalité de l'autre.

Oserions-nous dire même que Dieu doute ?

Bien sûr, les tenants de la religion révélée vont crier au scandale ! Et pourtant, si un Tout-Puissant a tout créé, alors il a créé aussi le doute. Parce que douter c'est se poser des questions, et se poser des questions c'est chercher des réponses, et essayer de trouver des réponses c'est avancer, c'est évoluer, c'est exister.

Alors c'est une bonne chose que tu aies douté aujourd'hui. Le travail qui a commencé en toi porte ses premiers fruits. Tu en viens même à penser que cette séquestration a du bon, qu'elle t'a permis de faire le point sur ta vie. Serait-il possible que tu sois en train de progresser ? D'évoluer ? Le sixième jour, tu sais, c'est le jour où le Tout-Puissant a contemplé sa création avant de se reposer. Et pour toi ce sixième tempo est le temps où le travail intérieur a commencé ta transformation. Tu vas bientôt être comme il faut que tu sois pour accomplir ta mission.

Septième bruit.

Enfin tu vis.

Ton esprit entend. Ton esprit perçoit. Ton esprit ressent. Ce n'est plus ton corps qui vit, mais ton esprit.

Alors oui tu vis.

À un moment, tu as pensé aux grands actes que tu faisais, lorsque tu délivrais du démon ces âmes innocentes saisies sur un moment de faiblesse et violentées par le Mal. Tu les exorcisais.

Tu avais même ce don pour repérer les implants instillés par les anges de Satan, et libérer le possédé, vœu par vœu, en les révoquant. Certes le comportement de ces âmes, accaparées dans leurs corps, se tordant de douleur, criant comme des fous, hurlant comme des dégénérés, bavant comme des porcs, et insultant le Seigneur avait de quoi impressionner le commun des mortels. Mais toi, tu étais comme imperméable, le démon n'avait pas de prise sur toi, comme si tu étais déjà un des siens. Tu le sais bien, on n'attaque pas les gens de sa propre famille. Rappelle-toi, quand tu demandais de vider le lieu, d'enlever les chaises, de reculer la table, de sortir tous les objets contendants et que le démon te parlait en disant :

— Que fais-tu ici ? Je te connais bien…

Alors tu invoquais l'Archange Michel :

— Très glorieux Prince de l'armée céleste, défendez-nous dans le combat et la lutte contre les souverains de ce monde de ténèbres. Venez en aide aux hommes, que Dieu a faits à son image et rachetés à grand prix, combattez aujourd'hui, avec l'armée des Anges bienheureux contre le chef de l'orgueil Lucifer et ses anges rebelles. Conjurez le Dieu de paix d'écraser Satan sous nos pieds, afin qu'il ne puisse plus retenir les hommes dans ses chaînes, et nuire à l'Église.

Et puis tu intimais au démon de te dire son nom, d'abord il refusait et puis tu le forçais en le menaçant de la colère de Dieu, rappelle-toi. Oui, tu étais reconnu pour cette force qui, par toi, procédait à la délivrance des fidèles et pour cette herméticité que tu avais aux puissances des ténèbres.

Certains te disaient protégé par le Tout-Puissant.

D'autres te prêtaient une force intrinsèque.

Qu'en était-il vraiment ? Qui donc te protégeait ? N'étais-tu pas un membre de cette grande famille ?

Rappelle-toi quand tu sortais ton crucifix, récitant « Je vous salue Marie », et « Notre Père ».

Faute de pouvoir te délivrer de ces cordes qui te lient, tu as essayé d'exorciser l'inconnu dans lequel tu te trouves, et l'impression d'une présence maléfique rôdant autour de toi.

C'est ce que tu ressentais encore hier, si tant est qu'hier ait une valeur temporelle mesurable. C'est ce que tu ressentais avant le troisième bruit, le troisième crissement. Mais tu avais oublié que tu ne peux pas t'autodélivrer.

Rappelle-toi le miracle d'Élisée. Tu l'avais imité un soir de désenvoûtement, lorsque ce jeune homme que tu tentais d'affranchir était tombé inanimé, et qu'il était devenu froid, comme mort. Tu t'étais couché comme le prophète sur lui, en mettant ta bouche sur sa bouche, tes yeux sur ses yeux, tes mains sur ses mains. Alors son corps avait repris la chaleur de la vie et il s'était réveillé en appelant sa mère.

Et pourtant ce grand homme, Élisée, bien qu'il ait fait des miracles pour les autres, mourut de la maladie dont il était atteint.

C'est là que tu as compris que tes incantations ne pouvaient pas te libérer et que cette épreuve était voulue par le Ciel que tu pries.

Alors c'est là que ton esprit s'est ouvert et que, acceptant ton sort, tu as commencé à percevoir ce qu'auparavant, depuis toutes ces semaines d'enfermement, tu ne percevais pas.

Ces bruits, ces crissements, ces pas de rats qui passent comme si de rien n'était, ces feuilles mortes qui tremblotent dans les toiles d'araignées, ces petits papiers qui s'agitent au moindre souffle d'air, ces gouttes de pluie qui tapotent le verre cassé, ces grains de pierre qui s'effritent avec le temps, ces couches de peinture qui s'écaillent, ces gonds qui grincent quelquefois, ce lieu qui vibre de sa vie.

Et puis, après tous ces bruits extérieurs à ta personne, tu as commencé à percevoir ton propre souffle, ta respiration et ton expiration, les battements de ton cœur et son arythmie, les pulsations dans tes artères et le mal qu'elles te font quelquefois, surtout celles qui passent dans ton cou pour irriguer ton cerveau, les articulations de tes os et leur souffrance au froid et à l'humidité, les gonflements de ton ventre et sa lenteur à digérer, la contraction des muscles qui cernent tes côtes, à te faire mal, quand le stress s'empare de toi, les acouphènes symptomatiques de tes propres bruits intérieurs, ton corps qui vibre qui survit.

Et puis tu as enfin entendu le silence, cette impression d'espace, ce son permanent, comme celui du « la » donnant le diapason d'un orchestre, cette tonalité de la vie, comme la pulsation de l'univers, cette synthèse du tout.

Personne, oui, personne.

Si ce n'est toi.

Es-tu vivant d'ailleurs ?

Tu ne peux pas te pincer, mais tu peux maintenant te mordre.

Tu te mords.

Oui, tu es encore de ce monde.

Mais pour combien de temps encore ? Pour combien de bruits ?

Peut-être va-t-il venir ?

Étonnamment, tu attends ce moment d'humanité. Le seul lien qui te reste avec le monde des vivants. Cette voix. Ce rire. Ces moqueries. Ces gestes. Ces pas.

Tu ne sais pas qui il est ou plutôt qui ils sont. Parce que tu crois de plus en plus qu'il ne s'agit pas d'une seule personne, mais de plusieurs. Tu ne sais pas à quoi elles ressemblent. L'un doit être médecin, mais tu n'en es pas sûr. L'autre, si tant est que tes élucubrations ne soient pas un délire, doit être grand et costaud, parce que tu l'imagines ainsi, à cause de la voix peut-être, cette intonation dans les graves, mais finalement tu ne sais pas.

Qu'importe ce que tu savais d'ailleurs. Ce que tu pensais savoir ne compte plus. Ici tout est nouveau pour toi. Ici tout est à apprendre. Ici c'est comme une nouvelle vie dont il te faut découvrir tous les arcanes.

Et tu repenses à ces voix, cette voix. Que fait-il dans la vie ? Mais qu'importe ce que l'on fait, seul compte ce que l'on est. Et pourtant cette question première, combien de fois l'as-tu posée : « Que faites-vous dans la vie ? ». La seule réponse intelligente aurait été : « Je vis ». Et bien que ton sourire soit impossible à cause de ce scotch, tu souris à y penser. Personne ne répond : « Je vis ». Et pourtant, que répondre d'autre à cette question : « Que faites-vous ? », comme s'il fallait « faire quelque chose » pour exister.

Tu te rappelles aussi ces soirées mondaines dans lesquelles tu étais quelquefois invité. Les gens se présentaient par : « Monsieur X, directeur de… ». « Monsieur Y, adjoint au… ». « Madame unetelle :

femme de... ». Quelle gageure ! Quelle idiotie ! Quelle connerie ! Comme si l'homme n'existait que par son rôle, tel un acteur de théâtre qui jouerait son propre scénario. Comme si l'homme pouvait se targuer d'importance par son statut social, ses relations, son portefeuille.

Tu ris intérieurement à y penser. Combien de fois n'as-tu pas entendu ce genre de stupidité ! D'ailleurs en ce temps-là tu y participais, tu étais toi-même un « Monsieur le... », tu faisais partie du jeu social : cette fumisterie !

Il faudrait, penses-tu, que toutes et tous connaissent cet état dans lequel tu te trouves pour se rendre compte de leur « erreur humaine ». La vie ne peut pas être dans le « paraître ». La vie ne peut être que dans « l'être ».

Et là, tu te rappelles, le Dieu de Moïse lui parlant dans le buisson ardent en disant : « Je suis celui qui suis ». Et tu comprends enfin ce texte que tu avais lu tant de fois en passant sur l'importance de ces mots qui, à eux seuls, résument le principe de la Vie.

Tu es.

Ici.

Maintenant.

Et rien d'autre ne compte.

Tu n'as pas encore entendu le septième bruit, comme le septième jour où le Tout-Puissant s'est reposé de ses œuvres. Le temps passe. Mais qu'est-ce que le temps ? Ici, vois-tu, ne compte que l'instant. Tu vis, là, en cet instant. Et cet instant pourrait durer des mois, des années, toute la vie : il n'est que cet instant, dans ce lieu, cette vie.

Étonnamment, ton esprit ouvre les portes de ton corps. L'important n'est pas la position incongrue dans laquelle tu te trouves. L'important n'est pas tes mains et tes pieds liés. L'important n'est pas ta bouche et tes yeux empêchés par le scotch. Non, l'important est dans l'esprit. Cet esprit, ils ne peuvent te le prendre, ils ne peuvent le lier, ils ne peuvent le saisir.

Oui, c'est vrai : mais ne peuvent-ils pas le détourner ? Le tordre ? Le duper ?

Et tu penses à cet « ils ». « Ils » : qui sont-ils ?

Tu ne connais que la voix qui ne vient pas.

Tu t'endors un peu, sans t'en rendre compte.

Et tu entends :

— Bonjour, comment allez-vous ?

La voix t'a réveillé.

Il est venu ? Tu n'es pas certain que ce soit la même voix. Pourtant c'est le même accent, venant du fond de la gorge, guttural. Ce sont certainement tes sens qui sont perturbés, oui, tous ces jours à te morfondre, à délirer, et là à te réveiller brutalement.

Tu ne croyais plus que quelqu'un viendrait ! Au point tel que cela n'avait plus d'importance. On ne tient qu'à ce en quoi l'on espère. Ce que l'on ne peut pas avoir, on finit par s'en passer et vivre comme si la chose n'existait pas. Ce n'est que comme cela que l'homme se libère. Des sages l'ont même pensé et enseigné : ne plus désirer c'est être libre.

Il te parle.

— Vous m'avez l'air d'aller bien franchement, et ça me fait plaisir.

Il est heureux que tu ailles bien. C'est donc qu'il ne te veut pas de mal ! C'est donc qu'il n'a rien contre toi. Peut-être va-t-il te délivrer ?

Il te délie les pieds et les poignets.

— Vous allez marcher un peu, cela va vous faire du bien.

Tu te lèves, avec la difficulté des corps qui ont été forcés à l'immobilité durant des jours. Tes os se dérouillent. Tu sens le cartilage de tes articulations qui s'imbibe à nouveau de synovie. Tu marches clopin-clopant, mais tu marches quand même.

Il te tient par le bras pour t'aider afin que tu ne tombes pas.

Quel bonheur que celui de marcher !

— Nous allons vous libérer quelque peu aujourd'hui.

Libérer ? Ils vont te libérer ? Serait-il possible que tes prières aient été entendues ? Oui !

Mais voilà qu'il te met des menottes en te mettant les bras par-derrière. Qu'est-ce que cela veut dire ?

Il enlève le scotch de ta bouche. Cela te fait mal. Très mal. La peau de tes lèvres se décolle avec l'adhésif. Elle est comme pourrie à ne pas avoir pu respirer à l'air libre. Et puis il te conduit sur le mur en te demandant de mettre tes mains sur le mur et d'écarter tes jambes.

— Je suis désolé de ce traitement, mais il faut bien vous laver.

Et tu reçois un jet d'eau puissant qui saisit ta chair comme le ferraient les mains d'un masseur, un jet d'eau glacée.

Alors tu cries.

Tu cries enfin !

Et ton cri trouve un écho dans ce lieu.

Ce cri te libère en exprimant toute la souffrance de ces dernières semaines.

Et puis tu pleures en te laissant geler par l'eau glacée qui enlève de ton corps des restes d'excréments et des lambeaux de peau, pourris par l'inactivité.

À certains endroits ta chair est à vif.

Et tu pleures, tes larmes arrivent à passer par quelques interstices où le scotch a libéré son emprise.

Ta toilette est finie.

Alors il te reprend par le bras et te dit :

— Venez.

Et tu le suis.

Tu voudrais lui parler maintenant que tu le peux, mais tu ne dis rien, ayant pris l'habitude de te taire, d'empêcher ta voix.

Tes mâchoires se remettent un peu à bouger. Ton articulation temporo-mandibulaire retrouve sa plasticité. Ta langue, pâteuse, cherche de la salive.

Il te rassoit sur le fauteuil, mais sans te lier.

— Respirez un peu, cela va vous faire du bien.

Tu sens qu'il te regarde. À quoi ressembles-tu ? Ta barbe a poussé, tu le sens, la langue qui essaye d'adoucir tes lèvres trouve des poils informes. Tes cheveux aussi ont dû pousser, ceux de ta nuque en tout cas puisqu'une calvitie précoce a libéré le haut de ton crâne de toute pilosité inutile.

Alors tu dis, avec une voix chevrotante :

— Je ne dois pas être beau à voir.

Et il se met à rire. Tu sens qu'il ne se moque pas de toi, mais il rit parce que tu l'as fait rire.

— Eh bien, il est vrai que pour votre grande sortie il faudra prendre le temps de vous faire une beauté !

Quelle sortie ? De quoi parle-t-il ?

Et là, tu respires un grand coup. Que c'est bon. Certes, c'est de l'air vicié, chargé de particules organiques que ce lieu décompose, mais c'est tellement bon de respirer par la bouche. De respirer un grand bol d'air.

Alors tu dis :

— J'ai soif.

— Je m'en doutais, tenez.

Et il porte à tes lèvres un linge humide pour t'apaiser.

— Merci.

— Je vais devoir vous attacher encore, mais nous allons faire autrement.

Alors il appuie sur un bouton près de toi et le fauteuil se met dans une position assise. Et puis il prend tes mains et les attache sur les accoudoirs en te donnant une petite poire manuelle de commande.

— Voilà, comme cela, vous pourrez de vous-même mettre le fauteuil en position assise ou couchée, à votre guise.

Tu l'entends faire des choses, bouger quelques objets.

— Je ne vous lie que les mains, laissant vos pieds et vos jambes libres. Bientôt, je vous rendrai les yeux, mais pour l'instant c'est trop tôt. Il vous faut encore attendre. La lumière pourrait vous faire du mal. D'ici là, vous allez encore devoir patienter. La patience, vous savez, est une alliée dans ce genre de situation.

Tu ne sais pas trop quoi dire. Le remercier peut-être ? Le remercier de cette nouvelle liberté : avoir retrouvé ta bouche ? Avoir retrouvé tes jambes ? Tu devrais demander ce que tu fais ici, mais tu ne le fais pas, parce que tu n'y penses pas, parce que ce n'est plus la question. Mais tu demandes :

— Depuis combien de temps suis-je ici ?

Il te répond :

— Depuis assez longtemps pour vous avoir permis de prendre conscience de l'air, du froid, du temps, de la douleur, de la peur, de la vie.

Et puis tu l'entends partir et te dire :

— Je vous souhaite une bonne nuit. Je reviendrai bientôt.

Bonum ex malo non lit
(D'un mal peut naître un bien)

— Allo ?

— Oui ?

— « Le crime a semé la vengeance après soi. »

— « Sextus est le coupable. »

Rien qu'un instant ponctua cette entrée, comme l'acteur qui entre en scène déclame son texte, et son pendant lui donnant la réplique. C'était un code, Lucrèce était entre ces deux voix, au demeurant lointaines l'une de l'autre, pourtant très proches, comme entremêlées sur le même canal. La dernière voix reprit :

— Comment vas-tu ?

— Bien, je n'ai pas à me plaindre.

— C'est heureux de t'entendre, j'aimerais être là aussi, tu sais.

— Je le sais, mais les affaires…

— Ah les affaires, elles vont et elles viennent, sachant que l'activité des hommes n'est qu'un leurre pour amuser la galerie du temps, les laissant poursuivre le déroulement de leurs jours jusqu'à l'inéluctable fin.

— Vanité des vanités, disait l'Ecclésiaste.

Il y eut comme des toussotements.

— Alors comment va-t-il ?

— Il va, il va… Disons qu'il évolue dans le bon sens. Je pense qu'il sera bientôt prêt.

— Tu lui as libéré la bouche ?

— Oui, les jambes aussi. Il peut même maintenant se mettre en position assise ou couchée.

À l'autre bout du fil, un homme rit.

— Finalement, je vais devenir son sauveur, reprit celui qui venait de parler.

L'autre voix rit de plus belle.

— Tu es machiavélique.

— Allons donc, tu me flattes. J'ai simplement l'orgueil de m'affubler d'un titre qui m'octroie d'être connaisseur de l'âme humaine.

— Quelle prétention !

— Juste un peu quand même…

— Je n'aimerais pas avoir à faire à toi…

— C'est pour cela que tu es mon ami…

— Je suis ton ami parce que je suis ton ami. Mais il est vrai que je n'aimerais pas être ton ennemi.

— Tu avais raison en tout cas pour le lieu. Il est loin de tout, et personne n'y vient, c'est presque étonnant.

À l'autre bout du fil, l'homme rit à nouveau.

— Il a suffi de faire croire que le site était pollué.

— Tu n'y es pas allé de main morte quand même…

— Seveso, c'est presque courant aujourd'hui, tu sais…

— Oui, notre monde se nourrit de sa propre pourriture. Et vu l'état de l'usine, c'est vrai que l'on peut croire au pire…

— Tu l'as vue sinon ?

— La fille ?

— Oui…

— Oh, je te sens intéressé, dis donc…

— Disons que je l'apprécie…

— C'est une sacrée femme quand même.

— Une sacrée policière. Et en plus elle a comme un don…

— J'ai toujours cru qu'à côtoyer la mort les gens développaient une faculté leur ouvrant les choses de l'esprit…

— Ça dépend, regarde les fossoyeurs, leur job ne les transforme pas forcément en lumières !

— Certes, mais ils ne côtoient que les corps morts, pas les âmes.

— Ça se défend…

— Et toi tu reviens quand ?

— Dans quelques jours.

— Je crois vraiment que nous allons bientôt pouvoir le mettre en piste…

— Ne penses-tu pas qu'il joue un jeu à nos dépens ?

— Franchement, non, le travail a fait son œuvre. Et puis la méthode de notre ami aussi !

— Il est venu lui aussi ?

— Oui plusieurs fois, tout comme le roi du bide !

L'homme à l'autre bout étouffa un rire. Il pensait à ces hommes en qui il avait parfaitement confiance. Ils étaient pour lui comme des frères. L'amitié, la détermination et la cause commune qui les réunissaient leur donnaient cette force d'affronter toutes les impossibilités.

— C'est une bien bonne nouvelle qu'il soit bientôt prêt.

— Il a un énorme besoin de se pardonner, tu sais. Sa conscience, comme celle de tous les hommes, ne demande rien d'autre qu'on lui foute la paix. Et cet homme vois-tu, en a gros sur le cœur, il est chargé de la faute d'avoir vu en faisant semblant de ne rien voir, de n'avoir rien dit alors qu'il savait tout, d'avoir laissé faire sans s'opposer. Si notre ami est mort, quelque part, c'est aussi à cause de lui.

— Ah la faiblesse humaine…

— Nous allons lui permettre de se racheter, d'expier ses fautes. Et tu sais bien que lui, comme cette femme, comme celui qu'on appelle l'apôtre et les sbires de sa cour, sont tous de près ou de loin concernés.

— Ils sont coupables du plus grand crime qui soit.

— Dans peu de temps, je vais l'aider à focaliser sa haine sur celui qui tient le tout – autrement dit l'apôtre – à cause duquel, somme toute, il est enfermé dans ce lieu.

— Il va falloir lui passer les vidéos.

— Oui, une par une et en lui donnant le moyen de les visionner par lui-même. Ainsi redeviendra-t-il l'acteur de sa vie, cette vie nouvelle à laquelle il va renaître, sortant bientôt de l'enfermement physique et psychique dans lequel nous l'avons contenu.

— Bon sang, tout cela ne va pas nous faire gagner le ciel !

— Parce que tu pensais pouvoir le gagner ?

Les deux hommes rirent de bon cœur.

— Certes, non. Notre ciel ne pourra jamais être celui de monsieur tout le monde.

Celui à l'autre bout du fil soupira.

— Nous allons enfin pouvoir venger notre ami.

— Et par la même occasion, faire une bonne action : celle de débarrasser le monde d'un salopard.

— Tout homme l'est peu ou prou tu le sais bien…

— Pas au point de profiter comme il l'a fait des esprits faibles, abusant de leur virginité et violentant leur chair. Tout discours qui chercherait à l'absoudre serait amoral.

— C'est étrange, ne trouves-tu pas, tous ces meurtres ?

— Celui du député ?

— Oui, mais aussi celui de cette journaliste…

— Plus j'y pense et plus je crois qu'ils sont liés à l'histoire de notre ami.

— C'est possible, oui… Mais pourquoi ont-ils été tués ?

— La journaliste en savait long…

— Et le député était devenu dangereux…

— Oui, mais pour qui ? Pour l'argousin ou pour l'apôtre ?

— C'est une bonne question, pour les deux peut-être…

— Qu'importe en ce qui nous concerne, l'apôtre est à l'origine de tout…

— Bon, je te laisse, je vais arriver d'ici quelques jours.

— Notre homme sera à point.

— C'est très bien. Allez, à bientôt mon ami.

— À bientôt, et prends soin de toi.

Qui cupit aut metuit liber non erit unquam (Qui désire ou craint ne sera jamais libre)

— Bonjour.

Il est revenu.

Et là tu peux lui répondre.

— Bonjour.

— Oh vous avez retrouvé votre voix, c'est très bien.

— Oui, en effet.

Tu l'entends, mais tu ne le vois pas. Tu ne sais pas à quoi il ressemble et pourtant il te semble proche, seule présence humaine avec laquelle tu as eu contact depuis tout ce temps. Mais tout ce temps c'est combien ? Et puis cette voix te semble avoir un autre timbre que la voix de la dernière fois. Tu ne sais plus. Tes sens te tromperaient-ils ? Certainement que tu l'entends différemment en fonction de l'air, de la pression, de ta perception du jour. Pourtant, tes yeux étant sans lumière, tu croyais pouvoir développer une acuité nouvelle. Quelque part, c'est vrai. Il faut certainement du temps pour l'affiner. Ce doit être ça, oui.

— Depuis combien de temps suis-je ici ?

— Vous me faites sourire, je me doutais que vous alliez tôt ou tard poser cette question. Mais est-ce à ce point important ?

— J'aimerais simplement savoir.

— Il est en effet important de savoir, mais plus encore de connaître, et surtout de ne plus se mentir.

Tu essayes de percevoir ce qu'il veut te dire, mais tu ne comprends pas tout. Cet homme te passe des messages, il essaye de susciter ton entendement.

Il s'approche et te dit, tout près de ton oreille :

— Ne plus se mentir : c'est la chose la plus importante, NE CROYEZ-VOUS PAS ?

Il a presque hurlé sur ces derniers mots en montant le ton de sa voix. Là : il te fait peur.

— Je vais néanmoins vous répondre, parce que vous cherchez à savoir, cette recherche étant pour moi un des moteurs de la connaissance. Alors voilà cher monsieur : vous êtes ici depuis plus de trois mois.

Trois mois ! Tu ne sais pas quoi répondre. Comment est-il possible que le temps soit passé aussi vite ? Tu t'étais mis à compter et dans ta tête tout ce temps passé ici ne dépassait pas quelques semaines. Mais voilà qu'il te dit trois mois ! Grand Dieu : que vas-tu devenir ?

— Je suis certain, dit-il, que vous aviez compté pour la moitié.

— À peu près oui...

Il rit.

— Nous sommes tous dupés par le temps. Le temps, vous le savez bien n'est que relatif. Le temps finalement n'existe pas ! Il n'est qu'un artifice comptable pour nos plus grands physiciens. Il n'est qu'une mystification pour que l'homme se donne du temps pour vivre. Et vous, comme tous les quidams que nous sommes, sans repères temporels tels que l'alternance des jours et des nuits, vous avez divisé par deux, le temps passé.

Trois mois. Déjà trois mois. Tout ce temps. Et tu es toujours là. Personne n'est venu pour te délivrer. Vas-tu devoir vivre ici maintenant ? Qu'est-ce que la vie dans ce lieu ? Qu'est-ce que la vie dans cette situation ? Avec cet homme et seulement cet homme ? Est-ce lui qui t'a enlevé ? Et t'aurait-il enlevé pour son bon plaisir et philosopher avec toi sur le temps ?

— Je vous ai enlevé le scotch sur la bouche pour vous permettre de retrouver votre voix. Je vais aujourd'hui procéder à deux changements, dont un va changer votre vie présente.

Mais que va-t-il te faire ? Tu n'oses le lui demander. Tu es à sa merci. Il peut faire de toi ce qu'il veut.

— Aujourd'hui, je vais préparer la réactivation de votre fonction gustative, mais il faudra y aller doucement. Je dois changer la sonde que je vous ai posée afin d'éviter toute infection et vous permettre dans un proche avenir à nouveau de manger.

Manger. Oui. Tu te rappelles. Ces bouchées de nourriture. Le plaisir du goût. Cette simple chose que celle de manger, première rencontre du nourrisson avec le monde extérieur. Le sein de la mère. Le biberon. La bouchée de bouillie. Et puis le biscuit, le chocolat, la pomme, le steak. Oui, tu te rappelles. Et tu soupires.

— Et puis j'enlèverai le scotch de vos yeux.

Voir ? Tu serais tellement heureux si tu pouvais voir à nouveau. Regarder autour de toi. Prendre conscience de ton environnement. Imaginer le bleu du ciel et te revoir, toi, te rendre compte de ton état.

— Mais vous ne verrez pas encore.

Pourquoi ? Tu n'oses pas le lui demander. Pourquoi ?

— Avant que vous puissiez voir de vos propres yeux, il vous faut connaître la vérité.

Mais de quoi parle-t-il ? Cet homme est-il fou ? As-tu été enlevé par un dément ?

— Et comme le dit l'Évangile : la Vérité vous rendra libre. Ce n'est qu'alors que je vous libérerai.

Tu oses lui demander :

— Mais qu'elle est cette vérité ?

Il éclate de rire :

— Vous parlez comme Ponce Pilate mon cher monsieur. Et vous savez ce que le Christ a répondu ?

Il s'approche de toi et murmure :

— Rien.

Et puis tu l'entends s'affairer, bouger des instruments, placer une chaise, jeter au loin un morceau de quelque chose. Que fait-il ?

— Je vais d'abord vous opérer.

Tu détestes ce mot, il va encore te charcuter. Il va encore t'utiliser tel un cobaye, comme le faisaient les médecins de la mort. Peut-être est-ce cela : il expérimente sur toi des choses. Et tu ne peux rien faire d'autre que de te soumettre. Et tu ne peux rien faire d'autre que d'accepter le jeu qu'il te propose : son jeu.

Mais à quoi joue-t-il ?

— Je vais vous endormir, dit-il, tout se passera bien.

Il te pique et ton esprit vacille. Tu t'en vas laissant ton corps à ses caprices. Si tu pouvais voir, tu le verrais au-dessus de toi, avec sa lampe frontale, dans ce lieu d'abandon, en train de t'enlever ce tube qui te nourrit, en train de faire saigner tes chairs, en train de suturer ta peau. Il tamponne, il découpe, il cautérise. Il t'opère. Tu ne le vois pas et tu ne le sens pas. Tu n'as même pas eu le temps de dire quelque chose, de demander un renseignement, de protester. À peine étais-tu piqué que tu partais. Ton état général de faiblesse décuplant l'effet du penthotal.

Que fais-tu ici ?

Pourquoi es-tu ici ?

Tu te réveilles.

Il est encore là.

— Voilà, te dit-il, bientôt vous allez pouvoir retrouver une alimentation normale, pour ce faire vous aurez un repas par jour, je sais, c'est frugal, mais l'ascétisme ne contribue-t-il pas à l'établissement des vertus cardinales ? D'ici là, la sonde remplira son office.

Il rit en répétant : « office » !

— Ah, ah…

Tu ne réponds rien, encore shooté par l'hypnotique. Tu l'entends et tu devines ses mouvements, par le souffle d'air qu'il déplace.

— Je vais maintenant permettre à vos yeux de voir, à travers un casque de réalité virtuelle. C'est incroyable comment ces objets peuvent vous projeter dans le réel.

Il décolle le scotch de tes yeux. Tu hurles de douleur, l'adhésif t'arrache des cheveux et des morceaux de peau.

— Je vous conseille de tenir vos yeux fermés.

Tu ne l'écoutes pas, essayant un bref instant de voir où tu trouves et d'apercevoir son visage. Mais la lumière violente de sa lampe t'aveugle.

— Je vous avais prévenu, vous auriez dû m'écouter. Vos yeux sont dans l'obscurité depuis des mois et ne peuvent pas supporter, sans mal, le moindre rayon de lumière.

Alors il te pose le casque en le liant autour de ta tête.

— Ne bougez pas, ce sera beaucoup plus confortable pour vous, croyez-moi.

Alors tu oses lui demander :

— Mais pourquoi ?

Il te répond :

— Voilà une bonne question. Savoir pourquoi. Vouloir comprendre. S'ouvrir à la connaissance. Par ce casque je vous ferai comprendre ce qui vous a amené ici et pourquoi il va falloir que vous y restiez encore.

— Mais pour combien de temps ?

— Ça ce n'est pas une bonne question, souvenez-vous que le temps ne compte pas, seule vaut la connaissance que l'on acquiert et peu importe le temps qu'il faut pour l'acquérir.

Alors tu pleures. Tes larmes coulent chaudement le long de la courbe de ta fente palpébrale. Tu pleures parce que tu souffres intérieurement de savoir que tu vas rester encore ici. On dirait un gosse et tu es presque touchant, à ton âge, pleurer ainsi. Combien d'hommes s'interdisent de pleurer alors que c'est si bon de se laisser aller, d'évacuer sa douleur.

— Vous êtes touchant, te dit-il.

Tu pleures encore et il te laisse pleurer, vacant à quelques occupations, rangeant des choses, en déplaçant d'autres.

— Voilà, tout est prêt. C'est très simple. Le casque est relié à un ordinateur que j'ai branché sur le secteur. Incroyablement, il y a encore du courant ici. Un programme diffusera des séquences à votre demande. Vous pourrez les arrêter ou les relancer quand vous le voudrez.

Il te met une sorte de peau en latex sur la tête.

— Voilà, tout y est, ne bougez pas, je dois ajuster.

Tu sens qu'il serre une sangle derrière ta tête et qu'il règle la tension de la peau sur ton crâne.

— Je vous ai posé un jeu d'électrodes qui enregistreront votre activité cérébrale. C'est un casque EEG, une petite merveille technologique. Par ce biais, vous pourrez lancer le programme et l'arrêter à tout moment. Il suffira que vous pensiez à la chose et la chose se fera. C'est un des miracles de la science moderne cher monsieur, l'apothéose des technologies numériques.

Tu l'écoutes, subjugué par ce qu'il te dit. Te voici câblé à la machine et la machine câblée à toi.

— Par ailleurs, sachez que le système enregistrera vos réactions, par les mouvements des pupilles de vos yeux et par les ondes cérébrales de votre cerveau ce qui permettra, par ailleurs, de mesurer la réalité de votre apprentissage.

Tu sens qu'il se prépare à partir et que tu vas te retrouver seul avec le froid et avec les rats.

— Vous, vous… vous allez partir ?

Il se retourne vers toi et te prend le bras.

— Vous voudriez que je reste ? Moi ? Votre tortionnaire ?

— J'aimerais simplement parler un peu avec vous…

Il laisse passer un temps et te répond :

— Nous parlerons, je vous le promets, mais d'abord il faut que vous vous laissiez enseigner. Le temps est venu pour vous de connaître et de comprendre. Certaines séquences vous choqueront certainement. Sachez que tout ce que vous verrez et entendrez est vrai.

Libre à vous de les passer. De tout arrêter. D'y revenir. D'aller plus loin. Je reviendrai régulièrement. En fonction de votre état, je ne ferai que passer sans vous déranger. D'autres fois, je m'arrêterai, et alors si vous le désirez nous pourrons parler.

Il s'en va tu le sens. Ses pas s'éloignent. Une porte grince sur ses gonds. Qui est donc cet homme ? Il est pour toi le seul lien qui te relie à l'humanité. Tu aurais aimé qu'il reste encore un peu, mais te voilà seul maintenant. Ta tête porte à présent cet étrange objet : ce casque de réalité virtuelle avec lequel tu vas pouvoir interagir, comme lui va pouvoir interagir avec toi. Tu avais déjà vu des gamins porter ce genre d'accessoire. Ils frappaient ou shootaient dans le vide en se prenant pour un champion de tennis ou une étoile du foot. Ça te faisait rire à l'époque et voici que tu es devenu l'un d'entre eux. Alors tu souris en imaginant ces gamins en train de te voir. Ils riraient s'ils étaient là, comme toi tu riais. Alors tu les revois et cela te fait du bien. Tu as toujours aimé les enfants et leur simplicité rafraîchissante. C'est la modernité. Tu es drôle, mais il n'y a que toi pour le voir.

Tu es seul ce soir.

Hodie mihi, cras tibi
(Aujourd'hui pour moi, demain pour toi)

Friedrich était arrivé la veille, par l'avion assurant la liaison de Genève à Paris. Le vol s'était fait secouer par des trous d'air au point tel que trois femmes avaient vomi, que la moitié de l'avion avait crié, et que quelques-uns s'étaient mis à prier en récitant des pater-nosters et des Ave Maria. C'était étrange de voir comme les hommes se comportaient devant leur incapacité.

Friedrich y repensait en regardant Eva dormir dans le grand lit de sa suite. Ils avaient fait l'amour. Elle était belle, il la trouvait même de plus en plus belle, il aimait son allure, il aimait sa voix, il aimait son regard, il aimait sa façon de penser.

Il n'avait pas eu le temps de passer par son bureau, la chose était prévue ce jour, devant rencontrer des financiers prêts à doper l'action d'une de ses sociétés. L'informatique marchait bien, en cette période dite « 4e révolution industrielle », surfant sur la demande permanente de profils maîtrisant les technologies à la mode.

Par les grands rideaux, la lumière du jour s'adoucissait sur les courbes d'Eva, ses longues jambes, le galbe de ses seins, la douceur de ses fesses dont on apercevait l'intimité des plis par l'embarras des draps. Il la regardait, assis sur un fauteuil. Il aurait pu la regarder des heures ainsi, dormir, prendre sa douche, se maquiller, et sentait en lui ce désir de plus en plus prégnant de la revoir, de se balader avec elle, de passer du temps à ne pas le compter.

On frappa à la porte, c'était le room service qui apportait les deux petits déjeuners qu'il avait commandés, l'un avec du thé vert et l'autre avec du café au lait, boisson qu'elle affectionnait tout particulièrement, deux jus d'orange fraîchement pressés qui dégageaient cette senteur du sud, quelques viennoiseries et du pain frais, cette fameuse baguette parisienne coupée en tronçons avec du beurre. Il le remercia et lui laissa un billet de dix euros. Certes, rien ne l'y obligeait, mais il se faisait un point d'honneur à marquer le respect pour ces gens de service, ces ménestrels des petits boulots, trop vite disparus dans nos sociétés de consommation, et fort heureusement mis à l'honneur dans les établissements de cette catégorie.

Eva se réveilla en se contorsionnant dans les draps. Elle lui sourit, la nuit avait été magique. Le soir, ils avaient dîné au Saint-Germain, sous la grande verrière où dansaient un bonhomme de neige, un bibendum, des nounours et de drôles d'êtres, venus de toutes les planètes de l'univers. Ils avaient fait monter une bouteille de champagne et s'étaient servi deux coupes en ouvrant la fenêtre tout en regardant Paris. Il faisait bon, presque trop pour un temps d'hiver, mais les saisons depuis quelques années avaient muté, désertifiant de plus en plus le sud et écrasant la capitale sous des étés caniculaires. Il s'était approché d'elle, elle était ravissante dans sa robe noire qui lui collait au corps. Alors il s'était permis l'audace de dézipper la fermeture, en la faisant glisser doucement jusqu'au bas de ses reins. Et puis ses mains avaient caressé son ventre, la douceur de ses seins, les courbes de ses fesses. Alors le désir les avait emportés jusqu'au petit matin.

Elle se leva, nue. Il la regarda, sans baisser les yeux, avec le plaisir non feint de celui qui admire la beauté, là, offerte dans le sourire d'un regard, dans la complicité de l'amour.

— Je vais me rafraîchir, dit-elle.

Friedrich ouvrit la fenêtre, Paris s'agitait déjà à cette heure matinale. Tout en bas des taxis faisaient la queue pour amener les partants du jour vers une autre escale, les grooms charriant des portants et des valises.

Elle revint vers lui, ayant enfilé une robe de chambre aux couleurs de l'or. Il lui dit :

— Tu es tout simplement magnifique.

Et ils s'assirent.

— Que nous as-tu fait préparer ? demanda-t-elle.

— Un bon verre de jus d'orange, bien frais, et un grand café au lait pour toi.

Elle lui sourit. C'était la première fois de sa vie qu'un homme tenait compte de ce qu'elle aimait. Et il lui était agréable d'en profiter, tout simplement.

— J'ai bien dormi, dit-elle, je comprends que tu aimes cet endroit.

— C'est vrai que le lieu convient à la détente et au plaisir de vivre…

Elle lui sourit, d'un air à la fois malicieux et interrogateur.

— Dis-moi, combien de femmes as-tu amenées ici ?

Il rit et répondit :

— Aucune…

— Je ne te crois pas…

— Et pourtant je t'assure que c'est le cas. Interroge le personnel, qui me connaît bien, et tu verras que c'est le cas…

— Fais attention, je risque d'utiliser le pouvoir que m'octroie le fait d'être policier !

Ils rirent. Friedrich sentait qu'il n'avait pas de réserves avec elle, il se sentait libre. Ce qui se passait entre eux était comme normal, évident.

— J'ai une question à te poser, dit-elle.

— Attention à la déformation professionnelle !

— N'aie crainte, ce n'est pas privé. Je sais que tu as une vie là-bas, à Genève. Et je le savais avant que nous tombions dans les bras l'un de l'autre, donc n'aie crainte. Ce qui est personnel le restera, sauf s'il te plaît de m'en parler.

— Alors que veux-tu savoir ?

Elle le regarda droit dans les yeux, voulant s'assurer de sa bonne foi.

— La clef que tu m'as remise la dernière fois…

— Oui…

— Tu n'avais pas tout mis ?

Il s'essuya les lèvres et répondit :

— Non, en effet.

Elle se sentait heureuse au fond d'elle-même qu'il ne lui ait pas menti. Il aurait pourtant pu, puisqu'aucune trace des fichiers manquants ne subsistait sur le support qu'il lui avait remis.

— Et qu'y avait-il d'autre ?

— Des choses personnelles…

— C'est-à-dire ?

— Lukas écrivait un livre…

— Qui parlait de quoi ?

Il lui tendit une clef USB.

— J'avais prévu de te la donner aujourd'hui, dit-il, sur celle-ci je n'ai rien enlevé, tu as la copie complète de celle qui m'a été remise.

Elle se leva et l'embrassa.

— Tu me fais un grand cadeau aujourd'hui. Non pas la clef en soi, même si cet élément peut être important pour l'enquête, mais j'apprécie le fait que tu sois franc avec moi.

— Je voulais être le premier à lire son livre.

Tandis qu'il parlait, elle l'embrassait.

— Et peut-être que tu ne m'aimeras plus après avoir lu tout ça.

Elle se redressa.

— Pourquoi dis-tu ça ?

— Je ne sais pas, un pressentiment.

— Tu n'as pas de sixième sens…

— C'est vrai, alors c'est simplement la peur de te perdre.

Ils se serrèrent l'un contre l'autre. Le soleil était en train de s'élever au-dessus des bâtiments haussmanniens. L'air était frais. Et elle lui dit de venir, sur le lit, en l'entraînant par la main. Ils firent l'amour, dans une débauche de baisers et de caresses et jouirent comme jamais ils n'avaient joui. Paris l'attendait pour l'enquête et lui pour les affaires. Et Paris attendrait encore. L'heure était à l'Amour.

Ex tenebris lux – film 1
(Des ténèbres viendra la lumière)

Ça y est : tu vois.

Tu es seul, dans ce lieu où les rats passent en trottinant.

Tu as commandé la première séquence et, comme par magie, la magie moderne, celle que l'on appelle « digitale », puisqu'il faut bien nommer les choses, la magie des jeunes qui appuient sur une touche et qui parlent au monde entier, la magie de l'intelligence de la machine, comme si une machine pouvait être intelligente, mais qui sait ?

Et tu vois.

C'est un pensionnat. Il y a des frères, des religieux, qui encadrent le bon fonctionnement de l'institution et qui dispensent les cours. Le film est un peu hésitant, en noir et blanc, il saute parfois comme le faisaient ces vieux films super 8 lorsque les perforations sortaient du guidage. C'est un film amateur, ça se voit, les prises de vues vont d'un endroit à l'autre sans chercher à créer du lien, il n'y a aucun effet de travelling, et puis le cadrage ignore manifestement la règle des tiers.

On voit des enfants studieux dans une salle de classe, un peu spartiate, penchés sur leurs pupitres qui s'appliquent à tracer des pleins et des déliés, en trempant, avec application, leur stylo plume dans un encrier. Des gauchers se font contrarier, à cette époque, pourtant pas si lointaine, être gaucher c'était comme être atteint d'une tare. C'est drôle comment le monde peut se fixer sur des préjugés, les abandonnant quelques décennies plus tard, au profit d'autres a priori plus à la mode.

C'est une dictée. En tout cas, ça en a l'air, même s'il n'y a pas de bande sonore. Le professeur passe en marchant comme un prince dans les rangs, tenant un livre, et dictant (tu vois ses lèvres faire des mouvements répétés) tout en regardant d'un œil sévère ce que les élèves écrivent. Cela te rappelle la dictée de Knock.

Un enfant fait une rature, il a comme ses congénères à peine douze ans, alors le maître l'empoigne par l'oreille et le fait lever, devant tous en l'humiliant. Puis il le conduit près de son bureau, lui demande de se déculotter, et le frappe avec une grande règle en bois jusqu'à ce que ses fesses soient rouges de sang.

Et puis la dictée reprend, l'enfant sanctionné pleure et retourne à sa place. Personne ne dit rien parce que parler ici, lorsque l'on n'y est pas invité, est synonyme d'insubordination et à ce titre est puni comme il se doit.

La dictée prend fin, les élèves attendent le signal pour sortir à la queue leu leu, sagement, dans leur grande blouse grise qui les rend tous certes égaux, mais aussi banalisés et quelconques. Le professeur, en tout cas cet homme qui prétend l'être, interpelle l'enfant qui a eu l'audace de faire une rature et lui enjoint d'aller se confesser. L'enfant baisse la tête, penaud, et reprend la file des enfants soumis.

Dehors le temps est au soleil, c'est un jour de printemps et l'on voit des enfants jouer à la balle, sagement, sans aucun excès, d'autres se promènent sous les grands arbres, d'autres encore s'entretiennent avec leurs mentors sur tel ou tel sujet. L'école est renommée et les parents qui envoient ici leurs enfants sont fiers de pouvoir le faire, entendu que leur progéniture se trouvera bardée à coup sûr du bon diplôme et que la porte des meilleures entreprises leur sera grande ouverte.

L'enfant qui a fait des ratures lui, tu le vois se faire appeler du doigt par le frère supérieur, campé sur le perron, qui fait office de proviseur. Alors le gamin s'approche, la tête courbée, sachant quel sera son châtiment. C'est qu'ici on ne badine pas avec les erreurs et les actes illégitimes ! Les enfants sont tenus comme il se doit, éduqués comme il le faut ! La plupart de leurs géniteurs ont préféré déléguer cette noble tâche à ces professionnels de l'enseignement. Comme si le métier de parent pouvait se déléguer. Le gamin disparaît par la porte d'entrée avec le père qui le tient par l'épaule. Alors la caméra suit les deux personnages dans de longs couloirs jusqu'à la chapelle. Le frère invite le jeune garçon à entrer dans le confessionnal, sur ses genoux. Alors il le touche. Il le tripote. Il lui met la main entre les cuisses.

Alors le Christ en croix accroché au-dessus de l'autel verse des larmes.

Alors sa mère, la belle Marie, déchire son voile de sainte en hurlant à l'imposture.

Alors les saints ici présents, tous de pierre, implorent le Tout-Puissant d'agir et de frapper ces hommes, ces salopards qui, au nom de Dieu, profitent de la situation pour assouvir leurs pulsions.

Le gamin arrive enfin à sortir de la boîte à absoudre les péchés, la culotte en bas des cuisses, hébété, son petit sexe à l'air dans ce lieu où souvent, des égarés viennent se recueillir et prier.

Le prêtre se relève, efface quelques traces, réajuste sa robe et s'approche du gamin, et lui dit de se taire s'il ne veut pas être dévoré par les flammes de l'enfer. L'enfant ne dit rien. Il ne pleure même pas. Son cœur brisé s'est transformé en pierre. Il ne ressent rien d'autre que du dégoût et de la honte.

Et puis la caméra revient sur le jardin. Il fait toujours aussi beau. Les enfants qui sont là ont l'air heureux, profitant de l'immense jardin et du déambulatoire. Aucun d'entre eux ne demande à celui qui a été sanctionné si les choses se sont bien passées. Ils savent, mais ne disent rien. Parce qu'il faut ne rien dire. Leurs parents ne les croiraient pas et même, refuseraient de les croire. Et puis il y a eu cet élève qui a essayé de parler. Il a essayé. Et puis il s'est fait convoquer dans le bureau du principal avec ses parents, qui l'ont sermonné devant le supérieur en disant qu'ils étaient outrés que leur fils puisse raconter de telles horreurs. Alors le jeune a été mis au cachot. Et puis, sur les conseils de la direction, il s'est fait muter dans une autre école, beaucoup plus sévère que celle-là, une école de laquelle on ne sort pas sans avoir fait plier son caractère et sa volonté. Une école qui ne donne jamais de sorties, où l'on entre pour des années sans voir les siens, même à Noël.

Ce que tu viens de voir te laisse stupéfait. Tu as reconnu le principal. Oui : tu le connais. Tu le connais même très bien. Il était directeur de cette école avant d'être promu en Asie. Mon Dieu. Alors tu arrêtes le système, ne pouvant pas en supporter plus pour cette fois. Tu ne peux pas imaginer le reste à venir. Ton esprit trouve alors une échappatoire : peut-être est-ce un montage ? Oui, c'est certainement ça, c'est un montage ! Tout est possible de nos jours ! D'ailleurs, comment serait-il possible qu'une caméra ait pu suivre cette scène ?

Tu entends des pas qui résonnent dans ce lieu où tu te trouves attaché. C'est la première fois que tu entends des pas comme ça qui frappent sur le béton. On dirait des bruits de bottes, comme celles des soldats qui frappent la route pour impressionner les villages qu'ils traversent.

Alors la voix te dit :

— Bonjour, comment allez-vous ?

C'est lui.

— Je ne vous avais pas reconnu.

Il rit.

— J'ai changé de chaussures, c'est certainement pour cela ! C'est parce qu'il fait un temps de chien dehors. La neige est tombée et a fondu, et ça fait comme de la soupe ! Quel drôle de temps quand même ! Tout fout le camp ! Il y a vingt ans il y avait de la vraie neige à Noël et maintenant c'est de la merdasse !

Dehors… ça fait des mois que tu ne sais plus ce que veut dire « dehors ». C'est où dehors ? Ah oui, c'est en dehors d'ici. Mais « Ici » c'est où ? Tu ne le sais pas. Et « dehors » te semble alors la vision d'un rêve qui n'existe pas. « Dehors » n'existe plus pour toi.

Tu rêves de « dehors ». Tu voudrais aller « dehors ». Mais tu as peur d'y retourner et de ne pas y retrouver ton quotidien, cet état rassurant, cet état où tu étais le roi de ton petit monde.

— Ah je vois que vous avez visionné la première séquence. C'est bien ça. C'est par ce biais que vous connaîtrez la Vérité. Et alors, comme vous le savez, la Vérité vous affranchira.

Affranchir ? C'est être libre ! Pourquoi reprend-il ce texte de l'Évangile ? La liberté dont il est question dans ce texte c'est la liberté spirituelle ! Et toi tu voudrais être libre, tout simplement, de corps et d'esprit !

— Et qu'en pensez-vous ?

— Je ne sais pas quoi en penser…

— Je vous comprends… La chose est choquante… Et pourtant elle est vraie !

— Mais comment ce film a-t-il été réalisé ?

— C'est un jeune garçon qui l'a fait. À cette époque, il était le cameraman en titre de cette institution et avait eu la chance d'avoir, en cadeau par ses parents, une caméra compacte, une single 8 P2 avec laquelle il allait partout sans se faire remarquer. Il a réussi à filmer durant les quelques années qu'il a passé dans cette école, à l'insu des responsables et des enseignants pour lesquels il filmait aussi et qui donc, n'ont pas pris garde à le brider. A posteriori de ses prises de vues, en montant des séquences prises à différents moments et en les traitant numériquement il a produit des films complets.

Tu restes abasourdi. C'était donc vrai. Ces images sont en définitive « réelles ». Mais pourquoi personne n'a rien dit ? Pourquoi personne ne s'est rebellé ? Pourquoi les parents ont-ils fait la sourde oreille ? Pourquoi ces choses n'ont-elles pas été dénoncées ?

— Je sais, te dit-il, c'est dur à accepter, surtout lorsque l'on y reconnaît une personne proche…

— Comment le savez-vous ?

— Nous savons tout de vous, vous savez. Et nous savons tout de lui. Aujourd'hui, qui peut prétendre rester incognito ? Le monde moderne est une immense base de données dans laquelle il suffit de savoir entrer, sans se faire remarquer. Et vous savez mon père, puisque c'est comme cela que vos ouailles vous appellent, votre curriculum vitae est enregistré, depuis votre premier cri, dans les

antres de votre sainte maison. Et comme nous en avons les clefs, nous y sommes entrés...

Mais qui est donc ce « nous » ? Parle-t-il au pluriel pour se donner un genre comme ces idiots qui regardent les autres en les snobant ? Ou alors emploie-t-il le « nous » pour dire qu'ils sont plusieurs ?

Alors tu oses lui demander :

— Vous dites « nous », parce que vous êtes plusieurs ?

Il éclate de rire :

— Pensez-vous que ce soit la bonne question ?

Il évince ta question. Au fond de toi tu t'en doutais. Pourquoi as-tu été aussi stupide ? Tu te sens bête.

— Bien, dit-il, je vous ai changé vos petites affaires. Il va falloir qu'un jour nous pensions à vous changer vos fringues qui commencent à dater et à schlinguer !

Il éclate de rire. Tu ne sais que penser sur lui. À la fois, tu le redoutes et à la fois tu l'apprécies. Pour ainsi dire, tu l'aimes, n'ayant plus personne d'autre à qui t'attacher pour te permettre de dialoguer et imaginer un échange humain. Tu le redoutes aussi, parce qu'il a tout pouvoir sur toi et que, s'il le voulait, il te laisserait crever ici jusqu'à ce que des rats te trouvent à leur goût.

— Je vais y aller, le temps m'est compté aujourd'hui. Comme vous voyez je viens d'employer le « nous » pour parler de vous et moi, mais qu'importe, je laisse à votre imagination l'interprétation des choses. C'est à vous de tirer enseignement et de méditer sur ce que vous avez vu. C'est à vous aussi d'avancer et de visionner ou non les autres séquences. Il y en a cinq en tout. Le bon chiffre pour que la connaissance puisse vous éclairer. Sachant que celle que vous avez vue est la moins pénible.

Tu ne dis rien. Tu n'as pas envie de parler. Tu es là avec cet appareil sur les yeux, les mains attachées, ton cul à l'air et tes vêtements crasseux.

Il s'en va et te dit :

— À bientôt, et d'ici là, portez-vous bien.

Ex tenebris lux – film 2
(Des ténèbres viendra la lumière)

C'est la deuxième séquence.

Tu t'étais dit que tu ne voulais pas la regarder, mais la tentation a été plus forte.

Tu sais la Tentation…

Cette belle qui swingue et qui aguiche les cœurs désœuvrés.

Cette fille de joie, qui t'invite d'un sourire, qui te convie d'un regard, prenant au piège de sa concupiscence le passant éperdu.

Cette prédatrice qui dévore, telle la mante religieuse, ce « cheval du diable », pourtant ce « prie-Dieu », et qui cannibalise le mâle en train de jouir.

Et toi, l'homme de Dieu, tu as été tenté, comme les autres…

Tu n'as pas résisté.

Alors tu as accepté des yeux la proposition du robot : séquence numéro 2.

Et là tu as vu.

Tu as vu ce pensionnat, la nuit. Tous ces élèves en train de dormir. C'était un jour de pluie, dehors les gouttes frappaient les vitres jouant des milliers de notes sourdes, berçant ces jeunes hommes.

Il était minuit passé, une vue sur l'horloge l'attestait, une vieille pendule délivrant son crincrin toutes les heures dans la journée.

C'était une grande pièce, d'au moins cinquante mètres de long, dans laquelle se faisaient face vingt-cinq lits de chaque côté. Par les fenêtres, on voyait les arbres s'agiter avec le vent.

Certains enfants, pour mieux s'endormir, s'étaient mis la tête sous l'oreiller. D'autres roupillaient comme des justes. Certains ronflaient comme des sonneurs.

Le surveillant les avait regardés par la fenêtre de son local, dont une des vitres donnait sur le dortoir.

Sur le mur, en face de l'horloge, à cinquante mètres, il y avait Sainte-Marie tenant dans ses bras l'enfant Jésus, si douce du regard, si mère et femme à la fois, si belle. Jésus la regardait, comme l'aurait fait n'importe quel enfant dans les bras de sa mère, avec un air de bambin heureux.

Minuit, le maître d'internat ne dormait pas, préoccupé par le sang qui coulait des plaies qu'il s'était infligées sur son dos.

Les jeunes ne pouvaient pas le voir, ordre leur avait été donné, à leur arrivée, de dormir la tête vers la Sainte. Et, avec le temps, s'y forçant et y étant forcés, ils avaient réussi à contraindre leur corps et leurs habitudes pour dormir du « bon côté ».

Lui, il pouvait les voir, tous, et d'ailleurs là : il les regardait.

De l'internat on voyait sa silhouette, trapue et baraquée.

Minuit et quart. L'homme attendait quelque chose, le jour peut-être, c'était la nuit qu'il se sentait le plus vulnérable, le plus enclin à ses penchants obscurs. Il n'aimait pas la nuit et essayait de la dominer en restant éveillé. Comme si l'homme pouvait se prévaloir de dominer la nature. Quel orgueil ! Quelle gageure ! C'est aussi pour cette particularité, celle de ne pas dormir la nuit, que l'institution avait trouvé bon de le placer là, en tant que surveillant.

Alors il surveillait.

Il surveillait ces gamins en train de dormir, vérifiant régulièrement, par la fenêtre de sa loge si tout allait bien, si tout était en ordre.

Quelquefois, on aurait dit que la Sainte pleurait, par un effet de lumière, surtout quand la lune était pleine. Il y avait comme une larme pour celui qui la regardait en face. Certainement, un défaut dans la pierre. Parce que, quelle mère pourrait pleurer en regardant son chérubin de fils ? Sauf à savoir que ce fils allait accomplir un grand destin, au péril de sa vie.

Ce maître d'internat, religieux lui aussi – parce que dans ces lieux il eut été impossible pour un incroyant de décrocher une place, sauf celle à la rigueur consistant à ramasser les poubelles ou nettoyer les latrines – avait vu la Sainte pleurer, habitué à scruter le moindre détail et, interpellé un soir par cet effet de lumière, il était sorti de son antre, traversant la pièce entre les deux rangées de lits en entendant ces gamins respirer profondément. La Sainte était là, juste devant lui, comme lui tendant les bras. Il s'était même imaginé être l'enfant qu'elle portait. Mais cet enfant ne pouvait pas être lui, cet enfant au destin unique ne pouvait être que l'enfant Jésus. Alors il avait souri, en prenant conscience de son rêve puéril et de sa bêtise d'homme. Et puis son regard s'était perdu sur les lits. Il les regardait pour la première fois de l'autre côté. Ils étaient beaux ces gosses. On les aurait tous pris pour des enfants Jésus. Alors il s'était approché de leurs souffles, un par un, pour les voir de plus près et les ressentir. Et puis il s'était laissé aller à caresser une de ces têtes de bambins, tout doucement, simplement ses cheveux. L'enfant dormait profondément. Alors il s'était assis sur le bord du lit et l'avait regardé tendrement. Il était là, au milieu d'eux, étrange silhouette sous le clair de lune, regardant la Sainte, regardant ces mômes, regardant son ombre. Alors sa main avait déboutonné le pyjama de l'enfant. Celui-ci avait fait quelques mouvements, mais à peine. Et puis sa main avait flirté avec le torse et les bras musclés de ce petit homme en devenir. Tout doucement. Il retenait sa respiration pour ne pas faire de bruit. Tous dormaient. Et sa main caressait. Et puis sa main s'était perdue entre les cuisses du jeune homme qui s'était réveillé, horrifié, se rendant compte brutalement de ce qui se passait. Ce n'était pas un cauchemar. Alors l'autre main du surveillant l'avait muselé en lui fermant la bouche et en lui tenant le menton fermement. Pendant ce temps son autre main touchait, tripotait, masturbait. L'enfant avait gémi, non pas de plaisir, mais de douleur. Alors le surveillant l'avait maintenu encore plus fort, sa bouche, son menton, son nez, jusqu'à l'étouffer.

Et puis l'enfant n'avait plus bougé. Il ne bougeait plus. L'homme avait regardé son œuvre. Il ne comprenait pas comment cela était arrivé. Il avait regardé la Sainte qui pleurait en inondant l'enfant Jésus de ses larmes. Alors cet homme s'était relevé, avait reboutonné le pyjama de l'enfant, avait soigneusement bordé le lit et était retourné dans sa loge, allant se flageller pour se punir. Mais se punir de quoi ? L'enfant, lui, ne bougeait plus. En cette nuit de pleine lune son âme avait rejoint celle de l'enfant Jésus, là-haut, tout là-haut dans le ciel, là où les anges chantent les louanges du Seigneur, là où les hommes de paix espèrent y avoir une place, même une toute petite, là où le Mal n'a pas de place, là où Satan ne règne pas.

Après avoir vu ça, tu as crié. Et ton cri a rempli tout l'espace de ce néant, trouvant son écho entre les murs, les portes et le toit. Et ton cri a fait fuir les rats. Et ton cri a déchiré le ciel. Et tu as pleuré, de toutes tes larmes, embuant ces lunettes digitales de dernière génération, ton liquide lacrymal dégoulinant le long de tes joues jusque sur tes lèvres. Et là, tu as compris qui tu avais servi durant toutes ces années.

Alors tu as entendu la voix. Il était là, mais tu ne le savais pas, il te regardait. Il était certainement venu quand tu visionnais cette séquence et, ayant vu sur la machine que tu étais en pleine séance, il n'avait pas voulu te déranger, attendant que tu finisses.

— Je sais que cela fait mal, t'avait-il dit.

Et toi tu pleurais, tu n'arrivais plus à t'arrêter. Toute ta vie était là comme une merde, d'avoir aidé, d'avoir couvert, d'avoir servi ce monstre.

Pour une fois, tu avais senti dans sa présence une véritable compassion. L'homme dont tu connaissais la voix et que tu n'avais jamais vu ne se moquait pas de toi, non, attendant que ta douleur se passe, tout au moins un peu.

Et tu avais pleuré encore, comme pour mélanger tes larmes à celles de la Sainte couvrant l'enfant Jésus de tes propres effluves.

— Vous avez vu la deuxième séquence.

Et tu as répondu « oui » avec la tête.

— Elle est très dure, je sais…

Tu faisais « oui » encore de la tête.

— C'est le même enfant qui a filmé tout ça…

Tu n'as pas demandé comment il l'avait fait, tu savais que c'était vrai. Tu connaissais cet homme. Oh oui ! Tu le connaissais ! Sur les cinquante garçons dans ce dortoir, un seul enfant ne dormait pas, juste à côté de son camarade violé, tenant sa caméra sous sa couverture, osant passer son objectif pour saisir l'instant, ne sachant pas ce qui allait arriver.

— Je suis simplement venu pour voir si tout allait bien.

Alors tu as répondu :

— Merci.

En te prenant par la main :

— Vous faites de grands progrès.

— Merci.

Tu n'avais que ce mot : « merci ». Merci d'être là, merci pour ce geste d'humanité, merci pour cette confrontation avec le « vrai », ce « vrai » que tu avais toujours supposé, mais que tu n'avais jamais voulu affronter, faisant tout pour le by-passer, jouant de cécité mentale.

Alors il est resté encore un peu, là, à côté de toi, comme un ami le ferait. Et tu as senti qu'il n'était pas là pour te faire du mal, mais pour t'éclairer, pour ouvrir tes yeux, ceux de ton intelligence et de ton esprit sur le « vrai ». Et certes, ces dizaines d'années, tu les as considérées comme une perte, une erreur, une vie gâchée à te laisser bercer par le mensonge, à être l'acolyte du Mal, à être le serviteur du diable.

Alors tu lui as dit :

— Je vais regarder la suite.

— Vous êtes sûr ?

— Oui, maintenant je le peux.

Tenebris lux – film 3
(Des ténèbres viendra la lumière)

Tu as appuyé de nouveau sur le système et la machine s'est mise en route, insensible aux soubresauts du cœur, indifférente aux larmes de tristesse, implacable dans la démonstration de la vérité.

Alors tu t'es laissé emporter, dans ce voyage…

Un avion atterrit, après plus de douze heures de vol, sur le tarmac de Suvarnabhumi.

Bienvenue au royaume de Siam.

Tu te vois dans la carlingue, la chef de cabine dit des mots, avec un grand sourire, que tu ne comprends pas, alors tu baragouines en anglais laissant paraître immédiatement ta provenance et ton inexpérience dans ces lieux.

Les quatre cents passagers se lèvent, certains, comme toi, regardent par les hublots pour tenter d'apercevoir quelque chose de différent de chez eux. Ils sont bêtes, il suffit d'attendre, parce qu'ici tout est différent.

Passés les contrôles qui n'en finissent pas, et le regard des douaniers suspicieux, ceux qui flairent la bonne affaire dans le l'ouverture de quelques bagages, sait-on jamais, l'entrée d'une marchandise assimilable à leurs yeux à du trafic, et donc, le paiement d'une taxe de main à la main…

Bienvenue en Thaïlande.

Ici tu n'es qu'un touriste, tu n'es qu'un pigeon, et tu n'es pas au bout de tes surprises.

Le train t'amène au centre-ville.

Il fait chaud, plus de trente degrés, c'est la saison des pluies et tu te retrouves mouillé d'un seul coup, un gamin ayant aspergé d'eau tous les passants à sa portée, avec un énorme pistolet à eau digne du docteur Spock dans Star Trek. C'est le début du Nouvel An. Alors tu ris comme les autres.

Tu es perdu.

Tu t'aventures dans la rue où une cacophonie de véhicules en tous genres, camions, voitures, tuk-tuk essayent de se frayer un chemin respectant le Code de la route du plus gros et du klaxon le plus strident.

Il faut que tu le trouves. Tu sais qu'il est ici.

Suivant la foule, tu te retrouves au Palais Royal devant le bouddha d'émeraude, portant une coiffe et un pectoral en or. Tu es impressionné par la dévotion des thaïs. Le ciel est partout sur la terre ici.

Un homme t'accoste avec un grand sourire. Il t'invite à monter dans son tuk-tuk. Alors tu le prends. Et te voici emmené à travers les ruelles, les avenues et les marchés en tous genres. Rue Khaosan, tu croises un éléphant. À ton passage, il dirige sa trompe vers le haut. C'est un signe de chance. Tu vas certainement le trouver. Et puis des moines, vêtus d'un sari rouge, passent en procession. Où es-tu donc ici ? Si ce n'est ailleurs, si ce n'est chez toi.

Le moto-taxi tourne à l'angle de la rue Rambuttri, s'engageant dans une petite ruelle sans nom. Tu descends, payant quelques centaines de bahts, certes plus cher que l'autochtone, mais sans exagération pour le touriste que tu es et que d'aucuns repèrent à plus de cent mètres.

Tu entres dans une école de boxe thaï. Comme il est étrange que tu sois ici. Que cherches-tu ? Tu le cherches : « Lui ». Tu te cherches : « Toi ».

Deux hommes se battent sur le ring. Leurs torses et leurs pieds sont nus. L'un porte un short rouge, l'autre un short vert. Ils se donnent des coups de poing, des coups de pied, des coups de coude sous les encouragements des spectateurs et des parieurs.

Tu les regardes, personne ne faisant attention à toi, le combat étant le clou de la soirée. Tu ne le vois pas. Alors tu questionnes un homme qui te griffonne une adresse sur un bout de papier jauni par des mois sans lumière.

Te voici dans la rue des go-go bars. Bienvenue à Soi Cowboy.

Les rues chatoient de rouges, d'orangés et de roses, toutes ces lumières se mélangeant au bleu de la nuit. Tu croises quelques milliers d'errants, venus de tous les pays, tu sais ces pays que l'on dit « riches », comme le tien, en quête d'un sourire, celui d'une jeune fille offrant ses charmes comme ces centaines de milliers d'autres éperdues, trois à huit cents euros pour les plus belles, ces beautés que l'on affuble du sigle FHM.

Tu regardes les néons qui rivalisent d'invitations, ici le Patpong, là-bas le Soi Cowboy, là-bas encore le Nana Plaza.

Mais que fais-tu ici ?

Alors tu sors ton bout de papier et tu le montres à un vendeur de burgers. Le type te sourit. Ici tout le monde sourit à tout le monde, même les assassins. Il te fait quelques gestes, t'indiquant quatre rues sur la droite, puis deux rues sur la gauche. C'est là-bas, quelque part entre les lights des bars où les filles se désapent pour dix balles. Où certains gros porcs en manque de chair fraîche essayent de s'envoyer en l'air avec deux ou trois gamines. C'est ici oui. Et tu es là maintenant, ayant oublié le fauteuil sur lequel tu es attaché, ayant perdu la notion du temps, ayant assourdi le bruit des rats qui à cette heure tracent leur route vers un coin de nourriture. La magie du virtuel t'a projeté dans ce monde comme si tu y étais. Tu es en interaction et pourtant ce n'est pas un jeu.

Ça y est, tu passes les rues de droite et de gauche et tu t'enfiles dans une ruelle sans nom, sans lumière si ce n'est ce lampion que tu distingues à deux cents mètres.

Tu t'avances, essayant de percevoir les détritus qui jonchent le sol, les cartons qui pourrissent entre deux murs, les préservatifs jetés en souvenir d'une baise à cent balles, les deux ou trois mecs affalés sur eux-mêmes comme des épaves.

Tu arrives et tu lis : « Les filles du cœur de Rahab, dispensaire pour jeunes filles ». Rahab, cette prostituée légendaire, résistante en son temps.

Te voici dans l'antre du tigre.

Tu montes l'escalier éclairé par des lanternes, vers ces ombres que tu perçois, et vers ces voix que tu entends.

C'est un long couloir, et de chaque côté il y a des portes.

De la première sort un homme, chauve et gras, une clope au bec, portant un marcel et réajustant son pantalon. Il rit en te voyant.

Alors tu t'avances et tu vois, dans une pièce, cinq jeunes femmes à genoux, les fesses nues, en train de prier une Sainte sous le fouet d'un homme torse nu, arborant un tatouage étrange.

C'est lui.

Alors tu t'approches et tu lui prends le bras. Il te regarde. Dans ses yeux, il y a l'éclair du fauve.

Il te dit :

— Que faites-vous donc ici ?

— Je vous cherchais.

Alors il éclate de rire et fouette de plus belle les filles en train de réciter des litanies en thaï.

— Nous les purifions, voyez-vous…

Tu ne sais pas quoi dire.

— Il faut qu'elles extirpent, de leurs âmes avilies par le Mal, l'envie du péché et du stupre.

Tu ne comprends pas. Les filles ne bronchent pas, encaissant les coups comme si elles ne ressentaient plus la douleur.

— C'est ainsi qu'elles se confessent, expiant leur immoralité et leur turpitude.

Il pose le fouet, ordonne en thaï aux jeunes femmes de l'attendre.

— Venez, je vais vous montrer.

Alors il pousse une porte qui s'ouvre sur la scène d'une jeune fille en train de se faire prendre en levrette par un sale type qui lui tire les cheveux et qui la frappe, tout en prenant entre ses lèvres le chibre d'un autre bélître en train de l'insulter.

Tu regardes. Tu ne comprends pas. Cette institution avait pour vocation de sauver les vies et les âmes de ces gamines abandonnées par leurs familles, obligées de vendre leur virginité pour quelques dizaines de milliers de baths à de gros porcs suant le fric et achetant leurs pleurs et leur plaisir d'un soir.

— Je sais, dit-il, nos méthodes peuvent vous sembler peu orthodoxes. Mais ici vous savez, rien n'est comme chez nous. Cette jeune fille que vous voyez a chuté. Alors nous la punissons pour qu'elle ne recommence pas, partant du principe, comme le grand Louis Pasteur, qu'il faut savoir quelquefois traiter le mal par le mal.

Tu ne comprends pas. Ton esprit ne peut pas recevoir ce que tu vois. Au point tel que tu penses être dans un cauchemar, que rien n'est réel. Et pourtant tout est vrai. C'est bien lui et tu sens sa main qui te prend le bras et qui t'emmène vers une autre porte.

Il y a là une autre femme, les yeux bandés, allongée à terre, nue et attachée sur laquelle une dizaine d'hommes se masturbent en la traitant de salope, de putain, de morue et de garce.

Alors il s'approche d'elle et lui dit :

— Reconnais-tu tes péchés ?

Elle acquiesce d'un signe de la tête. Il fait alors le signe de croix sur sa poitrine et ordonne aux hommes de la déflorer.

Ils crient tous en jouissant, salissant son ventre, profanant son sexe, souillant sa poitrine, maculant ses lèvres.

Alors il dit :

— Il lui sera beaucoup pardonné, comme dit l'Évangile, parce qu'elle a beaucoup aimé.

Où es-tu ? Quel est cet endroit ? Que fais-tu ici ?

Toi qui, du haut de la chaire, vantais les mérites de cette institution, appelant la souscription des fidèles pour soutenir l'action des missionnaires, soi-disant partis là-bas au péril de leurs vies ! Tu te rappelles cette publicité dont tu avais fait l'éloge, un dépliant, qui montrait sur sa face première le visage d'une femme appelant à la compassion les nantis que tu enseignais.

Tu entres dans un couloir, des gamines sortent d'une chambre, se tenant par la main. Elles doivent avoir douze ou quatorze ans, à peine. Elles sont nues et disent :

— Notre père, nous vous attendions.

Il leur sourit, entre avec elles et te dit :

— Je vous laisse, il me faut éduquer ces jeunes cœurs avant que le Mal s'en empare.

Alors, la séquence se brouille. Et puis tes yeux s'écarquillent sur l'éclat d'une lumière qui s'estompe sur un point. C'est l'écran noir. Tu ne penses même pas à enlever les lunettes. Tu es sidéré, abasourdi. Il te faut du temps pour revenir dans ton réel. Ton esprit est figé dans les rues de Bangkok et s'égare encore au milieu des touristes et des filles qui font le tapin. Ton corps est sur le fauteuil, mais ta pensée est ailleurs et n'arrive pas à revenir. Tu es comme sorti de cette ruelle, te retrouvant blackboulé dans les odeurs de curry, de poisson et de nouilles aux épices. L'errance ici ne s'arrête jamais et ce soir, tu es errant, ne sachant pas où aller, ne sachant plus d'où tu viens.

Alors le temps passe. Tu ne t'en rends même pas compte. Il y a même eu le bruit du fer sur la pierre, mais tu ne l'as pas perçu.

Tu ressens de l'air froid sur ta peau. Ce souffle frais te rappelle que tu n'es pas en Asie, mais ici. Cet homme que tu considérais avec tant de respect, finalement : c'est un tenancier de bordel.

Comment se fait-il que le Diable puisse ainsi se déguiser ? Au point tel de tromper la communauté des frères. Au point tel d'abuser la confiance du Saint-Père. Quand tu parlais du Diable, avais-tu seulement conscience de sa puissance ? De sa capacité à feindre, séduire, enquinauder et berner ? Certes, comme la plupart de tes ouailles, imprégnées des images d'Épinal, tu imaginais Belzébuth avec une gueule de monstre, des cornes sanguinolentes, et une queue fourchue ! Si le Démon était aussi bête, au point d'apparaître ainsi, sûr que la Terre n'aurait jamais été polluée par le vice, l'orgueil et la vilenie ! Mais le Prince des Ténèbres prend l'allure de Dieu lorsqu'il sort de chez lui pour aller dans les rues, en quête d'âmes à charmer, éblouir et hypnotiser ! Et là cet homme, que d'aucuns disaient

« homme de Dieu », cet « apôtre », que tu servais et adulais, en réalité n'était qu'un suppôt de Satan. Et depuis tes premiers vœux, sans le savoir, tu t'es mis au service du Mal.

Tu entends quelques pas, alors tu demandes, ne voyant pas :

— Êtes-vous là ?

Et la voix te répond :

— Oui, je suis là.

Alors, pour la première fois, tu engages le dialogue.

— Depuis combien de temps suis-je ainsi ?

— Trois semaines de plus sont passées.

Trois mois plus trois semaines : presque quatre mois déjà.

— Vous savez, il faut du temps pour prendre conscience des choses.

— Oui…

Alors tu poursuis :

— Cet homme est un monstre.

— Cet homme est un homme, possédé par ses vices, n'ayant jamais tenté de les contraindre ni de les annihiler.

— Et aujourd'hui, il officie.

— Oui, en toute tranquillité.

Tu le vois et tu l'imagines. En ce moment même, peut-être dit-il la messe ? Peut-être est-il en train de donner la communion à ses fidèles aveuglés par son charisme, osant même les bénir au nom du Seigneur !

Tu le vois, et tu l'imagines.

La voix te dit :

— Vous avez bien progressé. Vous avez su rentrer en vous-mêmes, et vous débarrasser du carcan de vos préjugés.

— C'est grâce à vous, monsieur.

— C'est surtout grâce au Ciel et à votre courage d'affronter la Vérité.

Tu soupires. Pensant à tout ce temps qu'il t'a fallu pour que tu prennes conscience de l'obscurité dans laquelle tu te trouvais.

— Vous avez vraiment bien progressé, te dit la voix, bientôt je vous délivrerai, et je libérerai vos yeux. Croyez-moi, ce n'est pas de gaieté de cœur que nous vous avons ainsi lié, emprisonné et contraint.

— Je le sais oui, maintenant je comprends.

— Il fallait que nous puissions vous faire savoir et vous faire comprendre. Sans vous contraindre, vous n'auriez jamais accepté de voir la Vérité.

— Oui, et je vous remercie...

Tu remercies ton ravisseur. Il est vrai que sans lui tu n'aurais jamais vu ce que tu as vu. À jamais, tu serais resté ce niais imaginant ce qui n'est pas et tu l'aurais servi le Diable jusqu'à ta mort. Mais maintenant : que vas-tu faire ?

S'il te délivre, ta vie ne pourra plus jamais être la même. Tu t'es transformé dans la souffrance de la détention. Comme le taulard entre ses quatre murs, ne voyant du dehors que cette grille sur le ciel, et ne voyant du dedans que cet oculus sur l'œil du maton et qui n'a pour seule occupation que celle de la résipiscence et de l'introspection.

Là, dans ce lieu, séquestré, ayant su t'ouvrir au Vrai, tu fais ton Confiteor et le deuil de ton ancienne vie.

L'obligation t'a forcé d'écouter.

L'empêchement a contraint ton corps.

L'évidence a remodelé ta pensée.

L'attente a réformé ton cœur.

La souffrance a délivré ton âme.

Tu es désormais en voie d'être un homme nouveau.

Tenebris lux – film 4
(Des ténèbres viendra la lumière)

Tu n'as même pas pu attendre quelques jours pour visionner la quatrième séquence. D'ailleurs sans le savoir tu l'as même regardée la nuit, les lunettes que tu portes te transportant dans le monde que tu choisis, miracle des programmes virtuels issus des jeux sur lesquels s'adonnent, durant des nuits et des jours, durant des années parfois, durant la vie quelquefois, des êtres sans autre passion que celle de voyager en restant assis.

Et là tu as vu cette institution, ce lieu d'accueil pour enfants venus d'autre part, des jeunes filles et des jeunes garçons, sans père ni mère reconnus, pour certains abandonnés à leur sort, leurs géniteurs ne pouvant assurer leur subsistance dans ce monde sans pitié dans lequel se gavent quelques nantis, à ne pas savoir quoi faire de leurs richesses, pendant que d'autres crèvent la gueule ouverte, dans des bidonvilles accrochés sur des pans de collines qui s'effondrent à la moindre coulée de boue. Pour d'autres c'est encore pire, ils ont été vendus, oui vendus, par des parents qui n'en peuvent plus, alors qu'à la télé pavanent des riches en milliards qui collectionnent des bagnoles par dizaines ignorants volontaires de la pauvreté et de l'asservissement qu'ils ont créés.

Et dans cette pension – ce beau bâtiment dans lequel tu es venu plusieurs fois ; cet ancien manoir qu'un comte avait construit pour les beaux yeux de sa belle, le lui offrant en cadeau par un beau jour d'amour, empli du souvenir du faste et des fêtes d'antan, à faire pâlir de jalousie des rois et des reines ; légué par une de ses héritières au

Saint-Siège en remerciement d'une prière exaucée, restauré par l'institution Sainte-Agathe aidée par de généreux donateurs –, tu t'es promené, sans que personne des personnages présents ne puisse te voir. Ils étaient là, comme dans un film, et toi tu étais là aussi, tel un fantôme croisant untel ou unetelle. Et lui, il était encore là, tu l'as vu, avec son sourire affable et ses yeux diaboliques, il tenait dans chaque main un enfant, marchant avec eux au milieu des autres enfants. Il faisait beau, tous les enfants étaient nus, c'était étrange, des enfants venus d'Asie, d'autres venus de nulle part, échoués dans une barque de migrants. Et lui, il les regardait jouer, s'ébrouer dans le parc. Et puis tu l'as vue, elle, oui : elle. Celle en qui tu avais confiance, celle à qui tu confiais tes moindres secrets, celle qui partageait tes jours et tes nuits depuis toutes ces années, tu l'as vue, oui. Elle était chargée de faire le lien entre l'administration et les enfants laissés pour compte après que leurs parents avaient disparu en pleine mer ou qu'ils aient été tués en traversant un pays durant leur voyage de l'enfer à l'enfer. Oui, elle était chargée de les ramener, de les mettre en confiance, de les faire soigner et puis de les présenter à « l'apôtre » qui donnait, en grand seigneur, sa bénédiction ou pas pour que ces enfants restent ici. Ce monde était étrange, tu ne l'avais jamais vu comme ça. Lorsque tu venais, tout était différent, les enfants étaient affairés dans des salles de classe ou chantaient à la chorale. Tu avais toujours vu ce lieu comme une antenne du paradis. Alors pourquoi était-ce ainsi ?

Et puis ton parcours virtuel t'a emmené, par ton propre choix, dans d'autres salles. La première était une grande salle de douches, les enfants y étaient conduits et devaient se déshabiller sous les yeux de cette femme et de cet homme, celui que tu appelais « ton père », qui les regardaient et les faisaient filmer. Tu t'es demandé pourquoi ils faisaient ça, c'était inconvenant, c'était indécent, c'était immoral, même si aucun des enfants n'aurait eu l'idée de s'y opposer, ils semblaient étrangement soumis, acceptant ces regards et ce cameraman qui n'hésitait pas à les approcher dans leur intimité.

Garçons et filles étaient mélangés sous l'égide d'une sainte dont la statue était amputée de la tête, comme pour ne pas voir.

Et puis tu es allé dans une des ailes du manoir. Là, cette femme, celle que tu côtoyais avec tant de confiance, faisait passer un examen aux jeunes filles, une par une. Elles lui étaient amenées par un homme qui se disait médecin et qui l'assistait. Alors la jeune fille était dévêtue, complètement nue, et cette femme vérifiait sa virginité, en lui intimant de s'allonger, d'ouvrir les cuisses et en entrant deux doigts dans son vagin. Certaines jeunes filles pleuraient. D'autres étaient froides comme le marbre. D'autres encore exprimaient un rictus de douleur. Certaines saignaient. Alors elles étaient séparées en deux groupes, les soi-disant vierges, et les autres. Celles qui étaient réputées pures se rhabillaient, étaient prises en charge par une autre femme, que tu ne connaissais pas, qui devenait une sorte de gouvernante pour ces jeunes filles. Les autres tu ne sais pas ce qui leur arrivait, un homme venait les chercher, les laissant nues et les emmenait.

Sainte-Agathe, tu le sais, était d'une grande beauté, et honorait Dieu plus que tout. Le proconsul avait levé les yeux sur elle et voulait l'épouser, et accaparer sa beauté, comme sa fortune. Elle refusa et fut emmenée de force dans un lupanar. Mais rien n'y fit. Ainsi le proconsul la fit torturer jusqu'à la faire mourir. Alors, dit la légende, l'Etna entra en éruption. Et toi, en marchant virtuellement dans ce lieu, au beau milieu de tout ce monde, tu vis l'icône de la sainte qui pleurait. Son visage était couvert de larmes. Alors tu as pleuré toi aussi. Tu as pleuré parce que tu savais, oui, sans vouloir te l'avouer, tu avais deviné un jour que tous ces garçons qui passaient par ta sacristie ne venaient pas de nulle part. Un soir même, tu les avais entendu discuter entre eux. Certains disaient qu'ils avaient dû accepter « des choses ». Et ils avaient parlé de ces douches communes avec ces jeunes filles qu'ils n'avaient plus vues. Alors tu avais ouvert leur porte et tu les avais engueulés, oui, c'est le mot juste, emporté par la colère, tu les avais traités de menteurs et de parjures. Les gamins avaient eu peur et s'étaient excusés. Tu les avais obligés à jurer qu'ils mentaient. Et plus jamais tu n'en avais entendu parler. C'était mieux comme ça : surtout pour toi.

Tu poursuis ton voyage virtuel et tu vois des monticules de terre fraîche derrière le bois attenant au manoir. Ton esprit s'envole, il y a des dizaines de monticules. Ce sont des tombes, toutes alignées. Non, ce n'est pas possible. C'est un cauchemar. Tu hurles :

— Êtes-vous là ?

La voix ne te répond pas. Pourtant tu sais qu'il est là, tu le sens. Alors ta tête cherche comme si tu pouvais voir, pour diriger tes oreilles dans le sens d'un bruit. Là, celui que tu entends ce sont les rats qui passent. Et puis là, ce bruit-là, si caractéristique c'est celui de cette porte qui grince sur ses gonds. Alors tu cries encore :

— Êtes-vous là ?

Et la voix ne te répond pas. Si seulement tu pouvais voir, tu lui dirais que ce ne peut pas être possible. Que ce que tu as vu est une vision de l'esprit, un cauchemar digne des films les plus horribles.

Oui, tu le lui dirais.

Mais il ne te répond pas. Et pourtant tu sens ses yeux sur toi. Pourquoi ne dit-il rien ? Quel est son plaisir à te voir ainsi ? Alors tu lui parles, peut-être est-il là, peut-être n'est-il pas là, qu'importe : tu lui parles.

— Je sais bien qu'il y a eu des exactions, des choses indignes de l'Église. Comme ces pensionnats irlandais, les couvents sœur Marie-Madeleine, dans lesquels on enfermait les femmes dites impures.

Tu te mets à pleurer tout en parlant, réalisant l'horreur dont tu parles et dont tu étais conscient, et que tu essayais vainement d'oublier, blessé d'avoir lu cet article, un jour, dans un journal local et puis de t'être renseigné.

— Oui, ces pauvres femmes qui avaient eu des relations sexuelles hors mariage et d'autres, affichant une sexualité trop précoce, que d'aucuns voulaient soi-disant préserver. Je sais que nous les avons enfermées ainsi jusqu'en 1996, c'est un crime, je le sais, un crime horrible que Dieu ne pourra pas nous pardonner. Je sais que nous avons profité d'elles et de leur travail sans les payer. Je sais que les

médias ont diffusé les recherches de cette historienne qui a retrouvé 796 restes de bébés nés hors mariage, dans une fosse commune dans un centre géré par des nonnes à Tuam. Je sais aussi que des milliers d'enfants illégitimes ont été privés de soins par notre Sainte Église, maltraités, torturés, livrés aux expérimentations médicales, vendus à de riches Américains, oui, je le sais !

Tu pleures et tu pleures.

Et tu entends la voix te dire :

— Alors pourquoi ne croyez-vous pas ce que vous avez vu ?

Il est là, tu le savais, tu avais ressenti sa présence. Les hommes ont cette faculté d'avoir la conscience de l'autre. Ce n'est pas par son odeur, ni par son souffle, mais simplement par son « vivant », cette reconnaissance intime de l'être, cette interpénétration des auras.

Tu as envie de lui dire merci qu'il soit là, l'homme n'aime pas être seul dans des circonstances douloureuses, le soutien des autres le porte et lui donne cette chaleur qui peut le revigorer.

— Je suis content que vous soyez là, dis-tu.

— Dans l'épreuve, il est normal que les amis puissent vous entourer.

Il a dit « ami » ? Oui, c'est bien ça. « Ami ». C'est donc qu'il ne te veut pas de mal ! Quel bonheur d'entendre ce mot tout simple, « ami », on ne se rend pas compte à quel point il possède cette force qui régénère, on ne se rend pas compte à quel point, ce simple mot, est chargé d'un peu d'amour. Un ami c'est quelqu'un qui aime, et si cet homme t'aime alors, c'est qu'il ne te veut pas de mal !

— Vous savez maintenant ce qu'ils font, et je sais que c'est dur à imaginer.

Tu pleures là, tu pleures, et la voix continue.

— Je sais que cela bouscule tout ce en quoi vous avez cru, que cela remet en cause toute votre vie, vous qui l'aviez consacrée au bonheur des autres…

— Oui…

— Il va falloir pourtant que vous soyez encore courageux…

— Pourquoi ? demandes-tu avec une voix tremblotante.

— Il faut que vous regardiez encore une séquence…

Et là tu cries, tu pleures et tu hurles, n'en pouvant plus, étant aux limites de ce que tu es capable de supporter. Tu craques, oui, tu craques. Tu voudrais que tout cela s'arrête, tu voudrais n'avoir jamais vu ces horreurs, tu voudrais n'avoir jamais vécu.

— S'il vous plaît, arrêtez ! Je n'en peux plus !

La voix prend un instant pour te répondre et dit :

— Il ne vous reste qu'un film à visualiser. C'est votre choix. Soit, vous décidez d'affronter la Vérité, soit vous décidez de retourner dans le mensonge. Quoi que vous fassiez, nous respecterons votre choix. Soit, vous avez le courage d'un homme responsable, soit vous préférez rejoindre les pleutres dont vous avez fait partie. Je vais vous laisser réfléchir.

Tu l'entends se lever, il va partir.

— Ne partez pas s'il vous plaît.

Tu l'imagines suspendre son pas, se retourner vers toi et tu l'entends te dire :

— Je comprends votre demande et sachez que j'aurais fait la même requête si j'avais été à votre place. Mais je crois qu'il vous faut réfléchir seul. L'homme, s'il n'est pas seul, ne peut pas réfléchir à sa guise. Je vous promets que je reviendrai très vite.

Tu lui demandes encore, d'une voix étouffée :

— S'il vous plaît…

Mais tu l'entends s'éloigner, ce soir ou ce jour, tu ne sais pas, tu seras seul, le temps qu'il faut pour que ta décision puisse marquer le tournant de ta mort et de ta résurrection, ou du retour à la pourriture. Alors tu entends la respiration de ce lieu, les pierres qui suintent par les infiltrations de l'eau, les tôles qui vibrent sous le souffle du vent, les morceaux de verre que les rats piétinent, la porte qui couine sur la rouille de ses gonds, le cuir de tes accoudoirs frottés par ta sueur, la chiasse de ton ventre qui macère ses gaz.

Ici, le seul humain ce soir, ou ce jour, tu ne sais pas puisque tu ne vois pas : c'est toi.

En rien tu ne peux être sûr qu'il te libérera si ta décision est de revenir en arrière, mais au point où tu en es : tu t'en fous. S'ils veulent te tuer qu'ils le fassent, s'ils veulent t'oublier et te laisser pourrir ici, qu'ils le fassent. Un jour, des gosses dissipés et désobéissants s'égareront par ici et retrouveront ton squelette attaché à ce fauteuil, et personne ne saura vraiment ce que tu as enduré.

Ce n'est pas cette idée qui motive ta réflexion, non. Simplement, tu sais que si tu décides de faire marche arrière il te faudra faire semblant de sourire le restant de tes jours. Il te faudra faire semblant de croire en cette vile entité qui se dit être dépositaire de l'Amour du Tout-Puissant. Il te faudra faire semblant de ne pas savoir alors que toutes tes nuits seront pourries de cauchemars, te réveillant jusqu'à te faire hurler de douleur. Il te faudra faire semblant du haut de ta chaire pour dire à tes ouailles toutes ces choses dans lesquelles tu ne peux plus croire. Il te faudra faire semblant : de vivre.

Alors tu l'imagines cet homme de Platon, cet inconscient quittant la sécurité trompeuse du fond de sa grotte. Là, il est assis. Là, il est avec des amis. Là, il voit ce que les autres voient c'est-à-dire : rien.

Oui, tu l'imagines alors se lever et dire, je vais monter. Et tous ses amis le prennent pour un fou. Certains essayent de le dissuader puis, las d'essayer, ils le laissent partir comme des faux-amis. Alors cet homme cherche un chemin, puis il trouve un sentier entre les rochers, il s'accroche avec ses mains, manque de trébucher maintes et maintes fois, s'élevant petit à petit. Alors cet homme regarde en bas, grand Dieu qu'il est déjà haut, il manque d'avoir le vertige, sa tête tourne, alors il se cramponne et laisse passer sa peur, puis il regarde de nouveau vers le haut, là-bas : cette petite lumière. Des jours et des jours durant, il s'élève, il s'élève encore, la lumière devient de plus en plus aveuglante. Il a faim, il a soif, il est fatigué, il n'a plus rien dans sa besace, il regrette presque d'avoir eu cette idée saugrenue, celle d'avoir eu l'orgueil de croire en sa réussite. La lumière devient de plus en plus oppressante. Que fait-il ici ? Le doute le mine et le pousse même à penser lâcher prise et se laisser tomber jusqu'au fond de la grotte.

Tu en es là, vois-tu. Oui, tu es à cette étape. À un rien d'être dans la pleine lumière. Mais auras-tu le courage de monter encore ces quelques mètres ? Auras-tu le courage d'affronter la Vérité ?

Il y a tant d'hommes et de femmes qui, durant toute leur vie, ne veulent pas entendre, ne veulent pas savoir, ne veulent pas connaître.

Regarde cette femme qui se doute que son mari la trompe. Celui-ci s'en va régulièrement en déplacement. Il lui dit qu'il a des dîners d'affaires, ce qui est vrai, en partie. Mais cette femme se doute de quelque chose. Que faire ? Se retrouver seule ? Sans le sou. Alors elle préfère, invoquant les enfants, invoquant tout un tas de raisons valables, faire semblant…

Regarde ces gens qui se doutaient que ces wagons dans lesquels étaient entassés des enfants, des vieux, des femmes, qui portaient une étoile de David sur le bras, n'allaient pas dans des camps de travail, mais dans des ailleurs obscurs. Mais personne ne le savait vraiment. Et puis personne n'avait vraiment envie de savoir. Et pourtant…

Regarde cet homme que tu es, qui prie le Tout-Puissant de lui accorder sa grâce, qui demande au ciel l'intelligence pour diriger ces croyants qui, tous les dimanches, viennent écouter la bonne parole. Oui, pense à cet homme, qui essaye de croire en quelque chose alors qu'au fond de lui-même il se sent déchiré par des souvenirs cruels, tourmenté par ce qu'il apprend dans les médias, oui pense à cet homme qui pourrait changer quelque chose s'il criait, s'il révélait, s'il agissait. Et cet homme tu le sais : c'est toi.

Alors les jours passent, tu ne sais pas combien, parce que tu n'as rien pour les compter. Le temps ne compte plus depuis bien longtemps pour toi. Tu sens ce bouton virtuel auquel il te suffit de penser. Oui, tu le sens, il t'obsède. Tu l'imagines : énorme. Tu sens au fond de toi-même que tu es sur le chemin. Ne regarde pas en arrière comme la femme de Loth. Tu vois ce qu'il y a au bout de ce chemin. Maintenant, tout est clair pour toi.

Alors tu appuies.

Tenebris lux – film 5
(Des ténèbres viendra la lumière)

Tu as appuyé et le film s'est mis en route. Là, ce n'est pas du virtuel, ce sont de véritables images. Tu le sais parce que certaines séquences te rappellent ces films que faisait ton père, lorsque tu étais gosse, avec sa petite caméra super 8.

Ils sont tous là, oui.

Tu reconnais cet homme pédant, ce député. Grand Dieu que tu ne l'aimais pas. Certes de ta part c'est presque un péché de ne pas aimer, mais tu n'avais jamais pu l'encadrer lorsqu'il venait s'asseoir, comme les autres le dimanche matin, arrivant aux limites du retard pour être mieux vu, dispensant des sourires à tout va et s'asseyant bien devant, en dérangeant l'office et en serrant quelques mains à côté et derrière lui. Non, tu ne l'aimais pas, et ce n'est pas faute d'avoir demandé l'aide du Ciel afin que tu puisses dire sans réserve : « Pardonne-nous nos offenses comme nous pardonnons à ceux qui nous ont offensés ». À chaque fois, à la fin de l'office il fallait qu'il vienne te parler et à chaque fois, sa poignée de main te laissait la désagréable impression d'une peau gluante, pourrie de l'intérieur. Alors il te demandait si tout allait bien et tu lui répondais « oui ». Et il t'invitait à ne pas hésiter à le solliciter si tu avais besoin de quoique ce soit, pour le financement des travaux de la sacristie par exemple. Ah que non, cet homme, tu ne l'aimais pas. Et là dans ce film, comme il le faisait à l'office, tu le vois se pavaner, aller de personne en personne pour parler affaires et se faire bien voir.

Et puis il y a lui, le pire de tous, cet homme que tu prenais pour un saint, quelle gageure, comment as-tu pu te fourvoyer ainsi ? Lui, il est au centre de tout, tu le sais, il tient tout ce petit monde dans sa main, comme les marionnettes que l'artiste déplace et fait danser à sa guise. Il est le régisseur et le producteur du spectacle. Tu le revois te donner les sacrements. Tu le revois prier pour le pardon du monde. Tu le revois donner la communion. Tu le revois chanter l'Ave Maria. Tu le revois faire pénitence et monter cette colline, en s'arrêtant à chaque station, jusqu'à la douzième, suivi d'une foule immense attendant son homélie et sa bénédiction. Comment as-tu pu te fourvoyer ainsi, toi qui savais depuis tout ce temps ? Tu aurais pu lui barrer la route, mais tu ne l'as pas fait. Tu aurais pu le dénoncer dès son premier acte, mais tu ne l'as pas fait. Tu disais qu'il te manquait des preuves, que ce n'étaient que des « on-dit ». Et pourtant tu savais. Et s'il est arrivé jusque-là, c'est quelque part aussi grâce à toi, voire surtout grâce à toi. Il se pavane lui aussi, il va de notable en notable, pour serrer des mains, discuter de choses et d'autres.

Bon sang, lui aussi il est là, ce flic devenu directeur de la police. Lui aussi tu le voyais régulièrement à la messe, il était plutôt discret, s'asseyant au dixième rang et arrivant à l'heure. Il ne venait pas tous les dimanches se devant d'assurer des permanences et des astreintes, surtout lorsqu'il y avait des manifestations et que ces dernières dégénéraient. L'argousin. Il se faisait appeler quelquefois comme ça pour en rire, prenant trop de choses à ton goût, en dérision alors que la vie est une chose sérieuse. Lui ne cherchait pas la première place, il était plutôt derrière les deux autres, chacun ayant en quelque sorte son rôle à jouer. Tu n'avais pas plus confiance en lui que dans le député, certes non, voire tu t'en méfiais encore plus, connaissant sa propension à fliquer tous ceux et celles qu'il n'aimait pas, à les mettre sous écoute, à les faire suivre, jusqu'à les faire tomber si sa raison l'imposait. Lui aussi il faisait partie de tes ouailles et jamais il n'avait ressenti le besoin de la confession. Ces hommes-là ne regrettent rien, tu le sais. Au nom du devoir, ils sont capables de tout, même du pire.

C'est une soirée mondaine, il doit y avoir une vingtaine de personnes, que des hommes. Pour le moment, tout va doucement, si ce n'est ces trois personnages qui viennent de passer en premier plan. C'est un grand appartement, celui du député certainement (tu n'y es jamais allé), un appartement moderne, avec de grandes baies vitrées, surplombant la capitale, étalant le luxe de ses meubles, de ses tableaux de maître, avec une piscine à ciel ouvert. Le champagne coule à flots et un buffet, où l'on se sert à volonté, est à disposition des convives. Ceux qui arrivent en retard saluent les présents en les embrassant, comme on le fait dans certains cercles d'influence. Ces gens se connaissent bien, ils ont l'habitude de se voir, ils se tutoient. Tu regardes ce film, de prime abord agréable, tout en t'attendant au pire. Ces scènes sont « trop normales » pour qu'elles le restent au regard des séquences que tu as visionnées avant celle-ci. Ces gens rient et parlent fort, les conversations s'entremêlent, tu en perçois quelques bribes qui, mélangées, se noient dans l'incohérence.

— Qu'en pensez-vous ?

— Il faudra en effet voir le président.

— Franchement, cette nouvelle Maserati pète le feu.

— Je suis allé voir ce film, un vrai navet…

— Si tu veux, je te fais inviter pour le prochain défilé, tu verras, les filles sont superbes.

— Je pense que Roger, le patron de cette belle boîte, va nous claquer la porte au nez.

— Moi je préfère la nouvelle Mercedes C63, 476 chevaux, elle monte de 0 à 100 en moins de 4 secondes !

— Mazette…

— Et alors très cher, avez-vous investi comme je vous l'ai conseillé ?

— Cette fille, ma nouvelle secrétaire, avec son petit air d'ingénue, bon sang, je me la suis faite. Elle a un cul ! Si tu veux, je te la prête pour t'aider dans tes démarches administratives ! (Rires)

— Il faudra que vous veniez sur mon domaine, j'y organise de belles chasses…

— OK pour ce golf, ce sera avec plaisir…

— Il y a des cerfs ?

— Bien sûr, et des sangliers aussi. Nous chassons le « gros » ! Et à l'ancienne !

— Faudrait que tu me dégommes ce connard d'inspecteur d'impôts, il fouille un peu trop dans mes affaires.

— Moi je préfère la R8 d'Audi, une vraie bombe.

— Franchement, cet investissement est sans danger, 8 % garantis.

— OK, envoie-moi ta petite salope, je vais lui faire ranger mes dossiers. (Rires).

La musique d'ambiance diffuse des mélodies modernes, juste rythmées comme il le faut, pendant que ces notables discutent de leurs bagnoles, des femmes qu'ils aimeraient séduire, de leurs comptes en banque, de leurs loisirs. C'est alors qu'une voix annonce :

— Et voici notre défilé !

Alors entrent en scène de jeunes filles, une vingtaine, courtement vêtues, de différentes origines, adolescentes pour la plupart. Elles sourient en pensant que c'est un vrai défilé, c'est en tout cas ce qu'on leur a dit, et que si elles paradent avec aisance et sensualité elles se feront remarquer par une grande maison de couture et par un producteur de télé. C'est lui, cet animateur, tu le reconnais, ayant zappé un soir d'insomnie sur son émission à la mords-moi le nœud. Et puis tu reconnais aussi un autre homme, oui, c'est bien lui, ce chef d'entreprise qui a défrayé la chronique compte tenu du nombre de suicides que sa politique avait généré. Mais il y a aussi ce comédien, très réputé, dont le dernier film a fait des millions d'entrées ! Bon sang, un par un, si la caméra s'arrêtait sur leurs visages, tu pourrais certainement tous les identifier.

Les jeunes filles passent une première fois, ce qu'elles portent se résume à une robe moulante, sans rien dessous, des bas et des talons.

Elles disparaissent une première fois, sous les applaudissements, pour réapparaître en petite tenue, portant de la lingerie fine, un string ficelle, des porte-jarretelles, des escarpins, les seins découverts.

Elles disparaissent une deuxième fois sous les applaudissements de ces messieurs.

Et les voici revenues en chemises de nuit, très courtes, ne portant rien en dessous. Par la transparence des tissus, on voit leur intimité, leurs poitrines, leurs fesses, leurs courbes de jeunes filles, leurs sexes. Elles sourient sans se rendre compte du piège dans lequel elles sont tombées.

Après une troisième salve d'applaudissements, elles sont conviées à prendre un verre pour rejoindre les groupes de discussion sans rien porter d'autre que cette soie légère. L'alcool coule à flots, et sans leur demander leur avis, on leur sert un premier verre, puis un deuxième, puis un troisième. Certaines se mettent à rire bêtement, sans rien comprendre des discussions auxquelles elles assistent. D'autres se laissent faire alors que des mains baladeuses violent leur intimité. D'autres encore ont été emmenées sur des chaises longues disposées autour de la piscine et se font embrasser, tripoter, caresser. C'est alors que tous ces messieurs décident de se mettre nus, l'apôtre, l'argousin, l'ambassadeur, le juge, l'acteur, le chef d'entreprise, la star de la télé, et tous les autres, prenant chacun sous leurs bras une gamine, la déshabillant, lui pelotant les seins, lui léchant le sexe, la pénétrant sans ménagement. Et tu entends leurs cris, non pas de jouissance, mais ces borborygmes de prédateurs affamés, et surtout les gémissements de douleur de ces gamines qui, se rendant compte trop tard de la nasse dans laquelle elles sont tombées, essayent de se débattre, de s'enfuir, mais en vain, des hommes les empoignent, quelquefois à plusieurs, certaines même se font frapper.

Tu le sais, les pulsions de l'homme, quelles que soient ses origines, quel que soit son statut social, quelle que soit son éducation, quelle que soit sa religion, peuvent l'assujettir et le contraindre, s'il les laisse prendre la place de l'âme et du cœur. Ces hommes sont là pour ça ce soir, aussi bien l'homme de Dieu que le flic, aussi bien le ministre que l'acteur, aussi bien le patron que la star, ils sont là pour prendre ce qu'il y a de plus précieux : l'intimité et l'âme de ces jeunes filles, à l'instar de ces vampires qui s'abreuvent du sang de leurs victimes.

Et tu vois cette scène, cet outrage, ce viol collectif, chacun acceptant de l'autre ses infamies, le couvrant même, afin que cet autre, par ses actes, le déculpabilise et lui donne, de facto, l'absolution.

Et là tu t'arrêtes, tu restes figé. Ton esprit est comme détaché de ton corps qui ne répond plus. Tu ressens l'abjection, la haine, l'envie de tuer. Et ce sentiment impossible au demeurant pour toi te glace, empêche tes gestes de se mouvoir. Tu ne sais pas si tu es seul. Tu ne peux même pas parler. Tes lèvres sont soudées, tes yeux, derrière ces lunettes absurdes, sont grands ouverts et fixes sur ces images qui inondent ton cerveau, débordant tes synapses et tes neurones de cette surcharge émotionnelle. Tout ton corps est atone, comme cette paralysie que le dormeur ressent quelquefois à son réveil, incapable de bouger ses membres, de parler ou de crier, en proie à des hallucinations et une intense sensation d'épouvante et de terreur. Tu as même l'impression que ton cœur ne bat plus. Être mort ne doit pas être autre chose que cet état. Combien de temps restes-tu ainsi ? Tu ne sais pas. Et peu importe. La voix ne te parle pas, mais tu sens ses mains te prendre par les épaules et effectuer des gestes de massages.

Alors tu inspires tout l'air qu'il t'est capable d'inspirer d'un seul coup.

Et puis tu cries en expirant tout cet air vicié.

Et ton cri transperce les murs de ce lieu, pourris par la pluie et le nitre.

Et ton cri fait fuir tous les rats et les bestioles qui se terrent en l'entendant.

Et ton cri fige tous les hommes de la terre qui l'entendent.

Et ton cri crève le ciel de tous les dieux.

Alors tu pleures à ne plus pouvoir t'arrêter.

Ta mort est faite.

Ta résurrection va pouvoir commencer.

Inter fæces et urinam nascimur (Nous naissons entre la merde et l'urine)

Xavier Laplanche fut découvert par un jogger, qui courait le long de la plage, s'entraînant pour un triathlon. Ce fut presque par hasard, si tant est que le hasard existe, éprouvant d'un seul coup l'urgence de pisser, après avoir couru une quinzaine de kilomètres. L'homme, un sportif de renom, malgré le fait qu'il n'y avait personne sur le littoral de cette île paumée dans les Caraïbes, avait trouvé le besoin d'avoir une palissade, afin de se cacher et constater que sa miction se portait bien.

Le soleil brillait fort, le ciel était bleu et la chaleur augmentait la moindre fermentation jusqu'à la rendre insupportable, si ce n'est pour les mouches créées par le Tout-Puissant se farcissant toutes les pourritures du monde.

Motivé par la curiosité, comme la plupart de ses congénères, l'homme passa sa tête par-dessus pour comprendre le pourquoi du bourdonnement intense qu'il entendait dans ce lieu désolé. Mal lui en pris, des milliers de mouches étaient en train de curer ce qui restait d'un corps pendu dont le crâne, lui, complètement vidé de ses chairs, regardait en direction de la mer.

La police arriva sans trop se presser, c'était l'heure de la sieste et bosser par un temps pareil relevait de sévices aux limites de l'inhumanité. Après avoir fouillé cette case de pécheur, qui ne servait plus à personne si ce n'est à des squatters de passage voulant schnouffer tranquillement, ils trouvèrent un petit sachet de poudre blanchâtre, identifiée comme du crack, une boîte de préservatifs usagée qui devait être là depuis quelques années, une paire de jumelles dont un des objectifs était fissuré, un petit tabouret placé en dessous du pendu, une fiente de bestiole séchée, un opinel rouillé par le sel au niveau de son articulation.

L'identité du pendu fut suggérée par un pendentif qu'il portait sur l'arrière duquel était inscrit : « Xavier L ».

La police du coin se mit donc à chercher. « L » comme… Comme ce vieux disparu depuis cinq ans ? Non, impossible, il restait trop de chairs et puis les os étaient ceux d'un homme ne dépassant pas la soixantaine. Alors « L » comme… « Louison Bobet » ! sortit un flic qui n'avait rien à dire, lors d'une séance de brainstorming, avant de se faire retoquer par le rire de ses collègues. « L » comme ce gars arrivé depuis deux semaines, ce parisien qui disait vouloir s'installer ici ? Ah, la piste eut la faveur du principal qui consentit à l'explorer. En vérifiant le nombre de « L » dans le listing des arrivées à l'aéroport et en excluant ceux qui étaient des autochtones, il resta deux « L », dont un s'appelait Laplanche.

Eva apprit cette nouvelle quelques jours plus tard, par Adam qui s'amusait sur un ordinateur, essayant un nouveau jeu qui avait fait furie dans le monde entier. Il y avait passé sa nuit qu'il prolongeait par cette journée, trouvant le temps long lorsqu'Eva allait convoler avec son chéri du moment.

— Alors ça te fait quoi ?

— C'est drôle d'imaginer qu'il n'est plus de ce monde.

— Tu devrais être contente quand même…

— Contente de quoi ? J'ai quand même vécu avec cet homme durant cinq ans !

— Mais c'était un salaud…

— Certes, mais que veux-tu…

— Je ne comprendrai jamais les femmes…

La police locale avait vite statué sur le sujet : suicide. Pour eux, le tabouret démontrait que Xavier avait mis fin à ses jours. Et hop : affaire classée ! La question, quand même, était qu'il se soit pendu dans une case n'ayant rien à voir avec son lieu de villégiature, cet hôtel cinq étoiles situé cinq cents mètres plus loin. On l'imaginait prendre cette grande décision un soir de lune, portant sous un de ses bras son escabelle, pour mieux se pendre aux branchages du toit séchés par l'iode, bouffés par le sel, qui servaient de charpente à cette cabane minable.

La police du coin n'avait rien à faire de cette histoire et, ne voulant surtout pas s'embarrasser du meurtre d'un haut fonctionnaire, avait décrété que le suicide était la meilleure option. Ce qui d'ailleurs arrangeait aussi Paris. Tout le monde étant content, l'affaire fut classée et les restes de Xavier Laplanche enterrés avec les honneurs dus à son rang, autrement dit un trou dans le cimetière local, pendant que ses héritiers se disputaient sa fortune sans s'inquiéter le moins du monde des raisons de sa mort.

Un simple encart quand même, dans le Monde, dans la rubrique nécrologique fit état de son décès :

Monsieur et Madame Aristide et Emilie Laplanche, son frère et sa belle-sœur,

Madame de Mongin Laplanche, sa mère,
Monseigneur Georges Laplanche, son frère,
Mademoiselle Lydia Laplanche, sa sœur,

Ont la douleur de vous faire part du décès de

Monsieur Xavier Laplanche

Major de la promotion de Broglie de l'ENA
Commandant de réserve
Officier de l'ordre du Mérite
Sous-préfet de Paris

Décédé accidentellement dans sa cinquante-huitième année.

Seigneur ait pitié de nous.

Une messe sera dite le vendredi 1er février pour son souvenir en l'église Saint-Eustache.

Priez pour lui.

La famille reçut des témoignages de sympathie et à l'enterrement il y eut les poignées de mains et les pleurs de circonstances. Monsieur le Préfet fit un éloge touchant, presque trop pour ceux et celles qui connaissaient Xavier Laplanche. Mais le dernier salut d'un homme n'étant pas le meilleur moment pour régler ses comptes avec lui, toutes les affaires douteuses dont il s'était occupé, et toutes les malversations que certains lui prêtaient furent enterrées avec lui.

Xavier Laplanche avait vécu.

Xavier Laplanche était mort.

Exoriare aliquis nostris ex ossibus ultor (Qu'un vengeur naisse un jour de ma cendre !)

C'est aujourd'hui, ou plutôt cette nuit, que tu sors enfin de ce lieu. Il est venu tout à l'heure et il t'a dit :

— L'heure de la vengeance est venue.

Alors tu t'es habillé, mettant cette veste taillée à ta mesure, bouclant la ceinture de ce pantalon qui te sied sans retouche, laçant ces chaussures qui te vont comme des chaussons. Et puis tu t'es laissé mettre ce masque en silicone en l'écoutant te dire :

— Peut-être avez-vous vu, dans votre jeune âge, cette série qui s'appelait Mission Impossible ?

Oui, tu te rappelles, il t'arrivait de regarder un épisode dès que tu le pouvais, quand tes parents t'y autorisaient. Il y avait Jim, le chef et le manager de l'équipe, et puis Barney l'inventeur, l'ancien soldat, et puis aussi Rollin, le spécialiste du maquillage, capable de duper son monde avec ses masques en prenant l'identité d'un autre, et puis encore Willy, la force brute de l'équipe, sans oublier la belle Cinnamon Carter, peut-être la plus dangereuse, l'atout de charme capable de séduire n'importe quel homme passant à sa portée.

— Eh bien, ce masque a été fait pour vous permettre d'endosser une autre identité. Ce soir, vous êtes « son Excellence Révérendissime ». Ainsi vous pourrez voir et agir sans être reconnu. Et tous ceux qui vous verront, pour le peu qu'ils le connaissent, vous prendront pour Son Excellence. Ce soir, vous êtes « Lui », ne l'oubliez pas.

Alors tu t'es regardé dans le miroir accroché sur un mur et tu as souri en le voyant. Ce soir, tu es « Lui ».

Et ce « Lui » va être l'Ange de la Mort. Oui ce soir tu es l'Ange de Jéhovah, missionné pour passer de porte en porte, épargnant les demeures protégées par le sang de l'agneau et tuant le nouveau-né de celles qui ne portent pas le signe sur le linteau. Ce soir, tu es Samaël, Azraël, Malak, Yama ou Yamaraj, qu'importe : tu es le Vengeur.

Il t'a fallu du temps, neuf mois depuis le début de cette histoire, le temps pour qu'une femme mette au monde un nouvel homme, créant de son sein et de sa chair cet amas vivant et doué d'intelligence, d'invention, de subtilité, d'intuition, d'envie, de peur, d'amour, de haine. Et vois-tu si les robots ne sont pas près de remplacer les hommes c'est parce qu'il faut le cœur d'une femme pour créer un homme. Et toi, il t'a fallu tout ce temps pour mourir à toi-même, pour comprendre tes erreurs, pour dépasser tes jugements, et pour envisager cette mission que tu t'es assignée : enrayer les méfaits de cet être abject.

Ce soir, tu vas aller la voir.

Et puis : tu frapperas.

Æquo pulsat pede
(La mort frappe d'un pied indifférent)

Giselle connaissait bien ces lieux, elle y était venue maintes et maintes fois pour « faire le point sur les affaires » et se libérer de son ascétisme de circonstance en déblatérant sur le dos des uns et des autres. Elle excellait dans ces domaines : médire et calomnier.

Le secrétaire particulier du prélat aimait la rencontrer, à tel point qu'il lui avait fixé des rendez-vous privés, une fois tous les quinze jours, afin d'être au courant des potins et des commérages du jour et de ne pas être pris en défaut, s'en nourrissant comme d'un aliment malsain.

Lorsqu'elle passa le grand porche, l'homme de faction vit qu'elle était en colère, mais il la laissa passer, sans rien lui demander, habitué qu'il était à la voir venir pour son entretien bimestriel. Par ailleurs, il n'avait pas envie de s'y frotter, Gisèle avait la réputation, ici, d'avoir beaucoup d'influence sur son Excellence.

Monsieur le secrétaire, la voyant arriver anticipa en l'accueillant les bras ouverts :

— Bonjour Gisèle, quel bon vent vous amène ?

— Le vent de la colère !

Il tenta de se mettre sur son chemin, mais rien n'y fit, elle le poussa et monta le grand escalier en marbre.

— Attendez-moi, Gisèle, attendez-moi !

Elle se pencha du haut de la rambarde et lui dit, avec un petit sourire narquois :

— Eh bien, courez mon cher Théophile, courez !

Le pauvre Théophile essayait tant bien que mal de la rattraper, clopin-clopant qu'il était avec sa jambe dans le plâtre pour avoir voulu descendre, comme les jeunes d'une colonie qu'il encadrait, une nouvelle piste de ski classée noire.

Elle entra sans demander l'autorisation dans le grand bureau du prélat qui, à cette heure, se reposait dans une autre pièce de la bâtisse.

Elle hurla :

— Où est-il ?

— Mais qui donc ?

— Vous le savez bien !

Le secrétaire ahanait en haut de l'escalier.

— Il n'est pas là, vous le voyez bien.

Elle l'empoigna par le col en vociférant :

— Il a essayé de me tuer !

Le tabellion parut estomaqué :

— Vous divaguez Giselle, vous divaguez…

— Je vous dis qu'il a essayé de me tuer !

Théophile se défait de l'étreinte, en prenant un air outré. Il lui appartenait de régir cette maison et d'éviter les esclandres tout en assurant le traitement administratif des différents sujets et l'instruction des dossiers.

Gisèle cria de plus belle :

— Dites-moi où il se trouve !

D'autres occupants, présents ce jour, entendant les cris avaient passé leur tête par l'entrebâillement d'une porte, curieux qu'ils étaient de saisir une bribe de l'évènement sans pour autant prendre le risque d'un coup. Il faut dire qu'ici, les journées étaient plutôt monotones, banalisées depuis vingt ans par le protocole et l'étiquette. C'était donc une aubaine qu'il puisse y avoir du tapage, et qui sait une querelle, voire un scandale ! Chacun espérant pouvoir alimenter les choux gras.

Théophile sentit que la situation allait lui échapper, dame Giselle était en train d'ouvrir toutes les portes du premier étage et, à la laisser faire, elle ouvrirait inévitablement la pièce où se trouvait le prélat, fatigué en ce moment par tout un tas d'affaires compliquées : la nomination d'un novice, un compte-rendu sur les finances du diocèse à faire au Saint-Siège, ce sujet des berges de Seine auquel son nom avait été associé depuis la mort du député Roland, et puis cet article dans la presse l'accusant d'avoir fermé l'œil sur les agissements douteux d'une dizaine de chanoines et de curés. L'affaire faisait grand bruit dans la presse, certains même réclamant qu'il soit jugé au titre d'un citoyen normal, ce qu'il était en définitive, même si son rang le plaçait au-dessus de la mêlée. Mais le statut d'un homme n'est qu'un leurre, qu'il soit homme d'état, juge de paix, ecclésiastique ou travailleur de force, rien ne l'exclut d'être avant tout un homme et encore moins un citoyen.

Alors monsieur le chef de cabinet fit appeler les hommes de la sécurité, deux malabars hauts de deux mètres, pour qu'ils l'empoignent et qu'ils la sortent manu militari. Elle se débattait tout en criant à l'infamie et en injuriant le monde entier, et même le ciel et ses anges !

— Je vais tout dire ! hurlait-elle, je vais tout dire !

Entre deux, Théophile avait aussi appelé la police du quartier qui ne tarda pas à venir en l'embarquant sirène hurlante.

Giselle, trente ans de bons et loyaux services, se terminaient là. C'était fini, elle ne pourrait plus passer cette porte, comme elle le faisait d'habitude, elle le savait. Une page de sa vie venait de se tourner, réduisant à néant ce en quoi elle avait cru.

Après avoir passé deux heures en cellule, avec un sans domicile fixe qui puait la merde, la pisse et l'alcool, Gisèle fut raccompagnée chez elle, ayant compris qu'il fallait faire amende honorable afin de recouvrer sa liberté. Elle se sentait habitée par un sentiment d'injustice, qui lui pourrissait sa pensée, elle qui durant toutes ces années avait tant donné à cette institution, servant La Cause avec le zèle de la revanche, elle qui avait tant enduré lorsqu'elle était gamine. Elle se retrouvait là maintenant, comme une imbécile, et savait que son temps était irrémédiablement compté. Il fallait qu'elle les prenne de vitesse. Marchant d'un pas décidé en fomentant son némésis, elle se rappela ce cousin éloigné, un journaliste, qu'elle n'avait pas vu depuis des lustres. Aux dernières nouvelles, il travaillait sur Paris. Agitant sa mémoire, elle retrouva le sourire et rentra chez elle. Il n'y avait qu'elle, les gamins étaient partis à La Rochelle jouer les archéologues en herbe. Elle trouva le numéro qu'elle cherchait, un feuillet coincé entre les pages de son cher carnet, dans lequel elle notait tout, sa vie, ses pensées, ses désirs les plus sourds, mais aussi tout ce qu'on lui avait demandé de faire.

Il n'était pas trop tard : elle appela. Une voix décrocha.

— Allo ?

— Oui, bonjour, c'est Giselle Larose…

Bon sang, pourquoi avait-elle donné son nom ? Par habitude, certainement. Maintenant, il était trop tard. Elle réalisa d'un seul coup qu'elle se mettait en danger. Il eût fallu partir et partir loin ! Mais à quoi bon, Laplanche lui-même n'y avait pas échappé. Et puis elle n'avait pas d'amis, n'ayant fait que du mal, durant toute sa vie, à cafter sur le dos des autres.

— Oui, que puis-je pour vous ?

— J'aimerais parler à Tanguy Larose.

— Qui le demande ?

— Sa cousine.

— Attendez, je vais voir s'il est là.

Elle soupira, il était encore dans ce journal, elle le connaissait de loin, ils avaient échangé, comme le font deux cousins, dans les noëls familiaux, du temps où le grand-père paternel était encore de ce monde. C'était il y a plus de dix ans. Depuis, personne n'avait repris le flambeau ni fait l'effort de poursuivre cette rencontre. En invoquant le lien du sang peut-être pourrait-elle faire valoir sa cause ? Et faire sauter tout ce petit monde qu'elle avait servi avec tant d'engouement.

— Allo ?

— Oui…

— Désolé, il est parti en interview.

— Pourriez-vous lui faire part de mon appel ?

— Oui, bien sûr, il a votre numéro ?

— Je vous le donne par sécurité.

— Très bien, je le note.

— C'est le 01 45 32 78 28 ou aussi le 06 13 16 77 44.

— Très bien, je lui dirai de vous rappeler.

— Merci à vous.

— Très bonne journée madame.

Elle raccrocha et se sentit mal à l'aise. Et si cet homme connaissait le Secrétaire ? Voire son Excellence ? Les journalistes ont un panel relationnel très étendu. Sa voix bizarrement lui rappelait celle de Théophile, mielleuse, pateline et hypocrite. Cette voix qu'elle avait tant nourrie de ses délations.

Ce soir-là, Giselle eut du mal à dormir. Elle se rendait compte qu'elle avait pris de gros risques. Elle essaya de se calmer, mais n'y arriva pas. Alors elle se dopa, avec ses cachetons qui aident à dormir d'un mauvais sommeil. Et elle s'endormit.

Into vinceres
(C'est toi-même qu'il faut vaincre)

Tu es revenu dans ton antre, comme s'il n'y avait que ce lieu pour t'abriter. Comme si c'était ici chez toi. Il faut dire que tout ce temps passé ici a fait de toi, de facto, l'habitant titulaire.

C'est aussi parce que l'homme que tu es aujourd'hui n'est plus l'homme que tu étais hier. Tu es passé par cette métamorphose qui a purgé ton esprit de ses préjugés, qui a opéré ton cœur de ses sentiments, qui a ouvert ton âme à la réalité des choses.

Ces murs tagués d'injures et de dessins obscènes, c'est un peu comme si c'étaient les tiens maintenant, comme si tu les avais dessinés, comme si c'était la décoration de ton chez-toi. Celui que tu aimes le plus, c'est le dessin d'une abeille qui butine le sexe d'une femme, les cuisses ouvertes et qui dit : « butinons, butinons, avant que le soleil ne nous en empêche ! ». Tu imagines ces jeunes qui, un soir, sont venus là, fumant du shit, buvant des bières, et délirant jusqu'à écrire leurs délires. Ce sont certainement des gamins et des gamines sensibilisés au dérèglement climatique. En tout cas, c'est ce que tu penses compte tenu des slogans sur le soleil et la mort de la planète. Mais peu importe, ce sont tes murs, c'est ton papier peint, c'est ton cocon, c'est ta coquille.

Et puis les meubles, eh oui tu as des meubles ! Ce cartonnier par exemple, qui croupissait là dans un coin, entre des ferrailles amassées et un tas de crasse. Tu l'as remis sur pied, en réajustant ses tiroirs et tu l'as nettoyé ! Et puis ce fauteuil sur lequel tu as passé tant de temps ! Tu souris en le voyant, ton voyage intérieur tu l'as finalement fait sur ce siège en faux cuir verdâtre, récupéré chez un dentiste certainement ou alors qui faisait partie de l'endroit il y a…

Tu t'es d'ailleurs demandé à quoi avait pu servir cet endroit, isolé de la ville d'au moins vingt kilomètres, bâti auprès d'une ancienne rivière aujourd'hui détournée et dont le lit, asséché, laisse à penser que l'eau avait une grande importance pour l'activité qui se déroulait ici. Alors tu as pris le temps de visiter. Jouxtant le hall dans lequel tu te trouvais il y a un autre hall, deux fois plus grand, estimations faites avec ton œil, au moins deux cents mètres de long pour cinquante mètres de large. Les murs, bien entendu, sont aussi bariolés de dessins plus ou moins explicites, ici un visage, ici un phallus, ici l'impression d'une ville, ici un soleil, et tout un tas d'insanités comme « Ta sœur est une pute », « Les flics sont des vendus », « Je t'aime et j'ai envie de te baiser salope », etc.

Ce grand hall, le plus grand de l'ensemble, ou du moins de ce qu'il en reste – parce qu'une grande partie de cette ancienne usine est en ruines, les murs ayant été abattus par le vent, la pluie, le nitrate, et l'inoccupation des lieux durant trente ans – est parcouru de tout son long par deux rails, qui le traversent de part en part et qui déboulent au dehors sur une voie de chemin de fer aujourd'hui délaissée, abandonnée aux herbes, aux cailloux et à la rouille. Ils faisaient venir des choses ici ou ils en sortaient, voire les deux. Certainement des matières premières, qu'ils transformaient pour acheminer des produits finis. En farfouillant, et Dieu sait si tu as eu le temps de le faire, tu as trouvé dans un tiroir, un vieux document sali et jauni, oublié malgré le ménage qui a dû être opéré pour enlever toute trace et tout souvenir de ce qui s'y faisait, sur lequel il était inscrit :

« 500 litres de chlore, 200 litres de solvant, pour fabrication de dieldrine ».

Te voilà fixé, ce qui te permet de comprendre à quoi pouvaient servir les sphères en aciers qui sont entreposées dans le grand hall et ce plafond de tuyaux enchevêtrés qui est resté tel quel. Tu es sur un ancien site de production de pesticide, une saloperie qui a pollué la terre, les nappes phréatiques, les aliments que nous avons ingérés durant des décennies, et qui a favorisé la difformité de centaines de bébés. Bienvenue dans un monde meilleur ! Ce site ayant été arrêté à la suite des ordonnances de 1992, mais surtout à la suite d'un incendie, dont tu as vu les traces dans le hall où tu étais maintenu.

Il t'aura fallu des dizaines d'heures pour inspecter ce site, ou plutôt pour l'appréhender, l'adopter, l'intégrer, choisir ton espace de survie, ce bureau en hauteur qui dominait jadis l'atelier où trimaient quelques dizaines d'ouvriers pour une bouchée de pain. Ils sont tous morts aujourd'hui de la toxine qu'ils ont absorbée, jour après jour, comme un poison que l'on distille, goutte après goutte, et qui finit par tuer plusieurs années après. Le site a fini par être classé Seveso. Tu ne peux donc pas être embêté, personne n'ayant envie de s'exposer à des risques inutiles. Tu regardes ce lieu de tout en haut, de ton bureau, où tu as installé un matelas retrouvé sur place, qui servait certainement à des ébats illicites permettant à des couples de jeunes de s'essayer à l'amour.

Ici, tu as créé ton chez-toi.

Et là tu l'attends, parce que ce soir il vient, il te l'a promis, vers dix-neuf heures, c'est une heure tardive certes et ce n'est pas son habitude d'arriver si tard, mais qu'importe, il vient, et cela te fait plaisir. Vous allez parler de choses et d'autres et certainement de ce raté que tu as eu. Ce n'est pas facile de tuer, surtout une personne que l'on a connue. Et une première, quelle que soit l'action, relève toujours d'un challenge sur soi-même, comme un cap à passer.

Tu souris en pensant à ta vie d'avant et qui cachait, sous l'habit d'un homme de Dieu, le tueur finalement que tu étais au plus profond de toi. Ce tueur qui va tuer bientôt pour venger, libérer, préserver. Oui. Et tu sais bien que le Tout-Puissant ordonnait lui-même de tuer quelquefois. Alors aujourd'hui tu te sens choisi, investi de cette mission ô combien suprême, l'acte le plus difficile qui soit pour un homme comme toi, élevé au creuset de l'abstinence et de la bonté.

Pour le recevoir, tu as fait un brin de ménage, eh oui, comme si tu avais invité un bon ami. D'ailleurs n'est-il pas ton meilleur ami ? C'est lui qui t'a veillé durant tous ces mois de convalescence durant lesquels ton âme et ton cœur étaient malaxés à l'épreuve de l'isolement. C'est lui qui était ton lien. Alors tu as rangé les choses éparses qui se trouvaient là, abandonnées depuis toutes ces années, cette chaise rouillée, ce téléphone à cadran défoncé, ce planning des activités. Et puis tu as jeté les saletés dans une sorte de poubelle, en bas, un grand bac qui devait servir de dépotoir. Enfin, heureux d'avoir trouvé un balai que tu as rafistolé, tu as dépoussiéré ce bureau perché lui redonnant un semblant de fraîcheur. Tu as enfin ramené trois caisses qui, renversées, vont faire office de sièges et une autre de table. Et tu as pensé « à la guerre comme à la guerre » en souriant, te rappelant cette expression qu'employait ton grand-père lorsqu'il voulait justifier sa rusticité.

Et puis tu as entendu ses pas, qui montaient l'escalier en fer.

— Bonjour mon père.

— Bonjour, dois-je dire mon fils ?

Celui que tu appelais « la voix » t'a alors souri.

— Je ne suis plus père, vous savez.

— L'avez-vous été un jour d'ailleurs ?

— Je l'ai cru en tout cas.

— Nous croyons tous des choses, vous savez, et la croyance, cette forme de foi aveugle et sourde est peut-être ce qu'il y a de plus difficile à se défaire.

— La croyance nous donne l'impression de certitude.

— Qui n'est en rien la Vérité.

Et vous vous êtes souri. Depuis plusieurs semaines déjà, vos échanges ont pris une autre tournure. Tu n'es plus ce prisonnier aveugle et impotent. Non. Et il n'est plus cet inconnu que tu percevais uniquement par sa voix, ses pas, ses gestes. Non. Vous êtes devenus presque intimes.

— Je nous ai apporté quelques victuailles.

— Avez-vous pensé aux couverts ?

— Oui, bien sûr. J'espère que vous aimez la salade niçoise ?

— Je ne devrais peut-être pas employer ce mot, mais j'adore ça.

— À la bonne heure !

— Vous m'excuserez bien sûr le fait de vous recevoir ce soir dans un environnement aussi spartiate.

— Il est certes vrai que j'ai déjà fait ripaille dans des univers plus cossus !

Et vous avez ri tous les deux, de vos boutades. Alors il a commencé à sortir des choses d'un grand sac.

— Avec ce bon plat, j'ai rapporté aussi une bonne bouteille de Bandol rosé, c'est un vin qui s'équilibre bien avec les tomates, les anchois et les œufs.

— Eh bien dis donc…

— Bien entendu, un bon morceau de fromage fera une excellente transition, pour le peu qu'il soit bien accompagné (et là, il a brandi une bouteille de Cheval Blanc 1982) avant un bon dessert, à savoir une tarte à la rhubarbe !

— Eh bien, vous me gâtez.

— Que voulez-vous il y a des occasions qu'il faut savoir fêter et, je trouve qu'une renaissance comme la vôtre est assez exceptionnelle et mérite à ce titre, que nous fêtions cela dignement !

Alors vous vous êtes assis. Tu as dressé la table sur tes caisses, disposant soigneusement les couteaux à la droite des assiettes en porcelaine de Limoges qu'il a aussi ramené, et les fourchettes à leur gauche. Et tu t'es pris au jeu de faire sonner les verres en cristal. Ce dîner était pour le moins original, cocasse même.

Alors tu as cru bon de lui dire :

— Je n'ai pas réussi, vous savez…

Il a relevé la tête et t'a souri, en te regardant droit dans les yeux.

— Au contraire, bien au contraire !

— Comment ça ?

— Après que vous êtes parti, laissant dame Giselle à moitié étouffée, celle-ci n'a rien trouvé de mieux que d'aller crier au meurtre dans l'antichambre de l'apôtre.

— Mais pourquoi donc ?

— Souvenez-vous du masque que je vous ai fait mettre…

— Le visage de l'apôtre.

Il a souri d'un grand sourire.

— La duperie fait partie de l'art de la guerre, vous savez.

Alors il a levé son verre et tu as fait de même, pour trinquer.

— Elle a réagi au quart de tour, à vrai dire j'avais prévu que vous n'arriviez pas à l'occire.

— Pourquoi donc ?

— Quel homme normalement constitué pourrait arriver à tuer la femme de sa vie ?

Tu as souri aussi, heureux qu'il ne t'en tienne pas rigueur. Tu voulais y arriver, oui, tu le voulais. Intérieurement, tu t'étais préparé, répétant virtuellement cet acte durant plusieurs nuits, comme un acteur mémorise, durant des jours et des jours, son texte et son geste.

— L'important c'est que vous y soyez allé.

— C'était un test ?

— En quelque sorte, oui, avant le grand œuvre.

Tu as souri et tu as commencé à manger ta salade. Tu as toujours adoré manger ainsi, des plats simples, surtout le soir, afin de préserver au mieux ta santé.

Il a commencé à manger lui aussi et t'a dit :

— Au fait, il faut que je vous dise, Giselle est morte.

Et là tu t'es arrêté, un peu sous le choc et tu as demandé :

— Comment ça ?

— Je vous l'ai dit, elle a cru bon d'aller hurler dans l'antre du diable…

Tout en mangeant, il a continué :

— Alors le diable a envoyé ses démons, qui l'ont achevée pour qu'elle ne parle pas…

En l'écoutant, tu t'es rendu compte qu'avant tu aurais dit « c'est horrible ». Mais là tu as souri, en pensant que la justice finissait toujours par triompher. Certes, ce n'est pas toi qui l'as tuée, bien que ton action ait déclenché l'action du Mal, un peu comme ce domino que l'on pousse et qui fait tomber ses congénères dans sa chute. Tu sais bien ce qu'elle faisait réellement au-delà des apparences. Elle le servait, comme toi tu l'as servi. Et aujourd'hui, tu te réjouis presque qu'elle soit descendue en enfer.

— Aujourd'hui, vous savez, il ne reste que la tête de la triade du Mal et c'est à vous qu'il appartient de la couper, comme ces héros des temps jadis.

— Comme Héraclès.

Il a relevé la tête et t'a souri.

— Oui, comme lui, il vous appartient de couper la tête de l'Hydre.

— Les autres têtes ayant été déjà coupées…

— Oui, celles-là, c'était à nous de nous en occuper, bien que nous n'ayons porté aucun coup !

Alors tu lui as demandé :

— Je n'ai jamais su qui vous étiez vraiment.

En laissant passer quelques secondes, l'homme t'a répondu :

— Je suis un ancien soldat, ayant participé à la chute de plusieurs gouvernements.

— Et puis-je me permettre encore une question ?

— Je vous en prie.

— Qui servez-vous ?

Il t'a regardé et t'a répondu :

— Je sers un homme mort.

Et vu ta surprise, il a dit encore :

— Je vous expliquerai peut-être un jour.

Alors vous avez parlé de ce jour choisi pour le forlancer, pour le rabattre, pour le détourner, pour le donner, pour le pourchasser, pour l'acculer, pour le forcer, pour le malmener, pour le jambonner, pour le porter, pour le saigner.

« Vous savez », t'a-t-il dit, « que vous risquez de ne pas revenir vivant de cette action ? ».

« Je le sais » as-tu répondu, « Oui, je le sais ».

Bien sûr, il employait « vivant » dans les deux sens, d'abord celui qui prive le corps de la vie apparente, mais aussi celui qui prive l'âme de son existence. L'acte de tuer tuant celui qui tue, au point de l'amener, comme le Diable, à se croire tout-puissant tel le Dieu souverain.

Vous saviez qu'il allait venir dans quelques jours dans ce lieu chargé de symboles et d'histoires, cette cathédrale. L'approche de Noël l'obligeait. Et maniaque comme il l'était, il viendrait la veille s'assurer que tout était en ordre pour la commémoration de la naissance du Sauveur. Il devait dire l'homélie devant la foule des fidèles rassemblés, mais aussi, devant des caméras de télévision retransmettant en direct la célébration. C'était là, à ce moment-là, qu'il fallait agir, parce qu'il serait seul, c'était son habitude, et cette manie de vouloir tout contrôler allait le perdre.

Toutes les proies qui se font attraper tombent à cause d'une faiblesse. Une maladie ou un handicap par exemple, qui les rend moins vifs, moins agiles, moins combatifs. Un habitus aussi, comme celui d'avoir besoin de boire dans cette mare d'eau aux abords de laquelle se tapissent les fauves. Les hommes vont encore plus loin, en justifiant cet acte qui consiste à vendre un autre pour le prix de soi-même, comme celui qui use de la délation pour sauver sa peau ou se faire bien voir.

— Vous êtes certain qu'il viendra ?

Tu as souri et tu as répondu :

— Je le connais bien, vous savez, il voudra s'assurer que tout est à sa place, que les prie-Dieu sont bien alignés, que les saints sont bien dépoussiérés, que son aube est sans tâche. Il viendra, croyez-moi.

— Je vous crois.

Ces quelques mots t'ont fait énormément plaisir. Tu les as ressentis comme un baume, comme un baiser. Tu t'es senti comme honoré, fier qu'il te fasse confiance à ce point. Tu sais bien qu'il n'y avait que toi pour accomplir cet acte, qu'aucun autre n'aurait pu le faire, parce qu'il faut l'énergie de la vengeance et la force de la foi pour le réussir. Et puis c'est la seule fois de ta vie où tu t'es réellement senti utile à quelque chose : débarrasser le monde d'un suppôt de Satan.

— Il faudra ne pas hésiter cette fois-ci, te dit-il en te proposant un autre verre de Cheval Blanc.

— Oui, je le sais.

— Vous pouvez encore reculer, vous savez.

Là, tu l'as regardé droit dans les yeux et tu as répondu :

— Je ne peux plus faire marche arrière, vous le savez bien. Comment pourrais-je vivre désormais en me sentant l'acolyte des crimes qu'il a commis et qu'il commet encore ? Toute ma vie vous savez j'ai essayé d'oublier. Je me rends compte aujourd'hui que ce fardeau, impardonnable même avec des prières, fussent-elles adressées à tous les saints, m'oppressait jusqu'à me rendre malade.

Tout en buvant une gorgée de cet excellent vin, servi aux plus grandes tables du monde, tu as dit encore :

— J'ai toujours cru que nous avons une mission à accomplir dans notre vie et, tout en prêchant cette certitude, je n'avais jamais trouvé la mienne jusqu'à ce que cette épreuve me l'apprenne. Il me faut donc choisir de vivre ou de ne pas vivre. Et j'ai choisi de vivre, ne serait-ce qu'un seul jour.

La nuit était bien avancée, il te fallait encore prendre le temps du recueillement du guerrier, pour visualiser les derniers détails, pour dialoguer avec ton être intime, pour accomplir d'abord le sacrifice de cet acte dans le monde des dieux.

— Je vais vous laisser, dit-il, il se fait tard.

Tu as souri et tu t'es levé pour le raccompagner. Alors vous avez descendu à deux l'escalier métallique, étrange lien entre la dalle de béton et ce bureau perché, vibrant sous le moindre pas. Et puis vous avez traversé le grand hall en direction d'une grande porte, qui devait être la porte principale, à une autre époque. Il faisait frais dehors et le ciel était dégagé. Du côté de la ville, il y avait un halo de lumière irisant le ciel d'un voile orangé.

— C'est là-bas que je vais, te dit-il.

— Oui, je sais, ce monde n'est plus le mien.

— Demain, il vous faudra pourtant y revenir.

— Juste pour accomplir la mission qui m'incombe.

De l'autre côté, le ciel était chargé d'étoiles lointaines. Tu l'as regardé monter dans sa voiture, allumer les feux, et partir en te faisant un signe de la main. Tu le suivais par ses phares qui peignaient le serpentin de la route par leur faisceau lumineux. C'était étrange, comme un fil de lumière, cette lumière qui avait ouvert ton esprit durant tous ces mois de caverne. Alors tu as regardé quelques astres, il y avait Véga, tu l'as reconnue par sa brillance et sa position sur la queue du losange de la constellation de la Lyre. Gamin, tu aimais tant les pointer de ton doigt, en démontrant aux grands qui t'entouraient, avec un grand sourire, le crack que tu étais devenu à passer des nuits et des nuits à regarder le ciel avec les jumelles que l'on t'avait offertes à un Noël. Oui, tu étais fier et là, regardant ces planètes et ces étincelles lointaines, tu te rappelles, c'était il y a si longtemps. Ton regard revient se perdre maintenant sur la terre. Il n'y a rien alentour. Ce site est vraiment abandonné, comme oublié par les enfants de ceux et celles qui, il y a plus de trente ans, gagnaient leur pain ici à la sueur de leur front. Plus personne n'y vient, restent ces dessins et ces écritures obscènes, images désuètes d'un temps révolu où des jeunes s'assemblaient pour quelques music parties. C'était avant que le site soit déclaré impropre et dangereux. Et puis, les administrations changeant d'une élection à l'autre, aucune ne s'est en définitive chargée du sujet, accusant l'autre de ne l'avoir pas fait, et laissant à la prochaine le soin de le traiter.

Tu reviens sur tes pas, braquant la lampe torche qu'il t'a laissée il y a quelque temps. Demain, c'est ton grand jour. Tu vas pouvoir porter un coup fatal au Mal qui gangrène la terre.

Tu n'as plus de question, à savoir s'il faut que tu le fasses ou pas. La cause est acquise, avant de pouvoir endosser l'habit de l'ange exécuteur c'est d'abord toi qu'il fallait vaincre, et tu l'as fait. C'est cette bataille-là qu'il te fallait gagner avant toute autre. Et tu l'as gagnée. Ton esprit est parfaitement lucide et ton corps, maintenant, t'obéit parfaitement. Les étoiles sont là et dureront toujours. Il y aura encore des enfants qui les regarderont et qui chercheront à étonner les grands par leur connaissance. Tu franchis la porte qui grince, quelques rats s'enfuient devant toi. Tu es le combattant qui va sauver le monde.

Stat crux dum volvitur orbis
(La croix demeure tandis que la terre tourne)

Eva regardait la mer. Gamine, elle avait toujours rêvé en voyant ces bateaux longer l'horizon. À les fixer, ils semblaient immobiles et pourtant, en prenant le point de repère d'une bouée, d'un phare ou d'un ponton, on voyait bien qu'ils bougeaient, imperceptiblement, glissant sur l'eau.

Sur la plage, à cette heure, il y avait deux gosses qui jouaient, essayant de faire danser quelques cerfs-volants, apprentissage subtil qu'ils faisaient en compagnie de leur père, heureux d'être ici avec eux. Un peu plus loin des vieux se baladaient en se tenant la main. C'était beau de les voir ainsi unis, ayant passé tout un temps de la vie à se comprendre, à se soutenir, à s'aimer.

Une femme au loin courait avec son chien, près de la mer qui, à marée basse, avait laissé ces bancs de sable durcis par le retrait de l'eau.

Il lui était bon d'être ici, Noël était une bonne raison pour y revenir, mais en réalité elle avait besoin de retrouver cet air, cette lumière, cette odeur où le sel et l'iode se mêlaient au varech.

C'était ici chez elle. Paris n'était qu'un leurre, même si là-bas, il lui fallait œuvrer pour que ce petit coin de paradis, cet « ici » soit épargné par le Mal.

Nestor courait sur la plage, en fonçant sur les mouettes accaparées à trouver leur pitance qui s'envolaient en criant au scandale dès qu'il s'approchait d'elles.

La vie était si bonne avec cette plage, ces gosses, ce lointain. Eva pensait y revenir un jour, on revient toujours à ses racines, celles qui nous ont nourris, celles qui nous ont vu grandir, celles qui nous ont vu pleurer, celles qui nous ont vu aimer. Un jour, elle reviendrait ici : oui. Elle s'achèterait cette petite maison nichée sur la falaise, avec une vue à couper le souffle jusqu'aux bordures de l'Angleterre, cette maison abandonnée aujourd'hui qu'elle avait connue quand elle était môme, quand elle allait voir la vieille Georgette qui avait résisté contre vents et marées à la tentation et aux menaces des promoteurs. Et puis le temps passant, ces derniers avaient perdu leur intérêt, et Georgette avait été la résistante que certains même, avaient pensé promouvoir en haut d'une liste électorale. Georgette les avait remerciés poliment en leur disant qu'elle avait autre chose à faire. Et puis un jour, les petites lumières de ses fenêtres ne s'étaient plus allumées, Georgette était partie quelque part dans le paradis des mamies qui ne se laissent pas faire. Alors la ville avait planté une croix là-haut, comme ça, pour dire qu'ici avait vécu « La Georgette » comme certains l'appelaient avec respect.

Eva y pensait, Georgette avait toujours été un exemple pour elle. Les jeunes cherchent toujours un modèle, une star, un grand homme, une femme ayant eu le courage de s'affirmer. Georgette avait été cette femme modèle pour Eva.

Elle se dit qu'elle allait acheter cette maison et la restaurer.

Son téléphone sonna, c'était Friedrich.

— Bonjour monsieur l'informaticien.

— Bonjour dame Eva, la plus belle policière du monde.

— Flatteur va…

— Comment pourrait-il en être autrement ?

Elle sourit, cet homme avait l'intelligence qui sied au savoir-être qu'ont les romantiques pour dire les choses sans tomber dans la lourdeur des idiots.

— J'entends la mer, dit-il.

— Tu entends bien…

— Tu es à Sainte-Adresse ?

— Oui.

— Alors je t'imagine, assise, regardant l'horizon…

Elle sourit. À s'aimer, les âmes se rapprochent jusqu'à se deviner.

— Aurais-tu un sixième sens ?

— Si j'en ai un, c'est qu'il se nourrit de ton sourire…

Friedrich surenchérit :

— Je t'imagine même avec un chien…

— Alors la preuve est faite, les hommes peuvent aussi développer le don de clairvoyance…

— Je te vois toi…

Elle sourit à nouveau, la mer était belle et elle lui dit :

— Je vois l'horizon, les bateaux qui naviguent au loin, et Nestor qui batifole avec les mouettes.

— L'eau qui apaise, et l'eau avec laquelle on joue…

— Comme avec l'amour ?

— Un jeu certainement au départ, et qui doit le rester si l'amour ne veut pas perdre son piquant…

— Qu'est-ce que le jeu ?

— Pour moi le jeu doit toujours être partagé, consenti de part et d'autre, sans aucun mensonge…

— Mais quel jeu ?

Pour Eva, le mot « jeu » avait une mauvaise connotation, elle se souvenait des « jeux » que lui faisait endurer Xavier. À ces jeux-là, il n'y a que lui qui jouait. Au départ, elle avait voulu lui faire plaisir et puis très vite, le sujet avait pris une tournure plus perverse. Xavier s'amusait quand elle ne s'amusait pas. C'était là, la perversité.

— Je ne connais qu'un seul jeu : celui de l'amour…

— Ce jeu-là me convient parfaitement…

Friedrich osa :

— Et si je te rejoignais ?

Eva eut un moment d'hésitation. Elle désirait qu'il soit là, elle désirait marcher avec lui le long des vagues, elle désirait le sentir en elle.

— Genève est loin d'ici…

— Je serai bientôt à Paris…

— Alors, viens.

Omnium
(La raison de toutes choses)

Il faut que tu le tues.

Oui, il faut que tu élimines cet homme de la surface de la terre.

Et qu'il soit éclatant aux yeux de tous qu'un tel homme ne mérite pas de vivre.

Et tu le sais maintenant, oui tu le sais, toute la souffrance que tu as subie et tout le mal que tu as fait n'étaient, en définitive, que la préface indispensable à ta propre prise de conscience et à l'accomplissement de cet acte ultime.

Tu es le rejeton spirituel de cet homme. Cet homme dans lequel tu croyais, qui avait inspiré tes pensées et ta vie, et qui t'avait insufflé l'Esprit !

Il faut que tu le tues, oui.

Il le faut.

Et tu le sais maintenant, oui tu le sais, il n'y a pas de mal à éliminer le mal par le mal. Des millions de vies n'ont-elles pas été sauvées par ce principe ? Et ne pas agir, laisser-faire, alors que tu sais, même si tu n'as jamais osé te l'avouer, n'est-il pas un mal plus grand que celui d'agir ?

Le mal est capable d'inhiber la volonté des plus audacieux en les étouffant, en les matant, en les garrottant par des raisonnements et des démonstrations mensongers et fallacieux.

Et toi, durant toutes ces années, n'as-tu pas été contenu de la sorte ? Ta volonté lui était soumise. Tu le révérais.

Et cet homme, ce messager, ce père : mérite aujourd'hui de mourir.

Il faut qu'il meure.

Il faut que tu le tues.

Il faut que sa mort serve de leçon pour toutes ces femmes et tous ces hommes qui se leurrent et se fourvoient à voir en lui cet apôtre, cet homme de Dieu alors qu'il est un fils du Diable, ce démon. Et toi tu le sais, toi qui le connais si bien, toi qui as passé toutes ces années à ses côtés. Il n'est qu'un démon oui, un possédé, un suppôt du malin déguisé en ange, un délaissé du Tout-Puissant qui porte en lui la racine du mal, et ce mal tu dois l'entraver, tu dois l'empêcher, tu dois l'interdire, tu dois le supprimer, tu dois l'annihiler !

N'est-ce pas là ta mission ?

Et tu ne peux pas lui pardonner. Parce que lui pardonner serait tolérer que cet homme continue ses infamies, ses abominations, ses monstruosités et l'amnistier ferait de toi un acolyte du Mal.

Et toi qui te souviens de ce qu'il a fait et ce qu'il fait, tu ne peux pas te contenter de prier, de demander au ciel qu'il fasse ce que toi tu dois faire et que tu peux faire, parce que si tu es là aujourd'hui, ayant pris conscience, dans la souffrance, de ta mission salvatrice, c'est pour mettre fin aux turpitudes de cet être possédé par le Mal.

Et ce n'est pas au Tout-Puissant de faire ce que les hommes doivent faire. C'est pour cela que tu as arrêté d'invoquer son châtiment, préférant le prier pour avoir la force d'agir.

Comme lui, tu as la clef. Il est bientôt vingt et une heures et tu sais qu'il va venir dans peu de temps.

Il va venir ici à cette heure du soir, dans la solitude de ce lieu, pour inspecter, se retrouver, pour se châtier, pour expier, pour se racheter.

Mais comment serait-il possible de se racheter ? Quel homme pourrait croire ce conte, cette illusion, cette imposture, que celle d'imaginer se racheter ? Il n'y a pas de rachat possible pour les fils du Démon, ceux qui l'ont laissé entrer, ceux et celles qui l'abritent et qui l'hébergent, le Mal les nourrit, le Mal se nourrit d'eux, le Mal est en eux. Le seul salut qu'ils puissent avoir c'est celui que tu vas lui offrir : la mort.

Dehors la nuit est grise ce soir. Le ciel s'est couvert d'un manteau d'hiver, étalé comme le drap d'un linceul, attendant le jour propice pour donner à cette période de Noël le souvenir des contes. Ces histoires dans lesquelles les méchants se font rosser par des anges et des fées. Permettant ainsi aux enfants sages de s'éveiller dans la certitude que le Bien triomphe de tout.

Les enfants…

Mais toi tu le sais, le Bien a quelquefois besoin du Mal pour triompher et réduire le Mal à néant, pour l'éradiquer. Qui peut tuer le Mal si ce n'est le Mal ? Le Bien lui ne le peut pas, sinon il ne serait pas le Bien. Alors quelquefois le Bien fait appel au Mal, pour lui dire de faire ce que Lui, par nature, ne peut pas faire.

Et ne rien faire, laisser les choses évoluer par elles-mêmes, c'est quelque part permettre au Mal de se nourrir, de grandir et de se multiplier !

Tuer tu le sais, oui maintenant tu le sais, n'est pas un péché s'il est employé pour le triomphe du Bien.

Le Tout-Puissant lui-même, n'avait-il pas ordonné à Josué d'éliminer toute vie humaine du pays de la promesse ? Et cet ordre n'était-il pas donné pour permettre aux enfants de la promesse de procréer, sur le génocide des Cananéens, ce nouvel ordre de vie ?

Et tu es là, dans ce lieu au sein duquel tu as passé tant d'années, novice, à porter le cierge et la croix, sous le regard débonnaire de ces saints de pierre qui, tu en es sûr, savaient qu'un jour tu serais cet élu, cet homme rempli de souffrance et de remords, cet homme ayant la conscience de la portée de son geste, cet homme signifiant par son acte, un acte ultime : l'infaillibilité du Bien.

Tu regardes ta montre, cette montre qu'il t'a offerte il y a vingt ans, que tu n'as jamais remontée, et qui jamais ne s'est déréglée, indiquant l'heure avec cette précision légendaire des montres suisses.

Cet homme était comme ton père. Il était pour ainsi dire ton père. Tu l'appelais « mon père » même, non pas pour lui signifier une position ou un rang quelconque, non, mais pour lui dire ton respect et ton amour, comme un fils appelle son père, « père » avec cette advertance de la filiation de chair et d'esprit de laquelle il procède.

Et ton vrai père, celui qui t'avait accompagné dans ta renaissance, dans ta nouvelle vie : c'était lui !

Alors tu le sais il n'y a que toi qui puisses accomplir cet acte salutaire.

Qui d'autre pourrait le faire, tuer ton père, si ce n'est toi : son « fils » ?

Étonnamment, ton esprit te semble comme enrobé dans une sorte de ouate éparse, de gangue molle, de matière floue, un peu comme le jaune d'un œuf se trouve enfermé dans la glaire, elle-même isolée du Monde par cette fine coquille de calcaire.

Mais que fais-tu ici ?

Tu regardes ce lieu, ces vitraux qui racontent l'épopée des rois dévots menant croisade au nom de la cause divine, et tu regardes aussi le visage figé de ces apôtres de pierre, débonnaires comme Saint-Christophe portant l'enfant Jésus, ou sévères comme Moïse portant les tables de la loi. Comme c'est étrange d'être ici sans qu'il n'y ait personne. Ce lieu a-t-il un sens s'il n'y a personne ? Il n'est qu'un édifice de pierres taillées par des mains expertes et des cœurs motivés par leur foi, vidé de sa substance humaine ce soir, une simple construction de grès, sans autre présence que celle de ces statues inertes, et ces prie-Dieu alignés comme les chaises d'une salle de spectacle, et ces colonnes qui soutiennent ces voûtes millénaires.

Tu as un peu froid.

Mais qu'importe.

Tu fermes les yeux, tapi dans l'ombre d'une chapelle absidiale, celle de la Vierge Noire, protectrice des grands chevaliers, Madone des spiritualités occultes, tenant le pouvoir de rendre infertiles ou fécondes ces femmes qui viennent, quelquefois, l'implorer.

Tu sais qu'il viendra ici, là, dans quelques minutes.

Tu entends la lourde porte grincer sur ses gonds.

Il est dans le narthex.

Pour sûr : c'est lui.

Et tu entends son pas caractéristique, celui d'un boiteux portant une canne, franchir le seuil, tourner autour du bénitier, passer par le labyrinthe, marcher comme un pèlerin sur ces dalles millénaires.

Ton cœur se met à battre plus vite, plus fort. Ton front perle de sueur. Tu as peur.

Mais que crains-tu ? Toi, cet élu ?

Tu l'entends, il marche de ce pas lourd, de ce pas mal assuré, de ce pas qui claudique qui a tant et tant de fois accompagné les services, les pénitences, les processions.

Tu te rappelles, et ton esprit s'évade un instant, tu le revois à la fête de Marie, bénissant la foule et les croyants implorant du ciel la grâce et le pardon. Tu le revois accueillant le Saint-Père lors de sa visite à Paris, conduisant la délégation de notables et de prélats.

Tu te rappelles oui, tu te revois et tu revisualises ce merveilleux souvenir. Une foule immense était là, rassemblée sur l'esplanade des Invalides, plus de 250 000 fidèles, curieux, croyants, agnostiques, simples sympathisants. Et toi tu étais là, derrière le vicaire, sur l'estrade.

Tu te rappelles oui, et ton esprit qui s'est évadé revient d'un coup sur les yeux de la Vierge qui te regarde.

Mais tu ne l'entends plus là. Que se passe-t-il ? Est-il dans le transept ? Que-fait-il ? Il s'est certainement arrêté pour voir quelque chose avec son côté maniaque de vouloir que toutes les choses soient à leur place au millimètre près. Oui, c'est certainement cela. Il s'est arrêté pour regarder quelque chose. Tu l'imagines, les yeux fermés en sentant ton cœur battre encore plus vite et plus fort.

Il n'y a plus de bruit, si ce n'est celui du roucoulement d'un pigeon égaré, habitant ces lieux depuis quelques mois. Mais où est-il ? Tu ouvres les yeux et tu ne le vois pas, serrant de toutes tes forces un candélabre. Il n'est pas là, alors que la Vierge noire te regarde, portant son enfant Jésus tout noir lui aussi, entourée de deux anges flamboyants rappelant l'arche de l'alliance.

Alors tu t'exposes, sous les arcades du déambulatoire, cherchant du regard son ombre, un signe de sa présence. Mais tu n'aperçois rien. Où est-il ?

Plus aucun bruit. L'espace de la cathédrale résonne de silence. Alors tu marches sans bruit, comme un chat, essayant de t'approcher, de saisir un signe qui te dira : « il est là ».

Tu marches encore quelques mètres, pas à pas, et tu vois la porte de la crypte ouverte, la lumière allumée. Et tu penses : « Il est descendu se recueillir ».

Alors tu descends toi aussi, marche après marche, sur le qui-vive, et tu arrives dans cette pièce d'un autre âge, couverte de fresques représentant la Vierge et les Saints. Au fond, tu vois les reliques de Sainte Marie-Madeleine, ce morceau de crâne dans lequel on perçoit une orbite, un morceau d'un fémur brisé comme par un supplice, trois molaires de la sainte femme, et quelques cheveux enroulés dans un tube de verre. Et tu le cherches, mais tu ne le vois pas, il n'est pas là.

Alors tu perçois une ombre, mais il est trop tard. Comment as-tu pu être aussi bête, aussi niais. Et tu reçois un coup dans le creux de la fosse poplitée, te faisant tomber à genoux, puis tu te fais étrangler par deux bras puissants.

Alors tu entends sa voix :

— Qu'il est étrange, mon fils, de vous trouver ici à cette heure.

Tu ne peux rien répondre et tu sens ton larynx te faire mal, ta langue se retourner dans ton palais et tu t'asphyxies, en essayant de te débattre pour te dégager, mais sans y arriver. Et plus tu te débats et plus ta gorge te fait mal. Tu es en train d'étouffer.

Et la voix reprend :

— Je vous ai toujours dit de fermer à double tour, mais vous avez gardé cette incorrigible façon de fermer la porte d'un simple mouvement de clef. Ce signe, je l'avoue m'a alerté. Ainsi que votre étrange disparition, depuis tous ces mois. Et puis le livre de ce journaliste, qu'il m'a fallu faire pendre…

Non, ce n'est pas toi qui peux mourir ici. Il n'est pas possible que le Mal triomphe à ce point de tout ! Tu essayes de prier, comme une dernière supplique, celle de Samson, ce juge qui demandait au Tout-Puissant un dernier élan, une dernière grâce afin de libérer son peuple des Philistins. Sa voix continue.

— N'ayez crainte, mon cher fils, vous ne souffrirez pas longtemps, j'ai acquis une grande expérience de la strangulation lorsque j'étais soldat, il y a déjà quarante années de cela…

Tu sens ton regard se voiler, ton esprit s'embuer, et tu entends encore cette voix qui te dit :

— Oui, j'avais deviné que vous étiez là, que voulez-vous, un sixième sens peut-être, mais qu'importe. Lorsqu'il me fallait dénicher le toubou aux alentours d'Oum-Chalouba, je n'avais pas mon pareil pour le flairer, le pister, le dégoter, le torturer, et le tuer. Sachez aussi que vous resterez ici à jamais, les travaux dans la crypte permettront de vous y emmurer sans que personne ne s'inquiète. Ainsi, vous qui aimez tant cette Sainte, vous serez près de la source, du lieu originel, pourrissant dans le saint des saints comme un simple cloporte…

Tu sens que c'est bientôt la fin. Et ton cœur qui pulse le sang n'arrive plus à l'envoyer jusqu'à ton cerveau, tes jugulaires étant comprimées jusqu'aux limites de l'évanouissement. Alors, dans un sursaut de vie, comme celui que donne la main d'un ange, tu te saisis du chandelier et tu frappes d'un seul coup, de toutes tes forces, à l'arrière de toi. Alors tu sens l'étreinte se délier et ton sang irriguer à nouveau tes artères et tes veines, au point de te faire mal par la pulsation qui résonne dans ton crâne. Tu tousses, tu racles en te traînant à terre, essayant de reprendre ta respiration et de retrouver ton rythme cardiaque.

De longues minutes passent ainsi, ici, devant les os de la Sainte qui ne peut plus rien voir et à laquelle on prête le miracle, il y a plus de mille ans, d'avoir sauvé un chevalier en détresse.

T'aurait-elle sauvé aussi ?

Enfin, tu te relèves et tu vois cet homme, ce père, allongé à terre, la tête fendue par la corolle du candélabre, baignant dans son sang.

Le Mal est là, à tes pieds, ce Mal qui t'a conduit jusqu'ici, t'obligeant à être ce que tu n'es pas, t'obligeant à faire ce que tu ne voulais pas.

Tu restes là, hébété, abasourdi par ce dénouement que jamais, ô grand jamais, tu aurais imaginé !

Et dans ce lieu sacré, il y a là ce sang, comme celui du sacrifice rituel chassant au loin Azazel, ce bouc maudit emportant avec lui les péchés du peuple.

Tu regardes cet homme mort. Il est mort, oui. Et tu regardes le reliquaire. Et puis tes yeux vont et viennent, de fresque en fresque.

Et tu penses : « Que fais-tu ici ? ».

Alors tu ramasses le chandelier, tu fermes la lumière, et tu sors de cet endroit qui est pour ce soir : la tombe du Mal.

Tu pousses la grille d'entrée, et puis tu marches vers le grand Christ qui te regarde, cloué sur sa croix, martyr éternel de tous les hommes pécheurs.

Alors tu t'effondres et tu pleures.

Quelle va être ta vie maintenant ?

Comment as-tu pu en arriver là ?

Comment as-tu pu désirer à ce point tuer cet homme ?

Tu passes ainsi des heures et des heures à pleurer dans ce lieu où l'Esprit-Saint parle aux cœurs des hommes de bonne volonté.

Qui es-tu si ce n'est cet envoyé ?

Qui es-tu si ce n'est ce bras de l'Ange Vengeur ?

Alors tu retournes à la chapelle de la Vierge Noire. Et tu vois cet enfant dans ses bras. Elle te sourit et elle te dit : « mon fils ». Et tu la vois si belle, si accueillante. Elle est la Vierge. Elle est Sara. Elle est Kali, la déesse de la création et de la mort. Elle est la fille du Graal. Et elle te dit, dans ton esprit tuméfié, dans ton cœur meurtri, dans ton âme nécrosée, que tu es son fils, alors que celui que tu appelais « ton père » est mort par ta main.

Tu te retrouves sur le parvis et tu ouvres ta veste, prenant dans la poche intérieure toutes ces photos de l'infamie que tu jettes en l'air, comme une offense, comme un blasphème et qui retombent éparses entre les prie-Dieu. Et tu vois le Christ au loin, sur sa croix, saigner de son flanc et tu hurles ce cri de douleur immense qui se répète à l'infini de l'écho entre ces murs millénaires où tant d'âmes, tant de cœurs ont affronté la peur de vivre, ont affronté la peur de mourir, se retrouvant face à eux-mêmes pour assumer leurs vies.

Dehors il fait nuit grise, pâteuse de ces nuages de froid qui hésitent à tomber en flocons de neige ou de se dissoudre en gouttes de pluie.

Tu ne vois personne. Il n'y a personne dans les rues à cette heure-ci avec ce froid. Les êtres vivants sont derrière ces fenêtres au-delà desquelles tu aperçois quelques ombres, quelques formes, quelques vies.

Tu marches, déambulant sans trop savoir où tu vas, tenant encore ce candélabre comme le butin de ton crime.

Tu longes le long du canal, un drôle d'homme te dit des insanités, tu passes outre sans t'arrêter. Deux autres hères sortent de l'ombre et t'injurient en te menaçant. Ils s'emparent du chandelier et t'invectivent. Alors tu t'enfuis, tu cours sans savoir où tu vas. Tu cours et tu cours vers là-bas.

Et la nuit t'emporte.

A divinis
(Hors des choses divines)

Lorsqu'Eva arriva sur les lieux, un car venait de décharger sa cargaison de touristes japonais qui n'avaient rien trouvé de mieux à faire qu'à shooter tout et rien, un caillou sur les dalles, un morceau de clocher, une voiture mal garée, la grande porte de la cathédrale ceinturée de rubalises. Certains avaient essayé de forcer le passage, dans leur pays ils ne l'auraient pas fait, mais ici c'était la France, et on pouvait faire un peu ce que l'on voulait.

Manu militari, Eva fit dégager tout le monde. L'organisateur était sorti du bus et essaya d'invoquer le « droit du touriste ». Mal lui en pris, Eva lui intima de présenter ses papiers et le confia aux bons soins de deux de ses collègues qui l'interrogèrent comme un suspect.

Les choses étant calmées, elle entra.

La cathédrale était toute vide, c'était impressionnant. Il lui était arrivé d'entrer dans des églises, sans trop de monde présent, mais là, cet édifice était à elle. Elle passa devant un saint au regard débonnaire, son visage de pierre semblant affirmer l'intemporalité de ce lieu créé par la foi il y a presque mille ans.

Elle passa en dessous des grandes ogives, miracle de ces hommes maniant la pierre et le bois au point d'élever ce monument au-delà de toute logique, si ce n'est celle de leur croyance.

Dans une chapelle, il y avait une crèche, avec Balthazar, Gaspard et Melchior, grandeur nature, avec Joseph et Marie aussi, attendris devant un beau bambin qui semblait leur dire que l'amour allait le tuer. Elle s'arrêta un instant. C'était étrange de voir Jésus enfant, entendu que depuis deux mille ans il n'avait été glorifié qu'en martyr. Alors elle arriva près de l'autel et regarda le Christ en croix, il était baigné par le soleil qui perçait quelques vitraux. C'était un crucifix en bois polychrome. Il était beau, même si la souffrance transpirait de son flanc transpercé par la lance, de son front déchiré par l'épine, de ses mains et ses pieds cloutés. Mais quels genres d'hommes avaient pu infliger ce genre de torture ? Décidément, l'homme n'avait pas de limites à sa créativité pour faire du mal aux autres.

Étonnamment, elle ne percevait rien du prélat qui, désormais, n'était plus qu'un corps sans vie. C'était comme si son âme n'existait plus. Comme si elle n'avait aucune revanche à prendre. La mort d'un salopard n'est que justice et aucun ange ne réclame qu'il lui soit fait réparation. Elle avait l'impression qu'il n'était jamais venu là. Qu'il n'y avait rien de lui qui persistât. Pourtant, il avait régulièrement fait l'office ici. Il avait confessé des centaines de fidèles. Il avait présidé des mariages. Il avait chanté, il avait prié, il avait béni. Et de lui, il ne restait rien. Tout avait été emporté.

Eva ressentait ce vide. Ce lieu de pierre ne le contenait plus.

Alors elle descendit les marches de la crypte et vit son corps étendu sur le sol, dans une mare de sang. Sainte-Marie était là, Eva la regarda et cru voir son sourire. La vierge ne pleurait pas ce mort, mais s'en réjouissait. Eva resta là quelques minutes et puis remonta.

Dehors, Adam l'attendait.

— Alors qu'en penses-tu ?

— Je ne sais pas.

Adam parut étonné, il n'avait jamais entendu Eva répondre ce genre de choses. D'habitude, elle fomentait une impression, se nourrissant d'images subtiles qu'elle seule ressentait.

— Tout va bien ?

— Oui, oui…

Depuis quelque temps, elle semblait ailleurs, certainement la relation avec cet homme, ce Suisse de passage. Adam lui avait dit de se méfier, mais elle l'avait envoyé bouler en lui disant qu'il n'était ni son père ni son frère. Sur ce, la conversation avait tourné court et Adam avait compris qu'il ne fallait plus aller sur ce terrain.

Et puis cette enquête n'en finissait pas. Elle voulait à tout prix lier des choses qui ne semblaient avoir aucun lien entre elles. La mort de cette journaliste avec celle du député. La mort d'un dénommé Lukas avec la mort de tous les autres. Adam lui avait dit qu'elle faisait fausse route. Et Giselle alors ? Que penser de sa mort ? Et puis il y avait la disparition de ce prêtre dont personne n'avait retrouvé la trace. Pourtant ce n'était pas faute d'avoir cherché, d'avoir fouillé tous les recoins de sa petite vie, d'avoir interrogé une vingtaine de fidèles dont les témoignages se contredisaient les uns les autres. Certains, sachant qu'il faisait du vélo, évoquant le fait qu'il ait pu être écrasé par un camion (ceux-là disant avoir vu un camion passer qu'ils n'avaient jamais vu avant) et que le prêtre aurait pu être embarqué avec sa bicyclette pour ne pas laisser de traces. D'autres évoquaient le fait qu'il voulait prendre une retraite bien méritée dans les alpes, où sa famille avait un petit chalet. Mais là aussi, Adam avait fait chou blanc. Alors une autre théorie avait circulé, tout aussi farfelue que les autres, celle que le prêtre avait pris la poudre d'escampette afin d'aller prendre du bon temps. Mais les bonnes âmes qui prônaient cette idée étaient ceux qui, d'évidence, l'appréciaient le moins. Adam avait toujours été impressionné par la créativité des hommes à concevoir des solutions pour boucher le trou de leur méconnaissance. Il en était ainsi depuis la nuit des temps, au moyen âge, le diable ne possédait-il pas la tête d'affiche de toutes les causes inconnues ?

— Et qui l'a découvert ? demanda Eva.

— C'est cette dame-là, celle qui est assise et qui pleure… Elle était venue pour apporter un bouquet de fleurs, afin de décorer l'autel et, voyant la porte de la crypte non cadenassée, elle est descendue pour voir ce qui s'y passait. C'est là qu'elle a découvert l'évêque.

— Et sinon ?

— Personne d'autre, apparemment l'église était ouverte, mais personne n'y était.

— Il était quelle heure ?

— Sept heures…

— Du matin ?

— Oui.

Eva esquissa une moue d'évidence. La foi peut certes transporter des montagnes, mais qui aurait l'envie, à tout prix, d'aller se confesser à ces heures indues où le sommeil, dans sa grande mansuétude, vous taquine encore l'envie de rester sous la couette ?

— Et l'évêque, que faisait-il ici, seul ?

— C'était son habitude, paraît-il, de venir la veille d'un grand évènement vérifier si tout était d'équerre.

— Quelle conscience, c'est si rare de nos jours…

— Et depuis qui est entré ?

— Des tas de gens, des touristes, des habitués…

— Autrement dit, toute la ville…

Son téléphone sonna, elle regarda Adam en lui montrant le numéro.

— Et bienvenue les emmerdes…

C'était le préfet qui, connaissant tout le monde, avait dans sa liste d'amis le prélat. Les huiles se côtoient toujours entre elles, dans leurs clubs et dans leurs cercles privés.

— Oui, Monsieur le Préfet ?

— Vous en êtes où Madame la Commissaire ?

— Nous investiguons monsieur…

— Vous investiguez ?

— C'est bien cela…

— Vous savez que l'évêque connaissait personnellement le Président ?

— Ah ? J'avoue que non monsieur, je n'étais dans les confidences ni de l'un ni de l'autre…

— C'est ça madame, faites donc de l'humour, faites donc…

— Sauf votre respect, ce n'est pas de l'humour monsieur, mais simplement un truisme…

Le préfet se racla la gorge et reprit :

— J'ai les journalistes sur le dos qui me demandent des nouvelles, que puis-je leur dire ?

— Que nous investiguons monsieur, et qu'ils nous laissent faire notre job, après tout un évêque ou un SDF ne sont avant tout que des hommes…

Le préfet soupira. Eva Saint Louis ne se laissait jamais faire, c'était une question de survie pour elle dans ce monde d'hommes où la femme, pour beaucoup, n'était qu'un cul à baiser. Et puis elle méprisait la stratification de la société, ancienne émanation d'une bourgeoisie au service des rois, gratifiés d'avantages en retour de leur soumission et de leur dévotion.

— Certes, madame, sauf que cet homme-là connaissait le Président, le Pape et tout le tintouin !

Eva ne répondit rien, elle éprouvait le plus grand dégoût pour ces gens qui ne savaient considérer l'autre qu'en fonction de son statut social. Le titre n'était qu'un leurre et, avec la mort, il ne servait qu'à l'écriture de l'épitaphe.

— Bon je compte sur vous, dit le Préfet.

Et il raccrocha. Eva savait que cet homme se foutait de tout si ce n'est de sa carrière, comme tant d'autres. Il avait fréquenté Xavier de près, et il y avait fort à parier qu'en cherchant un peu il serait possible de trouver quelques photos compromettantes. Mais elle avait autre chose à faire, de toutes les façons, la fin de cette histoire sonnerait le glas d'une fratrie se tenant les coudes dans la honte et la corruption.

Adam lui dit qu'Henri le légiste était arrivé. Elle retourna dans la crypte pour le voir.

— La belle Eva, décidément je vous retrouve sur tous les théâtres de nos opérations !

Le légiste avait le front en sueur, il contemplait le lieu, les fresques et le reliquaire finement travaillé.

— Alors qu'en pensez-vous ?

— Oh c'est une très belle châsse, manifestement du moyen âge, avec des émaux et des incrustations de nacre.

Il s'était dirigé vers la fierte de la sainte en la regardant avec une loupe.

— Regardez ces bas-reliefs et ces camés… Oui, c'est vraiment du très beau travail. Il me fait penser aux œuvres de Jehan Nicolas qui était l'orfèvre du roi René, dit le « bon roi », qui nous gouverna dans les années 1450.

Eva sourit et dit :

— Non, ce n'est pas cela que je vous demande.

Henri réajusta ses doubles foyers.

— Ah bon ?

— Je voulais savoir ce que vous pensiez de ça…

Elle pointait le corps du prélat.

— Ah oui, bien sûr.

Il se pencha.

— Eh bien, il est mort après avoir reçu un sacré coup sur la tête…

Il se faisait attendre. Eva lui fit mine d'en dire un peu plus.

— Ce qui est étonnant c'est que le coup venait par devant, mais comme s'il avait été donné par-derrière…

Eva esquissa une moue d'incompréhension.

Henri lui dit :

— Prenez-moi dans les bras…

— Pardon ?

— Si, si, ne craignez rien.

— Voilà comme ça. Imaginez maintenant que vous me teniez et que pour m'en sortir je vous assène un coup comme ça…

Il mima le geste. Eva desserra son étreinte.

— Remarquez, ma chère Eva, que j'aurais pu inverser les rôles pour en profiter, ce que je n'ai pas fait…

Elle lui sourit et ils remontèrent.

— On va l'emmener et je verrai bien ce que cela donne à la morgue.

Il lui était bon de prendre l'air. Eva aimait les grands espaces, la mer, le sable et ces monuments, certes magnifiques, mais fermés, la mettaient mal à l'aise. Elle n'avait jamais d'ailleurs compris comment l'homme pouvait glorifier son Tout-Puissant en célébrant sa grandeur dans des lieux étriqués. Pour elle rien ne remplaçait les forêts, les plaines et les plages, à l'instar des pratiques anciennes exaltant le grand œuvre. L'homme citadin avait développé un orgueil à vouloir contenir son Dieu, lui bâtissant des maisons. Quelle outrecuidance !

Dehors des badauds s'étaient rassemblés, la nouvelle s'étant répandue à la vitesse d'une traînée de poudre. Ce n'était pas tous les jours qu'un évêque partait au paradis comme le commun des mortels. Aucun des officiels n'était venu, voulant éviter d'être associés à cette mort, somme toute faite, peut-être souhaitée. Sa réputation avait été récemment entachée par cette affaire de pédophilie qui laisserait sans nul doute des traces, et mort il servait mieux ses amis, que vivant. Certes à son enterrement, il y aurait du monde, de cœur et d'intérêts. On rappellerait son souvenir avec ses belles phrases, et quelques actes, le qualifiant de grand homme. Et puis la messe terminée, sa bière serait conduite en terre, et son nom serait oublié. Qu'il était étrange d'imaginer ce dénouement ! De son vivant, la cour qui l'entourait cherchait à s'attirer ses bonnes grâces. Bientôt, il ne resterait de lui que deux dates : « né le », « mort le », rien de plus pour parler d'un homme que l'on disait grand.

Le temps était beau, presque clément. Henri lui proposa de la ramener, mais Eva préféra marcher un peu. Il lui fallait cogiter et ces quelques pas, auraient la vertu de lui permettre d'aérer sa pensée. Des gens se baladaient, donnant à ce jour de printemps une impression d'été. Les pièces du puzzle étaient encore éparses. Il y avait Ludmilla et ce Lukas qu'elle ne connaissait pas, mais dont elle venait de lire les écrits. Ce livre : il fallait qu'elle en parle avec Friedrich. Elle essayait de rapprocher ce député avec Xavier, très proches eux aussi, tous deux connaissant la journaliste. Giselle s'intercalait dans ce casse-tête en relation directe avec ce prêtre disparu. Pour couronner le tout, il y avait maintenant ce ponte religieux, qui connaissait le prêtre et sans aucun doute le député et Xavier. Il y avait une origine à tout cela, c'était peut-être la cause, le point de départ précipitant la chute des uns et les autres. Elle se remémora les Berges de Seine. Nul doute que c'était un piège, que Xavier avait tendu à son rival. Ça ne suffisait pas pour expliquer tous ces morts, exécutés par des mains différentes. Sur son île, Xavier avait été pendu par deux pauvres types perchés, avinés du matin au soir, que l'on avait retrouvés, des autochtones vivant de petits larcins, qui disaient avoir reçu un ordre venant du Seigneur des anneaux.

Ceux qui avaient poussé le député étaient deux malfrats de seconde zone, des branleurs, contactés par un type qui leur avait promis une belle enveloppe, celle que le député portait. Un des deux était mort, semble-t-il, dans une rixe et l'autre refusait de parler, par peur de représailles sur lui et sa famille. Ces deux-là ne pouvaient pas être les assassins de Ludmilla. Jamais ils n'auraient pu entrer au Lutétia sans se faire bouter comme des malpropres, n'ayant ni la classe ni l'aisance de ce milieu. Y avait-il un message, dans la façon de l'avoir tuée ? Pour Giselle ? Qui avait pété les plombs après son agression. Les tueurs de Ludmilla et de Giselle restaient inconnus, n'ayant laissé aucune trace : des pros. Et puis ce pontife. Sa mort était loin d'être anodine, et s'il y avait un lien, elle en tenait le secret.

Eva marchait tout en pensant. Ses idées s'entrechoquaient en se stimulant les unes les autres.

Elle arriva chez elle, monta les escaliers du square Aristide et croisa le facteur d'orgues et son chien.

— Bonsoir madame la commissaire, lui dit-il.

Elle s'arrêta et caressa Dominus qui frétillait de la queue.

— Bonsoir monsieur, comment allez-vous ?

— Oh ça va bien, merci. J'ai même l'impression que chaque jour qui passe me rajeunit.

Elle lui sourit et il lui demanda :

— Vos affaires avancent comme vous le voulez ?

Elle soupira.

— À vous avouer cher monsieur ce n'est pas toujours facile, mais ça avance…

— Vous savez, madame, il m'arrivait quelquefois d'affronter des sujets difficiles, lorsque je restaurais un orgue.

Dominus était en train de lécher la main d'Eva.

— Il vous aime bien franchement, c'est que vous êtes une bonne personne. Les animaux comme les enfants ne s'y trompent pas. Ils savent entrer en résonance avec le fond de l'âme.

Elle lui sourit.

— Comme les tuyaux d'orgue, madame. Savez-vous qu'il y a deux sortes de tuyaux ? À bouche, où l'air est le seul élément vibrant. Et à anche, où l'air fait vibrer une fine lamelle de métal, comme celle que l'on trouve dans les hautbois. Chaque tuyau produit une seule note, et certains sont accordés entre eux pour former un « jeu ». Quoiqu'il n'y ait qu'une seule soufflerie, et que la commande du tout se fasse à partir du clavier, dirigeant le vent vers les tuyaux désirés.

Elle l'écoutait, la passion animait encore cet homme et le rendait beau. À l'écouter, un rayon de lumière perçait dans son esprit. Il y avait des individualités, oui, mais aussi des jeux, des associations de circonstance. Mais un seul dirigeait le vent en décidant d'appuyer sur telle ou telle touche du clavier, en ouvrant tel ou tel registre. Quel était donc le grand organiste ? Certains hommes ont ce besoin de se créer une cour, servile, les proclamant « rois » d'un monde somme toute factice. Et ce royaume, temporel, leur permet d'échapper à la vacuité de l'existence au risque d'être, sans leurs châteaux et leurs sujets de simples humains errants dans leur désert intérieur.

— Mais je vous embête peut-être madame avec toutes mes histoires d'orgue.

— Certes, non, monsieur, au contraire, je crois que vous m'éclairez.

— Eh bien, ce serait pour moi une grande joie que je puisse le faire, l'orgue est un si bel instrument.

Dominus avait manifestement trouvé une nouvelle amie. Eva ne cessait de le caresser.

— Si cela vous dit, je vous invite pour un beau concert à l'Oratoire du Louvre, il s'y jouera notamment la Fugue de Bach ainsi qu'une très belle pièce de Gigout, sa Toccata en si mineur et l'Offertoire de Raison.

— Avec plaisir, oui.

— Alors vous me permettrez de déposer l'invitation dans votre boîte aux lettres.

— Je vous en prie, oui.

— Eh bien sûr ce, je vous souhaite une bonne soirée madame, Dominus va certainement bientôt me réclamer sa pâtée et le vieux monsieur que je suis se doit de respecter les rituels de son meilleur ami !

Elle lui sourit et le remercia.

Ces rencontres impromptues, avec cet homme et son chien, étaient pour elle comme un souffle d'air. Y avait-il du hasard dans ces circonstances ? Ces rencontres n'étaient pas fortuites, elle le croisait toujours dans des passages délicats, tout comme cet homme avec lequel elle avait bu des cafés, cet ancien fonctionnaire.

Elle ouvrit sa porte et retrouva son chat qui se prélassait sans aucun complexe sur le bord du canapé. La vie d'un chat d'appartement n'avait manifestement rien à envier à celle des rois dont certains naguère, ne faisaient rien d'autre que d'être là, prenant du bon temps et saluant leur peuple quand il le fallait.

Elle enleva ses vêtements et se prépara un en-cas. Dehors il y avait le bleu de la nuit, elle était nue et, aux fenêtres, quelques regards se perdaient sur la rue, dérivant parfois pour la zyeuter. Elle se moquait d'être vue ou pas. Chez elle, elle était libre, comme elle l'avait toujours été sous le ciel de Sainte-Adresse. La mer lui manquait de plus en plus, ce besoin du grand air. Elle y serait ce week-end. Friedrich la rejoindrait peut-être, alors elle l'emmènerait se balader le long de la plage.

Elle laissa la nuit l'envelopper, et le chat se nicha contre elle, en ronronnant.

Invidia sit morbus incurabilis
(La jalousie est un mal incurable)

Friedrich était rentré pour quelques jours à Vevey. Le lac respirait le bonheur de ce lieu, reflétant les sommets des montagnes alentour chargés d'une neige fraîchement tombée. La blanche, depuis quelques années, ne tombait plus que tout là-haut, les glaciers s'étant réduits de moitié et les hivers se confondant avec le printemps, dégelant tous ces lieux sur lesquels il faisait bon, dans un souvenir passé, aller skier.

En contrebas, Friedrich voyait la ville, tranquille, et la Belle Époque qui était en train d'accoster sur ses quais. Le long du lac, la promenade était pleine de monde qui musardait, flânait, prenait son temps en profitant de cette belle journée.

Hier soir, alors qu'il était rentré dans l'après-midi, après avoir caressé ses chiens qui lui avaient fait la fête, Gunda s'était montrée plutôt sociable, presque avenante. Elle avait même revêtu la robe qu'il affectionnait particulièrement, celle qu'il lui avait offerte pour leur dixième anniversaire de mariage, une longue robe rouge dénudée dans le dos qui laissait entrevoir la chute des reins. Au dîner, elle s'était enquise de son voyage, posant quelques questions sur ses affaires, ce que d'habitude elle ne faisait jamais, s'éclipsant la plupart du temps pour le repas du soir sous un prétexte de fatigue, d'ennui ou l'envie tout simplement d'être seule.

Il n'avait pas voulu paraître étonné, mais s'était demandé pourquoi elle était aussi aimable. Le soir, après avoir pris un café dans le salon, elle avait manifesté le désir de s'approcher de lui, essayant de le tenter pour qu'il lui caresse les jambes, pour qu'il la prenne par la taille. Mais

Friedrich s'était refusé, invoquant le besoin de se reposer. Alors elle s'était levée, outragée et l'avait tancé avec un regard furieux.

— Vous ne m'aimez plus c'est ça ?

— Je vous en prie madame…

— C'est ça, prenez vos airs de grand seigneur !

Friedrich s'était levé, lui aussi.

— Calmez-vous madame.

Elle lui avait répondu, en criant :

— Me calmer ? Mais je suis parfaitement calme !

— Permettez-moi d'en douter…

— Non, je ne vous permets pas, lui avait-elle rétorqué.

Elle s'était agrippée à sa chemise essayant de l'ouvrir, et il lui avait dit en la maintenant par les épaules.

— Mais qu'est-ce qui vous prend ?

— Quoi, qu'est-ce qui me prend ? Je veux simplement que vous me fassiez l'amour !

— Ça fait bien longtemps que nous ne faisons plus l'amour, ma chère Gunda, tout au plus baisons-nous…

Alors elle s'était mise à hurler, prise d'hystérie :

— C'est ça oui ! Vous préfériez certainement votre pute à Paris !

Friedrich s'était reculé et la regardait.

— Je ne vois pas de qui vous parlez, madame.

Elle s'était reculée en le défiant :

— Ah oui ? Et cette journaliste alors ?

Elle en avait trop dit. Il l'avait saisie en lui disant :

— Que voulez-vous dire ?

Son sourire et son regard étaient ceux d'une furie, d'une femme blessée pour la vie, inconsolable d'une maternité avortée et d'une féminité devenue factice. Elle s'était dégagée et l'avait toisé, les yeux remplis de haine.

— Vous croyez que je ne sais pas pour cette Ludmilla ?

Friedrich avait presque eu peur de son regard, il fallait la laisser parler, lui permettre de déverser sa verve.

— Je sais bien que vous baisiez cette garce !

Elle parlait de Ludmilla au passé. Comment pouvait-elle savoir que Ludmilla était morte ? Certes, on en avait parlé à Paris comme à Stuttgart, les journaux en avaient parlé, mais ici, à Vevey, elle n'était pas connue et rien n'avait été rapporté.

Elle continuait, ne pouvant plus s'arrêter, sous l'emprise de sa fureur.

— Mais que croyez-vous, mon cher Friedrich, que je suis une conne ? Depuis toutes ces années que vous m'offensez, osez donc affirmer que ce n'est pas depuis ce temps que vous la connaissez ?

Elle délirait. Friedrich ne comprenait pas, il était abasourdi. Comment pouvait-elle parler de Ludmilla, qu'il ne connaissait pas avant que Karla la lui présente ? Par ailleurs, Gunda et Karla ne se connaissaient pas, et personne ne pouvait lui avoir parlé, au regard de de l'isolement dans lequel elle s'était confinée, ayant coupé depuis longtemps toute relation avec leur entourage. Et cela ne venait pas de Paris sinon elle aurait cité Eva, ce qu'elle ne faisait pas, ignorant manifestement son existence. Certes, Friedrich avait eu des aventures, mais sans lendemain, ayant toujours voulu préserver sa vie, mais aussi celle des femmes qu'il avait rencontrées. Avec Eva c'était différent, ce n'était pas une aventure, de plus en plus les journées sans elle, lui paraissaient vides de sens.

Gunda continuait :

— J'espère en tout cas qu'elle a bien souffert !

Elle avait dit cela en oubliant le contrôle d'elle-même, désirant lui faire le plus de mal possible.

Friedrich la saisit, la secoua et lui dit :

— Que dites-vous ? Pourquoi dites-vous ça ?

Elle l'avait regardé avec un rire sardonique, laissant les muscles de son visage se contracter malgré elle.

Il l'avait repoussée et elle était tombée. Alors elle lui avait dit, avec toute l'aigreur et l'amertume dont son âme était chargée :

— Au Lutétia ils n'ont pas eu de mal à laisser entrer Erwin, c'est un bel homme, vous savez mon cher époux. Et Erwin n'a pas eu de mal à séduire la belle journaliste, deux jours avant votre arrivée, et à la baiser aussi, comme une salope, et puis à l'attendre sagement pour la faire jouir une dernière fois…

Friedrich venait de comprendre : Gunda avait fait assassiner Ludmilla, attendant le soir idoine pour relier ce meurtre à sa présence. Sonné par cette déclaration, il avait titubé en se rattrapant au mur. Sa tête lui tournait et il avait craint qu'elle l'ait fait empoisonner. Il s'était assis dans un fauteuil pour reprendre son souffle, son cœur battant la chamade.

— Que m'avez-vous fait ? lui demanda-t-il.

Gunda avait répondu d'une petite voix, terriblement lointaine, comme celle d'un enfant agité par le démon retrouvant tout juste ses esprits.

— Oui c'est vrai, j'ai pensé mettre fin à vos jours, mais je n'en ai pas eu la force, j'espérais que vous me reveniez, j'espérais que vous puissiez encore m'aimer.

Elle parlait, les yeux vitreux, absente :

— J'ai même pensé demander à Erwin de vous tuer, mais il m'en a voulu lorsqu'il a compris que je voulais d'abord essayer de vous retrouver. Alors je lui ai donné l'argent de son crime et il est parti.

Elle pleurait.

— Même lui, je ne l'aurai plus…

Elle était pitoyable. Il regardait cette femme qu'il avait aimée un soir au Lutétia, avec laquelle il avait imaginé avoir un enfant et qui maintenant le haïssait au point de devenir une meurtrière. Il ne savait pas quoi dire, il se sentait comme un boxeur assommé sur le ring.

Du haut de son manoir, il regardait le lac. Elle n'était pas encore levée. Hier soir, après ses aveux, elle avait demandé à prendre un somnifère et il le lui avait donné. Lui, il n'avait pas dormi de la nuit, ayant besoin de réfléchir. Elle lui avait laissé la vie, tout en ayant eu la pensée de la lui prendre, tout en désirant le détruire. À cette heure, Erwin devait être à mille lieues d'ici et, pour l'instant, il ne servait à rien de vouloir le rattraper. Il appela Emmerich qui savait tout de leur couple. Gunda n'avait jamais accepté sa stérilité, elle se sentait comme une femme incomplète, essayant de combler son vide intérieur par une exubérance maladive. Il la ferait soigner dans le centre que gérait Emmerich. Elle y serait bien et aurait tout le temps qu'il lui fallait pour retrouver sa lucidité et des forces. C'était convenu, Emmerich la faisait quérir en fin de journée, lorsqu'elle serait réveillée. D'Erwin, Friedrich n'avait rien à craindre, il avait eu ces 50 000 euros, que pouvait-il espérer de plus ? Et Gunda était assez intelligente pour n'avoir laissé aucune trace.

Vevey respirait la douceur d'un lieu béni par les cieux. Les montagnes, le lac, les coteaux prenaient des allures de cartes postales sous le soleil radieux. Il descendit et retrouva ses chiens qui lui firent la fête comme s'ils ne l'avaient pas vu depuis des années. Friedrich sentait qu'ils étaient inquiets à le voir ainsi préoccupé, lui manifestant de l'affection à leur manière.

Il partit marcher dans le grand parc, il lui fallait prendre l'air.

Miserere Nobis
(Prenez pitié de nous)

L'errance.

Tu le sais l'étymologie de ce mot c'est « voyager sans cesse ». Et tu as voyagé de rue en rue. Traversant les places sans te rendre compte que tu repassais par les mêmes chemins, te posant maintes fois sur les mêmes bancs dans les mêmes jardins.

Ce soir-là, tu n'es pas rentré. Tu as erré, des heures et des heures. Des jours et des jours. Tu ne cherchais rien d'autre que la paix de ton âme. Mais la paix t'échappait. En réalité, tu n'avais jamais été en paix, malgré tes prêches qui en parlaient. Et cet acte ultime ne pouvait pas t'apporter la paix. La paix ne se gagne pas par un acte, « elle est », comme le salut, elle est donnée à celui qui se l'approprie. Alors tu as traversé la ville durant des heures, sous la pluie, sous le vent, dans le froid. Certains en te voyant ont essayé de t'approcher pour t'aider, mais d'une main tu les as repoussés pour leur dire « laissez-moi tranquille ! ». Alors ils t'ont laissé, tu leur faisais pitié pourtant, mais personne ne pouvant obliger qui que ce soit à se soigner, ils t'ont laissé à ton triste sort : errant.

Tu aurais voulu prier ton Dieu pour lui dire « aide-moi ! ». Mais tu savais bien qu'il t'avait renié le jour où tu avais laissé faire ces horreurs. Et rien ne pouvait racheter le mal qui avait été fait, tous ces mômes violés, tous ces gamins tripotés dans le secret, toutes ces gamines offertes au vice.

Les seuls qui auraient pu t'absoudre étaient ceux et celles qui avaient enduré, dans leurs corps et dans leurs âmes, les sévices qu'on leur avait infligés. Par ta faute aussi. Puisque tu n'avais rien dit la première fois. La première fois, rappelle-toi, c'était dans cette colonie, le seul film que « la voix » ne t'ait pas passé durant ta captivité, parce que sinon tu t'en serais voulu et de fait, tu aurais minimisé l'acte du salopard que tu as tué et tu n'aurais certainement pas eu la hargne de faire ce que tu as fait.

Tu l'as tué, oui. Et cet acte ne peut en rien te racheter. La mort d'un autre ne peut pas payer ta vie. Tu espérais pourtant pouvoir te racheter et gagner ton pardon. Mais le pardon ne se gagne pas. Il ne se mérite pas non plus. « Il est ». Et seul celui qui se l'approprie le possède à la seule condition qu'aucun de ses frères ne lui en veuille.

Alors tu as erré. Tu es même repassé devant chez toi, retrouvant la route comme par instinct. La sacristie était vide, des scellés étaient posés sur la porte. Il n'y avait pas de lumière. Giselle était morte et les gamins avaient été confiés à une association de professionnels désirant vraiment leur épanouissement. Alors tu as pleuré quand tu as vu ça. Toute ta vie de merde était là, emmurée dans le silence et la réserve d'une enquête. Cette enquête qui montrerait que tu étais là, il y a trente ans, lorsque Lukas était encore un gamin. Et là, tu t'es rappelé que tu l'avais conduit chez ton supérieur pour qu'il soit réprimandé d'une bêtise de gosse qu'il avait faite. Tu savais bien ce qui allait arriver, mais tu es parti, le laissant entre les mains de ce vicieux, ce soi-disant homme de Dieu, qui l'a tripoté, qui lui a mis son sexe entre ses lèvres et qui l'a violé.

Alors tu as pleuré. Mais à quoi bon ? Lukas est mort par ta faute. Et tous ces gosses qui après lui ont subi ces sévices, l'ont été aussi par ta faute, puisque tu n'as rien dit, puisque tu n'as rien fait, puisque tu n'as rien empêché et même pire, puisque tu l'as amené et qu'en rien tu n'as cherché à t'opposer. Si tu l'avais fait : rien de tout ça ne serait arrivé. L'apôtre n'aurait pas joui de ses viols. Lukas n'aurait pas écrit son livre. Ludmilla ne l'aurait pas lu. Delatour aurait été un simple politique véreux. Laplanche serait devenu grand préfet. Giselle aurait été une sainte femme. Et toi ?

Et toi tu es devenu comme une âme errante, une âme frappée d'interdit. Comme ces êtres maudits que l'on jetait hors de la ville pour qu'ils soient livrés à eux-mêmes, au désert et aux chacals. Et tu es devenu cet homme perdu, incapable de se pardonner.

La ville t'a semblé intemporelle ce soir-là. Ses avenues rutilaient d'une orgie de lumières accrochant les regards aux vitrines pour les tenter, les retardataires du cadeau oublié. Des péquins se baladaient, des couples, des enfants, des solitaires comme toi. À un moment donné, dans ton errance tu t'es retrouvé dans ces rues, hirsute, et certains ont cru te reconnaître, mais sans certitude. Ils ont même donné ton signalement à deux policiers qui étaient de faction afin de conjurer les envies d'attentat. Mais ils n'ont pas relevé la chose compte tenu d'une description qui ressemblait plus à celle d'un SDF que celle d'un notable. C'est ainsi, nous avons tous des préjugés, et pour la plupart un homme respectable ne peut pas être mal rasé, avoir des plaies sanguinolentes, marcher avec des chaussures trouées et être en guenilles. C'est parce que la veille au soir tu t'étais fait racketter. À trois heures du matin, alors que tu traversais des rues, deux types t'avaient demandé si tu n'avais pas une cigarette, et puis voyant que tu étais sans défense ils t'ont demandé du fric. Mais tu n'avais rien sur toi. Alors de rage ils t'ont tabassé et laissé en souffrance sur le trottoir. Un peu plus tard, un SDF, passant par-là, a saisi l'aubaine de te dépouiller de tes fringues en te laissant ses loques, une veste puante, des godillots sans lacets, un pantalon usé et troué. Tu n'avais plus que ça à te mettre, alors tu as mis ces guenilles pour couvrir ta nudité. Et tu as continué à errer comme ça, dans toute la ville. Tu as croisé des gens que tu connaissais, qui venaient écouter tes sermons, mais tu ne leur as rien demandé. Tu ne voulais rien d'autre qu'errer comme un maudit. Tu as fini par t'endormir un peu dans une impasse pleine de merdes de chiens et le cauchemar de ta vie t'a emporté dans des cris, des hurlements. Mais personne n'est venu pour te secourir. Tu faisais peur et les gens qui te voyaient au loin passaient outre, faisaient même un détour de peur que tu leur sautes dessus. C'est ainsi que tu as passé toutes ces nuits, dans la misère et l'errance.

Avant que tu prennes cette ultime décision.

Decipimur specie recti
(Nous sommes trompés par l'apparence du bien)

— Qu'en dites-vous commissaire ?

Eva Saint Louis ne répondit rien, elle n'avait jamais aimé parler pour ne rien dire, préférant garder son énergie et son acuité pour scruter le moindre détail, flairer le plus petit indice et se faire sa propre opinion des choses.

Elle était là devant ce corps sans vie, telle une statue, étonnamment serein dans sa rigidité et sa blancheur cadavériques. Le légiste était en train d'inciser, d'ausculter et de charcuter pour exhumer de cet être inerte, un signe, une trace, un rien ouvrant peut-être, qui sait, sur le lien final de toute cette histoire.

— Voyez-vous ma chère Eva, d'habitude on m'amène des malfrats ou de pauvres gens, une moukère violentée par un client, un gangster percé de trois balles dans la calebasse par vos services, un macchabée repêché dans la vase d'un canal à demi dévoré par des bestioles sans nom et déchiré par l'hélice d'une péniche, une femme violée par une tribu de tarés qui voulaient faire la fête et qui ayant trop bu et n'ont rien trouvé de mieux que de l'achever à coup de pompe, un sans nom et sans logis ramassé par le service des poubelles sur le bitume d'un trottoir à crottes, mais, à vous l'avouer, c'est la première fois que je me paye un prélat qui n'a rien eu d'autre que le crâne défoncé par un drôle d'objet, et tout ça, pour le clou du spectacle, devant le visage épanoui d'une sainte femme !

Henri était en train de tripatouiller dans un magma d'os, de tissus et de chairs qui laissaient entrevoir la matière gélatineuse du cerveau abîmée et sanguinolente. Eva le regardait faire avec intérêt, elle-même étant une figurante de cette scène macabre où le premier rôle, tenu par cet homme, ce légiste, en blouse blanche affublé d'une loupe d'horloger, donnait un zeste d'humanité à ce lieu impersonnel et froid dans lequel tant d'êtres, avaient terminé leur aventure terrestre, exposés et dénudés sous l'œil de l'expert, avant de rejoindre, étiquette au pied, une cellule réfrigérante.

— Regardez commissaire ! dit le légiste triomphant en brandissant une pince à épiler.

Eva s'approcha.

— Ne voyez-vous pas ?

Eva esquissa une moue dubitative.

Le légiste grossit alors la particule en la plaçant sous un agrandisseur.

— Regardez ma chère Eva, cette petite chose, ce petit rien, cette paillette dorée, c'est certainement ce qui nous permettra d'identifier l'arme du crime !

Alors Henri se mit à danser en chantant :

J'ai trouvé une rose,
Une rose d'amour,
Faudra bien que j'l'arrose
Pour la garder toujours,
Cette rose est si rose,
Qu'elle a touché mon cœur,
Et je vois tout en rose,
La rosée du bonheur.

Eva, sourit et pensa : « Cet homme est fou, c'est pour cela qu'il est beau ». La compagnie des cadavres avait fait de cet homme un philosophe, nourrissant son âme bipolaire de l'atrocité à la joie, en le faisant passer du clown au dépressif. Ici la mort était omniprésente, rappelant à chacun le sort de l'homme charnel. Henri avait développé au cours du temps cette folie salvatrice qu'il n'exprimait qu'en présence de personnes de confiance, dont faisait partie Eva.

— Bon je vois que cela ne vous émeut pas commissaire.

— Si, si, mais je ne savais pas que vous chantiez aussi bien.

— Vous vous moquez, je le sens…

— Que nenni !

— Cette chanson est à chier je le sais, mais que voulez-vous, c'est un refrain que j'entendais tellement lorsque, gamin, j'allais chez mes grands-parents pour y passer l'été !

— Je comprends, je comprends…

— À vrai dire, ma grand-mère n'avait rien trouvé de mieux que de me seriner ces paroles en guise de berceuse et, quoique les psychos en disent, même si c'était avant trois ans, je m'en souviens comme si c'était hier.

— Ah les psychos…

— Incroyable, non ?

— Certes…

Henri reprit son ouvrage tandis qu'Eva laissait ses sens déambuler sur les relents du mort exposé là, dans ce lieu verdâtre et gras, imprégné par l'odeur de la chair froide entreposée dans les tiroirs des frigidaires.

C'était étrange de passer de Sainte-Adresse à ce lieu. L'inhumanité de ce job était là : aucune transition entre deux états. La violence du monde imposant sa raison d'être dans ces actes extrêmes. Elle revoyait la plage, elle humait encore l'iode, alors qu'ici on interrogeait les morts, exposant leurs viscères ensanglantés, découpant leurs globes vitreux, dans l'espoir de capter leur dernière tocade, leur dernier regard.

Elle était déjà venue ici des centaines de fois, pour donner à la mort un nom. Mais la mort n'a pas de nom.

— Je vous sens absorbée ma chère Eva…

Eva ne répondit rien. Elle ne voulait rien répondre, elle avait comme le pressentiment que ce mort approchait la fin de l'histoire. Tous ces morts, sans lien apparent, qui avaient fait leur dernier passage terrestre ici, semblaient tourner autour du prélat, comme des spectres. La belle Ludmilla, violentée et torturée. Giselle, dévorée par les insectes. Le député et son ramassis de chairs. Et maintenant ce dignitaire ecclésiastique.

Henri lui dit, voulant la sortir de ses ombres :

— Vous savez, des chercheurs ont planché sur l'odeur de mort et, parmi les 452 molécules identifiées, ils ont réussi à en distinguer 5, des esters, caractéristiques du dégazage du corps humain…

— Ah…

— Sachant que 8 parmi ces 452 nous rapprochent du cochon…

— Intéressant…

— Vous dites ça pour me faire plaisir, mais vous vous en foutez, avouez…

Eva sourit. Henri aimait parler, quelquefois pour ne rien dire, quand il opérait, libérant ainsi son esprit de l'odeur de la merde et du sang. Un instant passa, long comme une éternité, durant lequel Eva se demanda les raisons de son bien d'être ici, dans cet endroit sordide imprégné par l'humeur vomitive des chairs sans vie, devant ce columbarium de tiroirs remplis de corps assassinés.

— Ma chère Eva, je sais bien que vous aimez être ici, dans mon antre, cet athanée, où s'expose la vérité dans sa cruauté la plus pure. Voyez-vous ici la vie s'étiquette comme un paquet ordinaire, réduisant des histoires d'hommes et de femmes dans un tiroir sans autre lendemain que celui de se retrouver dans un dossier, avec des photos dégoûtantes et mes notes savantes, oubliés de leurs proches comme si la mort, cette maîtresse cruelle, demandait son lot de vies, à l'instar de celles que les humains d'antan offraient à leurs dieux.

Eva s'approcha de lui.

— Vous m'étonnerez toujours, mon cher Henri.

— Et vous n'avez encore rien vu !

— Peut-être est-ce pour cela que je viens si souvent…

— Je ne fais que jaboter, vous savez…

— Allons donc…

— Il paraît que ce monsignor avait des relations…

— Oui et pas des moindres…

— Alors j'espère qu'il avait le téléphone du Tout-Puissant dans son carnet d'adresses !

Le légiste laissa passer un temps, se redressa et déclama, en prenant un air d'acteur de théâtre :

— Le titre ? Quelle bouffissure que le titre d'un homme dans ces lieux !

Et en prenant un scalpel, tel un rhéteur :

— Ici, peu importe ce qu'un homme ait été ou croit avoir été. Ici, chère madame, l'humain que nous sommes se retrouve nu comme un vers, éventré de haut en bas ! Et, eût-il été enfanté par le commun, la noblesse ou la royauté, dans ce lieu, il n'est qu'un homme mort, apportant sa triste vie ramassée sur le trottoir d'un jour comme une merde de chien, et la caisse de ses rêves assassinés par la folie d'un semblable croisé dans le hasard du temps !

— Eh bien Henri, je rêve d'être la première à venir vous applaudir quand vous jouerez à Saint-Georges !

Eva marcha quelques pas jusqu'à l'autre bout de la pièce, essayant d'imaginer, par la fenêtre opaque, les raisons des jeux de lumière qui filtraient par le verre en l'irisant. Tout en entendant Henri qui parlait, elle visualisait la cathédrale, se remémorant les visages figés de ces saints de pierre, du Christ crucifié dans la nef au regard dépourvu de haine, de la Vierge sur un tableau portant l'Enfant. Elle revoyait aussi l'attroupement de ce groupe de Japonais autour du porche d'entrée, débarqués d'un bus d'excursion, en train de shooter tout et n'importe quoi, essayant de franchir les rubalises. Et puis cette femme éplorée, qui avait trouvé le prélat dans une mare de sang, se prenant la tête entre ses mains en disant : « Madre di Dio, Madre di Dio ». Eva laissait aller ses pensées, spectatrice d'un film dont son esprit était le dépositaire, focalisant à souhait son regard sur un visage, sur une expression, sur une gargouille.

— Voyez-vous commissaire, dit le légiste en extrayant un morceau d'os du crâne défoncé, je me dois, au-delà des signes extérieurement visibles, aller farfouiller dans l'intérieur de ces chairs meurtries pour en sortir une vétille, un rogaton, inspectant la couleur du foie, reniflant le bol alimentaire, prélevant l'urine de la vessie, ouvrant la chatte d'une femme violée pour en sortir la substance du délit.

Eva avait l'habitude des effets de style du légiste qui parlait toujours ainsi à ceux et celles qui venaient le voir, novices de préférence, exorcisant par ces circonlocutions les démons cherchant à cauchemarder ses nuits. Ce monologue adoucissait la violence de ce lieu sinistre. Quelques éléments l'habitaient, d'une présence utile et sévère, le frigidaire gardant les corps au froid, la table sur laquelle ils étaient ouverts, la lampe scialytique éclairant leur nudité, et le scanner qui dévoilait leurs secrets.

— Ne suis-je pas un chirurgien sinistre ? Je n'ausculte que les morts, sans aucun pouvoir sur les vivants.

— Je suis allée un jour, dit-elle, faire un voyage en Afrique, un safari photo. Au-delà des paysages et de l'accueil, savez-vous ce qui m'a le plus marqué ?

— Non, mais dites-moi.

— C'étaient ces pisteurs, interprétant le vent, lisant la moindre trace, écoutant le plus petit brin d'herbe.

Henri l'écoutait.

— Ils tenaient compte aussi de leurs défécations et des restes de leurs repas, identifiant à coup sûr le prédateur que nous suivions…

— Comme autant d'indices…

— Oui…

— Et vous êtes celle qui embrasse le fétu de paille et moi celui qui flaire les crottes ?

Elle sourit et lui répondit :

— Mais l'un sans l'autre que ferions-nous ?

Il acquiesça et reprit son ouvrage. Eva le regardait faire. Elle s'était souvent demandé comment des hommes et des femmes pouvaient arriver à faire ce job. La bravade de titiller la mort ? Ou l'impression de l'analyser pour mieux la conjurer ? Le désir, peut-être aussi, d'empêcher des morts injustes en contribuant à l'identification de ceux et celles qui, possédés par le démon, avaient un jour perdu l'humanité de leur âme. En tout cas, s'accrocher à cette juste cause leur permettait certainement de tenir le coup, comme un antidote à l'humiliation des corps meurtrissant les vivants.

— Vous avez bien fait de venir commissaire, dit le légiste en relevant sa tête, éclairant d'un seul coup, par le faisceau de la torche, un coin sombre de la pièce. Au-delà de ma paillette dorée et de mes fragments d'os, j'ai des choses intéressantes à vous montrer…

Eva s'approcha.

— Regardez…

Le légiste pointait un doigt ganté sur un tatouage.

— Voyez-vous l'homme de Dieu nous cachait bien des choses…

Il toucha un bras du cadavre et dit :

— C'est un tatouage thaï, le Ha Taew, celui des cinq prières…

Puis parcourant le dessin avec une règle métallique.

— Cette ligne-là, voyez-vous, c'est la protection, du domicile, du corps, qui nettoie les mauvaises choses… Celle-là c'est la ligne qui contrecarre le mauvais karma, permettant d'imaginer une belle vie… Celle du milieu c'est celle qui vous immunise contre la magie noire et les malédictions… La quatrième favorise la chance et la fortune, la réussite dans les projets… Enfin, la dernière vous rend irrésistible…

Il regarda Eva en l'éblouissant avec sa lampe frontale.

— Ce monsieur aurait-il fait un stage en Asie avant d'être cureton ?

— Il a été missionnaire…

— Eh bien c'est certainement là-bas qu'il s'est fait faire ce beau dessin, un tatouage sacré, hautement profane pour l'Église !

Le légiste posa la tige de fer et se mit à défaire sa chemise.

— Que faites-vous ?

— Attendez, soyez patiente.

Il exhiba alors fièrement son torse, sur lequel flamboyait un tigre entouré de mots sanscrits.

— Voyez-vous commissaire, pour porter ce genre de tatouage, il faut passer par une initiation païenne, par un rituel mélangé d'animisme, de brahmanisme et de bouddhisme, exécuté par des maîtres de la wisha…

— La wisha ?

Henri sourit :

— La magie si vous préférez, les sorciers…

Puis, en se rhabillant :

— Les Sak Yant sont considérés comme des tatouages sacrés prodiguant à ceux qui les portent des pouvoirs mystiques…

— Ça ne lui a manifestement pas réussi.

— En effet, il n'est pas bon d'entrer en contradiction avec son talisman, au risque de perdre la vie…

Le légiste demanda :

— Aidez-moi à le retourner, j'ai autre chose à vous montrer…

Ils le retournèrent.

— Regardez…

— C'est impressionnant…

— N'est-ce pas ?

— Il se flagellait…

— Comment peut-on se faire des choses pareilles ?

Eva regardait le dos de l'évêque lardé de cicatrices, mis à nu dans cette pièce, l'imaginant entouré d'ectoplasmes sortant des tiroirs, appelés du Shéol par la magie des sortilèges.

— Je vous sens lointaine.

— Non, non, ça va, je suis là, mes pensées divaguaient j'avoue…

— Vous êtes fatiguée commissaire, il faut vous reposer…

— Oui, je sais, vous me dites toujours ça…

— Et c'est le médecin qui vous parle…

Henri reprit, en touchant les plaies du nonce avec un doigt fourré dans le latex :

— Il s'est certainement fait ça avec un chat à neuf queues…

— Un chat à neuf queues ?

— Oui, c'est une sorte de martinet pour les grands, un manche en bois auquel sont fixées neuf cordes dont les extrémités se terminent par un nœud, voire une griffe en métal…

Le légiste remonta ses manches et poursuivit :

— Il faut avoir beaucoup de choses à se faire pardonner pour en arriver à ce genre de pratique…

Puis, en reboutonnant le bouton de son col :

— Bien que cette perversion soit un symbole fort, pour certains chrétiens, d'identification aux souffrances du Christ, je suis étonné d'imaginer cet homme se flageller, lui, ce prêcheur de bonne conduite, ce pontife haut placé, alors que son Église condamne ladite pratique depuis Clément VII qui envoyait les flagellants aux bons soins de l'inquisition…

Eva regardait avec Henri ce corps, dénudé et allongé sur cette table où tant d'autres avaient été découpés, éviscérés, recousus. Elle pensait. Il lui semblait que le temps n'avait pas de prise ici, que le temps ne comptait plus. Parce que le temps ne compte que pour les vivants. Chaque mort ici, par sa présence, avait tenu une horloge entre ses mains et, la plantant dans ce lieu, avait arrêté le temps, sacralisant cet espace comme celui d'un oratoire.

— C'est dingue de pouvoir faire ça quand même, dit Eva.

— Le secret des hommes cache bien des choses, commissaire, attendez encore, que je vous montre le clou du spectacle.

Il lui prit une jambe du cadavre et dit, avec le sourire des chercheurs ayant trouvé :

— Le voilà, notre Garuda…

Eva regardait, se souvenant des photos où l'on voyait ces hommes s'ébattre avec de jeunes filles, Xavier, le député et cet homme inconnu. La mort avait frappé, cherchant ses ouailles, mettant un terme à leurs monstruosités. Et cette mort-là n'était pas la faucheuse, mais l'ange de la vengeance.

Henri enleva sa blouse et lui proposa :

— Je vous offre un verre ?

Eva sourit et répondit :

— Avec plaisir.

Ils sortirent de l'institut médico-légal et marchèrent un peu le long du quai de la Rapée pour s'arrêter à la brasserie de l'Aubrac.

— J'ai toujours aimé cette maison, dit le légiste en s'asseyant, ici au moins on ne se cache pas derrière une mode minimaliste qui consiste à culpabiliser les gens qui aiment bouffer de la viande. Non ! Ici on aime la barbaque et on l'affiche haut et fort !

Un serveur s'approcha et le légiste dit de plus belle :

— N'est-ce pas monsieur Jean ?

— Certes, monsieur Henri, la viande ici c'est sacré ! Et pour ce midi, tiens, je vous suggère une belle pièce de Salers, un beau faux-filet, taillé dans une belle bête de l'Aubrac.

— Ah les belles bêtes de l'Aubrac ! reprit en écho le légiste, allez va pour moi !

— Je ne vous le demande pas, mais je vous mets un peu d'aligot en accompagnement ?

Le légiste sourit et dit :

— Bien sûr grand maître, et un pot de Fitou aussi.

— Et pour madame ?

— Ce sera plutôt une salade du chef s'il vous plaît, avec un verre de blanc…

Le serveur tonitrua :

— Et un filet saignant et une salade du chef ! Avec une louchée d'aligot !

Et, dans la foulée, il posa sur la table un pot de rouge et un pot de blanc, avec le geste d'un homme qui ne fait pas de chichi et qui aime la vie dans toute sa rudesse et son honnêteté.

— Et voilà monsieur Henri ! Un deux mille treize, un très bon millésime !

Henri contempla son verre et porta un toast.

Eva sourit. Elle appréciait Henri pour son cynisme positif, jouant avec la mort comme si elle ne pouvait pas avoir de prise sur lui. Cette courtisane n'ayant pas de prise sur ceux qui s'en moquent, sur ceux qui la considèrent comme faisant partie de la vie.

— Vous croyez en Dieu ma chère Eva ?

Elle manqua de s'étouffer avec son verre de vin et répondit :

— J'avoue que vous me surprenez avec votre question. Pourquoi diantre me la posez-vous ?

Le légiste sourit.

— Vous semblez vouloir protéger cet homme, cet évêque…

— Pas plus que ça, non.

— Je pensais…

— En réalité, ce type connaissait le Pape et le Président…

— Rien que ça ?

— Eh oui…

Tout en mâchant, le légiste dit :

— Ils m'ont toujours faire rire ces gens qui disent connaître Dieu, son fils, le Saint-Esprit et leurs copains…

Eva ne répondit pas. Elle savourait sa salade et les gésiers qu'elle avait coupés en morceaux, et puis, elle n'avait pas envie d'engager la discussion sur la religion, exécrant le fanatisme qui l'entachait, pourvoyeur de guerres plutôt que de paix, divisant les hommes plutôt que les rassemblant.

Le légiste reprit, tout en avalant une bonne portion d'aligot :

— Moi j'y crois…

— Vous croyez en quoi ?

— Dans le fait qu'il puisse y avoir une puissance supérieure…

Henri posa son couteau et sa fourchette sur l'assiette, s'essuya les lèvres avec un coin de la serviette en tissu, petite chose qu'il appréciait d'avoir dans un restaurant, tout comme une vraie fleur sur la table plutôt qu'une imitation en plastique, jugeant la qualité des plats aussi par la nature des à-côtés.

— Moi, dit-elle, j'ai du mal…

— Pourquoi ?

— Parce que je fréquente trop le Diable et ses œuvres…

Le légiste ne répondit rien, attendant la suite.

— Tous les jours, je suis confrontée à la cruauté et à l'ignominie…

Le serveur passa et demanda :

— Tout va bien ?

— Oui monsieur Jean, oui, c'est parfait, nous sommes en train de parler de Dieu et du Diable…

— Vaste sujet…

Henri poursuivit :

— Le pire dans notre métier c'est d'imaginer l'horreur à laquelle nous n'avons pas encore été confrontés, un peu comme si nous étions embarqués à notre insu dans un processus initiatique qui voudrait nous amener, jour après jour, meurtre après meurtre, saloperie après saloperie, à un dénouement que nous ne pouvons pas concevoir…

— Et qu'imaginez-vous ?

— Mes cauchemars m'amènent souvent dans un long couloir, long de plusieurs centaines de mètres, dans lequel se trouvent, à droite et à gauche, des milliers d'alcôves exhibant des corps poignardés, des hommes émasculés, des femmes décapitées, des enfants violentés qui attendent d'être suppliciés par le bourreau que je suis. Et, tout au fond, il y a une porte fermée…

Eva soupira et dit :

— Et si j'ouvre cette porte ?

Il posa sa serviette en la pliant soigneusement en carré.

— Je ne sais pas, mais il m'arrive de penser que je poursuis ce job uniquement pour avoir la force un jour de l'ouvrir, entraînant d'ici là mon âme au pire, l'habituant alcôve après alcôve à l'infamie, l'initiant au mal pour être prêt, un jour, à contempler son Grand Œuvre.

Elle l'écoutait, découvrant que cet homme, au verbe ironique et à l'allure bravache, souffrait au fond de lui, tout comme elle, de cette affliction permanente à devoir se confronter à l'abjection que le Mal semait derrière lui.

— Et je sais, dit-il, que les dieux, quels que soient leurs noms, leurs prophètes et leurs saints ne s'aventurent jamais dans ce tunnel de la mort, alors que nous, ma chère Eva, ayant eu l'imbécillité d'y rentrer, nous ne pourrons en sortir qu'en ouvrant cette putain de porte.

Eva regardait Henri, tout en dégustant les lardons de sa salade, pendant qu'il mâchait sa viande.

— Lorsque j'étais novice, le premier corps que j'ai eu à charcuter m'a fait vomir…

— Et dire que je vous croyais insensible…

En souriant, il reprit :

— Et puis corps après corps, autopsie après autopsie, charcutage après charcutage, je me suis habitué à la chair meurtrie, puante et pourrie…

— Je vous envie…

— Ne m'enviez pas ma chère Eva, cette habitude n'est qu'un vernis de façade. Mon âme et la vôtre sont à jamais souillées par l'infamie et rien ne pourra effacer le souvenir de ce que nous avons connu. Nous irons dans la tombe avec le cœur empli de toutes les vacheries auxquelles nous avons été confrontés.

— N'y a-t-il pas de salut dans l'espoir d'enrayer l'œuvre du Mal et de ses sbires ?

— Balivernes, ma chère Eva, nous n'agissons que sur les symptômes produits par les Ténèbres faisant de nous, de facto, des médecins de pacotille. Le Mal n'arrête jamais, jusqu'à nous tromper sur l'apparence du bien. Ce prélat par exemple, là, étendu sur ma table, avec ses tatouages païens qui en disent plus sur lui que le mantelet qu'il portait pour faire bonne figure, qu'a-t-il fait pour mériter son châtiment ? Et sa mort est-elle le triomphe du Bien ou simplement l'élimination par le Mal d'un sujet devenu embarrassant ?

Le serveur desservit la table et demanda :

— Un dessert ? Un café ?

— Vous avez quoi en dessert, monsieur Jean ?

— Une très belle tarte aux pommes maison monsieur Henri, faite avec des pommes du jardin de la mère du patron et une pâte amoureusement pétrie par sa fille !

Eva et Henri acquiescèrent.

— Dans ce cas…

— Deux tartes et deux cafés ! cria le serveur.

Qu'il me semble long ce jour, pensa Eva, en se remémorant la découverte de cet homme dans la crypte, cet homme dit de Dieu. Mais les hommes de Dieu ne sont-ils pas d'abord, et avant tout, des hommes ? Et si tant est qu'ils soient dits des hommes de Dieu, cela ne peut pas être un titre dont ils se parent par leurs actions, étant choisis comme tels sans qu'ils puissent d'aucune manière influencer ce choix, ni l'acheter, pas plus par leur conduite que par leur lignée. Le bandit sur la croix n'était-il pas un homme de Dieu lorsque le Christ lui dit : « ce soir, tu seras avec moi au Paradis » ?

Ses pensées furetaient autour de l'ombre de ce prêtre, ce notable connu du Saint-Siège et de l'Élysée. Elle le visualisait dans une des alcôves d'Henri, exposé aux regards de tous, comme embaumé. Comment était-il possible qu'un crime ait pu être commis dans ce lieu, dans cette crypte, devant l'icône de la Sainte ? Dans ce sanctuaire, le Mal était interdit de cité et pourtant, ici aussi il avait frappé, répandant la chair et le sang. Elle pensait à tout ça, et son esprit voyageait entre les ombres et les images, s'invitant, interrogeant, s'arrêtant devant les alcôves de Ludmilla, de Xavier, du député, de Gisèle, de Lukas, du prélat essayant de saisir les bribes du scénario ayant amené toutes ces âmes en ce lieu, remontant l'espace-temps pour être la spectatrice de la scène première.

— Je vous sens absente ma chère Eva, dit Henri.

— Au contraire, dit-elle, j'étais dans votre tunnel essayant de trouver le lien qu'il pouvait y avoir entre le meurtre d'une journaliste, d'une gouvernante, d'un politique, d'un préfet, d'un homme d'Église et d'un inconnu.

— D'un inconnu ?

— D'un dénommé Lukas, oui, qui vivait à Stuttgart.

— Dommage qu'il ne soit pas passé sur ma table…

— En effet…

— Sinon je m'en souviendrais. Je me souviens de tous mes morts.

— Je pressens que tout a commencé de là-bas…

— Alors il faut vous laisser porter par votre intuition, le tunnel ne ment pas…

Eva repartit dans ses pensées. Elle revoyait la scène et les détails qu'elle avait mémorisés, ces regards, ces paroles, cette porte ouvragée, ces escaliers qui descendaient vers l'hypogée et les fresques représentant cette femme au sourire si bienveillant, si paisible et si doux. Comme il était étrange que cet homme se soit retrouvé dans ce lieu, le crâne fendu, aux pieds de la Sainte qui semblait le regarder avec cette quiétude, essayant de venir vers elle, mais n'y arrivant pas, frappé d'interdit avant même de l'approcher, de la toucher, de l'implorer, de la salir, payant de sa vie, tel un sacrifice, tous les crimes cachés au fond de son cœur.

— J'ai eu grand plaisir à partager ce moment avec vous, dit Henri.

— De même, répondit Eva.

— Je vous invite, tiens.

— Ah non, c'est moi qui vous invite, vous n'arrêtez pas de m'inviter.

Henri sourit.

— De toutes les façons, j'ai déjà payé. La prochaine ce sera vous.

— Dans ce cas…

Ils sortirent et se saluèrent. Eva se dirigea vers le quai de la Rapée, passant par le bassin de l'Arsenal pour remonter vers Bastille. Il faisait un peu froid, la fraîcheur de l'eau abaissant la température ressentie de quelques degrés. Elle marchait sur les pavés de l'embarcadère en se laissant bercer par cette impression de nonchalance qu'inspirent les péniches amarrées, apercevant un chien, deux ou trois chats, une femme, un enfant. Elle aimait passer par ici, évitant les avenues, à cette heure, empoisonnées par le soufre et le plomb des bagnoles se collant les unes aux autres comme des chenilles processionnaires.

Elle marchait et soupirait, lisant les noms sur les coques de ces chaloupes en imaginant leurs voyages : « Valparaiso », « Santa Maria », « Tirana » et fut saisie par les yeux de la sainte, transportée dans la crypte, visualisant l'évêque en train d'arriver par derrière une ombre floue qu'il surprenait en l'enserrant. C'était un homme. D'un seul coup, cette ombre envahit tout l'espace.

Alors elle s'assit sur un banc, ayant besoin de reprendre son souffle et de redescendre dans le monde des vivants. Elle ne pouvait pas prévoir ces visions, elles l'assaillaient quand elles le voulaient, en l'obligeant à être la spectatrice d'un film dont elle ne maîtrisait aucune image, jusqu'à l'étourdir, jusqu'à l'épuiser. Ce prélat, ancien missionnaire, ce tatouage païen, cette crypte et la sainte, ce coup porté à l'envers… Cette ombre n'était pas celle d'un voleur. Rien n'avait été volé, le reliquaire était intact et rien, semble-t-il, ne manquait dans l'église.

Elle respira une gorgée de cet air un peu frais et sourit à deux adolescents lui demandaient si tout allait bien. C'était si rare de nos jours des gosses qui prennent le temps de s'intéresser à des personnes plus âgées qu'eux, se levant dans le métro pour leur laisser la place, se proposant de porter un bagage. Elle les remercia et ils lui souhaitèrent une bonne journée.

Elle sentait qu'elle approchait de la fin d'une histoire. Mais était-ce la fin ? Sur quel univers s'ouvrait cette porte ?

Alors elle se releva et reprit la direction de Bastille.

Ave verum corpus
(Salut véritable corps né)

C'étaient des chants, si beaux. Et ces enfants, tous si jeunes, si pleins d'espoir, les yeux tournés vers le ciel : chantaient.

Et dans cette église jouxtant le grand lac, au milieu des montagnes, les gens pleuraient en entendant ces notes si douces, ces voix impubères d'anges aux cœurs dépourvus de malice.

Et toi tu étais là, chef de cette chorale que tu avais su amener à ce niveau en quelques semaines.

La colonie était bénédiction pour ces gamins sortis de leur quotidien de béton et d'asphalte, de violence et d'ennui, n'ayant pour seul espoir que le paradis d'un pays lointain qui n'existe pas.

Ce camp était une réussite, doté d'un grand réfectoire où tous se retrouvaient, dès le matin, levés à sept heures tapantes, pour les laudes suivies d'un petit déjeuner reconstituant, avant les activités de la journée, dans lesquelles le chant tenait une place première. C'était aussi la rencontre de deux mondes, ceux des enfants nantis par leur filiation, habitant les beaux quartiers et ceux des enfants des cités, construites aux abords des capitales, si proches et pourtant si éloignées.

Toi et les animateurs, vous aviez décidé de les encadrer, dans un mode semi-militaire, afin de leur réapprendre à vivre en société, ceux, privilégiés par leur naissance jouant souvent aux bornes des interdits, livrés à eux-mêmes par des parents plus préoccupés par l'évolution de leur situation sociale que le bien-être de leur progéniture, et les autres, venus des banlieues, ne trouvant dans leur ordinaire rien d'autre à faire que de voler aux étalages, incendiant quelques voitures les jours de fête, tabassant leurs sœurs pour les plier à leurs exigences.

Tout autour de la cambuse, des tentes avaient été plantées, une dizaine, dans lesquelles les gosses dormaient pour être à pied d'œuvre dès le lendemain, œuvrant ensemble à la construction du nouveau dortoir en apportant des pierres, en mélangeant le sable et le ciment, en déblayant les gravats.

La chorale répétait souvent dans l'église proche du lac, dans lequel se reflétaient les montagnes, dans la lumière du soleil couchant.

Ils étaient bien les gosses ici, ils étaient heureux, ils goûtaient enfin au plaisir des vacances, certes obligés d'aller à la messe tous les jours, mais heureux d'être là, de vivre ces beaux jours d'été et de pouvoir s'amuser comme des enfants, au football, à la course en sac, aux ricochets sur l'eau.

La chorale, tu l'avais constituée en sélectionnant les cinquante meilleures voix, sopranos, altos, toutes accordées par un travail régulier et les corrections que ton oreille et ton sourire avaient su imposer.

Pour ces moutards ici, c'était le paradis. Ils se réveillaient avec la carte postale des montagnes, parlant de la balade du jour, des sentiers à crapahuter, sur lesquels les emmenaient des moniteurs aguerris pour découvrir des cols, passant d'une vallée à l'autre et mirer, de leurs belvédères, les villages engoncés que d'aucuns essayaient d'identifier par leurs clochers. C'était beau de les voir ainsi ces gosses.

Il y avait Lukas, un beau gamin, les cheveux blonds, créé à la perfection par le divin, et aussi Engel, plutôt trapu lui, presque boulot, et puis Emmerich, le plus jeune, qui suivait les deux premiers comme des grands frères, et surtout Friedrich, le chef incontesté des trois autres, par sa capacité à réfléchir et à comprendre les adultes qu'il savait intelligemment manipuler. Ils chantaient merveilleusement bien avec leur accent d'outre-Rhin, donnant à ces notes de Mozart une profondeur de voix que leurs camarades venus de France n'avaient pas. Franchement, c'était une bonne idée ce partenariat entre ton église d'Île-de-France et cette église de Stuttgart. Le corps du Christ ne peut pas avoir de frontières et l'universalité de son église s'élève au-dessus de l'histoire des hommes et de leurs préjugés. Et ces cinquante gamins avaient ému jusqu'aux larmes tous ces gens et des notables descendus des villages alentour et de l'évêque venu tout spécialement pour honorer de sa présence le succès de cette première année.

Qu'ils étaient beaux ces jeunes vêtus d'une aube blanche, debout dans le chœur entre le maître-autel et les vitraux de l'abside.

Ave, Ave verum Corpus
Natum de Maria Virgine.
Vere passum immolatum
In cruce pro homine.
Cujus latus perforatum
Unda fluxit et sanguine.
Esto, nobis, praegustatum.

C'était un soir où le lac resplendissait les reflets d'argent d'une pleine lune haute dans le ciel et les voix si pures de ces enfants étaient comme celles des anges magnifiant la gloire du Tout-Puissant.

Le soir, après l'office, tout le monde s'était réuni autour d'un grand feu qui crépitait dans la nuit, faisant s'envoler des myriades d'étincelles. Alors tu avais demandé aux enfants qu'ils chantent encore ce petit motet et l'émotion, saisissant ces hommes et ces femmes assemblés les avaient fait chanter avec vous, comme d'un seul cœur, d'un seul corps et d'une seule âme.

Et sur ces notes et ces voix, le véritable corps, oui, avait été glorifié.

Tard dans la nuit, comme les gamins, tu t'étais endormi, faisant des rêves jusqu'au petit matin, croisant des sourires et des regards pleins de fierté et d'espoir, tant la vie paraissait à tous si belle, si avenante, si prometteuse. Toute ton œuvre était là, vois-tu, oui, la plus belle chose que tu n'aies jamais faite. Ces mômes, grâce à toi, avaient ressenti la grâce du ciel et l'envie de croire à la vie, à l'amour et au bonheur.

Ton supérieur t'avait alors demandé de lui conduire le « blondinet », comme il l'appelait affectueusement, pour qu'il lui chante encore, mais en privé, cette merveilleuse prière de Mozart.

Pourquoi l'as-tu fait ? Tu ne le sauras jamais, si ce n'est par soumission à ta hiérarchie, cet état d'esprit servile et veule qui annihile la force d'âme en la résignant à la subordination.

Tu savais pourtant que le prélat avait des tendances, quelquefois limites, qui par ailleurs avaient été dénoncées dans un article de la presse, dans lequel notamment on lui reprochait d'avoir couvert certains agissements lorsqu'il qu'il était missionnaire en Asie, article vite étouffé par la pression de quelques puissants.

Et puis tu avais remarqué, un jour, qu'il avait fait pleurer un enfant qui avait été le voir en confession. Alors tu t'étais convaincu que le gosse avait pleuré sur ses péchés, mais au fond de toi-même tu savais bien que la raison de ses larmes était autre. Tu avais même vu, le lendemain, jour de week-end, essayer de dire quelque chose à ses parents venus le chercher, qui l'avaient giflé en lui intimant d'arrêter de dire des mensonges.

Et Lukas que tu avais amené ce jour-là, soi-disant pour que le pontife réentende sa belle voix, avait supporté aussi l'affection de cet homme, de ce monstre, de ce suppôt de Satan, lorsqu'il lui avait demandé de se mettre nu, lorsqu'il l'avait tripoté et qu'il lui avait demandé de prendre sa verge dans sa bouche.

Lukas était sorti les larmes aux yeux, hagard et détruit.

Il s'était enfermé durant des jours et nuits ne voulant plus sortir de la tente, prétextant un mal de crâne, un mal au ventre, des envies de vomir. Tu t'étais alors inquiété pour lui, mais le mal était fait. À jamais, Lukas ne serait plus un enfant normal. À jamais, Lukas ne pourrait plus aimer. À jamais, Lukas n'aurait plus ce beau sourire qu'il avait.

Et toi, ce jour-là : tu avais perdu la confiance de ton Dieu.

Quelques jours s'étaient passés, la colonie se terminait, la veille du départ tu avais fait des rêves obscurs, tu volais dans un ciel noirci par la fumée d'un volcan. Voler, c'était idiot, aucun homme ne peut flotter dans les airs, il n'y a que les oiseaux qui sont dotés de cette possibilité. Mais le ciel était réellement noir, oui : c'était celui que tu avais laissé salir, et à jamais la voûte céleste de Lukas ne serait plus bleue.

Alors les enfants étaient montés dans les bus qui les ramenaient vers la gare de Gap, et toi tu leur avais dit au revoir de la main, comme si de rien n'était, jusqu'à croiser le regard de Lukas qui était devenu celui d'un mort, te glaçant jusque dans la moelle de tes os.

Dans le ciel, Dieu et ses anges s'étaient mis à pleurer.

De mortuis nihil nisi bene
(Des morts, on ne doit parler qu'en bien)

Théophile Lefèvre n'eut pas le temps d'anticiper. Il était pourtant habitué aux situations d'urgence, mais, depuis la mort de son maître, il ne savait plus comment réagir, abasourdi par l'évènement. À ne pas en douter, un nouvel évêque serait nommé rapidement, le nonce apostolique le lui avait assuré, mais l'affaire ayant fait grand bruit dans les médias, il convenait de prendre un temps de transition durant lequel le siège épiscopal, ne pouvant pas être assuré comme prévu par le droit canon, par l'évêque coadjuteur trop proche du feu titulaire, était confié, dans sa charge administrative à l'administrateur diocésain.

Le bras droit de son Excellence Révérendissime vit arriver les deux voitures de police, sirènes hurlantes, Eva ayant réussi à obtenir du juge chargé de l'affaire un mandat de perquisition en bonne et due forme. Cela n'avait pas été sans mal, l'officier de justice ayant subi moult pressions de la part de personnes influentes, toutes plus ou moins bien intentionnées et porteuses de messages subliminaux, ce qui avait eu pour conséquence, au lieu de brider le magistrat, de l'énerver, convaincu qu'il l'était du besoin de séparation des pouvoirs et de la bonne facture de la loi de 1905 favorisant une laïcité sans excès.

Le secrétaire descendit clopin-clopant le grand escalier et demanda :

— Mais que faites-vous madame ?

Eva répondit en lui mettant l'acte sous les yeux :

— Monsieur, nous sommes ici pour effectuer une perquisition. Je vous prie de me faire ouvrir toutes les pièces et de me conduire dans chacune d'elles.

— Mais vous n'avez pas le droit !

Théophile avait dit ça bêtement, ayant vu le mandat. Il était dépassé par l'emportement des choses, ayant auparavant toujours su les contenir. Les deux molosses assurant le service d'ordre s'étaient mis à l'écart, conscients qu'il valait mieux prendre le large.

— Montrez-moi son bureau.

— Mais je dois auparavant en référer à mes supérieurs.

— Vous n'en ferez rien monsieur, soit vous obtempérez soit je vous fais arrêter.

Monsieur le chef de cabinet ne savait plus quoi faire. C'était la première fois qu'il était confronté à ce genre de situation. Pourtant, des surprises, il en avait géré. Par exemple celle où un groupe de femmes avait réussi à franchir les grilles du domaine, seins nus, en hurlant « avortement libre, à bas la dictature de l'église ». Elles étaient là, une bonne centaine, accompagnées de journalistes à l'affût d'un scoop provocateur. Théophile était descendu, allant vers elles, essayant de leur parler. Fort heureusement, le prélat n'était pas là, parti pour un conseil épiscopal avec ses pairs sur l'évolution des mœurs de la société mondialiste, vaste sujet sur lequel ils devaient plancher. Il leur avait promis d'en référer à son supérieur, qui ne manquerait pas de répondre à leur demande. Au bout d'une ou deux heures, la pluie et la froidure ambiante avaient aidé leur acceptation et leur départ.

Et puis aussi, un jour, cette incursion d'un char bariolé sur lequel dansaient des hommes et des femmes fort peu vêtus, s'embrassant sans retenue sur un air de Queen : « You Don't Fool me ». Là aussi Théophile avait su réagir, laissant danser tous ceux et celles qui le voulaient, même le personnel, satisfaisant de facto l'esprit de la Gay Pride et permettant, sans aucune controverse inutile, de laisser la joie s'exprimer, ce qu'il avait su dire aux médias les accompagnant.

Mais là, il ne savait plus quoi faire, la police c'était autre chose et les accusations qui couraient sur son maître avaient secoué la grande maison dont il était le gardien.

Arrivée dans le bureau du prélat, Eva se mit en charge, avec quelques policiers, d'ouvrir les armoires et les tiroirs en prenant la précaution d'exécuter leur mission avec toute la retenue qu'il convenait d'avoir, ne voulant pas être méjugés, a posteriori, sur la façon d'opérer. Leurs autres collègues, constituant une deuxième équipe, s'étaient concentrés sur d'autres pièces.

— Ça, vous ne pouvez pas…

— Comment ça je ne peux pas ?

— C'est un dossier secret.

— Eh bien justement, cher monsieur, nous sommes là pour lever les secrets.

Eva ouvrit le document. Y figuraient des noms, celui de personnes influentes dans le milieu des médias, d'autres ayant un rayonnement dans les cercles politiques, d'autres encore ayant des entreprises et puis toute une liste de notables. Elle le mit sous scellés.

— Vous le prenez ?

— Oui, oui, monsieur, je le prends, au titre des pièces à conviction.

Théophile Lefèvre, ce factotum, parut décontenancé.

— Mais de quoi était accusé mon maître ?

Eva le regarda droit dans les yeux.

— Ne lisez-vous donc pas les journaux ?

Le tabellion sentit ses joues se teinter d'une érubescence. Bien sûr qu'il lisait les journaux, c'était d'ailleurs une des obligations de sa fonction, s'instruire des nouvelles et des échos, des ragots et des potins pour en extraire l'information vitale et distinguer celle pour laquelle il fallait faire un résumé, obligeant la formalisation d'une réponse ou l'écriture d'un communiqué. Évidemment qu'il avait lu les attaques sur son feu maître, cet homme hors du commun par son intelligence situationnelle et son sens diplomatique. C'était horrible ce que l'on disait, ces accusations de trafic sexuel, liant le prélat, le député et le préfet dans une triade malsaine.

Ils étaient morts bon sang : ne pouvait-on pas leur foutre la paix ?

Un des policiers dit :

— Mazette…

— Qu'y a-t-il ? demanda Eva.

Il était en train de feuilleter des livres rares.

— C'est une sacrée collection, des Jules Verne, une édition d'avant 1890, un cartonnage bleu, ce qui est très rare, chaque bouquin étant coté à trois mille euros…

— Je ne vous savais pas expert en livres anciens…

Le policier regarda Eva qui lui souriait.

— C'est une passion, madame la commissaire…

La bibliothèque était remplie de quelques milliers de livres, sur l'histoire de l'humanité, l'histoire chrétienne, les commentaires bibliques, des ouvrages sur la psychologie, des traités de géopolitique. Elle transpirait l'érudition et le savoir. La connaissance étant au-delà de ces deux mots. Eva avait demandé que l'on feuillette chaque ouvrage, que l'on ouvre tous les tiroirs, que l'on soulève la moindre statue.

— C'est drôle ça, dit un policier.

— Quoi donc ?

— Cette collection de petits Jésus…

Eva sourit.

— Les passions de chacun dépassent quelquefois l'entendement…

La vitrine était remplie de porcelaines, toutes aussi rares les unes que les autres. Le prélat aimait les belles choses et ses ouailles le savaient, lui offrant de temps à autre une de leurs trouvailles, rapportée d'un voyage, héritée d'un oncle lointain, achetée aux puces, gagnée dans une vente aux enchères.

— Faites attention, dit Théophile.

— Oui, je sais, ce sont des biscuits.

— Et ils sont très rares.

— Ah…

Le policier déplaçait les bibelots un par un en prenant soin de ne pas les ébrécher.

Un agent apporta un agenda à Eva.

— J'ai trouvé ça commissaire.

Elle l'ouvrit, le feuilletant page par page, regardant les rendez-vous qu'il avait postés. Il y avait des noms, certains faisaient partie du gratin, d'autres du clergé. Toute la vie de cet homme était là consignée, heure par heure et jour par jour.

— Qu'est-ce que c'est que ça ?

C'était l'inspecteur qui officiait dans l'armoire aux porcelaines.

— Quoi donc ?

— Je ne sais pas c'est un drôle de truc.

Eva s'approcha avec deux autres officiers. Il y avait comme un petit renfoncement dans le mur et une serrure électronique. Elle se tourna vers Théophile.

— Avez-vous la combinaison ?

Il bredouilla, manifestement embarrassé par la trouvaille.

— Euh, non…

Eva s'approcha de lui et le toisa d'un regard sans appel.

— Je vous préviens monsieur Lefèvre, évitez de me mentir, sinon vous pourriez vous retrouver illico presto dans la liste des prévenus !

Il prit peur. Au fond de lui-même, il avait toujours eu l'âme d'un pleutre. Son petit pouvoir, il ne le devait qu'à sa fonction attachée au service de son maître puissant. Par lui-même, il n'était rien et n'avait jamais rien été d'autre qu'un valet.

— Mais je ne sais pas de quoi vous voulez parler…

Eva vit qu'il mentait. Manifestement, il savait quelque chose.

— Je vous le répète, dit-elle, si vous entravez la justice, cela peut vous mener en taule, pour dix ans, enfermé avec des brutes qui ne rêvent que d'une chose, c'est d'avoir un minet comme vous pour leur quatre-heures.

Il blêmit. Il était en train de flancher. Eva avait senti, rompue aux interrogatoires, qu'au-delà de son allure soignée et des apparences hautaines qu'il aimait à se donner, se cachait un faible, une couille-molle, qu'il suffisait de secouer pour le faire tomber.

Il s'assit, se prit la tête entre les mains et pleura.

— C'est le 14071952

— Une date de naissance ?

— Oui, la sienne.

Elle fit le code et l'armoire glissa.

— Bon sang c'est quoi ce truc ? demanda un policier.

C'était là l'antre du monstre. Une pièce grande comme un bureau. Les murs étaient couverts de photos de jeunes filles et de jeunes garçons. Les plus anciennes remontaient à plus de vingt ans, voire trente. Là, la photo d'un môme qui affichait un sourire forcé au-dessus de son nom : Jérôme. À côté, la photo d'un autre gamin avec le même sourire obligé : Mathieu. Et puis des centaines de photos, peut-être mille. Eva interrogeait chaque regard, chaque visage. Elle tomba sur un prénom : Lukas. La photo avait été prise avec un lac en arrière-plan. Elle était sidérée. Dans un coin de la pièce, il y avait un autel avec l'icône de la Vierge noire. Et puis une chaise sur laquelle était posé un chat à neuf queues.

C'était là le repaire de la Bête, le sanctuaire de la perversité. Eva le visualisait, à demi nu, en train de se flageller devant les photographies de ses victimes en implorant leur pardon, comme on demande aux saints d'intercéder en notre faveur. Des visages, des centaines de visages, certains avec les yeux bridés, d'autres à la peau d'ébène, d'autres encore avec les cheveux blonds. Le Mal avait agi par cet homme dans toutes les contrées, depuis l'Asie jusqu'à Paris, se cachant derrière la façade d'une vocation qui n'était qu'une fonction. Le Diable était là : déguisé en Dieu.

Toutes ces images, toutes ces jeunes filles : où étaient-elles maintenant ? Avaient-elles été tuées, violées ? S'étaient-elles enfuies ? Elle remarqua un nom, et la photo d'une jeune fille : « Ezima ». Elle la décrocha. Il fallait enlever toutes ces photos, une par une, « les libérer » de ce lieu de culte infâme. Elle remonterait toutes les pistes, elle dénoncerait cette violence inouïe, la pire de toutes, celle que des adultes font à des enfants. Là, ce garçon. Elle tituba et se sentit obligée de prendre appui sur le mur.

C'était lui.

C'était Pierre.

Un collègue l'aida à s'asseoir.

— Madame, tout va bien ?

Elle le regarda, les yeux mouillés de larmes en lui montrant le visage de l'adolescent.

— C'est mon frère, dit-elle.

Fiat voluntas tua
(Que ta volonté soit faite)

Le seul lieu où tu pouvais revenir c'était ici. Il n'y avait personne. L'église était sous scellés, mais toi tu savais par où rentrer, sans rien demander, sans te faire remarquer, par cette petite porte dérobée d'un autre siècle qui servait à pouvoir s'enfuir si le besoin s'en faisait sentir. Le code que tu connaissais fonctionnait encore, jamais il n'avait été changé.

Ici, tu avais tant vécu d'offices, tu avais tant prié pour ton âme et celle des autres sans te rendre compte que le ciel était fermé à tes prières, furent-elles les plus belles qui soient ! Le ciel n'écoutait pas, le ciel n'écoutait plus, saturé qu'il était des cris et des pleurs de tous ces enfants martyrs.

Ce soir-là, il n'y avait personne, la cathédrale était fermée pour empêcher les voleurs d'objets liturgiques de venir violer ce lieu en le dépouillant de ses richesses créées par la foi de ces hommes et de ces femmes qui savaient donner leur vie pour la gloire du Tout-Puissant.

Tu te traînais là, entre les chaises et les prie-Dieu, comme avait dû le faire le Christ lorsqu'il portait sa croix, injurié par les hommes, maltraité par ceux qu'il avait aimés, renié par ses propres disciples. À chaque rangée tu t'aidais du dossier, titubant, chancelant, butant dans les alignements. Si d'aucuns t'avaient vu, ils auraient pensé à un pauvre homme, tu sais ces gens de la rue, ravagés par le froid et l'alcool. Mais il n'y avait personne à cette heure, ni pour te voir ni pour te secourir.

Tu étais là de ta propre volonté.

Tu n'avais même pas trempé tes doigts dans le bénitier, n'y ayant même pas pensé. Tu n'avais pas fait le signe de croix, n'ayant ni la force ni l'envie. Ces gestes qui, naguère, t'étaient familiers, avaient comme disparu de ton habitus. Et les saints de pierre qui étaient là ne bronchaient même pas d'un regard, d'un rictus. Ils restaient de marbre, comme inexistants, comme absents. Seule la croix dans le chœur, au-delà de l'autel, semblait te dire : « viens ».

Et tu marchais vers elle.

Il n'y avait qu'ici que tu pouvais venir.

L'acte que tu avais fait ne pouvait en rien te pardonner. Comment aurait-il été possible que tu puisses être absous de tes crimes en tuant un autre homme ? Alors que tuer relève du Mal. Certes, tous et toutes auraient pu saluer ton courage. D'abord celui de te dépasser, réclamant l'engagement le plus important. Et puis celui de faire ce geste contre ta nature, celle que tu avais cultivée depuis toutes ces années. Mais le courage, eût-il été une vertu, ne peut en rien racheter le mal que tu as fait. Plusieurs centaines d'enfants, sans compter leur entourage, auraient peut-être pu te pardonner. Mais beaucoup d'entre eux sont morts, se laissant dépérir. D'autres se cachent encore dans la honte de leur violation. Et d'autres ont été enfermés dans des centres spécialisés, étant devenus fous. Enfin, certains font comme si de rien n'était, mais souffrent à chaque souffle, à chaque pas, à chaque pensée. Tous ces enfants : ce sont eux qui auraient pu t'absoudre. Toi tu ne le peux pas. Et même Dieu ne peut pas le faire à leur place.

Le pardon t'échappait.

La croix de ton Seigneur était là, juste là. Et toi tu traînais tes guêtres de rangée en rangée jusqu'à monter les marches de l'autel, portant une corde à la main droite.

Dans le délire d'une nuit, tu avais pensé te planter des clous comme les hommes l'ont fait à celui que tu appelais ton Seigneur. Tu avais même essayé, trouvant un clou rouillé sur le trottoir et te l'enfonçant dans la paume d'une main jusqu'à ne plus pouvoir en supporter la douleur. Alors tu avais renoncé en pensant qu'il faut être Dieu pour supporter un tel supplice. La corde : c'était plus humain. Il suffisait de passer ta tête dans le nœud et de te laisser aller en essayant de te briser les vertèbres pour ne rien sentir.

Mourir : c'était la seule solution.

Alors tu t'aidais de la cathèdre afin de t'élever au pied du crucifix, jetant cette corde comme un lasso sur la tête du poteau, et tirant la corde afin que le nœud se serre au niveau de la traverse.

Et puis tu te retournais vers le parvis, te souvenant.

Tant de fois, tu avais été là, dans ton aube blanche, aidant au service de l'office.

Là, il n'y avait personne.

Tu aurais voulu que tous et toutes soient là, pour leur dire, pour dénoncer, pour crier ta colère, pour demander pitié, pour implorer le pardon, pour leur donner la signification de ton geste, mais tu étais seul : désespérément seul.

Tu tâtais le nœud coulant que tu avais fait. Il glissait bien : il ne te laisserait aucune chance. Alors tu le mettais autour de ton cou, sentant le grattement du chanvre sur ta peau. C'était étrange d'être là, devant le grand porche d'entrée, surmonté de l'orgue inerte à cette heure. Tu savais qu'ils te retrouveraient bientôt et que certains comprendraient ton geste. Peut-être même qu'ils prieraient pour ton âme. Peut-être. Tu l'espérais. Les prières des justes ont une grande force, tu le sais. Alors tu bougeais tes pieds pour que le fauteuil s'éloigne de toi, il était lourd, mais il finissait par tomber.

Alors la corde s'emparait de ton souffle, t'étouffant, t'enserrant durant de longues minutes, tes pieds touchant le sol, juste un peu. Tu étais secoué de spasmes, tes jambes cherchant un appui. Tu gigotais, comme ces pendus du moyen âge qui servaient au spectacle de la populace, et ton chibre entrait en érection. Tes mains cherchaient à retirer cette corde que tu t'étais mise autour du cou, mais n'y arrivaient pas. Toi qui pensais mourir d'un seul coup, tu agonisais et tu avais l'impression que ta tête allait exploser, ton cerveau manquant de sang frais. Alors au bout d'une dizaine de minutes la corde poussait ta langue vers tes voies respiratoires, te libérant enfin de la vie.

Vae homini illi, per quem scandalum venit (Malheur à l'homme par qui le scandale arrive)

L'affaire avait défrayé la chronique, occupant l'espace médiatique durant plusieurs semaines. Depuis longtemps déjà, il y avait eu des cas de prêtres, qui avaient été mis à l'index suite au témoignage d'un jeune garçon, d'une jeune fille. Mais la plupart du temps, ces faits avaient été rangés dans des cases de secrets à pardonner, voire de dénonciations mensongères. Beaucoup s'étaient rétractés, ne voulant pas être mis à l'index par leur fratrie, leur cercle de communion. Beaucoup d'autres aussi n'avaient rien dit, vivant une vie défigurée par l'outrage.

Les ramifications de la triade dépassaient l'entendement. Il avait été dit de l'apôtre, de l'argousin et de l'ambassadeur qu'ils étaient la Trinité du Mal. Le Saint-Siège avait été questionné, mais tardait à répondre et les médias s'interrogeaient sur ce silence qui en disait bien plus long sur ce qui s'était passé que les quelques déclarations d'intentions formulées par tel ou tel responsable religieux.

Le milieu politique avait, lui aussi, été secoué. Le député était impliqué dans beaucoup d'intérêts qui dépassaient largement ceux des Berges de Seine, bien que ce dossier fût à lui seul, la preuve irréfutable d'une collusion entre le monde des affaires, celui de la politique, celui de l'administration et celui de l'Église. Le pouvoir appartenait manifestement toujours à cette engeance maligne, qui soignait sa façade sociale et plaçait au-dessus de toute cause : ses propres intérêts.

Il y avait eu de grands débats à la télé, sur la nécessaire séparation de l'Église et de l'État, sur la sacro-sainte laïcité, sur le célibat des prêtres, sur le rôle des institutions, ce qui noyait un peu le poisson en donnant l'impression que le sujet était traité, alors que tous les coupables d'actes criminels n'avaient toujours pas été jugés, se réfugiant à l'abri d'un monastère, d'une fraternité voire dans le saint des saints : place Saint-Pierre.

À réveiller les morts, d'autres cas avaient ressurgi, autrefois de jeunes filles, aujourd'hui des femmes, autrefois de jeunes garçons, aujourd'hui des hommes. L'un ayant été violé des dizaines de fois par le curé de la paroisse, l'autre violentée dans un couvent. Certains enfants disparus avaient été retrouvés, sur l'image d'un mur, par le témoignage d'un rescapé d'un établissement de redressement.

Eva avait été appelée à Matignon. De hauts fonctionnaires, bardés de diplômes et bien au chaud dans leurs bureaux rutilants, avaient voulu la féliciter. Et puis, en catimini, ils lui avaient fait comprendre que toutes ces affaires étaient vraiment regrettables et qu'il fallait intégrer, au-delà des faits certes répréhensibles, que la stabilité de la société dépendait de plusieurs composantes, dont celle de l'État, et celle de l'Église, le citoyen moyen courant le plus grand danger à ne plus pouvoir faire confiance aux institutions et à la religion, cette dernière jouant le rôle de garde-fous face à la montée des extrémismes.

Elle avait été proposée pour une promotion, qu'elle avait refusée, ce qui n'avait pas manqué d'inquiéter ses supérieurs. Dans la foulée, elle leur avait remis sa démission. Son travail de policier était terminé, elle avait franchi la porte du tunnel. Son devenir était ailleurs maintenant, elle avait l'idée d'ouvrir une association pour aider les enfants ayant subi des maltraitances.

Le monde était pourri, et rien ne le changerait, elle le savait. Il fallait pourtant lutter et enrayer la progression du Mal. C'était une bataille de tous les jours. Elle avait retrouvé le meurtrier de son frère et démantelé le réseau de trafic sexuel qu'avait organisé la Trinité du Mal.

Il était temps maintenant de retrouver les siens et d'acheter cette maison sur la falaise.

Mutatis mutandis
(En changeant ce qui doit être changé)

Eva passa vers onze heures devant la terrasse du café. L'homme y était, buvant un ballon de rouge, toujours aussi surprenant, avec sa dégaine négligée et ses lunettes noires.

— Vous êtes là ? demanda-t-elle.

— Je vous attendais.

— Comment auriez-vous pu savoir que je passais par-là ?

— Peut-être y suis-je plus souvent que vous n'y pensez.

Elle s'assit à sa table et commanda un verre de vin blanc.

— Eh bien, dit-il, vous prenez du vin maintenant ?

Elle lui sourit et répondit :

— Il faut bien que nous puissions trinquer à tout ce bin's.

Il lui sourit. C'était la première fois qu'Eva le voyait sourire. Et son sourire était touchant, c'était celui d'un homme qui a souffert et qui, malgré tout, survit, essayant d'apprécier tous les moments de vie comme si la vie n'en offrait qu'un seul.

— Je voulais vous remercier, dit-il.

— Pourquoi donc ?

— Pour Ezima.

Eva ne répondit rien. Elle se rappelait toutes ces photos, et celle d'Ezima au milieu de toutes ces autres accrochées sur les murs de la tanière du monstre. L'émotion lui prit la gorge.

— Comment avez-vous pu tenir ? demanda-t-il.

— Je ne sais pas, la perspective de trouver l'assassin de mon frère, je pense.

— Mais qui vous disait que vous alliez le trouver ?

— Personne, je le ressentais simplement.

— J'avoue que j'ai beaucoup d'admiration pour vous.

— Merci.

Ils burent une gorgée de vin. L'air était bon en ce jour de mai.

— J'ai su que vous avez démissionné.

— On ne peut vraiment rien vous cacher.

— Que voulez-vous, certains liens professionnels demeurent ad vitam aeternam.

Des personnes se baladaient dans la rue, c'était un jour tranquille, un dimanche sans autre ambition que celle d'être vécu pleinement.

— Il faut que je vous avoue des choses, dit-il.

— Je le pense aussi, répondit-elle.

— Par quoi commencer ?

— Peut-être par vos liens avec Friedrich ?

Il parut interloqué et demanda :

— Comment le savez-vous ?

— Je le sais, c'est tout.

— Et depuis quand le savez-vous ?

— Depuis le premier jour, une intuition…

— Ah le sixième sens des femmes…

Alors il lui dit qu'il s'appelait Hector, comme Berlioz, comme le héros de Troie, et qu'il avait connu Friedrich par le biais d'affaires « particulières » dans lesquelles Friedrich avait joué un rôle de facilitateur. Il lui raconta comment ils avaient réussi à pirater le système de communication d'un état qu'il fallait envahir, clouant au sol leurs avions et paralysant leurs radars, évitant ainsi une guerre sanglante.

Il avait connu Emmerich et Engel bien plus tard, lorsqu'il était allé à Stuttgart pour évoquer avec Friedrich un sujet concernant l'Union Européenne. Ils lui avaient été présentés à cette occasion, c'était il y a une quinzaine d'années.

Depuis lors, l'amitié et la confiance entre eux n'avaient fait que grandir. Les deux hommes se connaissaient bien et se respectaient profondément, chacun sachant pouvoir compter sur l'autre.

Leur entente était devenue indéfectible le jour où Hector s'était fait prendre comme prisonnier en Lybie. La France y menait des opérations discrètes afin de contrer une énième rébellion tchadienne, soutenue par Tripoli. L'action avait capoté. La moitié de son équipe s'était fait décimer et il s'était retrouvé dans une geôle libyenne, abandonné par les services français qui ne pouvaient que nier son intervention. Écœuré de la position prise par les politiques en place, Friedrich avait monté une opération pour le sortir d'Abou Salim, cette prison célèbre pour ses exactions.

— Notre devise, dit-il, c'était « Mutatis Mutandis », autrement dit « Changer ce qui peut l'être ». Nous n'étions pas des mercenaires puisqu'agissant sous gouverne française.

— Et ces histoires de sociétés informatiques ?

— J'y viens, dit-il, mais il fallait que vous ayez vent des premiers chapitres.

Il continua. Après cet évènement en Lybie, Friedrich, ayant fait une belle opération dans la vente de l'usine familiale, avait décidé de développer la partie informatique d'une autre société, le temps étant favorable pour ce genre d'activités, le numérique devenant le nerf de la guerre pour les entreprises voulant rester dans la course. Hector, quant à lui, s'était retiré à Vanves, une ville bien sympathique avec sa petite place et son église à deux pas de Paris. Tout allait tranquillement jusqu'à la disparition d'Ezima. Cette gamine était arrivée d'Afrique, d'un pays pourri par la famine et la corruption. Son père et sa mère avaient tout fait pour préserver leur famille du massacre de leur ethnie, réussissant à prendre un bateau, engloutissant leurs économies pour payer les passeurs, accostant avec elle et son frère sur le rivage d'une plage espagnole. Ils avaient galéré, refoulés d'un pays à l'autre, avant d'être aidés par une organisation humanitaire jusqu'à Paris.

Lorsqu'il l'avait vue, il avait été conquis par sa spontanéité, son rire, sa vivacité. Elle s'extasiait sur la moindre chose, elle qui avait connu la guerre et la misère.

Cette gamine, ça avait été son ange, son ciel, celle qui lui avait donné enfin une vraie raison de vivre.

Eva le regardait, il était ému jusqu'aux larmes lorsqu'il parlait d'elle.

— Quelquefois, je lui offrais des bonbons et elle me disait merci avec son grand sourire. Je l'emmenais souvent à Paris, voir la tour Eiffel, se faire photographier avec les statues du musée Grévin, manger une glace sur les Champs-Élysées et elle n'en revenait pas, aimant la vie plus que tout.

Il pleurait, n'arrivant plus à contenir son trouble.

Eva lui prit la main, touchée par l'émoi de cet homme, cette brute sensible qui derrière ses actions d'éclat cachait un grand cœur.

Il lui dit :

— Je vais peut-être vous dire une bêtise, mais voyez-vous, cette gamine, c'est la seule femme que j'ai aimée dans ma chienne de vie, et c'est la seule femme qui m'ait aimé tel que je suis.

Eva sentit qu'elle allait pleurer aussi. Elle soupira et dit :

— Vous allez me faire chialer.

Tout en parlant et en pleurant, il tenait entre ses mains la photo qu'elle lui avait apportée. Rien n'aurait pu lui faire plus plaisir que ce cadeau.

Ils laissèrent passer quelques instants, buvant une gorgée de vin et respirant l'air de ce dimanche étonnement affranchi de la pollution.

Il reprit :

— Il y a quelques mois, Friedrich m'a contacté pour une affaire, son ami Lukas, un journaliste, venait de mourir, retrouvé pendu chez lui.

— Il m'en a parlé, oui.

— Je sais aussi qu'il vous a donné son livre.

— Oui.

— Alors vous avez compris ce qui s'est passé.

— Oui.

— À la mort de Lukas, Friedrich a aussi lu ce livre et nous l'a fait lire. C'est à ce moment que nous avons compris que notre ami ne s'était pas suicidé. Lukas y racontait son histoire, mais aussi l'enquête qu'il avait menée au cours des dernières années. Il révélait l'existence de la triade et du trafic qu'ils avaient mis en place, qui servait leur perversité, mais aussi leurs affaires, en piégeant les huiles qu'ils invitaient dans leurs parties fines. Des photos étant prises pour les faire chanter a posteriori. Lukas avait remonté la filière jusqu'aux trois salopards. C'est alors qu'ils ont décidé de l'éliminer.

— Et vous, vous avez décidé de le venger.

— Oui.

— Et le prêtre ?

— Nous l'avons séquestré. D'abord pour lui faire dire où se trouvait l'apôtre, puis, comprenant qu'il savait tout, nous avons décidé de le garder, pour en faire le bras armé de notre vengeance.

— Pourquoi n'avoir pas dénoncé tout ça ?

— Tout le monde s'en foutait. Et puis l'apôtre et sa clique étaient intouchables.

Eva acquiesça d'un signe de tête.

— Vous savez, Lukas, Emmerich et Engel, lorsqu'ils étaient gosses, étaient partis en colonie dans les alpes. C'est là que ce fumier d'apôtre avait sévi pour la première fois. Lukas ne s'en était jamais remis. Il avait essayé d'oublier, mais c'était peine perdue. Il avait essayé d'aimer, mais n'y était pas arrivé. Toute sa vie avait été foutue à partir du moment où ce salopard l'avait violé.

— Mais pourquoi avoir utilisé le prêtre ?

— Il fallait qu'il paye aussi.

— C'est alors que vous l'avez manipulé…

— En quelque sorte, oui. Emmerich est un grand spécialiste du fonctionnement du cerveau humain et de la manipulation mentale. Il a par ailleurs développé des théories qui ont été appliquées dans quelques corps d'armée pour aider les soldats à se dépasser. Il nous fallait simplement un peu de temps pour faire passer cet homme du prêtre imposteur qu'il était au bras vengeur que nous voulions pour atteindre l'apôtre.

— Je devrais dire que je trouve cela remarquable, mais je suis pris en tenaille avec ce que la loi me dicte.

— Mais je crois savoir que vous n'êtes plus flic…

Elle sourit et répondit :

— Bien vu. Dans ce cas, je peux tout entendre.

Il continua. Menant leur enquête, ils avaient compris que Lukas avait été exécuté. Deux hommes étaient venus chez lui le lendemain soir de la visite de Ludmilla, pour trouver le livre. Ils l'avaient questionné, mais il ne répondait pas, étant sous l'emprise d'un médicament puissant. Alors ils avaient fouillé partout et l'avaient pendu, ayant reçu l'ordre de l'argousin, de l'éliminer. Ces deux hommes, Hector s'en était chargé, ils étaient maintenant six pieds sous terre. Alors il y avait eu Ludmilla. Elle était la meilleure amie de Lukas, qui lui avait confié une clef USB contenant le livre. Les deux hommes en question avaient eu pour mission de récupérer cette clef. Mais la vengeance d'une femme avait entravé leurs plans, la femme de Friedrich.

— Gunda ?

— Oui.

— Mais pourquoi cette poire du Pape ?

— C'est Gunda, elle a voulu mouiller Friedrich qui depuis plus de vingt ans collectionne les objets du moyen âge.

— Ils l'ont fait mourir d'une façon atroce.

— Erwin était un malade.

— Était ?

— Après avoir reçu ses 50 000 euros, il a passé la frontière en direction du Danemark. Il a été retrouvé dans la neige, transformé en glaçon…

Cette partie de l'histoire rappelait à Eva que Friedrich n'était pas libre, qu'il avait une vie ailleurs. Elle aurait voulu demander à Hector ce qu'il ressentait pour elle, mais elle ne l'osait pas. Il la regarda et devina son questionnement.

— Gunda et Friedrich ne vivent plus rien ensemble, vous savez…

— Ah ?

— Ça fait des années qu'ils ne sont que des colocataires. Elle n'a pas pu avoir d'enfant et s'est renfermée sur elle-même jusqu'à devenir comme une sorte de zombie.

— Je ne le savais pas…

— Connaissant Friedrich, je sais qu'il ne vous en a pas parlé, c'est pour cela que je prends sur moi de le faire.

Elle le regarda et lui dit :

— Merci.

Il lui sourit. Il appréciait cette femme qui avait ce cran d'avoir bravé le Mal contre vents et marées. Elle avait risqué sa peau. Si l'apôtre l'avait identifiée, nul doute qu'il l'aurait fait exécuter. Mais son attention avait été détournée par la disparition du prêtre. Et puis aussi par l'esclandre de Giselle. Ce tempo avait finalement assuré sa sécurité, sans qu'elle s'en rende compte.

Il lui expliqua qu'ils avaient fait en sorte de déstabiliser le prélat. Et le meilleur moyen pour le faire avait été de perturber sa base : l'ambassadeur et l'argousin. L'un agissant sur l'angle politique et l'autre sur l'angle administratif. Les deux compères ne pouvaient pas s'entendre, même si, de façade, ils s'affichaient avec de grands sourires. Ils se détestaient, deux numéros deux se disputant la même place sans pouvoir prétendre à la première. Inévitablement, cette frustration ne pouvait qu'engendrer la compétition. C'est pour cela que Friedrich avait fait bonne figure au Lutétia en sa compagnie, le soir où le député était invité au vernissage. Ludmilla leur était connue et nul doute que sa présence leur avait été rapportée. Friedrich pensait qu'il aurait détourné leur action sur sa personne en prenant la clef. Ce qu'il n'avait pas prévu c'était que Gunda la fasse tuer. Pour augmenter la pression, ils avaient envoyé le prêtre vers Gisèle, mais celui-ci n'avait pas réussi à la tuer, il n'était pas prêt, ils le savaient. Ce détournement ayant pour but de la protéger, elle, Eva, trop exposée depuis la mort du député, mais aussi de toucher l'apôtre au cœur, ce qui était arrivé. La suite Eva la connaissait.

— Je n'en reviens pas, dit-elle.

— Vous savez, nous avons toujours eu le don des opérations complexes, lorsque nous agissions en zone ennemie, il fallait savoir s'approcher, détourner l'attention, titiller le point faible, attirer celui que nous chassions, et puis le tuer au cœur.

Elle finissait son verre de vin. Il reprit :

— Avez-vous déjà lu Sun Tzu ?

— Non, pourquoi ?

— C'est un général chinois qui a vécu cinq siècles avant notre ère et qui a écrit un recueil de principes, issus de son expérience, sur la guerre. Par exemple, le fait de savoir diviser son ennemi plutôt que de l'affronter si l'on est dans un rapport de forces qui nous dessert.

— Somme toute : du bon sens.

Il sourit.

— En effet, rien de plus, mais il y en a quand même qui méritent que l'on s'y arrête, comme le fait que « tout l'art de la guerre est basé sur la duperie ».

— J'avoue que vous avez fait fort sous cet angle.

Ils commandèrent un deuxième verre de vin. Midi était déjà là. Quelques couples, avec leurs enfants, avaient commandé des brunchs, prenant le temps de vivre cette belle journée.

Il la regarda et se permit de lui dire :

— Il vous apprécie beaucoup, vous savez.

Elle sentit son cœur brûler de chaleur, elle attendait ces mots, et ne savait pas trop quoi répondre.

Alors il lui dit encore :

— Il vous rejoindra sur votre falaise ce week-end.

Nondum amabam, et amare amabam (Je n'aimais pas encore, pourtant je brûlais d'envie d'aimer)

Friedrich l'avait rejointe en milieu d'après-midi. Il s'était approché d'elle, sachant qu'elle aimait venir ici, s'asseoir sur le belvédère du cap de la Hève. Nestor l'avait reconnu et lui avait fait la fête. Elle ne s'était pas retournée lorsqu'il l'avait embrassée dans le cou.

— Tiens donc, que viens-tu faire ici ?

— Je viens pour toi.

— Renierais-tu le Lutétia ?

— Il n'était qu'un endroit d'escale, aujourd'hui le temps est pour moi venu de vivre.

— Et ton grand lac ?

— Il est toujours aussi beau, baigné par le reflet des montagnes, mais il n'égale pas la mer que je vois devant toi.

— Et ton manoir ?

— J'ai toujours préféré les maisons sur les falaises.

Elle se retourna, lui sourit et l'embrassa en l'étreignant de toutes ses forces.

Imprimé en Allemagne
Achevé d'imprimer en janvier 2023
Dépôt légal : janvier 2023

Pour

Le Lys Bleu Éditions
40, rue du Louvre
75001 Paris